聂茂 著

大地上的 英雄

海天出版社

图书在版编目（CIP）数据

大地上的英雄 / 聂茂著 . -- 深圳：海天出版社，
2022.10

ISBN 978-7-5507-3143-1

Ⅰ . ①大… Ⅱ . ①聂… Ⅲ . ①纪实文学－作品集－中
国－当代Ⅳ . ① I25

中国版本图书馆 CIP 数据核字 (2022) 第 120105 号

大地上的英雄
DADI SHANG DE YINGXIONG

出 品 人　聂雄前
策划编辑　韩海彬
责任编辑　徐娅敏
责任校对　万妮霞
责任技编　郑　欢
封面设计　今亮後聲 HOPESOUND 2580590616@qq.com · 郭维维

出版发行　海天出版社
地　　址　深圳市彩田南路海天综合大厦 （518033）
网　　址　www.htph.com.cn
订购电话　0755-83460239（邮购、团购）
设计制作　深圳市知行格致文化传播有限公司
印　　刷　中华商务联合印刷（广东）有限公司
开　　本　787mm×1092mm 1/16
印　　张　33.25
字　　数　394 千字
版　　次　2022 年 10 月第 1 版
印　　次　2022 年 10 月第 1 次
定　　价　68.00 元

序 言

撑起民族伟大复兴的英雄

王跃文

　　他们是这样的一群人：在战火年代，他们出生入死，立场坚定，用理想、热血和生命，谱写了气吞山河的壮美史诗；在和平年代，他们闻鸡起舞，斗志昂扬，用智慧、汗水和青春，书写了壮志凌云的时代壮歌。

　　"诚既勇兮又以武，终刚强兮不可凌。"读聂茂的这部书稿，会让我想起屈原《国殇》中的这句诗。他们，一个人与一群人，一个人与一个时代，一个人与一个民族，一个人与一个国家；他们，撑起我们民族伟大复兴的英雄，让我们感激与铭恩，缅怀与崇敬；他们，从历史与现实的河流中奔来，像突然遇见的亲人，让我们久久凝望，千言万语，泪水滂沱。

　　读聂茂的《大地上的英雄》，我们面对的就是这样的一群人。辽阔的天空下，血的花朵变成了云朵，远方的泥土还在冒烟，孤独的马仍在嘶叫，时间的篝火点亮头顶的夜空。他们在汹涌的波涛中撑着信仰的帆船，以大地的名义，留下一片肃穆。

　　我们不能忘记那些岁月，那些人。他们建功立业，载入史册。他们"渐离击悲筑，宋意唱高声"，让我们明白理想的崇高、生命的真谛、追求的价值，明白"英雄是民族最闪亮的坐标"的深刻含义。这是我阅读这部书稿的真实感受。

显然，这不是寻常的散文集，它应当属于历史纪实或非虚构类作品。但与一般历史纪实或非虚构类作品相比，聂茂这部书又有其独特的品格、独特的结构和独特的魅力。作者在史实的基础上，为英雄个体或英雄群像提供了一个众声喧哗式、色彩斑斓的文学蓝本，散文、诗歌、历史、人物心理与精神杂糅兼备，舞台剧、广播剧、微型网剧、朗诵表演等诸多艺术融入其中。每个英雄都有"出场"和"画外音"。出场是引子，是书写的基调，是情感的内敛与抒发，是庄严的舞台仪式；画外音是尾声，是精神的提升，是余音绕梁，是欲说还休，是结束也是新的开始。每个英雄的叙写，就像一个小剧场，作者意在表达：每个人都站在历史的方位与舞台，都有自己独特的角色与表现。聂茂追求人物的仪式感或舞台感，应当有着文学上和美学上的双重考虑。这样的书写，既有整体上的统一，又有各章节的变化；既不会千篇一律，又不会杂乱无章。

具体来讲，聂茂的这部作品有以下几个明显特征——

首先，致力于实验性与创新性的融合。每章以"出场""故事""讲述""在场"和"画外音"等为主要章节元素，除"故事"和"讲述"分别用第三人称和第一人称书写外，其余则用第二人称表达，且以普通读者、英雄的家属、英雄的友人，甚至英雄的敌人等特殊身份的人来"对话"英雄、"追述"英雄，力求"大事不虚，小事不拘"，增加了文本的可读性、亲切性和生动性，作品的节奏、美感和抒情功能也大大得到加强。

其次，做到可读性与抒情性的统一。英雄精神的表达往往由于单一的宏大叙事，显得枯燥乏味，难入人心。本书从英雄人物具有故事性和亲近感的"小事"入手，简明扼要讲述他们奋不顾身、抛家舍业的"壮举"，佐以"出场"与"画外音"第二人称的倾诉，文本的可读性与抒情性高度统一。读者在缅怀中唤醒记忆，在阅读中感受真情，由此点燃心中的火炬，照亮爱国精神，激发英雄情怀。

其三，突出"有人、有史、有魂"的内涵。"有人"指有人物形象，有独具的人格，有普通人的故事；"有史"指有历史承载，故事中不仅有英雄人物，也有与英雄人物相关的时代背景、重要历史事件和历史人物的呈现；"有魂"不仅指英雄人物千古流芳的高贵灵魂，而且指文字本身的气韵生动，高格有魂。

最后，彰显"文化赓续与精神传承"的底蕴。书中的英雄人物生活在中国革命战争年代到和平建设时期的各个阶段，他们都是受中华优秀文化熏陶出来的，在时间上有传承性，这种传承是英雄精神的传承。接力棒传到今天，恰是最接近中华民族伟大复兴的关键时期，我们各行各业需要更多的英雄。读者通过阅读本书，会情不自禁汲取英雄身上的力量，抚今追昔，心潮澎湃，从而积极深入呼唤英雄、亲近英雄、传承英雄精神、建设美好生活的爱国热潮中。

不仅如此，该书在结构上也有耳目一新的感觉。作为一部英雄颂歌，本书以《岸英的手》为引子，这当然与毛岸英作为领袖毛泽东的儿子，也是中国人民的儿子等多重身份有关。而序曲写的是瞿秋白，是整部书写得最为详细、生动和细腻的，像一部精彩的话剧。瞿秋白做过中共中央临时政治局主席，是中国共产党第二任最高领导人。他曲折复杂的心路历程与中国共产党带领中国人民在黑夜中摸索、在泥泞中前行的艰难历程相暗合。全书以梦想、求索、执着、初心、热血、信念、大爱、担当、奉献、荣光共 10 个关键词为章目，每章聚焦 4 至 6 位英雄人物，最后以《雷锋的心》作为终曲、以《赞美诗：英雄在哪里》作为余音，呼应并升华英雄精神。全书前面章节显得艰难复杂，越到后面越从容淡定。这种情状与中国共产党从成立之日起，经过黑暗的徘徊，最终越来越自信、越来越强大适成对照。终曲《雷锋的心》十分简洁，却有着很强的抒情色彩；余音《赞美诗：英雄在哪里》以呼唤和问答的方式，将全书章节中的 10 个关键词巧妙地统领起来，形成一个有机的整体。从毛岸英的"始"到雷锋的"终"，高度契合从战争到和平的美好愿景。这两个人物的知名度非常高，影响力也非常大，能够很好地承载从引子到终曲的重任，使全书形成引子、序曲、主题 10 章、终曲、余音这样多幕剧一样近乎完美的文本结构。

此外，我特地注意到，全书一共写了 55 个英雄个人与英雄集体，其中 5 名非党爱国人士，他们是鲁迅、赵登禹、谢晋元、张自忠和杨惠敏，充分表明"中国共产党在中国革命和中国建设中积极团结和带领全国各族人民，齐心协力，共克时艰，实现中华民族的伟大复兴"这个宏大主题，值得肯定。同时，每一节小标题都是直接引用英雄人物最感人至深的一句话，例如方志敏："我很高兴为自己的信念而牺牲生命。"夏明翰："砍头不要紧，只要主义真。"袁庚："空谈误国，实干兴邦！"黄伯云："国家的需要永远是第一选择！"这些掷地有声的话像永不熄灭的火种，既是英雄人物的精神之魂，也是本书的书写之魂。

聂茂是诗人，也是作家和评论家。2019 年，在新中国成立 70 周年之际，他推出了万行长诗《共和国英雄》，在诗坛引起很大反响。今天，我高兴地看到，在中国共产党成立 101 周年之际，他又用这部沉甸甸的《大地上的英雄》作为一份厚礼，献给伟大的中国共产党！

目　录

引 子

岸英的手

这是一双年轻的手,我从未触摸过。

这双手很结实,它带着劳动的印记,战火的硝烟,带着对祖国、大地和亲人的爱,带着对信仰的忠诚,对和平的渴望,对幸福、安宁生活的向往。它不断地招手,又不断地挥手,总是在我的面前晃动。当我走近时,它离开了;当我离开时,它又出现了。

一

是的,岸英,这就是你的手。

作为毛泽东与杨开慧的长子,你过早地体验到生活的艰辛。8岁,正是一个孩子拉着妈妈的衣角撒娇的时候,正是无忧无虑地开始校园生活的时候,你却紧紧地抓住妈妈的手,一同入狱。一个天真无辜的孩子犯了什么罪?没有!你入狱,只因为你是毛泽东的儿子;你入狱,只因为妈妈至死也不愿出卖爸爸,至死也不愿脱离与爸爸的关系,至死也要捍卫她的爱情。

你抓紧妈妈的手，不是因为害怕，而是想告诉妈妈，你就在她的身边，你更希望牵着妈妈走出那个恐怖的地方。可最终，你失望了。妈妈摸摸你的头，将你紧紧拥在怀里。反动派狠心将你们母子撕开，你挥舞着拳头，看着妈妈的背影愈来愈远，直到完全消失在雨后的夜色中。

从此，你再也没有见过妈妈。多少次在梦中，你追着妈妈，喊着妈妈，醒来的时候，手心里全是泪。

在党组织帮助下，你出狱了。你带着二弟毛岸青、三弟毛岸龙费尽九牛二虎之力，来到上海。

命运如此残酷。小小年纪，你却承受巨大的苦难。

三弟岸龙病了，你无比焦急。油灯下，你的手那么小，但依然有力。你四处寻医、求药，希望岸龙活下来。但你又一次失望了。你喂完最后一匙药，弟弟岸龙咽不下去，苍白的唇上湿漉漉的……

豆大的眼泪掉了下来，屋子里夹杂着哭泣声。外面的风好大。

你将二弟岸青的手握得更紧。

二

为了活命，你带着岸青捡破烂，卖报纸，走街串巷，在风雨中挣扎。

你和岸青在党组织的帮助下，历尽千辛万苦，1937 年辗转到了苏联国际儿童院。

1943 年，你入读莫斯科列宁军事政治学院，成为一名士兵。随后，你又进入伏龙芝军事学院深造，毕业后，你被授予中尉军衔，担任连队指导员，率部参加苏联卫国战争。

1945 年 5 月，德国宣布无条件投降，你回到莫斯科，受到了斯大林接见。

"听说你加入了苏联共产党，你是一名勇敢的战士。"斯大林很高兴，夸赞了你一番，还亲自送了你一把小手枪。

你很激动，向斯大林行了一个军礼。你紧紧握着那把小手枪。你知道，斯大林送给你礼物，不仅表彰你在苏联卫国战争中的表现，也显示出他对中国人民的一份情意，对你父亲的一份敬意。

三

多少回泪眼蒙眬，你在梦里见到父亲，那么高大，慈祥。

多少思念藏在心里，你想抓住父亲的手，向他慢慢倾诉。

1945 年底，你终于回到了魂牵梦绕的祖国。在延安王家坪，你见到了阔别 18 年的父亲。分别时，你只有 5 岁，此刻，你已经 23 岁。当你风尘仆仆地出现在父亲面前时，你抑制不住内心的激动，手心手背都是汗。

那些日子，父亲正在为中国革命的前途担忧，你的到来，让他心情一亮。你轻轻地叫了一声"父亲"，行了一个标准的军礼。父亲一把将你拉了过去，上下打量了一番，看着你长成了一个男子汉，便高兴道："好哇，你回来就好！"

翌日，父亲将自己穿过的一套旧灰布军装给你，让你和战士们一起吃大灶。你并不感到意外。父亲说："我可不想让别人说我毛泽东的孩子搞特殊呀。"

父亲拍了拍身上打着补丁的裤子，说道："延安虽'土'，但'土'得发光。你在苏联喝牛奶吃面包，在延安要学会吃五谷杂粮。"

你点点头，理解父亲的用意。

四

不久，父亲想让你去当农民，问你有什么看法。你表示同意，并学着父亲的样，说："延安虽'土'，但我要用双手，从地里找出'金子'来。"

父亲开心地笑了。

出发前，父亲特地嘱咐，你要自带行李、口粮和种子，住到吴家枣园一个叫吴满有的农民家里，跟他打成一片。不能搞丝毫的特殊。

王家坪离吴家枣园十五里，当你背着行李，汗流满面地到了吴家枣园的时候，吴满有早已等在村头，他很吃惊，心想："主席让儿子来当农民，也不派车送送。这孩子扛得起地里的活吗？"

吴满有赶紧要帮你拎手中的行李，但你坚决不让，说自己的东西自己拿。吴满有要给你倒水洗脸，你说："我来向你学习的，你别把我当客人。"你硬是自己倒水洗脸，并把行李放妥，把床被铺好。

第二天一早，你就跟着吴满有一家下地劳动。

消息传到村里，有人不信，便偷偷前来看你，发现你跟吴满有一样，脖子上挂着个布袋，正弓着身子，一手抓粪，一手点种，忙得不亦乐乎。

随后，开荒、刨地、深耕，你没搁下一样，啥活都抢着干。到了晚上，你不顾疲惫，还给农民朋友讲故事，教他们文化知识。

吴满有感慨地说，岸英的到来，让吴家枣园的每一天，都像过年一样开心。

而你同样开心。你还用杨永福的化名在《晋察冀日报》上发表了名为《鞋下一层土》的小诗："人问我最贵何所得？／是不是金，／是不是银，／是不是地位和美名？／我说一样也不是，／却是那鞋下一层土！"

周恩来听说后，找到你的父亲，郑重地说："主席，你是不是对岸英过于严厉了些，这孩子从小吃了太多的苦。"

"岸英还没毕业。"父亲笑道，"谁让他是我毛泽东的儿子呢。"

半年后，吴家枣园的乡亲们听说你要回延安了，又高兴，又难过，纷纷出来，个个拉着你的手，争着跟你说话。你不断地说："谢谢，我还会再来的。"你走出老远，回头一看，乡亲们还站在村口朝你张望。那一刻，你眼角一热，明白父亲告诫的"跟农民打成一片"的深刻含义。

当你提着行李站在父亲面前时，你还有些不安。父亲朝你招招手："快过来，让我瞧瞧。"你走上去，道了一声："父亲，我回来了。"

父亲捏捏你的脸，握着你的手，突然笑了起来："岸英，你的皮肤晒黑了，变得更加粗糙了；你的额头留下了风吹日晒的印痕，手上结起一层层老茧；你的身上散发出泥味、汗味和粪土味，这些就是你从劳动大学毕业的光荣证书啊！"

你顿时不好意思起来。

父亲心情不错，又道："我说过，延安虽'土'，但'土'得发光。看来，你真的找到了'金子'！"

你低头察看自己手上的老茧，细细体味父亲的话。

一个滚烫的声音在耳边响起：父亲，我一定不会让您失望！

五

你抓住刘思齐的手，以为会抓住一辈子。

1946 年，你们第一次见面，你就喜欢上思齐。当时你 24 岁，思齐才 16 岁。你们有相似的经历，从小都过着颠沛流离的生活，彼此都渴望着爱与被爱。

有一天，你看见一只公鸡带着一只母鸡，立即对身旁的思齐说："你快看！"思齐就看见公鸡在地上衔起一颗粮食，"咕咕咕"地叫唤，母鸡便跑过来。公鸡把粮食放在地上，母鸡一下子吃了。然后公鸡又找到一颗粮食，母鸡又吃了。

看到这一幕，你抓住思齐的手，动情地说："你看公鸡对母鸡多好啊。以后我也会对你这样。"

思齐的脸顿时红了。

第一次，你郑重提出要和思齐结婚，父亲以你俩还不成熟为由，没有答应。

三年后，当你再次提出来，父亲点头同意，你欣喜若狂。

你见证了 1949 年 10 月 1 日那个激动人心的时刻。你目睹了父亲站在天安门城楼上庄严宣告："中华人民共和国中央人民政府今天成立了！"

你挥舞着手，同千千万万的手一样，犹如一滴水汇入大海，形成澎湃的欢乐的海洋。

两周后的 10 月 15 日，你牵着思齐的手，走进了神圣的婚姻殿堂。

你原以为，你会与思齐举案齐眉，相守一生。可是，朝鲜战争爆发，你美好的愿望就此落空。

六

1950 年 10 月 17 日晚，也就是你结婚一周年的第三个晚上，你回到家里，见父亲和彭德怀伯伯正庄重地谈论着国家大事。你不忍打扰，想退出房间，但父亲叫住了你，扭头对彭德怀伯伯说："岸英来得正好。他参加过苏联的卫国战争，现在跟你去朝鲜，再锻炼锻炼吧。"

彭德怀伯伯立即摇头，道："不行，岸英才结婚不久，生活刚刚稳定……"你一急，冲到彭德怀伯伯身边，紧紧地抓住他的手："彭伯伯，带上我吧。请放心，我决不会给您丢脸！"

那些日子，国际国内风云变幻，以美国为首的所谓"联合国军"对中华人民共和国这个新政权贼心不死，悍然发动了朝鲜战争。形势十分严峻。你感受到中南海从未有过的紧张气氛，父亲眉头紧锁，房间的灯光很少熄灭，不断听取各方意见，经过深思熟虑之后，终于做出了最后的决定。你能不激动吗？父亲要你去锻炼，正是你为国家效力、为父亲分忧的时候啊，你怎能错失良机？

"看来，岸英，你是第一个志愿兵啊。"彭德怀伯伯拗不过你的倔强和执着，只好同意，"明天一早，你就跟司令部先遣人员乘飞机去东北吧。"

事后，彭德怀伯伯感慨万分地说："国难当头，挺身而出，这不是每个人都能做得到的。有些高干子弟甚至高级干部本人就没有做到，但毛岸英做到了。毛岸英是坚决请求到朝鲜抗美援朝的。"

彭德怀伯伯能体会到父亲的用心和你的赤诚。

七

当晚，从中南海出来，你心急火燎，处理一系列事情。因为翌日就要出发，留给你的时间不多。

你急匆匆地赶到北京机器厂，跟同事交代事项，对接好工作。接着直奔北京医院。

本来你还想着给思齐搞个小小仪式，庆祝一下结婚一周年，但思齐得了急性阑尾炎，被送到北京医院，做了手术，正住院治疗。

你来到病房时，思齐已经睡了。你坐在病床前，伸出手，轻轻拢了拢思齐的头发。

仿佛心有灵犀。思齐睁开了眼睛，静静地望着你。

你轻轻抓起思齐的右手，双手将它合在掌心，柔声道："组织上派我到一个很远的地方去出差，我来向你告别。"

思齐瞪大眼睛，小声道："哦。去哪儿，久吗？"

"去多久，得看情况。也许会有一段时间。"你左思右想，决定不告诉思齐实情，免得她担心，"对了，特地说一下，那地方有些偏，通信不大方便。总之，你别急，任务一完成，我马上就回来。"

思齐信任地点点头。

你随即问了思齐的病情，叮嘱她要听医生护士的安排，不许逞强。

你忽地想起了什么事，道："对了，无论怎样，你要坚持把你的学业完成。"

思齐再次点点头。

"出院以后，每个礼拜天去看望一下爸爸，替我尽尽孝心。"你稍稍提高一点声音，道，"他事情多，一忙，就不顾及身子。"

思齐感觉有点奇怪，以前出差，也没交代这么详细啊。隔了一会儿，你忍不住又说："对了，还要请你多照顾一下岸青。"

夜里十点半，住院部要关门了。你将思齐的手放进被子里，掖了掖被角，直起身，笑了一下，退出病房，并轻轻关上房门。

从医院出来，你又快速赶到李铁拐斜街的岳母家，告诉岳母张文秋：明天一早就要离开北京，执行秘密任务，不知道要去多久。

这时，你停了一下，说："我有两件事，想请妈妈帮帮忙。"

"说吧。岸英。"张文秋知道，你这么晚来找她，肯定有重要事情。

"一是我放心不下岸青。"你一脸庄重地说，"我爸爸工作忙，无法照顾他。如果他有困难，请您帮帮他。花了多少钱，也请您记个账，到时我来还。"

张文秋安慰道："你爸爸日理万机，照顾岸青的事，我负责。咱们是一家人，不分彼此。"

你点点头，又说："思齐伤口还没有愈合，平时她的饭量就不大，我一走，也请妈妈多照顾一下。"

"你这孩子，思齐的事情还用你交代吗？"张文秋嗔怪道，"你自己在外，要多保重。其他事情，你就放心好了。"

岳母说得实在，你很感激。你向岳母行了一个军礼，便匆匆走了。

你压根儿没有想到，这是你跟思齐和岳母的最后一次相见。

你更加没有想到，你牺牲后，张文秋没有忘记你的嘱托。在岸青没钱花的时候，她将一半的工资拿出来帮他；不仅如此，她还把女儿邵华，嫁给了岸青，照顾岸青一辈子。

岳母张文秋以伟大的母性兑现了对你的承诺。

八

如果你早一分钟跑出来，你就不会倒下；如果你跑到防空洞口不再返回去抢救那些机密电文和重要手稿，你就不会壮烈牺牲。

那是血腥的一天，残酷的一天。

1950年11月25日，中午11时左右，4架美军轰炸机掠过志愿军总部上空，这种骚扰时有发生。作战室的参谋们听到飞机的声音越来越远，便继续工作。

你埋头处理一批电文。

副司令员洪学智很警觉，匆匆赶过来，组织防空洞里的所有人员快速转移。

你本已走到防空洞口，回头看到一名叫高瑞欣的参谋正在紧张地抢救电文和手稿，你立即冲了回去。

就在此时，那4架美军轰炸机突然折了回来，直扑作战室，并扔下了上百个凝固汽油弹，轰隆隆，一阵剧烈的爆炸，眼前顿时一片火海。

彭德怀预感不妙，奋力挣脱警卫员的手，冲到火海前，嘶声问道："大家都出来了没有？"

听说你和高瑞欣没有出来。彭德怀脑袋顿时炸了，吼道："怎么搞的？"说完，把帽子一扔，就要冲进火海，但被战士们死死拉住了。

大火扑灭了。大家从烧焦的防空洞里扒出了两具残骸，依据一块苏联手表的残壳，辨认出了你的遗体。

多么阳光的你啊，竟然倒下去了。几天前，你还跟彭德怀伯伯下过一回棋。

面对那块手表的残壳，彭德怀惊呆了，你的音容笑貌还在眼前晃动啊。

彭德怀一言不发，一步一步，回到司令部，他要来一张电报纸，亲自给你父亲起草电报："今天，志愿军总司令部遭到敌机轰炸，毛岸英同志不幸牺牲。"

电文只有短短的 24 个字，彭德怀却写了一个多小时。他多么希望，这仅仅是一个噩梦啊。

周恩来总理闻讯，也惊呆了："岸英入朝一个月零三天就牺牲了。他吃过苦、留过学、打过仗，又经过农村和工厂的锻炼，在和岸英同龄的一代青年中，像他那样受过良好教育和多种锻炼的人是不多的。岸英的牺牲对党尤其对主席，都是一个无法挽回的损失。"

得知你不幸的消息后，父亲沉默了一会，接连吸了两支烟，然后慢吞吞地说道："战争嘛，总是要死人的。"

不久，彭德怀回国向父亲汇报工作，详细汇报了你牺牲的经过，并请求："主席把岸英托付给我，我没有保护好他。我有责任，我请求处分！"

父亲听了彭德怀的话，良久没有说话。最后，他抬起头，一字一句地说："这次战争，死了成千上万的人。岸英只是一个普通的战士。不要因为是毛泽东的儿子，就不应该为中朝两国人民的共同事业而牺牲。"

父亲的这一席话，让彭德怀和在场的每个人都流下了泪水。

当时，不少人向父亲建议，要将你的遗体运回国内，好好安葬。

父亲不赞成，说道："天下黄土埋忠骨，就让岸英和志愿军烈士们在一起，和朝鲜美丽的江山同在吧。"

岸英，倘若你泉下有灵，一定会理解父亲的用意的。

九

你的手过早地松开了思齐的手，但思齐还在紧紧地抓住你。在白天，在黑夜，在梦里，她用悲痛、泪水和思念将你的手紧紧地抓住。

终于，在你牺牲8年多后，思齐和妹妹邵华一起，要到朝鲜来看你，烧一炷香，为你扫墓。

父亲赞成思齐的想法，说："好，我赞成。我也想岸英，但我不能去看他，只有你去，你是他最亲爱的人，还是烈士的亲属，应该去看看。"

父亲叮嘱：思齐是以烈士家属的身份去扫墓，不能大张旗鼓，不能惊动朝鲜的党和政府。最后还特地交代：来回的路费和一切花销，全部由他报销。

1959年2月上旬的一天，思齐和邵华终于出现在你的墓碑前，思齐和邵华跪在那里，失声痛哭。白色圆形的墓前竖有墓碑，正面为"毛岸英同志之墓"，背面刻有碑文：

毛岸英同志原籍湖南省湘潭县韶山冲，是中国人民领袖毛泽东同志的长子，1950年他坚决请求参加中国人民志愿军，于1950年11月25

日在抗美援朝战争中英勇牺牲。毛岸英同志的爱国主义和国际主义精神将永远教育和鼓舞着青年一代。毛岸英烈士永垂不朽！

思齐抚摸着墓碑，像抚摸着你的手，喃喃道："岸英，我来看你了，代表父亲来看你了。这么多年才来看你，来晚了……"

思齐极度悲伤，几次差点晕倒。

邵华扶着姐姐，也是泣不成声。

离开墓地前，思齐抽泣着，从你的墓地捧了一把土，小心翼翼地用手绢包起来，紧紧地握在胸口。

最后，思齐和邵华再次向你三鞠躬。思齐泪流满面，轻声道：

"再见了，岸英。安息吧，岸英。你永远活在我的心里。"

十

岸英，你的侄子新宇也来看你了。

在父亲和岳母的支持下，你生前十分挂牵的弟弟岸青与思齐的妹妹邵华，幸福地走到了一起。虽然，你从未见过侄子新宇，但你应该感到欣慰。

1986 年初，在新宇 16 岁那天，邵华牵着儿子的手，庄重地说："你是毛主席唯一的孙子。爸爸妈妈想了很久，想送你一件弥足珍贵的礼物。你自己去趟朝鲜，去给你崇拜的岸英伯伯扫墓，告诉他，侄儿毛新宇来看你了！"

新宇很激动，这是爸妈珍藏已久的厚礼，也是他盼望已久的时刻。

终于，新宇来到了朝鲜平安南道的桧仓郡，这里是中国人民志愿军烈士陵园，你的墓碑就坐落在这里。你的周围一共有 133 位烈士的墓碑。

新宇恭恭敬敬地拜了三拜，掏出早已准备好的祭品：一首缅怀你的小诗。他流着泪，轻轻念道：

你从中南海家中走出，

怎么就溶进了这桧仓的小道？

我摸不到你血肉的躯体，

却分明见证了生命的永恒！

新宇念完这首小诗，掏出火柴，将诗篇点燃。看着那升腾的火焰在跳动，新宇呢喃着："伯父，让我握住你的手吧。"

岸英，你的侄子新宇来了，你看见了吗？

岸英，你的侄子新宇念出的诗歌，你感受到了吗？

岸英，你的侄子新宇说出的心声，你听到了吗？

十一

这是一双年轻的手，我从未触摸过。

这是岸英的手，一直在挥舞，像大海一样，从未停止。

这挥舞的手，是鼓点，是号角，是灯塔，是永不变色的信仰与荣光，是矗立的像森林般扩展的英雄的旗帜。

序 曲

瞿秋白：满腔的热血已经沸腾

【出场】凝于寒冬，傲然卓立

你是第一个把《国际歌》翻译成中文的人。

你本可以成为一个出色的翻译家。你的第一篇翻译作品就是托尔斯泰的短篇小说《闲谈》，并与人合译了《托尔斯泰短篇小说集》。经你翻译的还有果戈理的短剧《仆御室》和小说《妇女》，以及法国都德的小说《付过工钱之后》。你还翻译了高尔基的文选集和创作选集、《二十六个和一个》《马尔华》《市侩颂》《克里慕·萨莫京的生活》，卢那察尔斯基的《解放了的董吉诃德》，普希金的《茨冈》，等等。你的翻译被鲁迅先生誉为"信而且达，并世无两"，这是多么崇高的评价啊。

你也可以成为一个优秀的作家。早在1921年初，你就以特约记者的身份到莫斯科采访，取名"维克多尔·斯特拉霍夫"，汉语是"战胜恐惧、克服困难"之意。在采访期间，你写下了《饿乡纪程》和《赤都心史》等名作，还在北京《晨报》等刊物发表文章，热情歌颂十月革命，预示这样的"光明"将"照遍大千世界"。

你为开国领袖毛泽东的《湖南农民运动考察报告》写过序，声称"中国的革命者个个都应当读一读毛泽东这本书"。

你也给鲁迅先生的杂感集作序，鲁迅先生赠你条幅："人生得一知己足矣，斯世当以同怀视之。"

你的出场自带光环，而你的落幕，却悲怆黯然。你随着枪声倒下，血溅长空，含笑而去。你忠于自己的选择，清晰而坚定，却将模糊而消瘦的背影留在历史的长廊和故国泥泞的风雨中。

1899年1月29日，你出生于江苏常州一个没落的书香之家。父亲为你取名"雄魄"，意在重振家业，光宗耀祖。你却改名"瞿爽"，后又改"瞿霜"，取"凝于寒冬，傲然卓立"之意。你仍感言之不逮，后经过一番斟酌，由"霜"引申为"秋白"，并以此名世。

你天分极高，聪敏好学，博闻强记，十三经、二十四史、儒释道及诗词歌赋均有涉猎，且能书善画，尤擅篆刻。18岁考入外交部创办的俄文专修馆，主修俄语、法语、英语，兼修佛学、文学与哲学。其间你慕名前去北京大学，旁听了陈独秀的激情授课，境界大开。

五四运动爆发，你热血沸腾，当仁不让，登上自己的政治舞台。你担任北京学联评议部负责人，组织俄文专修馆的同学，参加游行示威和火烧赵家楼行动，迅速成为暴风雨中高高飞翔的雄鹰。

1920年3月，你参加了由李大钊倡导成立的"马克思学说研究会"，立即被社会主义思想吸引。

你当时并没有意识到，你早早地进入风暴的中心，也早早地被残酷的风暴摧毁。你像一支蜡烛，迅速地燃尽自己的生命：

20岁，你参加五四运动；

23岁，你加入中国共产党；

24 岁，你担任《新青年》主编；

26 岁，你进入中国共产党领导集体的核心层；

28 岁，你担任中共中央临时政治局主席，成为继陈独秀之后，中国共产党第二任最高领导人。

但是很快，你就被排挤出最高领导层，遭受王明、博古等人的打击、孤立和一波又一波的政治迫害……直到生命的指针定格在 36 岁，那是你最后的时刻。

你经受住种种诱惑与残酷折磨，为了崇高的信仰，流尽最后一滴血。

你的血，擦亮旧中国的漫漫长夜。

你的英勇无畏与壮烈牺牲，本已树立了崇高的形象，可你就义前，以率真的方式，出人意料地写下《多余的话》。你卸下人世所有的伪装，用小小的手术刀，对准自己最脆弱的部位，一刀，又一刀，解剖给世人看。你掏出了血淋淋的心，却把巨大的谜团留给后世，也将痛苦、灾难和厄运留给了亲人和他人。

你是瞿秋白。

【在场】船工：我为你叹息

瞿先生，我做梦都没想到，我的一生会与你这样的大人物牵上关系。

说真的，我曾经好恨你。因为你，我的家毁了。也因为你，我的老婆周月林被抓了，说是出卖你的叛徒，害得她冤里冤枉地关了 20 多年，好惨的。

后来，我不再恨你。因为周月林不恨你，还常常唠叨你的事儿，边说边流泪。我听了，不仅为你叹息，也为周月林叹息。

我没想到，周月林也是一个狠角色。她原是瑞金中央政府办事处主任兼中央政府司法部部长梁柏台的妻子。1934年2月，选举产生了中华苏维埃共和国第二届中央执行委员会，她和毛泽东、项英、张国焘、朱德、张闻天、周恩来、刘少奇、陈云、瞿秋白等17人被选为中央主席团成员，毛泽东为主席，周月林是主席团中唯一的女性。

1934年9月，红军长征，要留下一批人坚持斗争，你和周月林都留了下来。

1935年2月，中央分局决定，周月林跟你一起秘密转移，同行者有何叔衡、邓子恢，以及项英的爱人张亮。你们一行向福建长汀县四都山区进发。在汤屋，你见到了福建省委书记兼军区政委万永诚。

四面都是敌人。为了成功突围，万永诚想了一个办法，让你们装扮成被俘的红军，由他们的护卫队"押送"出封锁线。

2月23日傍晚，你们按照计划向永定进发，来到长汀县水口镇，唯一的木桥有敌人驻守。你不顾严重的肺病，带周月林等人从下游偷渡过江，抵达一个叫"小迳村"的地方，疲惫不堪地安顿下来。

2月24日黎明时分，村口突然传来了枪声。福建省保安第14团的军需处处长林绩轩带着有一百多条枪的队伍包围了村子。护卫队让你和周月林等人向村后的小山上撤退。谁知那是一条绝路：一座孤山，陡峭不已。经过激烈的战斗，护送队终因寡不敌众，无力护送。

为了不被俘虏，你大喊一声："咱们滚下去。"你带头一滚，何叔衡也跟着滚了下去，周月林和张亮两个女人也抱着头，滚了下去。

周月林忍痛爬起来，瞅见邓子恢在前面，就快步赶了上去。

枪声远去。周月林回头一看，没有见到你和何叔衡，她毅然返回去寻找，结果发现你跌坐在乱草丛中，张亮躺在不远处。周月林赶紧将你和张亮扶起来。

你擦了擦脸上的血，问，见到何叔衡和邓子恢没有？周月林说邓子恢突围成功，何叔衡没找着，可能也突围成功了。你喘了一口气，面色十分凝重。

周月林领着你和张亮艰难地走着，来到一片荒草丛中。东方露出鱼肚白。你肺病又犯了，大口大口喘着气，实在走不动了。周月林和张亮也累得身子骨要散架了。你让大家歇一会儿，本以为可以隐藏，不料还是被敌人发现，最终被俘了。

起初，敌人并不知道你们的身份，你们偷偷商定了应对办法。你反复叮嘱："人可死，密不可泄。"然后，你伪称林祺祥，说有病来上杭疗养，刚被红军抓去不久；周月林则叫陈秀英，说是被红军抓去做护士的；张亮叫周莲玉，说是香菇商行的老板娘。

第二天，你们三人被押至上杭交给一个姓钟的团长。这个家伙很坏，无比凶残，他不仅指挥手下人折磨你们，还亲自用皮鞭狠狠地抽打你们。为了拷问出你们的真实身份，他还将你们分开，使用种种残暴手段严刑逼供。但你们都很坚强，任凭怎么逼问和拷打，你们都坚持按商定好的说法去应对。

姓钟的没办法，只好将你们关押起来，严加看守，不再天天拷问。就这样，你们蒙混了一段时间。

但没过多久，你被人出卖了，转移去了别的监狱。

周月林和张亮也受牵连，受到新一轮的严刑拷打，并分别被关进了黑牢。

后来，周月林在黑牢关押了三年时间，偶然得到一个机会，保释出了狱。

这个时候，周月林不知道你和他人的状况，也联系不到组织，她在武汉、上海等地晃荡了好久，饥寒交迫，无奈之下，隐瞒身份，嫁给了我。

我们平平淡淡地过着普通人的日子。我发现她是一个有文化、有知识的人，我很佩服，家里的大小事由她做主。她教我识字，给我讲历史，讲国家的事情，希望我做一个"有点墨水"的人。老实说，跟她在一起，我的变化挺大，很知足。我现在能够讲这些事情，全靠她。

很长一段时间，周月林从没有跟我提起她的过往，我也不问。

1949年新中国成立后，周月林情绪发生了变化。有一天夜晚，她突然主动跟我说出了她的过往，名字出现最多的就是你。她说得泪流满面。我一听，都惊呆了。我真没想到，周月林是这么一个了不起的角色，她跟着我，算是委屈了她。但她摇摇头，说，她活下来，完全是因为你。你说的两句话，她一辈子不会忘记：一句话是"不怕死，不乱死"；另一句话是"活得有尊严，死得有价值"。

这些年，每逢走投无路的时候，她就想起你这两句话，就坚持要活下来。

我琢磨这两句话，鼻子发酸，问道："这难道就是你下嫁给我的原因吗？"周月林摇摇头，说，她嫁给我，并不是"下嫁"。如果没有我将昏倒的她从码头边救起来，她不是"乱死"了吗？跟我生活在一起，虽然卑微，却很受尊重。更何况，活着，就有希望。

我不知道她讲的"希望"是什么。不久，她去了一趟北京、南京，但回来后，情绪很差，堵得慌，甚至产生幻觉。我问她发生了什么事儿，她也不说，半夜里，她忽地推醒我，又说起你来，并没头没脑地说，无论发生什么事，都要相信她没有出卖自己的良心。

1955 年 8 月 24 日，周月林突然被逮捕。我很受打击，我猜测一定跟你有关。周月林不在家里，我的心都空了。我不知道她关在哪里，犯了啥子罪？我每天坚持看报，听收音机，四处打探她的下落，时刻关注你的消息。

直到 1965 年 12 月，报纸上一条新闻吓住了我：北京市中级人民法院做出判决，以"出卖党的领导人"的罪名，判处周月林 12 年徒刑。

我相信周月林是无辜的，可我到哪里去诉说呢？

后来，我才知道，出卖你的叛徒的确不是周月林，而是万永诚的妻子徐氏和你的收发员——该死的郑大鹏。

【故事】无形的刀悬在头顶

瞿秋白压根儿不知道万永诚牺牲了，也不知道他的妻子会叛变。

人的一生可能面临许多岔道，你只能选择其中一条路。一旦选择，就不能后悔，也无法后悔。凡人如此，瞿秋白亦如此。

1921 年初，张太雷被派往莫斯科，出任共产国际远东书记处中国科书记，是中共派往共产国际的第一人。是年 5 月，经张太雷介绍，瞿秋白加入了布尔什维克，成为俄共中的一员。

一个月后，瞿秋白以记者身份参加共产国际第三次代表大会。其间，瞿秋白曾到莫斯科东方大学中国班任教，这里有一批后来大名鼎鼎的中国学生，如刘少奇、任弼时、彭述之、罗亦农、萧劲光、柯庆施等人，都在这里学习。

1922 年 2 月，经张太雷的介绍，瞿秋白正式加入中国共产党。9 个月后，作为陈独秀的翻译，瞿秋白出席了在彼得格勒举行的共产国际第四次代表大会。

1923 年 8 月 2 日，根据斯大林建议，共产国际任命鲍罗廷为孙中山的政治顾问。鲍罗廷来华，瞿秋白担任翻译兼助手，两人由此建立了非同寻常的友谊。

八七会议后，瞿秋白之所以成为中共中央主要领导人，出任代理总书记一职，与鲍罗廷的鼎力推荐不无关系。

1928 年 6 月，中共六大后，瞿秋白被组织安排留在莫斯科，担任中共驻共产国际代表团团长，张国焘、邓中夏、余飞和王若飞为代表团成员。

此间，瞿秋白与莫斯科中山大学校长米夫结下"梁子"。1930 年夏，党内出现李立三的"左"倾盲动错误，瞿秋白回国主持，予以纠正。

1931 年 1 月 7 日，中共六届四中全会在上海召开，共产国际代表米夫及其支持者王明等人批评瞿秋白采取"调和主义"，将他排挤出中央领导层。根据米夫授意，将所谓"最出色、最有才华"的王明，推至中共中央的最高领导岗位。

从此，一把无形的刀悬在了瞿秋白的头顶。

对瞿秋白的清算和迫害有明有暗。明的是，米夫指责瞿秋白搞宗派主义，对共产国际不信任和不尊重，失去领导权的瞿秋白只能默默忍受，接受指责，违心承认自己犯了严重错误，陷入"派别斗争的泥坑"。

在《多余的话》中，瞿秋白痛苦地写道："老实说，在四中全会后，我早已成为十足的市侩——对于政治问题我竭力避免发表意见，中央怎样说，我就依着怎样说，认为我说错了，我立刻承认错误，也没有什么心思去辩白，说我是机会主义就是机会主义好了；一切工作只要交代过去就算了。"他认为这样做，是"弱者的道德"，希望通过"忍耐、躲避、讲和气"，求得安宁。

然而，瞿秋白高估了米夫和王明等人的心胸。不久，瞿秋白到上海从事文艺工作，与鲁迅等人建立了深厚的友谊。

1933 年，瞿秋白身体十分虚弱，本应该留在上海养病。但王明、博古等人，不让他安心养病，以组织需要的名义，坚持让他来到苏区。显然，苏区的生活条件，很不利于瞿秋白的病情。不仅如此，他们还强令瞿秋白的爱人杨之华留在上海从事地下工作。

就这样，1934 年 1 月 7 日，雨雪交加之夜，瞿秋白告别杨之华，踏上了去苏区泥泞的路，那消瘦的背影令多年后的杨之华都心疼不已。然而，服从组织安排，这是共产党人的"天职"。无论前途多么崎岖，他必须前行。当时苏区遭到敌人封锁，吃了上顿没下顿，吃一两盐，都是特别的奢侈。

瞿秋白曾向张闻天请求，希望跟红军主力一同长征。张闻天向博古转达了瞿秋白的请求，遭到博古的反对。瞿秋白又亲自去向毛泽东请求参加长征，作为"苏维埃政府主席"的毛泽东当场没有回答，原因是，当时的毛泽东也是博古等人打击排挤的对象，自身难保，说也无用。

后来有人描绘：此时的瞿秋白"手无缚鸡之力，眼有高度近视；肺疾重而血常咯，热不止则风难禁"。就这样，瞿秋白因身体原因与年岁大的何叔衡等人留在了苏区，同时留下来的还有周月林和张亮等妇女同志。瞿秋白清楚，大敌压境，四面包围，要想活着逃出去，犹如"蜀道之难，难于上青天"。

本来，碰上万永诚，瞿秋白等人还感觉出现了一线生机。但幻想很快破灭。

瞿秋白被俘后，并不恐慌，他一面加紧与外界联系，希望得到营救；一面与俘获他的敌人斗智斗勇，努力隐蔽自己。他万万没有想到，收发员郑大鹏被捕后，不仅当面指认他，还拿出了"铁证"，瞿秋白如果再装，自己都会觉得可耻。

【在场】叛徒郑大鹏：为你忏悔

是的。瞿先生，船工老哥骂得对，我对不起你，也对不起周月林、张亮等一批受牵连的人。我该死！

按理，我这样的小人物有缘认识你，是天大的福分，我要好好珍惜。作为收发员，你每次将信交到我的手里，都是对我的信任。你总是带着微笑，那样温和。

有一次，你有一封寄给上海鲁迅先生的急信，当时外面下着大雨，天色也不早了。我本想第二天帮你送到小镇的，但你非常客气地说："还能赶上今天最后一班邮差吗？"我立即点点头，冒雨帮你送了信。回来后，你专门让人送来一套雨具和一个"光明"牌烛灯，说我辛苦了，这两样东西在雨天和夜里用得上的。

不久，我的母亲突发急病，我束手无策，偷偷落泪。你知道后，让我回家探望，给了盘缠和医资，特地说："共产党人要有孝道，人人要有孝心。"

我回来后，正值红军第五次反"围剿"失败，蒋介石命令汤恩伯部负责攻击赣闽红军。当时，国民党第36师中将师长宋希濂率部驻扎长汀。在一次战斗中，我被俘了。

没想到，你和周月林等人也被俘了。

敌人对你们进行了审讯。最初，你们三人按照商量好的应答，敌人没有发现什么破绽，就将你们押往上杭县保安团部关了起来。

1935年4月10日，福建省委书记万永诚在武平县被敌人包围，不幸牺牲。

4月下旬，宋希濂接南京密电，称"据可靠情报，共匪头目瞿秋白在你部的俘房群中，务必严密清查"。宋希濂立即命人核查，对每个俘房逐一辨认和盘问，没有发现线索。几天后，保安第14团说俘房中有叫林祺祥的人，很可疑。

结果，你被押往长汀师部审问。

军法处处长吴淞涛多次审问你。每次你都从容对答："我叫林祺祥，36岁，上海人，是一名医生。"

最后一次，吴淞涛很狡猾，他故意不吱声，只紧紧地盯着你。一段时间过后，他突然一拍桌子，吼道："别装了，瞿秋白！民国十六年，你在武汉讲演，我就在台下恭听，你不认得我，我可认得你！"

这一吼，的确有些突然。但你怔怔地看了对方一眼，不紧不慢地答道："你真会讲故事，瞿秋白是谁？长得像我吗？"

吴淞涛气得浑身发抖，他一个箭步上去，揪住你的头发，用力往后一拉，飞起一脚，将你坐的椅子踢开，只听到你"啊"的一声，倒在地上，一口血，从嘴里喷出。"你给老子装，看我不整死你！"说罢，又一把将你托起来，举过头顶，吼道："快说，你是谁！"只听你喘着气，呻吟道："我……我是……林祺祥……"话音未落，你已经被重重地摔了下去。

当时我就躲在暗处，看到这一幕，心里特别害怕。我以为你这一摔，会昏迷过去，至少你可以装昏迷过去。没想到，你竟然一声不哼，摇摇晃晃地站了起来，还望着吴淞涛嘿嘿一笑，吓得他恐惧地叫了一声："真是活见鬼了！"

无奈之下，吴淞涛使出最后一招，叫我出来指认你。

你见我进来，照例装着不认识。我怯怯地说："瞿先生，我是郑大鹏，你的收发员。你还认识我吗？"

你微微抬起头，认真地看了我一眼，轻轻道："我不姓瞿，也不认识你。"

吴淞涛一听，怒不可遏，把对你的不满发泄到我的头上。他恶狠狠地抓住我的头发，重重地扇了我一个巴掌，高举着拳头，歇斯底里地吼道："你这个狗娘养的，快说！他到底是不是瞿秋白？"

"我敢用脑袋担保，绝对是。"我顿时吓坏了。心想，如果指认不成，我肯定会受到严惩。我家有老母，且这么年轻，我可不想死。没办法，我只好将你寄信时给我留下的签名件拿了出来，递到你的面前，稍稍提高声音说："瞿先生，这是你给我的签名件。你不会否认吧？"

你望着签名件，一怔。然后，你忽然一笑，说道："既如此，你也用不着拿脑袋做担保，我也用不着再装了。对，我就是瞿秋白。这些日子，所谓'林祺祥''职业医生'之类，就算是一篇小说吧。"

"瞿秋白！哈哈哈！……"吴淞涛发出一阵狂笑，笑得浑身发抖，半晌，他才冷冷地道："好。你总算是承认了。"

我不敢再看你一眼，悄声退出审讯室，全身湿透了。

后来，我不断地为自己辩护和开脱：瞿先生，你最先是被万永诚的太太徐氏出卖的，即便我不指认你，她也会出来指认。

就这样，我活了下来，但生不如死。我一辈子都活在痛苦的阴影里，活在对自己的谴责里，活在对你的忏悔里。

【故事】冤有头，债有主

其实，更应该谴责的是蒋介石。

1927 年 4 月 12 日，蒋介石下令国民革命军在上海捕杀共产党人，进行"清党"，这一天，成为中国共产党最黑暗的日子。

那么，蒋介石为什么要"清党"？为什么对瞿秋白恨之入骨？

都说，"冤有头，债有主"。蒋介石要把对共产党的仇恨都发泄到瞿秋白这个"冤大头"身上。

众所周知，蒋介石是在孙中山最危难的时候出现的，并迅速成为他最信任的人。1923 年 8 月，孙中山派蒋介石和共产党人张太雷等 4 人赴苏联考察。张太雷是广州起义领导人、中国共产党的创建人之一，他不仅是瞿秋白加入俄国布尔什维克的直接介绍人，也是瞿秋白加入中国共产党的直接介绍人。孙中山逝世后，蒋介石精心策划了"中山舰事件"，抛出《整理党务案》，大力排挤中共党员。张太雷十分气愤，发表《到底要不要国民党？》的檄文，击中了蒋介石的要害，气得蒋介石大骂张太雷。后来，张太雷再次发表文章，针锋相对又一针见血地批驳了蒋介石的谬论。张太雷是老资格的共产党人，1924 年 1 月 21 日列宁逝世时，他还前去莫斯科工会大厦瞻仰列宁遗容，参加了葬礼。孙中山生前对张太雷也很器重。蒋介石曾一度把张太雷视为眼中钉，但很快便将目光转移到瞿秋白身上。

蒋介石对瞿秋白本来就看不惯，但瞿秋白所行之事比张太雷更令他不爽。可以说，蒋介石对瞿秋白的恨由来已久，变本加厉。共产党开始在广东、湖南、湖北、江西等地发动农民起义，各地纷纷成立农会，取代地主宗族把握乡村的权力。蒋介石非常恼火，觉得只有土匪、流民和强盗才干得出这种事情。陈独秀也认为这是"农民造反"，他持明确的批评态度。

但是，毛泽东是完全支持的，他不仅跟蒋介石等人唱反调，还公开提出："有土必豪，无绅不劣。"毛泽东的这个惊人观点在党内引起巨大争议。

关键时候，瞿秋白毫无保留地支持毛泽东，他把毛泽东《湖南农民运动考察报告》印成小册子，亲自作序，号召大家都来读读这本书，令蒋介石恼羞成怒。

1927 年 4 月 12 日，忍无可忍的蒋介石发布清党通电，通缉共产党的首要分子 197 人。瞿秋白位居鲍罗廷、陈独秀、林伯渠之后，列在毛泽东之前。

在蒋介石看来，瞿秋白罪大恶极。南昌起义就与瞿秋白有很大关系。因为就在这次起义前，瞿秋白成为中共实际上的最高领导者。南昌起义就是他新官上任点起的第一把火。不仅如此，瞿秋白还策划指挥了一系列武装起义，并积极准备"全国总暴动"。这期间，除了著名的湖南"秋收起义"，各地武装起义如星星之火，湖北、江西、广东、江苏、河南、河北、陕西等地纷纷响应。

1927 年 11 月，瞿秋白密令张太雷在广州准备起义。12 月 11 日，广州起义取得成功，成立了"广州苏维埃政府"。广州是蒋介石发家之地，是国民党老巢，卧榻之侧岂容他人酣睡？蒋介石气急败坏，迅速派兵镇压，虽然张太雷死于乱枪之中，但瞿秋白没有被抓住。

作为蒋介石心腹之患的瞿秋白仍然强调革命处于"高潮"，指示各地实行"三杀"：一是"杀尽改组委员会委员、工贼、侦探，以及反动的工头"；二是"杀尽土豪劣绅、大地主，烧地主的房子"；三是"杀政府官吏，杀一切反革命"。

瞿秋白被捕后，仍然被蒋介石视为"眼中钉"，原因是瞿秋白"不识抬举，极不配合"。

历史学家后来发现，在长征之前，瞿秋白已将张闻天、王稼祥（也属"二十八个半布尔什维克"之列）争取到了自己一边。博古等人从江西转移时不顾瞿秋白的再三请求，执意让他留下，而蒋介石居然还用手中的刀杀了他，真是愚蠢至极的行为。

实际上，早在 1931 年 6 月，瞿秋白的继任者向忠发被捕。虽然向忠发叛变了，把所知道的全部的机密悉数供出，蒋介石还是下令"就地枪决"。但向忠发与瞿秋白岂可同日而语？

平心而论，对瞿秋白，蒋介石念他是个读书人，才华不凡，起初还试图劝降。只要瞿秋白公开声明脱离中共，对前期所做事情进行"忏悔"，即可免死。但瞿秋白偏偏软硬不吃，从宋希濂到"中统""军统"，所有劝降者绞尽脑汁，仍一无所获。

"娘希匹！"面对一拨又一拨劝降者的报告，蒋介石失去了耐心，他青筋暴露，眼里露出了阴冷的杀机。

有无数条路，可以让瞿秋白"体面"地活下来，但他心意已决，选择了一条不归路，那条路的终点是黑洞洞的枪口。

【在场】狱卒：为你难过

瞿先生，不瞒你说，刚见你的时候，还真以为你是一名医生呢。后来被告知，你是共党要犯，可吓了我一跳。作为一名狱卒，我每次前去提审你和押送你回牢房时，你总是那么儒雅、坦然、和气，与我头脑里的"赤匪"形象大不相同。

我没想到在宋将军获悉你的真实身份后，特地宣布六条措施：一、专辟一房间，供给书桌一张，纸墨笔砚和书籍若干；二、为你新买布鞋一双、白裤褂两套；三、每日按师部"官长饭菜"标准供膳，烟酒另备；四、每天允许你在院内散步两次，由一名副官和军医负责，门口白天不用看守；五、除宋将军本人外，一律称你"瞿先生"；六、禁用镣铐和刑罚。

我当时想，这哪里是坐牢，这分明是来休养的啊。

有一天，头儿让我多给了你半支蜡烛，没想到，你舍不得点亮它，而是将这半支蜡烛翻过来，用铁钉在蜡烛底部刻了一枚非常雅致的图章。头儿听说后，立刻跑到街上买了一把雕刻刀和一枚石章，让你帮他刻一枚私章。我们都以为你会先描好字再刻，谁知你竟不用，操起刻刀，横一刀，竖一刀，不一会儿工夫，就完成了一枚图章，十分精美。头儿很开心，觉得你真有两下子。

你每天很有规律地生活，气定神闲。你写诗填词，雕刻图章，凡索要者，从不拒绝。有一回，你见我盯着你刻图章，便问我："别人都向我要图章，唯有你不张口。你喜欢吗？"我点点头。你立即将图章送给了我，又问："还想要点什么？"我麻着胆子道："瞿先生能送我一幅字吗？"说真的，对于图章，我虽喜欢，但可有可无。若能送幅字，我更喜欢。

你微笑着，当即给我写下一幅字："同英德纳雄纳尔，人类方重兴！"见我一脸疑惑，你就轻轻打着拍子，哼唱"起来，天下饥寒的奴隶"，一边哼，一边脸上露出光芒，哼了一会儿，你指着自己写下的字，突然停下来，然后握着拳头唱道："人类方重兴！"唱罢，你告诉我，这是一首唱给劳苦大众的歌，全世界人民都在唱，你让我也跟着唱。我轻轻哼唱了一会，虽然不明白"英德纳雄纳尔"是什么意思，但这首歌好听，易学，唱了感觉有力量。

后来我才知道，这是你翻译的《国际歌》。

半个月后，我接令押送你到设在长汀中学里的师长办公室。宋将军笑容满面，将你迎入房间，挥手将下属都赶了出去。我正要退出，你对宋将军说："这位小兵哥就留下吧。万一我攻击你，你至少有个帮手呀。"

我一听，愣了。宋将军也怔了一下，随即哈哈大笑起来，对我说："好，你留下吧。"转身对你拱拱手："谢谢瞿先生替我的安全考虑。"

待坐下后，宋将军问："瞿先生生活得还习惯吗？"

你喝了一口茶，点点头，道："囹圄之人，受此优待，实不应该。"

我终于知道，宋将军优待你，实想软化你，引诱你。

"哪里，哪里。鄙人军务繁忙，应该早来看你。"我从宋将军眼神里可以感受到他的得意，"这儿条件还不好。如能到南京，就会大不一样。对了，你的肺病好转了吧？我们的陈军医是从日本留学回来的，医术不错。这些天，他都用了些什么药？"

"宋将军想多了。"你不卑不亢，回答道，"作为囚犯，给我什么药，我就服什么药。自己的病自己清楚，用不着认真治疗。"

宋将军听后一怔，认真看了你一眼，道："瞿先生何以如此悲观了？命运掌握在你手里。身体或精神上是否有病，病多重，如何治，你是最清楚的……"

"行了，不必往下说了。"你突然打断宋将军的话，提高声音道，"第一，我是否有病，我当然清楚；第二，我的命运由谁掌握我也清楚，至少不是由你宋将军主宰吧。"

我真没想到，看似文弱的书生，内心却有如此强大的力量。我不明白，是什么支撑了你，在生死关头，你竟如此坚定。

宋将军气得脸色发白。他走到窗户边，冷冷地对我说："带下去。"

我心一凉。我知道，你不配合，凶多吉少。

出了办公室，见我垂着头，你竟笑着说："你看，我没有攻击宋将军，宋将军也没有吃了我。咱们打个平手吧。"

我笑不出来，为你难过。当时我还私下想，可能宋将军对你太"客气"了，要是动刑，你可能就会变节。但我想错了。

有个副官，姓贾，想立功想疯了，他背着宋将军，审问你。贾副官牛高马大，脾气暴躁，见你不配合，挥拳一击，你满嘴流血，一声不哼。贾副官命我搬来老虎凳，将你的双腿放上凳子，双腿并拢伸直。我和两名同伴用绳子把你的大腿捆在凳上，又用绳子捆住你的双脚，然后往你的脚下垫上砖头，越垫越高，你痛得浑身发抖，很快昏迷过去。

贾副官担心你死掉，赶紧命令放下来，让人端来一盆冷水，往你头上一浇，停了一会儿，你才缓缓地喘出一口气，睁开肿胀的眼睛……

几天后，宋将军又来亲自提审你，见你嘴唇肿，双腿抬不起来，便问你怎么了。你笑笑说，不小心，摔了一跤，磕坏了嘴巴，不碍事。

一旁的贾副官长舒一口气。我真佩服你的气度。说真的，如果你照实报告，贾副官一定会吃不了兜着走的。

就在这一次，你对宋将军提了一个特殊要求："有些话我想写下来。"

我以为你要招供了呢。宋将军可能也是这么想的吧，他立即命人送来纸墨。但你究竟要写什么，当时我们都不知道。后来才知道，你用六天时间写下了《多余的话》。据参谋长说，你写的东西，全是废话，对党国没什么用。

5月22日，蒋介石命人给驻闽绥靖公署发来一道密电："派陈建中同志来闽与瞿匪秋白谈话。"三天后，追加一道密电："加派王杰夫同志偕同陈建中同志与瞿等谈话。"

陈建中原本就是中共的叛徒，王杰夫则是"中共自首人员招待所"负责人，两人都善于攻心。他们还根据你的政治地位、学识、性格、家庭状况等情况，专门研究了一套劝降办法，以为一定能够降服你。

然而，软的，硬的，都用了，在整整6天里，你先后接受了9次讯问，其中7次为劝，2次为审，皆无所获。

无奈之下，王杰夫把蒋介石秘密开出的优厚条件和盘托出："委员长让我转告瞿先生，你可以不公开声明反共或写自首书，只是迁往南京养病，身体好了以后，你可以从事翻译工作或去大学任教都成。"

"你可以效法顾顺章，你的前任陈独秀此刻也在南京。"陈建中在一旁意味深长地道，"委员长宽宏大量，希望瞿先生不要执迷不悟，生命可贵啊。"

"哼。我既不是陈独秀，更不是顾顺章。"你扫了陈建中一眼，朗声道："我是瞿秋白。你如果认为他俩的做法是识时务的话，那我宁愿做一个不识时务笨拙的人，也不愿做个出卖灵魂的识时务者！"

"你他妈算个屁！"王杰夫恼怒极了，恶狠狠地道，"你想当英雄，敬酒不吃吃罚酒。那就走着瞧！"

你忽地笑了笑，抬头望着窗外，心平气和地道："我爱酒、爱吃酒，这酒既非敬酒，亦非罚酒，而是良心酒，自斟自酌，别有风味。"停了一下，你像是对王、陈二人，又像是对自己，轻轻说道："人爱自己的历史，比鸟爱自己的翅膀更厉害。勿要撕破我的历史。"

就这样，劝降者一无所获，悻悻而去。

因为军医陈先生很同情你，见我很敬佩你，所以偶尔跟我聊起你的事。老实讲，如果不是陈先生说的，我真不敢相信，发生在你身上的这些事儿，都是真的。

暴风雨来临前，总是闷热而平静的。

果然，1935 年 6 月 16 日，我清楚地记得这一天，下午接班时，我被告知：务必对你严加看守。因为南京来了密电，对你"就地枪决，照相呈验"。

【故事】营救：心有余而力不足

杨之华没有想到，丈夫的壮烈牺牲来得如此之快。

瞿秋白是杨之华的老师，杨之华不仅认识他的妻子王剑虹，还与她同时参加妇女运动。可婚后不久，王剑虹就患上了肺病，瞿秋白四处求药，但始终没能奏效，王剑虹撒手而去。

杨之华的丈夫沈剑龙是个开明的人，两人婚后生下一个女儿，叫沈晓光，后改名为独伊。王剑虹病故后，瞿秋白渐渐地爱上了杨之华。杨之华察觉出后，有些手足无措，独自离开上海，回到老家萧山。瞿秋白随即赶到萧山，与沈剑龙和杨之华进行一番坦诚的交谈。

尴尬之余，沈剑龙展示了难能可贵的君子风度。

《民国日报》在 1924 年 11 月 27 日至 29 日，连续三天刊登他们的佳话：一个是杨沈离婚、瞿杨结婚的公告，还有一个是沈剑龙身披袈裟手捧鲜花的图片，意为"借花献佛"，祝福瞿杨二人。

瞿秋白和杨之华十分珍惜这段来之不易的缘分，他们婚后相敬如宾，过了一段甜蜜幸福的日子。但好景不长。瞿秋白从上海离开后，杨之华就陷入相思和担心的痛苦中。

一天夜里，大雪纷飞，听说鲁迅病了，杨之华跑去看他。见面后，鲁迅气色很不好，急问道："听说秋白在苏区死了，这个消息确实否？"

杨之华如雷轰顶，半晌后，讷讷道："不会吧？"

鲁迅异常严肃，道："尽快把消息打听清楚后告诉我。"同时叮嘱她："你也要多加小心！"

从鲁迅住处出来，杨之华立即找到妹妹杨之英，急问邵老那边的消息怎么样了。邵老是邵力子。一个多月前，当听到丈夫在福建长汀被捕的消息后，杨之华心急如焚，对妹妹说："秋白可能会牺牲，咱们一定要想办法救他！"

杨之华当即写了三封信让妹妹送出去。一封是给蔡元培的，一封是给宋庆龄的，还有一封是给邵力子的。杨之华寄希望于这三位德高望重的人出面营救瞿秋白。

杨之英不敢怠慢，立即去办。她把给蔡元培的信当面交给了他的大儿子蔡无忌。但在给宋庆龄送信时，因警卫阻拦，未能成功。给邵力子的信，因当时他在南京，只能拍电报告知。

值得一提的是，邵力子是杨之英的公公。

杨之英第一次婚姻，她的丈夫是邵公的次子邵志刚。作为国际共产党人，志刚不幸在瑞士遇难。邵公很悲痛，也很开明，他把杨之英当成女儿看待，几年后还亲自做媒，置办婚礼，充当证婚人，促成了她与吴元坎的结合。杨之英求助于邵公，除了这一层特殊关系外，更因为邵公的特殊地位和影响力。作为中共和国民党两党的元老，邵公曾与瞿秋白有过工作交往，很欣赏他的才华。瞿秋白被捕时，他虽在南京任要职，是蒋介石的幕僚，但在政治上主张国共合作共同抗日，因此，如有机会，他一定不会见死不救的……

"邵公方面还没有消息吗？我听说秋白已经……"杨之华说到这里，哽咽起来，泪如雨下。

杨之英听了很吃惊，她只好扶住姐姐，语无伦次地安慰道："邵公方面……唉，南京方面……还不至于吧……"

实际上，杨之英无时无刻不牵挂瞿秋白的事情，也无时无刻不在催问邵公。但每次邵公都没有正面回答，不是"再看看"，就是"再等等"，或者"各方还在争取中"。

应该说，南京国民党高层多次讨论瞿秋白一案，意见不一。蔡元培认为，瞿秋白虽然做过共产党最高领导人，但现在已经失势。而像他这样有才气的文学家和翻译家实在少有，应网开一面，为党国所用。

邵力子赶紧附和，"此人虽已失势，但影响巨大。若南京政府能容下此人，则天下共党莫不感佩之"。

但是，蔡、邵二人的建议遭到戴季陶等人的严厉反对。作为蒋介石的资深谋士，戴季陶公然叫嚣："瞿秋白赤化了千万青年，这样的人不杀，杀谁？这样的乱臣逆子不杀，党国的威严何在？"

戴季陶是典型的机会主义者，既无真正的信仰，更无高尚的节操。正因为此，早在中共中央的一次会议上，瞿秋白曾以极大的革命义愤，尖锐地批判戴季陶主义是"国民党新右派反共反工农的旗帜，必须最彻底地粉碎"。他还专门写了一本小册子，叫《中国国民革命与戴季陶主义》，令戴季陶胆战心惊，无地自容。

蒋介石虽然知道戴季陶借刀杀人，以泄私愤，但内心高兴。因为有了戴季陶的坚决态度，其他人也知道蒋介石与戴季陶穿的是一条裤子，便不愿再说什么。蒋介石既装着心胸博大，可以给瞿秋白"一条生路"，又提出条件，让瞿秋白来南京养病，最终为其所用。当然，瞿秋白对蒋介石的"好意"毫不领情。

蔡元培和邵力子有心无力。

就在杨之华诉说瞿秋白遭遇不测的第二天，杨之英再次找到邵公询问。

邵公无比气愤又无限惋惜地说道："蒋一定要杀他，一定要杀，没办法哪！"

早在"军统"和"中统"审讯前，瞿秋白就知道自己的结局。虽然与狱卒们打成一片，但能够交心的还是没有。好在军医陈炎冰为人还不错，瞿秋白想把后事托付给他。

一天上午，瞿秋白将狱中写成的《卜算子》《浣溪沙》《梦回》三首诗词手稿，连同一张半身照郑重地交给陈炎冰保存。

陈炎冰发现照片背后还题有文字，抬头是"炎冰先生惠存"，内容是：

"如果人有灵魂的话，何必要这个躯壳！但是，如果没有的话，这个躯壳又有什么用处？"

文末还有一简短跋语："这并不是格言，也不是哲理，而是另外有些意思的话。瞿秋白 1935 年 5 月摄于汀州狱中。"

陈炎冰对瞿秋白把这些诗文和照片交给他感到非常紧张，也非常珍惜。陈炎冰觉得放在身边不安全，得尽快转移出去。经过反复考虑，最后他通过层层关系，将这些东西转寄给在美国留学的柳亚子的女儿柳无垢。

不久，《卜算子》《浣溪沙》《梦回》三首诗词，在上海《人间世》杂志上发表。再后来还在阿英主编的《文献》杂志上发表。

陈炎冰感觉有些欣慰，总算没有辜负瞿秋白的信任。

【在场】军医陈炎冰：为你痛心

我叫陈炎冰，1926 年加入中国共产党，参加过北伐。1927 年毕业于广州中山医学院，大革命失败后，1928 年留学日本，在庆应大学就读。回国后，经国民党三十六师军医处处长邱炳邦引荐，到该处当军医。

瞿先生，你不认识我，可我早闻你的大名。没有遇到你之前，我头脑里虚构你种种形象。宋希濂将军跟我说过你的过往，说他在黄埔军校第一期学习时，还聆听过你的课，对你钦佩有加。所以他一见到你，遂尊称你为"瞿先生"。

最初，宋将军的确想通过一系列优待让你回心转意。而你，用有限的"自由"和窄小的空间，跟这里的人打成一片，你刻章、写字、读书、作文，让这里的官兵几乎都把你当成了朋友。这不是好事，我很焦急，特别是你叫官兵学唱《国际歌》，把监狱当成了学堂，弄得宋将军十分恼火。但我不敢跟你明说，只希望你见好就收。毕竟，你是"人在屋檐下"啊。

有一天下午，你拉着我的手，指着外面的天空，认真地说："现阶段中国革命是土地革命，毛泽东同志以农村为革命根据地包围城市，最后夺取城市，进而解放全中国，这是正确的革命路线。"

你说这番话时，眼里流露出的目光是那么深邃而明亮。我仿佛看到了一只苍鹰被关在铁笼里，它是多么渴望飞向蓝天啊。

几天后，听说郭沫若去了日本，我问道："你认识郭沫若吗？"

你点点头，道："当然认得！"

我便告诉你，他到日本去了，如果你想联系他，我可以帮忙。

你一听，马上取笔铺纸，略一沉思，很快写了一封信，其中有一段话令我至今难忘：

"历史上的功罪，日后自有定论，我不愿多说，不过我想自己既有自知之明，不如尽量披露出来，使得历史档案的书架上材料更丰富些，也可以免得许多猜测和推想的考证工夫。"

后来我知道，这些话其实是为你写《多余的话》做出说明或交代，基于当时情形，你只能以曲笔的方式表达自己的看法。

蒋介石派"中统"和"军统"对你诱降不成后，你意识到自己余日不多，你微笑着对我说："事实上，没有附加条件是不会允许我生存下去的……这条件就是要我丧失人性而生存。我相信凡是真正关心我、爱护我的亲属，特别是吾妻杨之华，也不会同意我这样毁灭地生存。这样的生存，只会给他们带来长期耻辱和痛苦。"

我无言以对。

你接着说："到了这里，我已经是一个无用之人。他们榨不出什么宝贝，一定非常不开心。我会过好每一天，跟每一个接触的人交朋友，包括宋将军和前来劝降的人。可惜蒋先生未必有雅量容下我。"

不幸一语成谶。

翌日上午，南京方面来了急电，宋将军把参谋长向贤矩、军法处处长和我等召到一起，传阅电报并下令："消灭共党已到了关键时刻，委员长的指令，我们要无条件地执行。"

接着，宋将军做了如下安排：一是让参谋长去你房间传达最高命令，看有什么遗言、遗物需要转达；二是加强警戒，禁止放风、会客；三是由我陪同你度过最后时刻，密切注意你的情绪，发现情况，立即上报。

第二天中午，当参谋长带着我到你房间宣布处决令时，你还在聚精会神地给一名卫兵刻图章。你头都没抬，习惯性地说了一句："请坐，稍等片刻。"你把我们也当成向你索要字画和图章的人了。

参谋长很意外，只好静静地等你刻完图章。当你抬头见到我们时，略略有些吃惊，恰好勤务兵端来一大盘酒菜，你似乎意识到什么，拍拍手上的微尘，站起来说："嗬，伙食不错啊，今天是什么风，把参谋长也吹来了？"

"瞿先生，请先吃饭，条件有限，随便吃点。"参谋长颇不自然地说。

你可能发现我的脸色不好，而且一直低着头，便接上参谋长的话，说了一句："好，先吃饭。雷公老子不打吃饭人。"

参谋长提起酒壶，倒了两杯，率先喝了。你故意打趣道："也不敬我一杯？"说着，仰头喝了下去，意味深长地看了我们一眼，吃了一口菜。

参谋长没话找话，说："瞿先生，你来这儿多久啦？个把月了吧？"

"我从不记日子。"你自个儿喝了一杯，盯着参谋长，说，"怎么？

要打发我上路了吧？"

"对的，瞿先生真有自知之明。"参谋长借着酒劲，严肃道，"天堂有路你不走，地狱无门你偏行。宋将军和我多次苦口婆心，上回南京方面来人也真诚劝降，可你每每抗拒，每次都说'既被俘，就没打算活着出去'。"

"这么说，南京的蒋先生不耐烦了？"你居然打了一个哈哈。

显然，参谋长感觉自己的威严受到了嘲弄，冷冷地说："我宣布：师座遵照委员长电令，明天上午成全你，执行对你的死刑。"

你嘴角微微扬了一下，随即夹了一块肉，吃下，舒了一口气，一字一字地说："这样做，才是蒋介石的风格！好，我早就等着这一天了！"

说完，又特地给参谋长倒满一杯酒，递过去："来，为这个消息，干杯！"

参谋长面无表情地接过酒杯，但又缓缓地放了下来。

什么叫视死如归？是什么力量支撑你如此从容？我的心突然一阵绞痛。

这时，参谋长咳嗽了一下，示意我说点什么。我只好看着你，结结巴巴地说："瞿……瞿先生，你还……还有什么需要，或有什么交代办的，请尽管说。"

你一脸镇定，说："没什么，我准备好了，随时起身赴黄泉。"

参谋长脸色苍白，嘟哝一句："瞿先生，不急，你好好想一下吧。"

"那好。这些日子，我写了一篇《多余的话》，还有一些遗墨。我死后，请陈军医帮我寄给一位武汉的朋友，一会儿我写下姓名、地址。"你望着窗外，说，"请参谋长报请宋将军照准。"

参谋长立即表态："好，没问题，这些东西对我们没用，师座一定会照准的，请瞿先生放心。"

"谢谢你们。"你站起来，做了个送客的手势，微笑道，"对不起，刚才那个图章其实还没刻完，我还答应给一个小兵哥写一幅字。时间不多了，我赶紧做完这一切，然后可以长眠了。"

瞿先生，听了你这番话，我的心真像针刺一样，痛到骨髓里了啊。

当晚，你服了一点安眠药，睡得很沉，还打着轻轻的呼噜。而陪宿的我，却彻夜难眠，直到天亮。

我一直在想：我偷偷寄给你的爱妻杨之华的信，她收到了吗？

【故事】鲁迅：披肝沥胆为秋白

杨之华的确没有收到瞿秋白被捕后写的信。但鲁迅弟弟周建人收到了一封来自监狱并经过检查的信，信封上盖有特殊的蓝色长方形印章。1935年5月，鲁迅也收到了一封同样的信，信件的署名都是"林祺祥"，信中用的是隐语。鲁迅立即明白这是瞿秋白被捕后写来的信："林"字"双木"即"双目"，是"瞿"字的上半部。他立即通知杨之华过来，告诉她，瞿秋白虽然被捕，但身份还没暴露，须尽快保释。杨之华好不容易找到保人，连夜做了两条裤子，鲁迅送来一些钱。她把裤子和钱给瞿秋白汇去，并在信中告诉他已找到铺保，请多保重。

瞿秋白被鲁迅视为"知音"，为了他，鲁迅真是披肝沥胆，至死都在挂牵。这是瞿秋白不幸之中的万幸。

1930年5月，内山书店主人内山完造为好友鲁迅在拉摩斯公寓三楼找到一个住处。鲁迅带着许广平立即从景云里迁入公寓。这是租界的一幢国际化公寓，住户多为外籍人士。

很快，柔石、冯雪峰、郁达夫、史沫特莱等人成了鲁迅新家的常客。

1931年1月7日，中共六届四中全会在上海召开，王明一伙上台，对瞿秋白进行"残酷斗争，无情打击"。尽管瞿秋白违心地做了"自我批评"，并承担三中全会和政治局所犯的"错误"，但王明等人并不罢休，他们采取"去瞿留周"的阴招，对周恩来实行"打他的屁股，但也不是要他滚蛋，而是在工作中纠正他"，但对瞿秋白则欲置之死地而后快，将他赶出政治局，强迫他写声明书，公开承认"莫须有"的罪名。

1931年4月24日，中央特科负责人顾顺章被捕。25日凌晨一点，三封特急加密电报被送到了南京国民党中央组织部特情科。因是周末，特情科的负责人徐恩曾去了上海，留在办公室值班的，是徐恩曾的机要秘书钱壮飞，他是潜伏的中共地下党员。

钱壮飞很快破译了加密电报，内容是：共党头目顾顺章在汉口被捕并自首。明早将顾解送至南京。三日内，可将上海共党中央机关全部肃清。

看罢电文，钱壮飞惊出一身冷汗，急忙回家，叫醒了正在熟睡的女婿刘杞夫，让他赶赴上海，向李克农和党中央报告。

周恩来指示陈云采取果断措施，及时转移了中共中央、江苏省委和共产国际远东局的全部机构，但唯独不见瞿秋白，周恩来又立即叫陈赓派人去找："请务必找到并安全转移！"

原来，瞿秋白夫妇去了茅盾家，当晚正准备吃饭时，有人突然敲门，来人什么话也没说，径直交给瞿秋白一封信。瞿秋白展信一看："你们的母亲病得很厉害，快回去看看。"

瞿秋白倒吸一口冷气，这封信暗示中央出大事了，让他们快快转移。他顾不上吃饭，跟茅盾耳语了几句，叫上杨之华，从后门悄悄走了出去，终于化险为夷。

1932年初夏的一天，经冯雪峰牵线，瞿秋白见到了鲁迅，真是一见如故。此前，两人书信不断，惺惺相惜。瞿秋白称鲁迅为"亲密的人"，鲁迅称瞿秋白是"敬爱的同志"。

瞿秋白失势受打击后，王明把持中央，每月的生活费只发给他16.7元钱，当时，这点钱比最底层的工人挣的还少，瞿秋白夫妻生活难以为继。鲁迅获悉后，立即请他翻译俄国文学作品，以贴补家用。作为国民党通缉的共产党要犯，瞿秋白翻译的文字不能见诸书报刊，鲁迅冒着风险，帮他以笔名发表。

瞿秋白很感动，主动要求编选鲁迅的杂文选集，并洋洋洒洒写下1.7万字的序文，他毫不吝啬地赞美道："鲁迅从进化论进到阶级论，从绅士阶级的逆子贰臣进到无产阶级和劳动阶级的真正友人，以至于战士，他是经历了辛亥革命以前直到现在的四分之一世纪的战斗，从痛苦的经验和深刻的观察之中，带着宝贵的革命传统到新的阵营里来的。"

1932年11月27日，中共特科联络员，以秘密方式，向瞿秋白发出"警报"："危险逼近，请速转移！"

"眼下白色恐怖，到处有眼线，去哪里安全？"瞿秋白考虑再三，最终决定去鲁迅家避避。于是，瞿秋白与杨之华分头出走，约好在鲁迅家见面。

瞿秋白搭了一辆黄包车，兜了几个圈子，见无特务盯梢，便急速来到四川北路拉摩斯公寓。到三楼敲门，许广平开门，一见瞿秋白，二话没说，让他进来。瞿秋白道："我最亲密的人呢？"

许广平告诉他：鲁迅到北平探望母病去了，几天后会回来。知道瞿秋白一定有紧急事情，便说："放心，我会安排好的。"停了一下，问："之华呢？"

瞿秋白答道："有个叛徒认识杨之华，为防不测，我俩分头走的"。

许广平煮了点吃的，等待杨之华。夜幕降临，杨之华才悄然敲门进来。许广平道："有人盯梢？"杨之华点点头，说："转了好久，才甩掉尾巴。"

三天后，鲁迅从北平回到上海。一进门，见到瞿秋白，惊道："啊，我的敬爱的同志，你们在这儿？"

"是啊。不好意思，打扰了。"瞿秋白道。

"哪里的话？请都请不来！"鲁迅很高兴，顾不上喝一口水，对瞿秋白夫妇嘘寒问暖。得知两人可能要住一段日子，他特意将自己的书房兼卧室腾出来，让瞿秋白夫妇居住，叮嘱道："这就是你们的家，不用客气。"

这一次，瞿秋白夫妇在鲁迅家里住了十多天，每天都有忙不完的事情，《现实——马克思主义文艺论文集》一书的大部分就是在此间完成的。

1932 年 12 月 11 日，中央特科获悉，因为瞿秋白，特务已经盯上鲁迅家。组织指派陈云执行这次转移任务，当时，陈云是全国总工会的党团书记。这是陈云第一次也是最后一次见到鲁迅。

当天晚上，陈云坐着一辆黄包车，戴着铜盆帽，穿着旧西装大衣，悄然来到鲁迅家。陈云按照暗号，往门上轻轻叩了两下，门开了，许广平探出头。

陈云问："周先生在家吗？我是史平。"

"史平"是陈云的化名。许广平立即请他进屋。当时，鲁迅穿着一件旧的灰布棉袍子，略带忧愁地说道："秋白同志一切就绪，他的几篇稿子和几本书放在之华同志的包袱里，另外还有一个小包袱装着几件换洗的衣服。"

陈云很吃惊："就这点东西吗？"

瞿秋白点点头，对陈云介绍道："这是周先生，就是鲁迅先生。"回头指着陈云，向鲁迅介绍道："这是史平同志。"

"真是久仰得很！"陈云由衷地说了一声。鲁迅握了一下陈云的手，关切地问："这么晚了，又下着雨，方便吗？"

"没事，我们把黄包车的篷子撑起，路上不妨事的。"陈云用安慰的口气回答道。这一次见面，成了陈云永久的回忆。

1932年冬，1933年2到3月间和7月下半月，瞿秋白夫妇三次避风鲁迅家。最后一次，已是深夜，急促的敲门声，不仅将鲁迅夫妇惊醒，还惊动了东邻日本人和西邻白俄巡捕。他们打开窗子张望，鲁迅连忙挥手致意，道："对不起，外地的亲戚来了上海……"

瞿秋白离开上海去中央苏区的路上，不断给鲁迅写信。收到瞿秋白被捕后的来信，鲁迅急得夜不能寐，想了许多办法，托了许多人，但效果甚微。不久，报纸公开发布瞿秋白被捕的消息。鲁迅的心顿时凉了，他明白瞿秋白凶多吉少。

果真，瞿秋白的噩耗传来，鲁迅悲痛欲绝，难以自抑。他在给友人的信中写道："中国人是在自己把好人杀完，秋即其一……判杀人者为罪大恶极。"字里行间，跳动着仇恨与怒火。

此时，鲁迅已在病中，但他依然倾其全力，编辑整理瞿秋白的译作编成《海上述林》。他不仅亲自负责封面设计、编排校对，还安排插图，选择纸张和印刷。最后的时刻，他的肺病十分严重，经常吐血，仍操心不止。

在日本友人的帮助下,《海上述林》上卷终于装订出版了。

当冯雪峰送来样书,病床上的鲁迅抚着书页,一字一顿地说:"我把他的作品出版,是一个纪念,也是一个抗议,一个示威!……人给杀掉了,作品是不能给杀掉的,也是杀不掉的!"

瞿秋白一定没有想到,病痛中的鲁迅为他做了这么多,且做得那样无怨无悔,尽善尽美。

【在场】刽子手林绩轩:为你落泪

不错,瞿先生,我叫林绩轩。记得临刑前,你突然回头,问我叫什么名字。当时真把我给吓住了。

1935 年,我担任福建省保安第 14 团的军需处长,因抓到你,团长钟绍葵对我很赏识。5 月 22 日,他向南京发报,要求"给赏,借资鼓励"。后来,上峰说要处决你,他推荐我给你行刑,并说这是升官发财的好机会。我当然高兴。

瞿先生,我这一生,杀人无数,什么英雄好汉没见过? 实话说,只有你,让我真正有些心软。

我对你心软,不是因为你是大人物,也不是因为你是读书人,教我们唱过外国歌,而是因为你,看似清瘦矮小、弱不禁风的样子,却真正做到了大丈夫"砍头只当风吹帽,黄泉路上从容行"。

因为佩服,所以心软。后来听了陈军医的讲述,我真为你落泪。

6 月 18 日是个好天气。早餐后,你换上洗净的白裤黑褂,黑袜黑鞋。陈军医给你泡上一杯茶。你要了一支烟，点燃。时间还早，你就坐在窗前翻阅着《全唐诗》，问陈军医读过哪些。陈军医心情沉重，说看得不多。你笑了笑，自个儿翻阅，吟读，完全沉浸在自己的世界。

过了一会儿，你走到桌前，铺开纸张，提笔书写：

夕阳明灭乱山中，

落叶寒泉听不穷。

已忍伶俜十年事，

心持半偈万缘空。

写完，你把陈军医叫到跟前，解释说：这是集句，偶成一首小诗。第一句和第三句分别是韦应物和杜甫的，第二句和第四句是郎士元的。

陈军医虽然看不懂诗的全意，却知道这诗里一定寄托着你深深的寓意。

恰在此时，军法处处长传令该起程了。你犹疑了一下，说了一声"稍等"。你在小诗一旁奋笔草书："方提笔录出，而毕命之令已下，甚可念也。秋白半有句：'眼底烟云过尽时，正我逍遥处。'此非词谶，乃狱中言志耳。秋白绝笔。"

写罢，你将笔一掷，正正衣冠，昂首走出房门。

外面，士兵站成两排，枪上的刺刀明晃晃的，阳光洒在上面，被风一吹，一闪一闪的。你眯起眼睛，看了一下，忽然伸开双臂，像要拥抱风，拥抱阳光。

陈军医说到这里，停了一下，有点哽咽。可我不理解，一个人怎么可以拥抱风、拥抱阳光？

上午 10 点整，军法处处长传令出发。你走出院门，挥着拳头，轮流用汉语和俄语高唱："同英德纳雄纳尔，人类方重兴！"你高高地昂起头，脚步踏着节拍，后面跟着押送的兵士，你仿佛不是赴刑场，而是带着众人去游行。

这一幕十分奇特。沿途老百姓驻足，目送，交头接耳。

阳光真好，风和日丽。悲壮的歌声在长汀的上空盘旋……

不久，我看见你走进戒备森严的中山公园，这里早已清场，没有游客。刚到八角亭旁，特务连长冲上前，喝道："瞿先生，到了！"

我持枪站在一旁，屏住呼吸，颇为紧张地望着你。

遵照事先安排，你要在亭前拍照。你双手交背，挺直胸脯，两腿分叉，面带笑容，大声说："人之公余稍憩，为小快乐；夜间安眠，为大快乐；辞世长逝，为真快乐也！瞿某长逝前，尚有照片留之于世，何憾之有！哈哈哈……"

这时，一桌酒肴早已摆在八角亭里。你望望天空，又望望四周，然后一步一步走到酒肴前，坐定后，取过酒杯，倒满，对监刑的军法处处长和特务连连长道："过来一起喝一杯吧。"两人又惊又怕，尴尬地摇摇头。

你又四处寻觅，然后问道："陈军医呢？"

陈军医这才从后面小跑上来，带着哭腔道："瞿先生，你独自享受吧。"说完，赶紧低头走开了。

"也罢。"你坐南朝北，自饮自斟，旁若无人，趁着酒兴，你又高唱《国际歌》和红军歌。

饮毕，歌毕，面对呆若木鸡的士兵和两排闪闪的刀枪，你走出中山公园，一步一步走向刑场。我跟在后面，保持二十米的距离。当走到罗汉岭下蛇王宫的草坪时，你回头对我们说："此地甚好，我累了。"说完盘膝而坐，微笑道："准备好了吗？"

那一刻，我的腿肚子突然一软，心一酸，差点掉下泪来。

"预备！"特务连长喝令。

作为行刑者，我赶紧端起枪，对准你的后脑门。

就在这时，你突然回头看了我一眼，问："你叫什么名字？"

我没有回答，努力镇定自己。

你背过身去，振臂高呼：

"共产主义万岁！"

"中国革命胜利万岁！"

"中国共产党万岁！……"

一声令下，枪声响了。你触电一样，仆倒在地。我凑近看了看，你的头埋进草地里，周围流出一摊黑血。阳光比任何时候都刺眼。几个验尸官急忙上来，他们将你的身子翻了过来。我发现你的上衣口袋别着一支钢笔，十分精致，便将它摘下来，发现上面还刻有你的名字，觉得很特别。我偷偷地留了下来。

你受刑两年后，即1937年，我的上司钟绍葵向南京邀赏成功，得到蒋介石接见，被授予少将军衔和"中正剑"。因性格狂傲，仅仅过了一年，他就被内部人员处决于上杭监狱门口。

而我，拿着你的钢笔，苟且偷生了15年，最终还是被抓。我毫无隐瞒，痛快地交代了这一切，很快就地伏法。

而你的那支钢笔至今保存在中国人民革命军事博物馆里。

魂兮归来。你在天堂。我在地狱。也许，这就是报应吧。

【画外音】头上的月比以前更明了

你原本可以毫无争议地成为"革命先烈"，但《多余的话》成了你"叛党投敌"的罪证；

你原本可以被人"顶礼膜拜"，但《多余的话》留下你被人"掘墓鞭尸"的"把柄"；

你流出的血原本浇灌着革命的鲜花，结出胜利的果实，但《多余的话》把这些鲜花变成了有毒的野草；

你的家庭特别是你的爱妻杨之华原本可以分享荣光，但《多余的话》令她蒙受不白之冤，与爱女分离，被关进监狱达6年之久，直至1973年10月17日病危，她才被保释出狱，3天后含冤去世。

你是一只荆棘鸟，执着于自己的命运，勇敢地飞，毫不停息。暴风雨只能折断你的翅膀，摧毁你的肉体，却无法摧毁你的精神。

你写了，不后悔，那是真实的你。笼罩在你头上的乌云终于散去。正如你在《多余的话》中"告别"那样："这世界对于我仍然是非常美丽的。一切新的、斗争的、勇敢的都在前进。那么好的花朵、果子，那么清秀的山和水，那么雄伟的工厂和烟囱，月亮的光似乎也比从前更光明了。"

你的女儿瞿独伊说："父亲的才思、父亲的理想，在错误路线的迫害下过早夭折，每回忆于此，总让人痛彻心扉。怀念父亲，也是真心希望我们的国家今后尽量没有这样的遗憾！"

是的。你不是不爱这个世界，恰恰相反，你以赤子之心，深深地爱着这个世界。因为爱，你头上的月比以前更明了。

梦 第一章 想
CHAPTER 1

每个人都有梦想。

你的梦想不只有你。

你的梦想很小，小得没有自己；

你的梦想很大，大得无边无际。

你是叶挺。你是你梦想的全部。你说："只问此心无愧怍。"为了真理，你奋斗的意义就在这里。

你是赵登禹。你是你梦想的主人。你说："爷们流血不流泪。"你高举大刀，杀向敌人，你的血将古老的大地染得通红。

你是钱壮飞。你是你梦想的线人。你说："此身许党，万死不辞！"你用智慧的暗语接通天线，在腥风血雨中，你紧握北斗星，让中国的天空重现黎明。

你是周文雍。你是你梦想的壮士。你说："壮士头颅为党落。"你在刑场上举行婚礼，让反动派的枪声成为你爱情的见证。

你是杨闇公。你是你梦想的唯一。你说："头可断，志不可夺！"为了革命，你生命的价值就在这里。

你随梦想而去，你的梦想有炊烟、鸟语和狗吠；

你随梦想而去，你的梦想有云霞、山川和河流。

你是快乐的，把忍受变成享受，你活在自己的梦想里；

你是幸福的，把失望变成希望，你活在后人的怀念中……

第一节　叶挺:"只问此心无愧怍"

【出场】金子的响声

静静地看着你的照片,我无法掩饰对你的喜爱。英武,干练,爽朗,目光炯炯,像太阳下的稻穗,风一吹,发出金子般的响声。

你,是农民的儿子,更是中国人民解放军的创建人之一,杰出的军事家。

在天空最为黑暗、中国共产党最为困难的时候,党组织找到你,把责任交给了你,把重担交给了你,把梦想和希望也交给了你。

你对得起这份信任,用你的生命,你的热血,你的忠诚。

是的,历史定格了这一刻:1927年,随着一声怒吼,你率领战友们,毅然决然,打响了武装反抗国民党反动派的第一枪。

这一枪,像风暴中的惊雷,在黑沉沉的夜空,抛下一道闪电;

这一枪,如熊熊燃烧的火把,照亮了泥泞中艰难前行的民族。

从此,中国共产党有了第一支武装部队;

从此,中国的天空掀开了崭新的一角。

多年以后,毛泽东握着你的手,感慨地说:"共产党的第一任总司令,人民军队的战史要从你写起。"

你,是一名英雄的战士,是杰出的军事家——叶挺。

【故事】红旗插上了南昌城头

黑云压城。山雨欲来。

1927 年 4 月，上海。蒋介石发动了"四一二"反革命政变。当时的南昌，张发奎与汪精卫狼狈为奸，在第二方面军中也大肆抓捕、杀害共产党人。

这年的夏天特别漫长，闷湿炎热。7 月中旬，瞿秋白主持召开了临时中央政治局会议，决定派前敌委员会书记周恩来秘密前往南昌，组织一次起义。周恩来明白，要想起义获得成功，必得一个关键人物：叶挺。

会议当晚，周恩来无法入眠，他悄然来到聂荣臻住处，正好聂荣臻也在屋内走来走去。

"我就知道你也睡不着。"周恩来进门后，来不及坐下，面色凝重，道，"今天的会议，你也参加了。此次起义，事关全局，责任重大。"停了一下，说道："你去九江一趟，传达中央会议精神。记住：第一个要通知叶挺。"

聂荣臻知道，周恩来曾经密晤叶挺，叶挺大胆建议：既然敌人磨刀霍霍，咱们就来个逼上梁山。周恩来向李立三、瞿秋白等汇报了叶挺的方案，获得一致同意，于是组成了前敌委员会，周恩来任书记，负责南昌起义。

"蔡廷锴要通知吗？"聂荣臻问，"你知道，谭平山是坚决反对这个人的。"

周恩来明白，叶挺强烈推荐蔡廷锴，说他能力强，威望高。但谭平山认为蔡廷锴是个地道的国民党，与共产党不是一条心。谭平山不仅拒绝蔡参与起义，而且要将他抓起来。周恩来道："你再问一下叶挺，尊重他的意见。"

傍晚时分，叶挺闻知聂荣臻前来，立即前往军营大门迎接。两双大手紧紧地握在一起。聂荣臻把中央同意举行南昌起义的决定告诉了他，然后提高声音道："有了贺龙军长和你的支持，起义一定会成功！"

叶挺很高兴，道："我们还有朱德、蔡廷锴呢。"

聂荣臻知道朱德的事情。当时，朱德的共产党身份尚未暴露，被党派到南昌，担任第三军军官教育团团长兼南昌市公安局局长。"蔡廷锴可靠吗？"

叶挺点点头，道："放心！我了解蔡廷锴，他骨子里还是同情共产党的。况且，眼下用兵之际，多一分力量，总比多一个敌人强吧。"

聂荣臻沉吟一会，问道："恩来同志去了南昌，你什么时候率部前往？"

"我马上召开连以上干部会议，传达中央会议精神。"叶挺道，"然后再给第24师全体官兵做总动员。说真的，我们都快等不及了。"

原来，就在前一天，叶挺和贺龙接到张发奎急电，要求他们去庐山开会，妄图解除两人兵权。这一阴谋幸被张发奎部下、任第四军参谋长的叶剑英获悉。7月25日，叶剑英借外出游玩之名，在九江市区南部甘棠湖的一条小船上，与叶挺、贺龙紧张商定三条原则：一不去庐山，二不执行张发奎电令，三部队尽快向南昌开进。

就这样，叶挺和贺龙率两支主力部队快速抵达南昌城外。

周恩来立即召开会议，叶挺和朱德、贺龙、刘伯承等参加，会议决定：8月1日凌晨4时发动起义。

然而，在这节骨眼上，7月31日晚，由于叛徒告密，走漏了风声。前委决定提前起义。

8月1日凌晨2时，起义的红色信号在南昌城头升起，叶挺和贺龙率部出击，冲向敌人。一时间，枪声大作，杀声四起，炮声隆隆。

南昌在燃烧，怒吼！经过五个多小时激战，起义军全歼南昌守敌万余人。一面巨大的红旗插上了南昌城头……

【讲述】叶正明：忧国忧民，日月可鉴

爸，我是正明啊。昨天晚上，我又梦见您了。

我知道，说起南昌起义，您既骄傲，又痛心。骄傲的是，您为中国革命做出了应有的贡献；痛心的是，您看错了蔡廷锴！

您真没想到，起义部队离开南昌后没几天，蔡廷锴就率第十师撤离，他还驱逐共产党员。他的撤离，影响恶劣，动摇军心，逃跑的人很多。起义军南下第7天，损失达到三分之一以上，遗弃子弹将近半数，迫击炮几乎完全丢尽……

爸，请您不要内疚了。我们都知道，您所做的一切，都不是为了自己。否则，在南昌起义前，我们全家就过上了优裕的生活。但为了党，为了革命，为了建设一个新中国，您抛小家为大家，不仅出任南昌起义的前战总指挥，而且成为广州起义的总指挥。抗日战争爆发后，您又担任新四军军长。

1941年1月，皖南事变爆发。您遭到敌人重兵包围，率部突围，浴血奋战八昼夜，最后被反动派抓到，囚禁在上饶集中营。您的囚室又黑又潮，没有床，只有些少发霉的稻草，到处是跳蚤和臭虫。顾祝同、沈醉和老同学陈诚闻讯后，纷纷前来劝降，说只要您声明新四军犯了军

令，就可以出狱，但都遭到您的严厉痛斥。无奈之下，他们把您关进重庆"中美合作所"。

这时，蒋介石亲自出面，跟您称兄道弟，许以高官厚禄。但您不仅不给面子，而且愤怒地吼道："你枪毙我吧！"在被囚禁的日子里，您拒绝理发，大白天，您点着煤油灯，抗议您的"暗无天日"。

爸，我无法感受您内心的痛苦，但我知道，您对自由是多么渴望啊。每当我读到您的《囚歌》，我就情不自禁，热泪盈眶：

为人进出的门紧锁着，

为狗爬出的洞敞开着，

一个声音高叫着：

——爬出来吧，给你自由！

我渴望自由，

但我深深地知道——

人的身躯怎能从狗洞子里爬出！

我希望有一天

地下的烈火，

将我连这活棺材一齐烧掉，

我应该在烈火与热血中得到永生！

这首诗被妈妈从监狱里带出来，交到郭沫若伯伯手里。1946年3月4日，经党中央营救，您终于获释。见到郭伯伯，您第一句话就是："沫若，记得吗？三军可夺帅，匹夫不可夺志也。"郭伯伯十分感动，立即将这首诗刊于《唯民周刊》创刊号上。郭伯伯在推介中写道："我敬仰希夷（叶挺的字——笔者注），事实上他就是我的一位精神上的老师。他有峻烈的正义感使他对于横逆永不屈服，而同时又有透辟的人生观使他自己超越在一切的苦难之上。"这首诗就这样流传开来，后来被选入中小学教材中。

恩来伯伯评价您："十年流亡，五年牢监，虽苍白了你的头发，但更坚强了你的意志；你是人民队伍的创造者。北伐抗战，你为新旧四军立下了解放人民的汗马功劳。"

爸，我常想，如果不是战争，如果不是英年早逝，您一定能成为一个优秀的诗人、作家。许多人只知道您写了上面的《囚歌》，可您还有一篇长达18页的《囚语》。您开门见山写道："不辞艰难那辞死，生死原来相游戏。只问此心无愧怍，赤条条来光棍逝。"在这里，您回顾了自己性格的形成和经受的危难，表达了对"皖南事变"死难者的悲痛和对部属的思念，以及被囚禁后宁死不屈的决心。妈妈曾在电报中劝您，不仅为自己，也为子女，要加倍珍惜生命。因此，文章才出现这样的话："由重围苦战流血的战场，又自动投入另一心灵苦战的战场……妻儿的私情固深铭着我的心……我固不愿枉死，但责任及环境要求我死，则我又何惜此命耶。"

我无法想象，您经历了怎样的灵魂拷问！

写完《囚语》不久，您还给蒋介石写信，郑重要求"军法审判……判挺以死刑……而将所部被俘干部不问党籍何属，概予释放，复其自由……挺愿以一死为部曲赎命"！

爸，您这番拳拳之心，忧国忧民，日月可鉴啊。

出狱当日，沈醉奉令来"拜访"您，问道："叶将军出狱，打算首先办哪些紧要的事？"

您斩钉截铁道："第一件要办的事，就是申请参加中国共产党！"

您说到做到。当天晚上，您奋笔疾书，向党中央发出申请入党的电文。您的坚决和果敢，也触痛了蒋介石灵魂深处的仇恨。

一支暗箭破空而来……

【在场】杜吉堂：无法原谅的忏悔

叶将军，我要向您忏悔！

我叫杜吉堂，是一位黄土快要掩到脚脖子上的台湾老兵。人之将死，有些真相也该说出来了。当年，我是中美合作所特工队长，直接参与了由军统方面组织策划的谋害您的阴谋。

从内心里说，我是十分尊敬您的。作为北伐名将和抗日先锋，您为国为民，付出太多。但作为军人，我只能服从命令。我常常想：如果您不是那么耀眼，那么有才，对国民党不是那么决绝，蒋委员长也不会置您于死地。

1946 年 4 月 7 日凌晨，王平虎向军统头子密报，说有重要目标将乘美国运输机飞赴延安。王平虎时任机场调度科科长，他是军统安插在空军系统的特工。很快，我接到指令，召集特工队其他人员，执行本次刺杀任务。在讨论方案时，有人提出，只要破坏飞机上的仪表，使之"迷航"，飞机自然会坠落。我觉得这个方案好，既隐秘，又很难授人以柄。

我永远记得这一天：1946 年 4 月 8 日。清晨 8 时许，我让特工杨耀武跟随检修员进入机场。在王平虎的配合下，杨耀武径直走到 C-47 运输机驾驶舱前，将一块磁铁安放在飞机仪表背面，然后悄然离开。

8 时 45 分，飞机腾空而起，中途经西安机场休息加油，然后飞往延安。我一直很紧张。当时不知道机上有多少人。后来，我从报上得知：飞机上除了您和您的妻子、儿女，还有王若飞、博古、邓发等一批中共重量级人物。飞机离开西安时，天空下起了冰雹。机长同延安电台联系，告知飞行情况后关闭了电台。就在这时，机身突然一偏，飞机仪表停止工作，在晋西北兴县东南80公里处，飞机撞上黑茶山，悲剧由此铸成。

【画外音】"为人民而死，虽死犹荣"

那一天，你在空中飞翔；

那一天，你在火中燃烧；

那一天，举国上下，草木流泪，山河同悲。

惊悉你的死讯后，毛泽东在《解放日报》上发表悼词："为人民而死，虽死犹荣。"他还特地将叶正明和叶华明叫到家里，说："我的家就是你们的家。"并庄严承诺：英雄的血不会白流，"党会照看好你们的"！

1960年夏，周恩来百忙中请叶正明兄妹到家中做客，他满怀深情地说："你们爸爸的一生，就像天上的彗星，虽然出现时间很短，却给人们留下了深刻的印象。"

是的，你就是那颗闪耀的彗星。

叶华明说："后来我仰望星空时，常常会找找彗星，看看爸爸！"

那么，你在九天之上，看到一直念想你的亲人了吗？看到了国家统一、民族复兴和你永远爱不够的大好河山了吗？

第二节　赵登禹："爷们流血不流泪"

【出场】铁骨柔情的硬汉

暮色苍茫，我驻足于你破落的土屋，试图倾听你的心跳，脑海中一遍又一遍跳跃你的形象：一个视国耻不可忍、将民族和家国的危难揽于肩上的山东豪哥，一个身高一米九、徒手击虎、浴血杀敌的曹州好汉，一个率领敢死队、高唱"大刀向鬼子们的头上砍去"的将军，竟是一个铁骨柔情的孝子。

你自幼习得一身功夫。16 岁，你和哥哥赵登尧步行 900 余公里，到陕西临潼冯玉祥手下做了一名没有粮饷的兵。冯玉祥听闻你武艺了得，令你与其比试摔跤，你连赢三场，冯大喜，让你当了他的卫士。风雨兼程，你从班长、排长、连长、营长、团长、旅长，一路血印，35 岁当上师长。

你治军甚严。堂弟赵登舜在你手下当机枪连连长时，一次请假回老家，逾期未归。母亲预先代为求情。但你颇为"绝情"，按军法杖其 40 军棍，革其军职。之后，你急赶回老家，向母亲跪地赔礼，请医生为堂弟疗伤。

北京市档案馆，现保存一封你用毛笔写就的求情信："径启者，敝师驻防塞北，有名殿布青山者，日前偶在该山得获火狐两只，因敝师不便饲养，恐日久伤其生命，殊为可惜。素谂贵园万牲罗列，以供游人观瞻，兹特派副官单永安，携往送上，即请查收为荷。此致万牲园。师长赵登禹拜启。"

你是七七抗战中率部痛击入侵者、饮弹殉国的著名将领。

你是有勇有谋、被冯玉祥喜赞的"打虎将军"。

你是军人赵登禹。

【故事】"看准那敌人，把他消灭"

1933 年 3 月，长城抗战爆发。9 日，日军铃木师团占领喜峰口。关键时刻，29 军军部任命赵登禹为长城前线作战总指挥。赵登禹二话没说，立即率领 217 团前往喜峰口。

而此时，铃木师团已占领有利地形——喜峰口东北高地。赵登禹身先士卒，与入侵者反复搏杀，阵地多次易手，尸骨如山，双方伤亡惨重。

3 月 10 日凌晨，赵登禹亲率两个营的兵力抄袭敌人的后路，埋伏在峰峦幽僻之处，突然出击，日寇纷纷成了刀下鬼。

翌日深夜，赵登禹组织了第二次夜袭。战斗打响。赵登禹与大刀队直捣日寇老巢，共砍死砍伤敌人上千名，缴获坦克、装甲车和大炮等大批军械，另有飞机一架和军旗、地图、摄像机一批等。

这次"喜峰口大捷"是"九一八"事变以来，日寇遭到的最惨烈的失败，打破了日寇不可战胜的神话。赵登禹一战成名，作曲家麦新谱写了《大刀进行曲》，传遍华夏大地，极大地鼓舞了全国人民的抗日斗志。

1937 年七七事变后，日寇加速向华北派兵，直扑南苑。

历史再一次选择了赵登禹。宋哲元任命他为南苑战役指挥官。赵登禹召集各部官长开会，慷慨激昂："军人抗战有死无生，卢沟桥就是我们的坟墓。"

7 月 28 日凌晨，日寇对南苑发起总攻。战斗一打响，日军空投的伞兵准确无误地占领了 29 军的制高点。密集的炮火雨点般落在驻守这里的学兵团头上，30 多架飞机来回穿梭，炸弹四处爆炸，机枪疯狂扫射，成排成排的士兵倒在炮火中。几个月前，这些士兵还是全国各地的大学生、中学生，没有进行过军事训练，不少人参加过"一二·九"运动，枪和手榴弹都不会使用，凭着一腔热血，奔上战场。

为了保卫学兵团，赵登禹下令撤退。但由于通信被切断，撤退命令以接力棒的形式在战壕中传递。当部队撤退到一处青纱帐时，1000 多名日军早已埋伏在道路两旁，1700 多名学生，只有近 600 人生还，另有 3000 多名士兵壮烈牺牲。

赵登禹本人身中数弹，当他从昏迷中醒来，看见副连长赵大国断了一条腿，头上缠满绷带，正悄悄揩泪，便艰难地说了一句："上次就说过：军人战死沙场原是本分，有什么值得悲伤的？"停了停，他让赵大国把头抬起来，赵登禹用尽全力道："大国，我……我再也不……不能给老母尽……尽孝了。"言毕，浩叹一声，含笑而去，年仅 39 岁。

当晚，遗体由北平红十字会匆匆掩埋。数日后，陶然亭内龙泉寺的僧人们将遗体取出，赵登禹仍然圆睁着眼，寺中方丈将其合上，盛殓于一柏木棺材。

赵登禹的棺木在此被秘密守护八年，僧人们说，棺木里时常响起大刀的铮铮声、马蹄的嗒嗒声和将军的呐喊声……

【讲述】副连长赵大国：夜战中的悲壮 [1]

将军，俺是大国啊，曹州上堂村人。俺永远记得您挥舞大刀冲向敌人的身影，尤其是喜峰口大战出发前的一幕，至今历历在目。

那天晚上，天气真冷。您把大刀队集合起来，把敢死队集合起来。每人端着一碗酒，喝完，把碗摔碎。您把银圆放在每一个队员面前。每人一把匣枪、五颗手榴弹，还有一把镔铁打制的大刀，大刀上系着红的穗带。

夜战就要打响。

突然，一个母亲带着一个姑娘向您跪下。俺一看，这不是咱上堂村的曹大妈和曹小妮吗？她俩来干吗？

曹大妈哭诉着说，大刀队里刚刚有人闯入了她的家门，闺女受到惊吓和侮辱。您的怒火决堤而出，严叱违令者出来接受惩罚。您万万没有想到，违令者竟是刘四，他是您的传令兵啊。

开刀问斩之际，您怒斥刘四为何如此犯傻！刘四才满 18 岁，他诚实而颤抖地做了交代："俺并没有欺负她。今晚恶战，脑袋别在裤带上。俺长这么大，从来没见过姑娘家的乳房。"

刹那间，咱们都红着脸，低下了头。

您还是狠心，要下令将传令兵推出去斩首。

曹大妈猛地跪了下来，向您求情。而曹小妮慢慢将胸前的棉衣剥开，露出发育不全的小小乳房。

---

① 鸣谢：此节写作参考了耿立《赵登禹将军的菊与刀》，载《北京文学》2007 年第 9 期，《新华文摘》2007 年第 22 期转载。

空气快要爆裂，夜变得更黑了。

不知是谁，突然嘶叫一声："俺要杀敌！"

这一叫，点燃了熊熊燃烧的怒火，咱们个个举起刀，大吼："俺要杀敌！""俺要杀敌！"

见此情景，您挥舞着拳头，一声怒吼："狗日的！咱们杀啊！"

天亮后，您清查战场，发现传令兵刘四圆睁着眼睛，倒在血泊中，嘴里死死地咬着鬼子的一块肉。那个鬼子倒在黑色的血水中，脸上凝固着痛苦的表情，丑陋，狰狞，恐怖。

您将刘四的眼睛轻轻合上，然后缓缓站起，庄严地敬了军礼。

不远处，您赫然发现：曹大妈和曹小妮竟手拉手，像战士一样，杀身成仁……

这一仗，打出了中国军人的威风和士气。日本有一家报纸评论说："明治大帝造兵以来，皇军名誉尽丧于喜峰口外，而遭受六十年来未有之侮辱。"

至于后来的南苑战役，死了三千多弟兄，将军您也血染沙场，俺也断了一条腿，身上 18 处挂彩，这一切，都是狗日的汉奸潘毓桂造成的。当时，他是 29 军政务处处长，不仅向日寇出卖作战计划，而且提供毁灭性方案。您的撤退令，也被潘狗贼及时传达给日寇，咱们遭到了毁灭性的伏击。

任何汉奸都不会有好下场。1948 年 3 月 18 日，南京高等法院以"通敌罪"判处潘毓桂死刑，褫夺公权终身。

将军啊，您没能等到这一天。您殉国时，老母年逾七旬，妻子 27 岁，身怀 7 个月身孕。存世的孩子，儿子 4 岁，女儿赵学芬才 2 岁，他们尚不明白父亲的血为何而流。

解放后，我好不容易找到了学芬，才知道您家里的这一切。

【在场】赵学芬："战死沙场，才算大纪念"

是的。爸，我是芬芬啊。当时，我才 2 岁，不知道您为什么一直不回家。长大后，我才明白您的伟大，我为有您这样的爸爸而自豪！

我保存着两张翻拍的您的照片，经常拿出来瞧瞧。一张是一身戎装，打着白绷带，您的头像左边有一行小字："左腿受伤后，自告奋勇，由左翼潘家口夜袭敌营之赵旅长登禹。"头像右边也有一句："肢体受伤，是小纪念，战死沙场，才算大纪念。"另一张是半身戎装，上面留有您一行小字："三十七师一百零九旅旅长新升一百三十二师师长赵登禹。"

爸，您殉国后，妈以泪洗面，精神恍惚，无力持家。堂叔赵登舜不记仇，承担起您的责任，我们得到他的照料，一家人才在兵荒马乱中活了下来。

对了，赵大国叔叔是个好人，他想方设法找到我，给我家帮助很大。他还给我讲了一个故事，好感动的。

那是您率部前往南苑前，您给官兵做动员，您说："刚才我和冯先生（冯玉祥——笔者注）通话，向他告别，冯先生问我何时回来，我说，或许两天，或许三天，或许……再也不回来了！"

突然，队伍中有人抽泣，您停下来，扫了一眼，大声说道："哭什么？军人报国，天经地义。纵使战死，能有什么比这更光荣的事吗？"

台下鸦雀无声。

这时，您径直走到哭泣的士兵面前，一把扯开他的衣服，只见胸口上、脊背上留下大片伤疤。

您轻轻捣了他一拳，问："你叫什么名字？是29军爷们吗？"

士兵立正、挺胸，大声道："报告师长，我叫赵大国，是29军的爷们。"

您将赵大国的衣领扣好，道："记住：爷们流血不流泪，更何况是抗日军人！"

"记住了！"一颗泪水从赵大国脸上流下，"报告师长，我……我不是为自己流……流泪……"

您一愣，问："怎么啦？有话快说！"

赵大国鼓起勇气，说道："我从中原大战就跟着将军，身上的每一处伤疤都是见证。我宁愿流血不流泪。可是，眼下我有待产之妻，腹中不知男女。如果我死了，望将军抚恤，待如子侄。"

您顿时沉默下来。良久，您将右手缓缓举到帽檐边，然后放下，厉声叫道："书记员！把赵大国的话记下来！"

爸，赵叔叔后来反复说，您有情有义，敢做敢当，是国家的骄傲，是民族的脊梁！

【画外音】"中国人又抬起头来了"

将军，我来了，捧着一束菊花，这是您生前最喜爱的花。我来到这里，不仅是为了祭奠，更是为了铭记。您的墓碑位于卢沟桥城东关文子山，正面镌刻着"抗日烈士赵登禹将军之墓（1898—1937）"。

这是一片空地，我站在这里，仿佛仍能听到寒光中大刀飞舞的霍霍声。

我曾经读到《益世报》登载的一篇文章，题目是《喜峰口的英雄》，那灼热的文字一次次叩击着我的胸口：

"法国人忘不了凡尔登的英雄，中国人永世万代亦不应忘记喜峰口的英雄……做凡尔登的英雄易，做喜峰口的英雄难。后者是光着脚、露着头，使着中古时代的大刀，去接替败退了的防线……喜峰口的英雄，打破了日军不可战胜的神话，中国人又抬起头来了。"

是啊，将军，"中国人又抬起头来了"！您用短暂的一生写下了一首波澜壮阔、气吞山河的诗篇。我录下网友的一首小诗，表达对您由衷的敬意——

敢死奇兵夜入营，长刀快斩寇寒惊。

将军血战维国土，不负山河万古青。

第三节 钱壮飞:"此身许党,万死不辞!"

【出场】黎明的持灯者

是什么力量,让你在血腥年代,从容镇定,与狼共舞,一次次机智地将绝密情报以最快的方式送出去?

是什么力量,让你在隐蔽战线,呕心沥血,夜不能寐,默默做着属于自己的光荣工作,义无反顾?

你的故事穿越历史的硝烟直抵人心,

你的芳华饱受战火的洗礼风采依旧,

你的傲骨经过时间的打磨历久弥新。

是梦想,让你成为红色摇篮的千里眼;

是使命,让你成为中国革命的顺风耳;

是不屈的信念和勇敢的斗志,让你成为插入敌人心脏最锋利的剑。

周恩来感慨:是你和战友们的深入虎穴,党中央才得以保全。"如果没有'龙潭三杰'(另外两个是李克农和胡底——笔者注),中国共产党的历史将被改写!"周恩来还对你的妻子张振华说,没有你,就没有他。

蒋介石至死也不知道,他的命运,与你有关。你在他眼皮子底下出出进进,他竟一无所知。顾顺章叛变,到了南京,你差一点就成了"蒋委员长"的刀下鬼,就在转身的瞬间,你成功地逃出了"狼窝"。

1931 年 12 月 1 日，毛泽东当选临时中央政府主席后，亲自签发一份通缉令：缉拿和扑灭叛徒顾顺章。中央政府对一个叛徒发出如此严厉的通缉令，绝无仅有。此时距顾顺章叛变已有七个月之久，毛泽东仍念念不忘，可见痛恨至极。

因为你，在顾顺章事件中幸免于难的中共领导人有：周恩来、邓小平、陈云、聂荣臻、陈赓、瞿秋白、邓颖超，等等。大家都明白这一长串名单的分量。

这正是：哪有什么海晏河清、时和岁丰，只不过有无数像你一样的英雄在人所不见的地方浴血奋战、砥砺前行。

说你改写了中国历史的进程，你自己断然不会同意。但没有你，中国的革命，至少还会在更漫长的黑夜里徘徊。

你是黎明的持灯者，你是无名的谍战英雄，你是钱壮飞。

【故事】六封绝密电报

晚上 10 点，有些寒意。霓虹灯下，喧闹一天的城市慢慢安静下来。在南京中央路 305 号的正元实业社，一个头戴鸭舌帽的机要人员突然站了起来，拿着一封电报，推开里面的一扇房门，说道："钱秘，加急电！"

而此时，钱壮飞刚刚收拾完桌上的文件，锁入保险柜，准备离开。

这是 1931 年 4 月 25 日，这一天，正好是星期六。当顶头上司徐恩曾在上海花天酒地时，作为机要秘书的钱壮飞被特意留下，替他值班。对钱壮飞而言，这是生活的常态。

但从这一天开始，他的生活，彻底改变了。

钱壮飞还没来得及看一眼机要人员送来的电报，仅仅过了几分钟，另一封加急电报送来了。钱壮飞见怪不怪，在徐恩曾这里，每天从全国各地发来的绝密电报数不胜数。然而，戏剧性的一幕是：在接下来的一刻钟左右，又有三封同样的加急电报送了进来，五封电报上都写着"徐恩曾亲译"字样，发电地址全部来自武汉绥靖公署行营。

"不好，一定出大事了！"钱壮飞顿时警觉起来。他反锁上门，偷偷拿出复制过来的密码本，发现电文上一些重要的信息仍然不能破译。他突然想起徐恩曾桌上经常放着一本《曾文正公文集》，难道书里还有秘密？他从书架上找到了这本翻得很破的书，再对照电文，细细琢磨，天啦，竟然破译了密电！

第一封：黎明被捕，愿归顺党国，如能迅速解至南京，三日内可将中共中央机关全部肃清；

第二封：将用轮船将黎明解送南京；

第三封：若军舰太慢，可能改用飞机押送……

钱壮飞猛地打了一个激灵，五封绝密电报，讲的是同一内容：顾顺章叛变了！钱壮飞知道，"黎明"就是顾顺章的代号。如果顾顺章到达南京，后果不堪设想。他整理一下思路，若无其事地走出办公室。一阵冷风吹来，他搭上一辆黄包车，找到我党地下交通员刘杞夫，急促吩咐道："顾顺章叛变了，十万火急，赶紧去上海！务必设法向中央转达口信：'天亮已走，母病危，速转院！'"

看着女婿刘杞夫应声而去的背影，钱壮飞有了些许安慰。为不打草惊蛇，他再次回到正元实业社，戴鸭舌帽的机要人员连忙迎上来，说道："钱秘，你回来得正好。真怪，又有一封武汉的加急电报。"钱壮飞"哦"一声，接过电文，不露声色，进入办公室，关上门。

这第六封电文，也是最后一封电文，钱壮飞很快破译出来："勿泄身边人，切切。"钱壮飞脊背发凉，他原准备留下来，观察事态的发展，现在明白：自己暴露了。

是离开的时候了。但要不露痕迹，否则，他这枚埋在南京心脏的炸弹很快就会被连根拔除。他坐下来，吸了一支烟，然后将六封绝密电报拢好，整整齐齐地放在徐恩曾的书桌上，同时给他留下一封辞呈：

可均先生大鉴：行色匆匆，未及面辞，尚祈见谅。政见之争，希勿罹及子女。不然，先生之秽行，一旦披露报端，悔之晚矣。

徐恩曾，字可均。钱壮飞做完这一切，已是 4 月 26 日凌晨 5 点，东方已露出鱼肚白。他走出正元实业社的大门，特地回头看了一眼，随即夹起衣领，匆匆赶回家，将睡梦中的妻子张振华叫醒，郑重其事道："对不起，我得马上离开南京。此身许党，万死不辞！"他喘了一口气，又叮嘱道："家里的一切全靠你了，你得小心再小心！"说完，转身出门，火速去赶南京开往上海的头班列车。

此时，连夜赶到上海的刘杞夫，经过一番周折，找到了李克农。由于中央特科是单线联系，李克农首先要找到陈赓，然后再由他通知周恩来和中央其他领导。然而，当天是星期天，并不是约定见面的日子。

情况紧急，李克农通过江苏省委，最终找到了陈赓。

4 月 27 日凌晨，在周恩来的周密部署和果断指挥下，中共中央开始了一场惊心动魄的大迁移。

也正是这一天，为防不测，绝密电报发布者、国民党汉口警察局局长蔡孟坚乘飞机抵达南京，与乘货轮到达的顾顺章一起，直奔国民党中央调查科总部。当顾顺章看到"正元实业社"的门牌时，脸色顿时惨白，哀叹一声："完了！"

后来，周恩来在很多重要场合提道："要不是钱壮飞等同志，我们这些人都会死在国民党特务手里。"

徐恩曾晚年在英文版《一个特工的自述》中说，他"一生中所犯最大的错误，就是重用了钱壮飞"。

【讲述】钱泓：没有知晓的诀别

爷爷，我是您的孙子钱泓，是您的大儿子钱江的儿子。我从来没有见过您。奶奶和爸爸说，他们多希望您还活着，像往常一样，敲门回家，静静地望着大家笑。然而，我知道，这永远只是一个梦。

说起顾顺章，人人遇而诛之。当时中央特科委员会有三位核心成员，一是向忠发，二是周恩来，三是顾顺章。可以说，代号"胡公"的周恩来是中共中央隐蔽战线的最高统帅，而代号"黎明"的顾顺章是这条战线的直接指挥者。

1931 年 3 月，中共中央为加强对苏区的领导，决定派张国焘和陈昌浩去鄂豫皖开展工作。周恩来指派顾顺章护送。完成任务后，顾顺章没有遵令立即返沪，而是在汉口法租界的德明饭店住了下来。

4 月 24 日，汉口新市场游艺场，顾顺章化装成"化广奇"在此做杂耍表演，不少市民驻足围观。叛徒尤崇新被吸引过来，他曾是顾顺章的手下，顾顺章如何改名、化装，也逃不过他的眼睛。

尤崇新一阵窃喜，立即报告国民党汉口警察局局长蔡孟坚。

"既然到了这一步，我认命。"被捕后的顾顺章表现淡定，他对蔡孟坚道，"您快送我去见蒋委员长吧。"

蔡孟坚有点生气，说道："知道你掌握共党核心机密，就不能给我透露一点吗？"

顾顺章冷笑道："如此大事，告诉你，万一泄密，你负得了责吗？"

尽管顾顺章一再强调，他被捕的事，不能跟任何人说，但立功心切的蔡孟坚还是暗暗向国民党中央调查科负责人徐恩曾发去了六封急电。

4月25日晚上10点，顾顺章被押送上了一艘去南京的货轮，当时武汉到南京需要航行30个小时左右。

真险啊，爷爷！27日凌晨，当顾顺章疲惫不堪地抵达南京码头时，您正好处理完所有事情，急忙赶回家中，向奶奶做了告别。此刻，奶奶压根不知道您的身份已经暴露。

后来我们才知道，您置个人和家人安危于不顾，为的是给党中央机关转移赢得更多的时间。

爷爷，爸爸生前经常讲起您的事情。有一次，爸爸给我讲起您临别时特地与他的一段对话。天还未亮，爸爸被奶奶叫醒，发现您站在床边，眼里有些泪光，嘴角露出一丝微笑。您轻轻抚摸爸爸的头发，问：会做饭了吗？爸爸当时感觉奇怪，答道：做饭？我不会，但我会煮面条。您摸着爸爸的头，说：好，天亮后，快去上学吧！

爸爸万万没有想到，那是您与他的诀别。

我无法想象，骨肉分离，您当时的内心有多么痛苦，可您强忍着，连奶奶都没有看出来。

事发后，徐恩曾派人抓捕了奶奶、姑姑、姑父，连天津的舅姥、舅姥爷也被抓了。爸爸当时在外上学，逃过一劫。由于您掌握徐恩曾太多的丑事，他很快释放了奶奶等人。因为他担心您揭短，弄得他官位甚至性命不保，因此没敢把事情闹大。不仅如此，徐恩曾还极力隐瞒您是共产党员，更不敢透露密码被泄露的事实。徐恩曾是陈立夫的表弟，又是陈果夫的留美同窗。陈立夫对徐恩曾所犯之事也睁一只眼，闭一只眼。就这样，虽然您离开了南京，转移到瑞金中央革命根据地，但您仍然在敌特谍报方面起着重要作用。

爸爸曾经感慨地说：在苏区那么艰苦的环境里，您除了紧张地破译敌人的电报、掌握敌军的动态，还负责瑞金苏区叶坪红军广场、红军烈士纪念塔、红军检阅台等一系列建筑的设计和红星奖章、政府大印的设计工作，您还题写《红色中华》报头，写文章，画漫画，编剧本，演话剧。爸爸说：爷爷真是一个才华横溢、热爱生活的革命家啊。

在顾顺章事件中，您机智勇敢地救下了一大批中共要员，但仍然有恽代英、蔡和森和800多名共产党人被捕杀害。颇为滑稽的是，1935年6月，顾顺章以"通共罪"被徐恩曾秘密处死在苏州监狱。

爷爷，您曾经说过：一切叛徒，都没有好下场。顾顺章被您言中了。

【画外音】电报叩击革命的心脏

如果生在和平年代，以你的专业，你一定能成为一名"医者仁心、悬壶济世"的好大夫。可是，在那个特殊年代，你殚精竭虑、鞠躬尽瘁救下的生命，比任何一名良医救下的生命都不会少。

如果生在和平年代，以你的才华，你一定能够在艺术和设计领域有一番成就。可是，在那个特殊年代，你用智慧、热血和生命写下的传奇，比起历史上任何一部伟大作品都不会逊色。

1930 年 9 月，陈立夫发给徐恩曾一封绝密电文：蒋介石调遣江西省省长鲁涤平与第 18 师师长张辉瓒率 10 万大军进攻江西苏区，被你破译；

是年 10 月，国民党军队气势汹汹，进行第一次围剿，军事密电被你破译；

1931 年 2 月，蒋介石策划发动第二次军事围剿，动用兵力 20 万，何应钦任总指挥，这个情报，再一次被你破译……

"哒哒哒"，一阵阵清脆的电报声，穿过千山万水，叩击红色革命的心脏。

可以说，整个长征，我们军队没有一次落入过敌人精心设计的口袋里头。

周恩来一生惊险无数，最惊险的一次，几乎被敌人看到了背影。中统头子陈立夫不无遗憾地说："就差 5 分钟，就能将周恩来抓住！"

那宝贵的 5 分钟，就是你留给他的。这是多么壮丽的诗篇啊。

"天亮已走"，这是顾顺章事件中，你给中央的暗号。

1935 年 4 月，在一次行动中，部队遭到敌机轰炸，随军行动的你，在贵州乌江渡口失踪，年仅 39 岁。

这一次，天亮了，却再也不见你策马回来。

第四节　周文雍："壮士头颅为党落"

【出场】"让反动派的枪声，作为我们结婚的礼炮吧"

我一次又一次面对这个场景，难以置信。你被捕后，遭受严刑拷打，竹签插入手指，血淋淋的，面对递来的自首书，你愤怒地拿起笔，蘸血写下遗诗："头可断，肢可折，／革命精神不可灭。／壮士头颅为党落，／好汉身躯为群裂。"

我一次又一次面对这个场景，难以置信。你把敌人的法庭当成宣传革命的讲坛：你是不是共产党员？是！为什么参加共产党？为了全中国人民的自由和解放。哪些人是共产党？从实招来！全中国的工农都是，你去抓吧！共产党是杀不完的！

我一次又一次面对这个场景，难以置信。敌方法官宣判你的死刑，你一脸蔑视。问你最后的要求时，你提出和"妻子"照一张合影。"一对假夫妻，两个真感情。"你们并肩站在铁窗下，留下世界上最美的结婚照。

我一次又一次面对这个场景，难以置信。1928 年 2 月 6 日，在元宵节细雨纷纷的下午，你和"妻子"手拉着手，迎着寒风，喊着口号，唱着《国际歌》，昂首走向红花岗刑场，高呼："让反动派的枪声，作为我们结婚的礼炮吧"……

可是，一次又一次地难以置信，却真实地发生了。这是震惊世界的壮举，是"我以我血荐轩辕"的献祭，是"我自横刀向天笑，去留肝胆两昆仑"的慷慨，是"朝闻道，夕可死"的刚毅、从容与无畏。

枪声响起，在你肉体消亡的那一刻，电闪雷鸣。人民英雄纪念碑上刻下了你对信仰的忠诚，对生命的渴望，以及对爱情的地老天荒。

你叫周文雍，你同样英雄的妻子叫陈铁军。

【故事】"越是严酷的时刻，越要战斗"

周文雍是广东开平百合下洞凤凰里人。1923 年 5 月参加了中国社会主义青年团。1926 年初，成为广州工人运动领袖刘尔崧的得力助手。是年夏，担任共青团广州地委书记。

1927 年 4 月 12 日，蒋介石发动反革命政变，广东地区反动派大肆屠杀共产党员。中共广东区委、省港罢工委员会、工会等领导机关均遭破坏，萧楚女、刘尔崧等人不幸被捕或被杀害。周文雍受到通缉，但他临危不惧，接替刘尔崧，担任广州工人代表大会主席，并组织一支手枪队，由沈青任队长。

为了方便开展地下工作，组织上派陈铁军来到周文雍身边，以"夫妻"名义租住在一起。陈铁军把妹妹陈铁儿以"佣人"名义带了过来。

是年 9 月，反动头子张发奎从江西回到广东，引发军阀混战。周文雍趁机发动工人群众举行罢工。张发奎派出军警进行镇压，广州陷入白色恐怖中。

"越是严酷的时刻，越要战斗。"周文雍坚定地表示。他改变斗争策略，让一千多名铁路和火柴厂工人分成一百个小分队，预先隐蔽下来。10 月 24 日凌晨 2 时，随着周文雍一声令下，工人们从一百个地方涌向东山葵园汪精卫公馆请愿，提出释放政治犯、恢复工人工作和工会活动的严正要求。

汪精卫和张发奎气急败坏，迅速调集军警，疯狂围捕。周文雍在斗争中受了重伤，与 30 多名工人骨干一起被捕。

"不好了！周先生出事了！"那天傍晚，陈铁军匆匆回到家，一脸严肃地对妹妹说。

"周先生被捕了？"陈铁儿小声问道，"那怎么办？"

"当然要尽快营救！"陈铁军说，"刚才组织上开了一个会。由李源、沈青和我具体负责。你也有任务。"说完，对陈铁儿耳语了一番。

翌日上午 9 时，打扮入时的陈铁军带着陈铁儿来到监狱，狱卒持枪逼问："你们要干什么？"

"我是周文雍的妻子，来看看丈夫。"陈铁军不卑不亢地回答。

狱卒指了指陈铁儿手中的篮子，问："你是谁，手中提着什么？"

陈铁儿答道："我是周夫人的佣人，篮子里是些吃的。"说完打开了篮子。

正在这时，隐蔽在狱中的共产党员黎胜赶了过来，抢过篮子，故意对陈铁军二人喝道："周文雍是共党要犯，岂是随便就能见的？"他转身又对守门的狱卒道："盯紧点，谁都不能进来探他！"

就这样，黎胜将陈铁军特意用生姜、辣椒炒的饭菜送进监狱。本有肺病的周文雍吃了后，立即发高烧，成为"重病号"。不得已，监狱长只好把周文雍送到广州市立医院犯人室进行治疗。

很快，李源、沈青率领手枪队 13 人，乘坐 4 辆汽车赶到医院。手枪队队员收缴了门卫的枪械。李源直奔周文雍病房，用床单包好他，背出来，迅速钻进汽车，一溜烟开到沙河郊区事先安排的接头地点。

周文雍被劫轰动一时。当时一家报纸在头版报道："无牌小汽车，劫走共党周文雍。"周文雍的影响更大了。

出狱后的周文雍立即投入广州起义的筹备中，被选为"起义政纲起草委员会"委员，成为省委书记张太雷的副手，并兼任工人赤卫队总指挥。

12月11日凌晨3时30分，震惊中外的广州起义爆发，"广州苏维埃政府"诞生。周文雍任广州人民劳动委员和苏维埃政府教育部部长。

第二天，各种反动力量又惊又怕，疯狂反扑。下午2时，张太雷遭到袭击，不幸牺牲。眼见大兵压来，为保存实力，起义军总指挥部命令撤出广州。周文雍带领赤卫队，不顾一切，杀出一条血路，撤离了广州。

1928年1月5日，广州起义后，李立三不顾实情，指责周文雍作为三名最高决策者之一，对失败负有重大责任，决定开除其广东省委常委、广州市委委员的职务，派他去基层做地下工作。

聂荣臻认为不妥：一是不能将失败归咎于某一个人；二是眼下敌人杀红了眼，此刻派周文雍去做地下工作，无异于虎口送肉。但李立三一意孤行。

周文雍不计荣辱得失和个人安危，按照中共广东省委的指示，利用春节期间人群流动快，在繁华街道沿途散发和张贴传单，宣传红色革命，准备发动"春季骚动"行动，推翻反动派统治。

由于叛徒告密，1月27日，周文雍再次被捕，一同被捕的还有陈铁军。

广州公安局局长朱晖日在广州起义中差点丧命，听说周文雍被抓，立即出面亲自审讯。他盯着周文雍，阴阳怪气道："你脑袋长着一根反骨，一再暴动，枪毙十次都不为过。"停了一下，又说："现在，你只要将共党名单交出来，我们既往不咎，还可以给你享不完的荣华富贵。"

"我只恨自己的子弹没有把你的脑袋打穿。"周文雍冷笑一声，说道。

朱晖日十分愤怒。广州起义时，子弹擦伤他的屁股，他翻墙而逃。见周文雍如此"顽固"，他下令施刑，从"放飞机""坐老虎凳"再到"插指心"，周文雍经受了一系列折磨，多次昏厥，又多次被冷水浇醒……

行刑那天，警笛声声。街道两旁挤满了人，大家对囚车上年轻的"犯人"指指点点，议论纷纷。只有一个人瞪着恐惧的眼睛，裹挤在人群中，极力咬住嘴唇，不让泪水流下来。她，就是侥幸逃脱的陈铁儿。

【讲述】陈铁儿：若是和平年代，该多幸福啊

周先生，我是铁儿，我还是习惯这么称呼你。不知怎的，"姐夫"两个字，我就是叫不出口。不仅如此，每每想起这两个字，我就忍不住泪流满面。

你知道，我是在姐姐的引导下一步步走上革命道路的。在做地下工作时，姐姐化名陈影萍。她的原名叫陈燮君，我原名叫陈燮元。我受姐姐影响，改名陈铁儿，意思就是：铁心跟党走，做党的好女儿。

姐姐做事干脆，又很机警。印象最深的一件事，是冒着生命危险，通知在医院待产的邓颖超。那是"四一二"反革命政变开始后，风声很

紧。当时姐姐还不认识你，组织上告诉她，邓颖超在广州一家德国人开办的医院里，一旦遇险，务必通知。我们姐妹俩都认识邓大姐，也很崇敬她。1925 年 8 月 8 日，她与周恩来在广州结婚。1925 年 10 月，邓大姐流了一个孩子。现在是第二个孩子，真希望她能顺利生下来。

1927 年 4 月 15 日，广州出动大批军警，中共广东区委军委机关遭到搜查。拂晓时，军警冲进中山大学。姐姐是中共中山大学党支部委员、中共广东区委妇女委员，是抓捕对象。她闻讯后翻墙逃出，并不顾安危，装扮成阔太太，骗过军警，奋力跑到医院，通知邓大姐赶快撤退。结果，邓大姐的这个孩子又没保住，而且失去了做母亲的机会。

由于党组织遭到破坏，家人担心我们的安危。哥哥设法找到我们，告诫姐姐："革命是要被杀头的。"姐姐答道："如果为大众的幸福而被杀头，也就是我的幸福。"哥哥见姐姐"固执"，便想劝我回去。我也没答应，跟着姐姐继续革命。

有一天，姐姐突然诡秘地告诉我，说组织上给她找了个男人，要他们以"夫妻"名义生活。我很吃惊，问那个男人是谁。姐姐说："说来你也知道，他叫周文雍。"是的，周先生，我知道你的名字，也知道你虽然年纪轻轻，却干了许多了不起的工作，还是广州起义的主要领导之一。可姐姐和我从来没有见过你。

我真没想到，我们的第一次见面，是以这种方式发生的。那是1927 年 10 月，你第一次被捕后，组织上积极开展营救。按照事先策划，姐姐带着我给你送去一些辣食。你吃了后引起发烧，满脸通红。在监狱接应的共产党人黎胜故意放风说，你得了伤寒。因为担心传染，监狱长同意你转到医院去治疗。

当我和姐姐急匆匆赶到医院时，李源和沈青等人已经把你从医院救出。我记得你跟姐姐说的第一句话是："终于见到你了。辛苦了！"

姐姐很镇定，俯身对你说："你的伤势很重，不要说话。"不知怎的，那一刻，我的泪水夺眶而出。在别人眼里，我们都是富家小姐。可是，我们却甘愿过着这样危险的生活。我偷偷揩去眼泪，回头仔细瞧你，发现你虽然浑身是血，脸上浮肿，但眉宇间透露出一股英气，让人欢喜。心想：要是在和平年代，你们真在一起，该是多么幸福的事情啊。

几天后，姐姐把你从沙河郊区的隐蔽点接回"家"中照料。我们租住的地方只有两间房，你住一间，我和姐姐住另一间。从那以后，你们相敬如宾，配合默契。慢慢地，我觉得姐姐真心喜欢你，而你，也越来越体贴起姐姐来。然而，你们克制自己，不让真情流露出来。

广州起义后不久，长堤方面急需一名讲粤语的翻译。你望了望姐姐，姐姐心领神会，就这样，面对可能的生离死别，你们互道珍重，匆匆离开。

1928 年除夕前，姐姐回了趟老家，大年初二返回广州。初三下午，姐姐听到动静，本来可以跟我一起从阳台上逃跑。恰巧你从外面回来，姐姐为了引起你注意，特地返回，挪动窗户上的花盆，发出"敌情"信号。就在那一刹那，你和姐姐双双被捕。

你在狱中受尽了折磨，临刑前，反动派为掩盖拷打你的罪证，将你的血衣脱下来，换上一件半旧西装。你获准与姐姐照一张相。后来我从报上看到了你们留在人世间唯一的合照。你大义凛然，右手用力抬起，左手抬不起来，这是受到酷刑的结果。姐姐将你的左手抓在她的右手里，非常安详，却又是那样揪心。

枪声响了。我痛不欲生，逃到香港，继承你们未竟的事业。1929

年与共产党员林素一结婚。一年后，生下一个男孩。1931 年底，林素一被逮捕，遭到杀害。不久，我也被捕了。

1932 年 3 月，我在广州监狱产下一个女孩。可怜我的女儿，出世才三天，就患上麻疹，反动派惨无人道，竟将我治肺病吃的药灌入女儿嘴里，女儿被活活毒死。这一年的 4 月 11 日，我也在你们倒下的红花岗刑场遭到杀害。和姐姐一样，活到 24 岁。而你在人世间，只活了 23 岁。咱们都在最好的年华，为自己的选择，付出了一切。

【画外音】"未来是属于我们的"

"亲爱的同胞们，姊妹们！我们的血就要洒到这里了……今天，我要向大家宣布：我们就要举行婚礼了。让反动派的枪声，作为我们结婚的礼炮吧！同胞们！同志们！永别了，望你们勇敢地战斗，共产主义一定会胜利，未来是属于我们的！"

这是 90 多年前你和陈铁军同志在广州红花岗畔发出的呐喊。

你们的壮举感天动地！

你们的追求义薄云天！

你们的牺牲气壮山河！

周恩来曾经答应给你们主婚，后来又多次讲起你们的事情。1962 年，他在一次会议上饱含深情地说：周文雍和陈铁军的爱情"才是最纯真最高尚的爱情。革命者是有人情的，是革命的人情"。

著名画家陈逸飞和蔡江白被你们的事迹深深吸引，决心创作系列油画《刑场上的婚礼》，一画就是 30 年。2005 年，陈逸飞逝世后，蔡江白又花了 5 年时间，终于完成。"不完成，对不起英雄啊。"

　　是的，英雄。因为你们的牺牲，才有了我们今天的一切。

　　我喜欢这么默默地被你凝视而又默默地凝视你，

　　我喜欢这么默默地被你爱着而又默默地爱着你。

第五节　杨闇公："头可断，志不可夺！"

【出场】新社会的催生者

出生在地主家庭，你却执意革命，誓做"旧社会的叛徒，新社会的催生者"。

在交通不便、信息闭塞的蜀地山城，你率先举起马克思主义的大旗，让古老的大地看到了红色曙光。

照片中的你，文质彬彬，虽然头像模糊，但时间的沧桑，无法模糊你矢志不渝的信仰和宁死不屈的斗志。

你是朱德、刘伯承、陈毅等开国元勋们的领导和战友，在对光明的追求中，你们志同道合，打响了反对反动军阀的第一枪。

这一枪，是党的第一次庄严亮剑；

这一枪，是南昌起义的鸣炮先声。

你被反动派以极其残酷的方式杀害，面对生与死的抉择，你毫不畏惧地发出"头可断，志不可夺"的怒吼。

这一声怒吼，穿过历史的长廊，血脉偾张，久久回荡。

解放后，朱德元帅念念不忘，为你修墓立碑，亲题碑文："永垂不朽——一九二七年重庆三月三十一日惨案牺牲烈士、中国共产党四川地方委员会书记杨闇公同志之墓。"

毛泽东第一次与杨尚昆见面："四川有一位杨闇公，你知道吗？"

杨尚昆道："他是我四哥，是我革命的引路人。"毛泽东肃然起敬，赶紧询问，得知你壮烈牺牲，扼腕不已。

你是革命先驱，是刘伯承的入党介绍人，是马掌铁一般坚韧的英雄杨尚述，又名杨闇公。

【故事】"革命当从自我始"

清晨，重庆渝中区二府衙 70 号，一座灰色的青砖瓦房静静地立在寒风中。突然，急促的敲门声响起。门开了，一个老人探出头来。他见门外站着一个消瘦青年，有些意外，忙道："请问找谁？"

"您是杨大夫吧？"来者急声道，四下望了一眼，快速从兜里掏出一个小包裹，道，"这是你儿子的东西。"

老人赶紧打开包裹，发现里面有一枚熟悉的戒指，布满血迹，顿时老泪纵横。一旁的年轻女子当即晕倒在地。

眼看来者就要离开，老人连忙叫住："请问先生贵姓？如何称呼？"

"我姓白，叫我小白就行了。"来者叹道，"您儿子是条好汉，我敬重他。您要找他，就到佛图关岩下去……"

这是 1927 年 4 月 7 日发生的一幕。来者是一名狱卒，戒指的主人是杨闇公。老人是杨宣永，年轻女子是杨闇公的妻子赵宗楷，她刚从监狱被保释回家。

杨宣永是当地一位中医，颇有家业，深明大义，思想进步，支持孩子追求理想。1917 年，杨闇公东渡日本，学习并接受马克思主义。3 年后回国，开始从事革命活动。1926 年 2 月，经中共中央批准，中共重庆地方执行委员会成立，杨闇公被选为首任书记，负责领导全川的革命斗争。半年后，他的工作得到中共中央的高度评价："川省现时是最好工作之地，四川工作同志其刻苦奋斗的精神，更有别省所不及者。"

1926 年 11 月，中共重庆地委决定成立军事委员会，由杨闇公、朱德、刘伯承三人组成，地委书记杨闇公兼任军委书记，决定组织发动泸州、顺庆起义，史称"顺泸起义"。

恰在此时，受李大钊委派，陈毅回川，经朱德介绍与杨闇公取得联系，一起加入起义前军委会筹备会，会议决定：一、杨闇公主持全面工作，负责与各路军阀周旋；二、刘伯承任起义总指挥；三、朱德赴万县做杨森的工作；四、陈毅负责泸州起义；五、童庸生负责顺庆起义。

由于有人泄密，顺泸起义于 12 月 3 日提前打响，四川革命军总指挥刘伯承亲率部队浴血奋战。一周后，起义军内部出现倒戈，刘伯承率部拼死力战，终因寡不敌众，起义失败，余部撤往川东。

杨闇公闻讯，胸口一闷，吐出血来……

1927 年 3 月 24 日，北伐军攻占南京，当地民众集会庆祝，英军开炮轰击，造成 2000 余人伤亡。消息传到重庆，大家义愤填膺。以杨闇公为首的中共重庆地委决定于 3 月 31 日举行抗议集会。

军阀刘湘获悉，暗中派了三拨黑衣人到杨闇公家骚扰，凶狠警告："识相点，乖乖待在家里。"杨闇公还收到三颗子弹。

杨闇公没有被吓倒，他怒斥反动派："下流！卑劣！无耻！"并挥笔写下："人生如马掌铁，磨灭方休。"

3 月 31 日清晨，杨宣永感觉不妙，委婉劝说杨闇公不要参加当天的活动："活着要紧。不要拿鸡蛋去碰石头。"妻子赵宗楷也颇感不安，她特地牵着被杨闇公取名为"赤化"和"共产"的一双儿女，轻声劝道："孩子这么小，你要是有个三长两短，如何是好？"

无情未必真豪杰。杨闇公噙着泪水，强忍心痛，他摸摸儿女的头，望着父亲和妻子道："我常说：'革命当从自我始'。今天的抗议集会非常重要。我作为组织者，贪图安逸，龟缩家中，若此，与阵前脱逃者何异？"言毕，推门而去。

当日上午 11 时许，群情激愤，人声鼎沸。杨闇公宣布集会开始，他正要发表演说，突然枪声传来，人群尖叫。预先化装混杂在人群中的刘湘 11 军所属 3 师王陵基部和 7 师蓝文彬部士兵，以及当地民团团丁，开枪的开枪，挥刀的挥刀，对集会群众进行驱赶和砍杀。一时间，枪声大作，刀剑乱舞，哭天抢地，血肉横飞。大屠杀持续了四个多小时，死亡 300 余人，伤者 1000 余人。进步人士陈达三、漆南薰等倒在血泊中。

混乱中，满面是血的杨闇公被数名青年奋力掩护，跳墙逃脱。杨闇公摔伤了，流着血，不敢回办公室，也不敢回家里。在群众的帮助下，他躲到郊外的一个友人家里，包好伤口，待了三天。他让友人通知妻子，试图逃离重庆。

妻子赵宗楷闻讯赶来。当天晚上，杨闇公带着妻子，乘上轮船，准备秘密前往武汉，向党中央汇报情况。

然而，4 月 4 日黎明，由于叛徒告密，杨闇公夫妇被捕。

被捕后，杨闇公和赵宗楷被分别关押和审讯。敌人从赵宗楷口里捞不到什么秘密，便放出口风，让拿钱来赎人。

4 月 6 日中午，经党组织和杨宣永多方设法，赵宗楷被保释出来。

回到家，杨宣永十分焦急，问杨闇公关押在哪里。赵宗楷惊恐未定，一脸茫然，她确实不知道丈夫关在什么地方。

事实上，如果不是狱卒小白悄悄跑到杨家，赵宗楷压根不知道丈夫已经牺牲。杨宣永也万万没有想到，反动派如此残忍，杨闇公才 29 岁，正是风华正茂的年纪啊。

当天晚上，杨宣永满含悲愤之情写下祭文："睹尔之最后光荣样，知尔为国捐躯……"字里行间，流露出对反动派的无比憎恨，对儿子的理解与支持，以及深深的怜惜之情。

【讲述】狱卒白立诚："你的人生如马掌铁，磨灭方休"

杨先生，我是重庆沙坪坝人，是蓝文彬治下的一名狱卒，叫白立诚。我曾到中法学校听过你的演讲，印象很深的一句话是："我何斯人也！岂能因区区遗产变我初志？若持先人的遗产为生，只可曰吃饭虫，失去人生的真义。"当时感到十分震惊。不久，我听吴玉章校长提及你的座右铭"人生如马掌铁，磨灭方休"，说你就像一块马掌铁，不仅经得起"磨"，而且甘愿受"磨"，"磨"灭方休。当时我还想：这样的座右铭说说而已，真到了考验的时候，未必做得到。

不承想，我的疑心竟得到有力反驳：你不仅做到了，而且做得比马掌铁还硬！

4 月 6 日早上，我听说监狱来了一个重刑犯。交班的时候，同事告诉我："这个家伙硬得很，怎么折磨都不交代。头儿还要来审，你看紧一点！"

同事走了后，我看到窄小阴暗的囚室地面上斜躺着一个人，满脸浮肿，浑身是血。他的头发几乎被拔光，露出一团大血包；手指断了三根，没有断的指甲也被拔掉了，血糊糊的；衣服很烂，被皮鞭抽出一条一条的血痕；脸上有几处明显的烙烫印，露出紫黑色的肿块。最恐怖的是眼睛，眼球处内陷很深，血黑血黑，像被剜掉了眼珠似的。后来一问，果然如此。

这一幕，着实吓住我了。杨先生，我压根没有认出你。我真没想到，你竟被折磨得面目全非。但这，还不是你受的折磨的全部。

上午10时左右，监狱长进来，命令我将一盆冷水泼到你身上。你动了动，然后努力抬起头，并慢慢爬了起来，脸上露出奇怪的表情。监狱长厉声斥道："姓杨的，想清楚了没有？"

你答非所问，一字一顿地说："我……我早就说过，我……我要么病死，要……要么被反动派杀……杀死。早晚……都……都是死，痛……痛快点吧。"这样的回答，无异于一种嘲弄。

监狱长十分恼怒，命令我用烧红的烙铁对你的胸口"走一遍"。我实在不忍，借口肚子痛，跑到了厕所。等我返回时，你再一次昏迷过去。

晚上8时，蓝文彬师长奉刘湘司令之命，亲自提审你。显然，这一次，将决定你的生与死。当我和一名同事押（架）着血肉模糊的你，在军法处处长和监狱长的带领下，来到师长办公室时，蓝师长已泡好茶恭候在此了。他首先对监狱长等人大骂了一通，然后假惺惺地说："手下人不懂事，杨先生受苦了。"

你靠在一张木椅上，极力想抬起头，可一会儿又瘫了下来。我赶紧跑过去扶住你，只听到你嘴里发出一阵模糊的声音。

蓝师长显然也没听清，又叹道："不是我们为难你，我们也是奉令行事。"见你没有动静，他又加上一句："只要杨先生把重庆共党的名单说出来，我们马上送你回家！"

突然，你猛地哈哈大笑起来，笑得浑身发颤，嘴里的血溅了蓝师长一脸。蓝师长又惊又怒，他用手帕擦干了血迹，嘀咕一句："你他妈的有种！"然后凑近你，冷冷地说："难道你真的不怕死吗？"说完，赶紧闪开。

这时，你费劲地直起腰，清清楚楚说道："告诉你们，你们只能砍下我的头颅，可动摇不了我的信仰。我的头可断，志不可夺！"

"好！狗日的，我成全你！"蓝师长吼道，"但不会让你痛快受死。我会让人一刀一刀慢慢折磨你。"吼毕，他命令我们割去你的舌头，理由是："我们不想再听到你胡言乱语。"

说实话，看到蓝师长面目狰狞，我就知道情况不妙。人都会死，但死之前少一点痛苦，不也是人之所求吗？你的双目已被剜，你的舌头也要被割掉。我默默祈求：上苍啊，发发慈悲吧，再也不要发生什么事情了。

其实，我多虑了。事已至此，你连命都不要，还有什么不能失去的呢？

两个小时后，我们接到命令：将你秘密处死。

临刑前，蓝师长让军法处处长问你还有什么要留下来的，你想了想，因为割了舌头，说不了话，便示意需要纸和笔。我奉令送上，只见你用缺了三根指头的手，抖抖地握着笔，在白纸上用力写下：

"打倒军阀！打倒一切反动派！中国共产党万岁！"

写完，掷笔，转身走向黑暗的空地。

三声枪响，你仆倒在地，血喷溅出来，黑黑的，跟夜的颜色融在了一起。

我不忍看你被抛尸野郊，于翌日一早，偷偷跑到你家，告诉了你的家人。你的老父亲杨大夫很坚强，他和你的夫人一起，将你的遗体悄悄运到江北相国寺。听说老先生还亲自为你整好遗容，请了一名在重庆开照相馆的德国人拍照，以此留下反动派的罪证，也留下你的不屈形象。由于军阀遍城搜捕革命志士，你的家人只好将你的遗体以别名方式，暂厝在相国寺。

1948 年，你的老父亲临终前，叮嘱家人一定要保护好你的三本日记、遗照和其他遗物，因为老先生知道，躯体可以化为尘土，而你的精神将永放光芒。

【画外音】"为国为民，壮怀激烈"

你是中国革命牺牲最惨烈的烈士之一，你用青春、热血，践行了你的座右铭、你的信仰以及你的铮铮誓言。

在你的影响和激励下，家中兄妹 12 人先后投身于中国革命的滚滚洪流中，可谓满门忠烈：大哥杨尚荃，曾任四川靖国军川北总司令部游击司令；二哥杨尚麟，曾任中共潼南县第一任党支部书记；小弟杨白冰曾位居中共中央书记处书记、中央军委秘书长；五弟杨尚昆更是成了共和国国家主席。你和你的家人为中国革命和社会主义建设做出了不可磨灭的贡献。

你短暂的一生是光辉的一生。你是党和国家领导人题词最多的英烈之一。周恩来称你是"为第一次国共合作而牺牲的烈士"；邓小平三次题字，并为你的《杨闇公日记》题写书名。

聂荣臻挥笔写下"为国为民，壮怀激烈，杨闇公烈士革命精神永存"。这是共和国元帅对你的缅怀。

江泽民在你的旧居留下："纪念闇公同志，弘扬先烈精神，坚定革命信念，立志振兴中华。"这是党的总书记对你的致敬。

青山有幸埋忠骨。在苍翠的重庆山城中，你生于此，长于此，战斗于此，长眠于此。你是家乡那葱葱郁郁的山脉上最耀眼的一株红木棉。

求 第二章 索
CHAPTER 2

求索，是找寻，是发现，是黑暗里寻觅一束光亮，是泥泞中探求一条正道。

求索，是一种责任，一种意志，更是一种能力。

这种责任、意志和能力，既是屈原"路漫漫其修远兮，吾将上下而求索"，又是李白"长风破浪会有时，直挂云帆济沧海"；既是张载"为天地立心，为生民立命"，又是林则徐"苟利国家生死以，岂因祸福避趋之"；既是鲁迅"求索而无止期，猛进而不退转"，又是毛泽东"天若有情天亦老，人间正道是沧桑"。

求索，在革命战争年代，意味着使命、热血、正气和刚毅。

求索，在左权那里，我们看到了"我一切为党工作"的悲壮；

求索，在方志敏那里，我们领略了"我很高兴为自己的信念而牺牲生命"的不屈；

求索，在陈然那里，我们感受了"对着死亡我放声大笑"的庄严；

求索，在谢晋元那里，我们体味了"誓与日军血战到底！"的斗志。

求索，让我们明白，天空的湛蓝不是因为凤鸣晨曦、晴空万里，而是因为阳光已经将黑暗和乌云全部驱走；

求索，让我们懂得，大地的花香不是因为草长莺飞、姹紫嫣红，而是因为春风已经将污垢和腐叶彻底吹散……

第一节　左权："我一切为党工作"

【出场】"两杆子"都硬的将才

风雨如晦的岁月，你磨砺思想的锋芒，不计得失，忍辱负重，在国家危亡的紧要关头，破釜沉舟，气吞山河。

你如此坚定，只为了看清在泥泞里艰难跋涉的中国道路。

激情燃烧的年代，你擦亮精神的眼睛，不顾安危，义无反顾，在民族复兴的至暗时刻，电闪雷鸣，血溅长空。

你如此执着，只为了看见黑暗深处那闪耀希望的红杜鹃。

你32岁进入中共军队领导层，是抗日战争壮烈牺牲的八路军高级将领。

毛泽东称赞你是"神枪手"，评价你是"吃的洋面包都消化了，这个人硬是个'两杆子'都硬的将才"。

朱德称赞你是"模范军人"、"钢铁般坚强、狮虎般勇猛"的优秀将领和"中国军事界不可多得的人才"，并特地为你赋诗："名将以身殉国家，愿拼热血卫吾华。太行浩气传千古，留得清漳吐血花。"

周恩来高度评价你"足以为党之模范"和"精神不死"！

彭德怀亲撰和手书你的碑志，铭曰："壮志未成，遗恨太行。露冷风凄，恸失全民优秀之指挥。"

你是大地之子，你是英雄左权。

【故事】"绝不能躲！要坚决打击！"

"朱彭左：黄崖洞保卫战是最成功的一次保卫战，给日军数倍杀伤，是反'扫荡'的模范战斗……"

这是1941年11月下旬，中央军委给八路军总部发来的一封慰问电。

八路军总指挥是朱德，副总指挥是彭德怀，左权只是副总参谋长。为什么中共中央、中央军委和国民政府给八路军总部的电报中，都把朱德、彭德怀和左权列在一起？八路军中还有刘伯承、邓小平、贺龙、林彪、聂荣臻等一大批高级将领，为何左权有此殊荣？

这是因为，一则作为总参谋长的叶剑英在延安，左权代行实职；二则从一个侧面也反映出左权在八路军中的崇高威望。须知，此时左权身上还背负着王明作出的"留党察看"的错误处分。但他坚信："我一切为党工作，为党的路线斗争……真金不怕火炼！"

左权出生在湖南醴陵一个贫苦农民家庭。1924年3月，考入陆军讲武学校，同年11月转入黄埔陆军军官学校。1925年2月，经陈赓介绍加入中国共产党。同年，被党组织派往苏联留学深造。

1930年6月，左权回国，担任红军军官学校第一分校教育长。一年后，受中央军委派遣，协同王稼祥、刘伯承做好国民党第26路军起义联络工作。不久担任红军第5军团第15军军长兼政委。

长征时，左权随先头部队指挥作战。在强渡大渡河中，左权率部在崎岖的小路中疾行，直取小相岭隘口，攻下越西县城。一天急行140里，攻占大树堡渡口，以佯渡之态势转移敌军注意，帮助红军主力成功越过泸定桥。

抗日战争打响，日军屡遭八路军袭击，分9路向晋东南地区扑来。

危急时刻，刘伯承望着左权，左权毫不犹豫："日军一向狂妄，务必迎头痛击！"

"敌强我弱，如何打？"刘伯承面色凝重。

"利用长乐滩有利地形，集中兵力，埋伏路边，围成口袋阵。待敌军进入口袋，我军快速发起进攻，将敌军如蟒蛇般斩成数段，再一段一段咬碎它！"

"伤其十指，不如断其一指。"刘伯承点头，"就这么定了！"

果如所料，日军进了口袋，垂死挣扎，但终被歼灭。旅团长苫米地大惊，亲率精锐力量前来救援。左权排兵布阵，巧妙截击，共歼敌2000多人，缴获大批武器装备。

不久，朱德和左权率领八路军总部机关和特务团第二营由牧马村到达府城，与日军108师团104旅团6000余人遭遇，沿线百姓和军政机关全暴露在日军面前。情况万分凶险。怎么办？

"绝不能躲！要坚决打击！"左权坚定地说，"我们一旦撤退，不仅无法自保，更无法保护老百姓和当地政府。"

"好！敌人不知底细，我们虚张声势，打他个措手不及！"朱德答道，"你来指挥这次战斗吧！"

左权立即布防，分两道线进行：第一条线由一个连兵力，埋伏在安泽、屯留交界之处；第二条线由另外两个连守住对口店、郭都岭一带。

敌我力量悬殊，朱德找到安泽县县长邓肇祥："我的队伍不多，全部用上了。你还有点自卫队，请交给左参谋长吧。我去守第二条防线。"

左权命警卫员护送朱德，自己带作战参谋和一个骑兵班赶到第一道防线。

日军用的是老一套：先是飞机轰炸，再用大炮炮击，最后是士兵冲锋。

左权命部下"死守阵地不冲锋，敌军靠近就投弹"。敌军冲上来，左权让战士们将鞭炮放在铁桶里，吼叫着，将手榴弹集束投出去，就这样打了一夜。

敌人认为我方阵势很大，左权抓住机会，集中全部 3 个连的兵力，采取迂回战术，避过主力，伏击敌辎重部队，歼敌 200 余人，击毁车辆 80 多辆，缴获大批军衣、毛毯、弹药和食品，有力地保护了当地老百姓。

1940 年 8 月，为鼓舞全国人民抗日斗志，八路军发动了百团大战。半个月内，华北日军损失惨重。

10 月 28 日，八路军遭遇日军 36 师团冈崎大队。彭德怀、左权决心消灭这股敌人，先用"骚扰"方式逼着冈崎大队进入关家垴和柳树村一带。两天后，集中优势兵力展开猛烈攻击。

彭德怀和左权将指挥所设在交战三里处的窑洞中。左权冲到前线一个山坳里，指挥部队"死死咬住"。经过两天两夜的苦战，冈崎大队被全歼，冈崎本人也被击毙。

1941 年 11 月，日军不甘心失败，组织 7000 兵力向黄崖洞进攻，负责保卫黄崖洞的是八路军总部特务团。左权灵活运用战术，抓"稳"求"准"，用仅有的 1200 多人，与日军鏖战 10 个昼夜，毙敌 1000 余人，大队长以上军官 5 名，而八路军仅伤亡 166 人，以辉煌战绩，创造了八路军抗击日寇的奇迹。

驻晋日军第 1 军军长岩松义雄恼羞成怒，抽出精锐特种力量，组建两支"特别挺进杀入队"：一支以益子重雄为队长，另一支以大川姚吉为队长，每队 100 名成员。两支队伍的分工是：益子重雄寻找八路军总部，以刺杀朱德、彭德怀、左权为目标；大川姚吉寻找 129 师师部，以刺杀刘伯承、邓小平、李达为目标。

1942 年 5 月 20 日，两支行动队带上地图和照片、兵力部署图、假印信、假路条等，带上粮秣、雨衣，身着便装，伪装成八路军或我党政军工作人员，夜行昼宿，专走小道，甚至攀登绝壁，秘密潜伏于村落、麦地、窑洞等，搜罗情报，窃听电话。当得知邓小平在太岳，他们立即在"邓小平"的照片下标注"在太岳"三字。

三天后，大川姚吉找到了 129 师师部，幸而刘伯承已转移。大川姚吉令队员们往刘伯承、邓小平和李达的办公室喷洒"芥子气"，并向师部所有房间，包括炕上和桌椅，抹上毒液。

5 月 24 日夜，益子重雄也摸到了八路军总部，由于总部也已转移，益子重雄做出误判，以为这是 129 师师部，迅即发报给冈村宁次。

"报告！我们抓到了两名鬼子！"正在这时，侦察排长将两名俘虏推到左权面前。左权一怔：这两个家伙穿着打扮跟八路军一模一样？侦察排长道："参谋长，请看看他们的脚下！"原来，他们穿着皮鞋，如不仔细，很难看出破绽。

左权立即将这一情况报告彭德怀，并下令加快行军步伐。然而，八路军总部机关及后勤部门 2000 多人，其中不少是妇女儿童，拖住了行军速度，造成司、政、后、北方局机关和特务团 1 万多人、上千只牲口，挤在十字岭小道上。

5 月 25 日拂晓，三架敌机飞临头顶，投下大批炸弹。冈村宁次率主力从四面扑来，形成"铁壁合围"。

情况万分危急。炮火中，彭德怀同左权当机立断："总部直属队和北方局，向北突围到太行二分区；野政到太行六分区。"

"马上突围！"彭德怀纵身上马，振臂高呼，"先冲北山口！"

左权负责后勤人员突围。战斗异常惨烈。不少后勤人员被炮火炸死。日军追上来，又疯狂捅杀和扫射。左权满脸是血，站在高高的土丘上，指挥、掩护后勤人员全力突围。下午4时许，大部分人员冲出了包围圈。

突然，一发炮弹呼啸而来。

"危险！快快卧倒！"

左权一边高呼，一边奋力冲到路旁，将两位女兵按倒。

炮弹爆炸了。两位女兵得救了，而左权的头部被弹片击中，血流喷涌，倒在地上，壮烈牺牲。

【讲述】左太北：无情未必真豪杰

爸，我是北北，我好想你啊。我出生在八路军总部卫生所，见的第一个男人不是你，而是彭德怀伯伯。当时你不在家，彭伯伯到医院看望，听说我还没取名，他便以八路军总部所在地太行山太北地区，给我取名为"太北"。

抗战时期，中央创办了收养革命烈士和抗日将士子女的托儿所。1942年，不到2岁的我被送到了这里。和你分别时，我还不能喊出一声"爸爸"，这成了我永生的遗憾。

爸，我对你的印象，来自一张全家福，这也是家中唯一的一张照片。听妈妈说，你十分疼爱我，给我取了好多小名，什么小鬼、小家伙、小宝贝、小天使，等等。

听妈妈说，你在苏联留学时，得罪了王明。1931 年王明掌权后，对你进行打击报复，以"莫须有"罪名撤销你红 15 军军长兼政委之职，还给了你"留党察看"的错误处分。直到 1982 年，中央发文为你平反，取消对你的错误决定。此时，距离你牺牲已经过去了整整 40 年。

爸，多年来，你虽然备感委屈，但经得起考验。你把对党的忠诚当作生命，当作人生准则，刻在心里，行在日常，直到最后一刻。当时，只要你有半点私心，你就不会牺牲。你从未想过，两位获救女兵与你的生命谁轻谁重。保护她们，于你，是一种责任，一种本能。

爸，没有时间回家，你就在战火中写下一封封信。

1930 年，你在写给大伯的信中说："我虽回国，却恐十年不能还家，老母赡养，托于长兄，我将全力贡献革命。"

全国抗战爆发后，你在给奶奶的信中表示："为了民族国家的利益，过去没有一个铜板，现在仍然是没有一个铜板，过去吃过草，准备还吃草。"

长大后，妈给我看你写给她的信，信中常常提到我，问我"身体好吗""长大些了没""更活泼些了没"，诸如此类。说真的，如果不是亲眼看到，谁能想到一个天天打仗的八路军高级将领，对女儿的爱竟然如此朴实细腻？

你对妈妈的爱，也是那么情真意切：

"志兰，亲爱的！紧握你的手！"

"尽管我可能会越走越远，只要我俩的心紧紧靠在一起，一切就当没问题了！"

"志兰，亲爱的，别时容易见时难，分离 21 个月了，何日相聚，念念、念念……"

在牺牲前的第三天，你还给妈妈写了最后一封信，你说："有时总仿佛有你及北北与我在一块玩着，谈着。北北很调皮，一时在地下，一时爬到妈妈怀里，又由妈妈怀里转到爸爸怀中……"

爸，我能想象得到，你在写这封信时该有多么开心啊。

爸，我无数次吟诵鲁迅先生的诗："无情未必真豪杰，怜子如何不丈夫？知否兴风狂啸者，回眸时看小於菟。"每次吟诵，都会泪流满面，都情不自禁想起你。

爸，我很想知道：你离开家门的那一天，是不是也频频回眸，看了看我这只"小於菟"呢？

【画外音】抗日成仁，死得其所

一岁半丧父，从小打猪草、放牛，过着常年挨饿的生活，是你；

战斗中，横刀立马，出生入死，能文能武的，也是你；

孝顺老母，疼爱妻女，敢恨敢爱，热爱生活的，还是你。

1949 年，朱德总司令下了一道特殊命令：所有南下入湘部队，在可能情况下，都要到醴陵黄茅岭左家屋场，看望一位老人，那是你的母亲。

每名将士，都恭敬地说："我们都是您老人家的儿子。"

其时，离你牺牲已过去 7 年，而母子分别却整整 26 年！

老人家终于明白，记忆中的你，还历历在目，原以为生死与共，却等来阴阳两隔，如此，怎不令人伤心欲绝、涕泪纵横？

英雄的母亲也是英雄。老人家深明大义，请人写了一篇短短的祭文："吾儿抗日成仁，死得其所，不愧有志男儿……牺牲一身，有何足惜，吾儿有知，地下瞑目矣。"

半年后，你的母亲安然离世。

你看见，太阳像一朵花，开在坟头上。

第二节
方志敏："我很高兴为自己的信念而牺牲生命"

【出场】奇迹的创造者

那是怎样的电闪雷鸣，枪林弹雨夜，你高高擎起光明的火炬；

那是怎样的凄风冷雨，刀光剑影时，你苦苦思索生命的意义。

80多年后，我来到当年关押你的地方，试图寻找你的足迹，感受你的气息。可风平浪静，物是人非，脑海里一遍又一遍闪过你的《狱中纪实》。你说：监狱是苦痛的堆场，是病菌的酵室，是黑暗的深渊，是"死之家"，是"石造的枢"，它是建筑在被统治阶级的赤血与白骨之上的囚屋。

可正是在这样的囚屋，你一字一句，写下了十余万字的文稿，无意间创造了四个第一：你的文字在烈士遗文中具有第一影响力，是共产党人撰写的第一部苏区史，你第一次完整地诠释了苏区精神，是生动揭露国民党黑色监狱的第一人。

你完全有能力成为一名优秀作家。1923年，你的小说《谋事》同鲁迅、叶圣陶、郁达夫等人的作品一起，被选入上海小说研究所编印的《小说年鉴》里，编者题有按语，称赞你的作品是"拿贫人的血泪涂成的"。

翻开中国共产党历史，因囚禁而牺牲的共产党人，不知其数，而留下遗稿者很少。你被关在铁窗里，每天面临死亡的威胁，写下众多文稿，已是奇迹；在不虞之年，能将这些文稿分批秘密传送出去，又是奇迹；你的遗稿不乏名篇，流传后世，进入教科书，家喻户晓，更是奇迹。

你的《可爱的中国》足以媲美《正气歌》，而《清贫》见证了你"矜持不苟，两袖清风"的崇高品质。

毛主席评价你的遗作，"是一个共产党员革命意志、情操和高尚人格的写照，是不朽的佳作"。

叶剑英读完你的手稿，赋诗道："血染东南半壁红，忍将奇迹作奇功。文山去后南朝月，又照秦淮一叶枫。"

习近平认为你的《清贫》："回答了什么是真正的穷和富，什么是人生最大的快乐，什么是革命者的伟大信仰，人到底怎样活着才有价值。"

你是奇迹的创造者，是共产主义的笃信者，是清贫的方志敏。

【故事】血染东南半壁红

1922 年 7 月的一天，上海法租界公园。一名青年人来到这里，突然身子触电似的颤抖起来。原来，公园门口竖着一块醒目的告示牌："华人与狗不准进园。"这名青年扭头就走，脸都烧红了，一种从未受过的耻辱深深地刺痛了他。

这名青年叫方志敏。

1899 年 8 月 21 日，方志敏出生于江西弋阳一个农民家庭。1921 年秋，考入位于九江的教会大学——南伟烈大学，在这里，他读到了英文版的

《共产党宣言》和《资本论》，发起成立了马克思主义研究小组。

1924 年 3 月，方志敏加入中国共产党，在斗争中很快成长起来。1927 年 12 月 10 日，方志敏领导弋阳、横峰农民起义，持续时间达两个月之久。

1931 年 3 月，国民党对中央革命根据地进行第二次"围剿"。方志敏代理红十军政委，组织各县区武装和赤卫队开展游击战争，率部向闽北急速进发，一鼓作气连打了 11 仗，收复了闽北根据地，粉碎了国民党阴谋。是年 11 月，中华苏维埃共和国临时中央政府授予方志敏红旗勋章一枚，授予红十军全体指战员奖旗一面。

翌年 9 月，方志敏接中央令，率部进闽，在 22 天转战中，消灭敌人 4 个团，开辟了皖浙赣边界的（开）化、婺（源）、德（兴）苏区。三个月后，闽浙赣省苏维埃政府成立，方志敏任主席。

"报告！中央军委来电！"

正午时分，方志敏突然接到电报，让他把军队开到中央苏区去。

"刚刚开创了新局面，马上就要走？"方志敏有些不理解。

尽管如此，他还是率队开进中央苏区，见到毛泽东。毛泽东惊道："红十军来这里干吗？你们应该以武夷山为中心，发展武装力量，可以直捣杭州、威胁南京嘛。"

原来，毛泽东不知道红十军调往苏区的事。方志敏忙问："那我把队伍带回去吧？"

毛泽东正色道："既然是中央命令，就要服从。"这时候的党中央，被王明一伙把持，毛泽东已经靠边站了。

红十军调走了。方志敏以赤色警卫师 1500 余人为基础，抽调省、县两级的 90 多名干部出任排长、连长，编成 28 师、29 师和 30 师，组建了新的红十军，原来的红十军已改为红十一军。

1933 年 2 月底，方志敏率部从化婺德突返周坊，会同贵溪独立营、游击队消灭敌人第四师等，配合中央红军，粉碎了敌人的第四次"围剿"。

一个月后，闽浙赣省工农兵第二次代表大会召开，方志敏致开幕词，作工作报告。1934 年 1 月召开中华苏维埃第二次全国代表大会，方志敏领导的闽浙赣苏区被授予"苏维埃模范省"光荣称号，这是全国苏区中唯一获此殊荣的省级苏维埃政府。

10 月初的一天，方志敏接到中央军委电令："重组北上抗日先遣队，向皖南出击，配合中央主力红军实行战略转移。"

"咱们只有几千号人马，如何完成此等艰巨任务？"方志敏顿时感觉，一副沉甸甸的担子挑在了肩上。

时间紧迫。方志敏立即扩军，使红十军团兵力达到 1 万余人。然而，刚刚进入皖南，就遭到四面八方的攻击，敌人极其凶残，部队损失惨重。部队被逼折返皖赣边界，途中又遇到顽敌，将红十军团切为两截。

"不好！敌人要分而歼之。"方志敏感觉不妙，他带领部分兵力本已冲出了包围圈，现在却要不顾一切返回。

"方司令！你率部往赣东北走，我返回指挥去！"时任红十军团参谋长粟裕抓住方志敏的手，大声请求。

"不行！这个地方我熟悉。你带领大家往北疾走，不要回头！"方志敏挣脱粟裕的手，命令道，"快走！我突围成功就来找你！"说完，带着一个刺刀班，逆行杀入包围圈。

粟裕率部往北走了两天，发现方志敏没有消息，心里不安。他派了一支小分队前去寻找，但被敌人打散……

方志敏返回后，找到剩下的2000多名战士，组织四个方阵，分头突围至怀玉山，但很快被1万多名敌军团团包围。天寒地冻，弹尽粮绝，方志敏率部坚持四十多天。一天夜晚，他燃着两堆篝火，站在一块石头上呼唤："同志们，出来吧！"结果，只陆续出来80多人，个个冻饿得躺在地上动弹不了。

突然，一阵枪声响起。奉命搜山的王耀武率部赶来了，红军战士们想拿枪射击，因手冻僵，扣不动扳机。有的想投手榴弹，因肢体被冻，无力投掷，完全丧失了战斗力。

混乱中，方志敏被贴身警卫魏灿发架走，躲进一个山洞里。

两天后的傍晚，饿得发慌的魏灿发说："司令员，我姐姐住在这附近，我去那里取一些吃的来。"

当时一点吃的都没有，方志敏道："行。你快去快回。路上小心！"

"站住！你是谁？"

还没等魏灿发走到姐姐家，几支枪口对准了他的后脑。魏灿发束手就擒。经审讯和汉奸指认，魏灿发承认是方志敏的警卫。

"你要活命还是吃子弹？"一个头目厉声道。

魏灿发不作声。这个头目一手拿了几发子弹，一手拿着几块大洋，扬了扬手，道："你小子走运了。只要你说出方志敏藏的地方，就赏你100块大洋，外加一个女人。怎么样？"

就这样，魏灿发出卖了灵魂，收下了100块大洋和一个叫张银花的女人。两人隐姓埋名，以种田为业，生有一儿一女。

1935年1月29日，方志敏被王耀武手下两个士兵抓获。

"哇，我们抓到了一条大鱼，要发财啦！"这两个士兵欣喜若狂，方志敏冷笑道："想在我身上发财，那你们真要失望了！"两个士兵怎么也没想到，他们搜遍了全身，只找到一支钢笔和一块怀表……

就在方志敏被捕前的两天，一场重大的会议在遵义结束，会议重新确立了毛泽东在中共中央和红军的领导地位。可惜这一切，方志敏再也不能看到了。

蒋介石获悉方志敏被捕，立令各方去劝降：43旅旅长刘振清、玉山县县长王振寰、弋阳县县长张抡元、南昌行营军法处副处长钱协民、第五次"围剿"北路军总司令顾祝同等，都去了。

最后，蒋介石本人也来了。然而，他们统统失望了。

《字林西报》记者到狱中采访方志敏，他写道："这是一个奇特卓绝的人物。他向我说：'各人都有自己的信念，我很高兴为自己的信念而牺牲生命。'"

南京当局原定8月31日行刑，因当时要求释放方志敏的呼声强烈，他们只好提前动手。

8月6日黎明，他们将方志敏带出监狱，因担心他喊口号，给他嘴里塞了毛巾。方志敏遭到秘密杀害，年仅36岁。

很长时间，没人知道掩埋烈士遗体的具体位置。直到1957年，当地的化纤厂在下沙窝开挖地基时，发现了一堆戴脚镣的骨骸！有关方面请来知情人辨认，确定脚镣正是当年方志敏所戴；后又经DNA鉴定，确定骨骸就是方志敏烈士的。

此时，距方志敏牺牲已经22年。而在1950年，叛徒魏灿发被当地人民政府执行枪决。

【讲述】高家骏：因为您，我们始终心心相印

方先生，我是小高，全名高家骏。当时在关押您的监狱做看守。我是一个平凡人，因为与您的奇缘，让我有了不平凡的经历。

您入狱后，我有机会近距离接触您。几次谈话后，我被您的思想和气质折服。您曾在狱中争取到 10 个看守，大家愿意帮助您越狱，可惜没有成功。

这里要提到一个人，叫胡逸民，浙江永康人。他早年追随孙中山，曾任国民党中央"清党"审判委员会主席，先后担任过南京中央军人监狱等三个监狱的狱长。因与蒋介石政见不同，四次被投进牢房。当时，他早您两年关在南昌绥靖公署军法处看守所里。因为他是看守所的老领导，大家敬他三分，他基本上来去自由。

当胡先生得知您这个"共产党三个省的省主席"也在这里，很有兴趣。但您对他有戒备，胡先生说："我叫永一，从前在'清党'时设法开脱了不少你们的同志！"当得知他也是狱友时，您心里踏实了不少。

有一次，胡先生去看您，坐在床边，看见床沿上被您用指甲刻出"视死如归"四字，心头一震。胡先生见您在写作，便问："写些什么文章？"听您说想写写自己参加革命的经历，但又担心写了没用，"反正拿不出去"时，胡先生脱口道："如果你信任我，我可以替你出出力。"

您一听，顿时看到了希望："您能将我的文稿送交我的同志？"

胡先生点点头。从此，您写得更勤快了。您的桌上常摆着一张报纸，而下面就是文稿。狱方提供的纸笔不够，我就替您偷偷去外面买。

1935年6月的一天，蒋介石来看守所找您。胡先生告诉我，您对蒋介石的回答只有一句话："快下命令吧！"

可能感到来日不多，您最放心不下的就是手稿。虽然胡先生答应帮忙，但他毕竟还在监狱，何时出去，是个未知数。为此，您特地找到我，希望设法将手稿送出去。望着您严肃而渴望的眼神，我没法拒绝。

如何送出去呢？我想到了当时的女友程全昭。

1935年暑假，我从南昌汇去20块大洋，让她从杭州赶到南昌，有事商量。全昭到后，我从实说出。全昭年轻，也不害怕，就答应下来。我当即交给她一个包和四封信，叮嘱她"一封给宋庆龄，一封给鲁迅，一封给邹韬奋，还有一封给李公朴"。我把四人地址写给了她，并说："方先生帮你取了个化名，叫李贞，他自己取名为李祥松，你们就是一家人了，都是为真理而斗争的人。李贞又是'力争'的谐音，希望你力争把信送到，把事情办成功！"

全昭有些紧张，马上来到上海，住到白克路宝隆医院一同学家里。翌日一早，她先到宋庆龄家，保姆说：宋先生不在。全昭留下信，又按照地址找到内山书店。店里人说："鲁迅你是找不到的。有什么事儿，我替你转告吧！"

接着，全昭又找邹韬奋，他当时在国外。全昭也留下了信，像每次送信一样，留下了自己的住址。

当晚，一个衣着时髦的少妇来到全昭住的地方，拿走了包。这位少妇悄声说："你来上海的事，大家知道了。很危险，你赶快离开上海。"说完要给100大洋，被全昭谢绝了。

全昭听从劝告，第二天就匆匆离开了上海。

后来才知道，这个衣着时髦的少妇是章乃器先生的夫人胡子婴。

原来，那天下午，章夫人去生活书店，见到毕云程和胡愈之正在为一件事情发愁：说有一个女孩送来方志敏的一封信，不知真伪，女孩要求书店派可靠的人到她的住地去取一包文稿。章夫人毅然提出，由她去完成这件事情。

取到文稿后，章夫人赶到书店，当面交给了胡愈之和毕云程。他们将纸包打开，果然是方志敏的文稿。毕云程是中央特科工作人员，他明白这批文稿的价值，立即将文稿转送给负责人王世英，又抄了一份转到莫斯科，再由那里的人寄给在法国的吴玉章。

后来，吴先生在巴黎《救国时报》第二期刊登了"抗日烈士方志敏之遗书"。

再说，全昭去上海已经 20 多天，毫无音讯。我很着急，于 1935 年 7 月 30 日，我专门请假，偷偷赶到上海。在送出了您写给李公朴的信后，我发现有人跟踪，便急忙返回杭州。

不料，家中失火，未送出的您的三封信全被烧毁，十分痛心。

这时，我得到消息：您被秘密处决了。我担心有麻烦，便再也没有去南昌。几十年后，我在杭州碰到全昭，才知道她的一切情况。

解放后，我看到胡逸民先生的回忆录，说他把您的手稿秘密绑在床底下，托于右任老先生说情，他于 1935 年深秋出狱。

胡先生出狱后做的第一件事，就是设法将您的手稿送给章乃器先生。

1936 年 11 月 23 日，章先生被捕，章夫人怕敌人抄家，急忙打电话与宋庆龄先生取得联系，商定由章先生弟弟章秋阳将文稿送到宋府。宋庆龄先生将文稿交给了冯雪峰，冯先生又转呈潘汉年先生。

数年后，《可爱的中国》率先于上海出版，引起轰动，就源自这批文稿……

方先生，您狱中的文稿被送出去，冥冥之中，得到无数相识或不相识的人的帮助。大家都冒着生命危险，都义无反顾，一棒接一棒，真是创造了奇迹。

我感激您的信任，也庆幸自己能参与其中，做了那么一点点工作。我和全昭因故未能走到一起，但因为您，我们始终心心相印。

【画外音】方志敏：“我是一个光明的渴求者”

你说：党有指示，虽死不辞。

你说：共产党员，这是一个极尊贵的名词，我加入了共产党，做了共产党员，我是多么地引以为荣啊！

你说：我是一个马克思主义的笃诚信仰者，敌人只能砍下我们的头颅，绝不能动摇我们的信仰！因为我们信仰的主义，乃是宇宙的真理！

你说：清贫，洁白朴素的生活，正是我们革命者能够战胜许多困难的地方。

你说：为着阶级和民族的解放，为着党的事业的成功，我毫不稀罕那华丽的大厦，却宁愿居住在卑陋潮湿的茅棚；不稀罕美味的西餐大菜，宁愿吞噬刺口的苞粟和菜根。

你说：我们活着不能与草木同腐，不能醉生梦死，枉度人生，要有所作为！

你说：一切难于忍受的生活，我都能忍受下去！这些都不能丝毫动摇我的决心，相反地，是更加磨炼我的意志！我能舍弃一切，但是不能舍弃党，舍弃阶级，舍弃革命事业。我有一天生命，我就应该为它们工作一天！

你说：我是一个黑暗的憎恶者，我是一个光明的渴求者。

你说：假如我还能生存，那我生存一天就要为中国呼喊一天；假如我不能生存——死了，我流血的地方，或者我瘗骨的地方，或许会长出一朵可爱的花来，这朵花你们就看作是我的精诚的寄托吧！

你说：目前的中国，固然是江山破碎，国弊民穷，但谁能断言，中国没有一个光明的前途呢？不，绝不会的，我们相信，中国一定有个可赞美的光明前途……

第三节　陈然："对着死亡我放声大笑"

【出场】筑起崇高的界碑

你已经迎来了黎明，但在第一缕阳光照耀你脸庞前，你倒在最后的阴影里。

也许有人为你惋惜。可是，并不是所有的小草都能得到阳光的照耀。你保持了一名共产党员的崇高气节，这种气节就是"不妥协、不退缩、不苟免、不更其守"！你像许多先烈一样，"用头颅、热血、齿、舌，在是与非，白与黑，真理与狂妄，正义与罪恶，善良与暴戾之间，筑起一座崇高的界碑"！

在你面前，任何抒情都变得浅薄；

在你面前，一切名利都如同粪土。

你的战友刘国志说："有党在，我等于没有死。如果我出卖组织，活着也没有什么意义。"

而这，又何尝不是你的心声？你说："对着死亡我放声大笑，／魔鬼的宫殿在笑声中动摇。"这种大义与忠诚真实传达着那个年代最铿锵有力的声响，一遍又一遍，澎湃革命的热血，激发斗争的豪情。

战友江竹筠受刑昏死三次，但她说："毒刑是太小的考验！共产党员的意志是钢铁！"

战友杨虞裳被敌人折磨，导致失明，但他正告敌人："我现在是在你们的老虎凳上保卫我们的党。"

战友谭沈明面对死亡说:"我要真正做到脸不改色,心不跳!"

战友蓝蒂裕走向刑场前给儿子留下一首诗:"今夜,／我要与你永别了。／满街狼犬,／遍地荆棘,／给你什么遗嘱呢?／我的孩子!／今后——／愿你用变秋天为春天的精神,／把祖国的荒沙,／耕种成为美丽的园林!"

战友许晓轩的遗言是:"请转告党,我做到了党教导我的一切。在生命的最后几分钟,仍将这样⋯⋯"

啊!你们是同一个群体,有着同一种基因,流着同样的血,唱着同样的歌。你们在同一面旗帜下,举起同一的手臂,做出同一的宣誓!

在你们面前,任何赞美都变得不合时宜。

在临刑前的公审大会上,敌人被你们义正词严的质问震住了,仿佛不是他们代表腐朽的权力审问你们,而是你们代表正义的力量公审他们,一场精心策划的宣传瞬间变成了闹剧:

"今天你可以枪杀我们,但是你们自己还能活几天?"

"你们这些刽子手逃不出人民的最后审判!"

"胜利属于我们,你们必定失败⋯⋯"

当你和你的战友被押到刑场时,你突然转过身来,对着刽子手说:"你们有种的,就正面开枪吧!"

1992年,贵州发现一件标明为渣滓洞革命烈士遗物的包裹,里面有两封信和五块银圆。一封信上写道:"中国共产党万岁!亲爱的党,和你永别了。谊军。"一块银圆上深深地刻着"最后一次党费 谊军"八个字。

我们至今不知道"谊军"是谁。可是,无数长眠地下的"谊军",

他们这样做，并不是为了让世人知道。他们所做的，只是坚持自己的初心。

人们常常赞美阳光，可为了这一缕阳光，有多少人前赴后继，付出汗水、青春、热血乃至生命？又有多少人在阳光照不到的地方任劳任怨，像小草一样挺直胸脯，扎根大地，努力保持高昂的、朝向阳光生长的姿势？

当然，你和你的战友，包括无数的"谊军"所做的一切，共和国不会忘记，也不应该忘记。就像享受着阳光的青山绿水，能忘记那些在黑暗中化为泥土、默默滋润着大地的小草吗？

你就是这样的一棵小草。你是红色经典《红岩》小说主人公成岗的原型，你高高举起戴着镣铐的双手，成了力量的象征，抗争的浮雕。

你就是这样的一棵小草。你 26 岁的生命定格在新中国成立后的第 27 天。

你就是这样的一棵小草。你是矢志不渝、慷慨赴难的烈士陈然。

【故事】"紧紧地握你的手！"

1948 年 3 月，山城重庆。长江、嘉陵江江岸青翠欲滴，南山、歌乐山春意盎然。然而，大自然的勃勃生机并未带来城市的安宁祥和。不断传来的警笛声、跑步声和突然响起的踹门声，像一股股寒流扑面而来，令人战栗。

国民党重庆行辕主任朱绍良原以为《新华日报》被封和中共四川省委撤离重庆，重庆地下党再也没能力创办新的报纸，传播"谣言"了。

当蒋委员长宣称国民党军队"占领了延安，不日将共党清除殆尽"时，朱绍良信以为真，志得意满。

然而，这天上午，一封写有"朱绍良亲启"的信让他十分震惊，里面竟是一份叫《挺进报》的油印小报："《打倒蒋介石，解放全中国》《春江怒潮似的攻势》《审判战争犯！准许将功折罪！》……"

朱绍良盯着这样的标题，气得浑身发抖，一股杀气从脑门里冲出。他抓起电话，大声吼道："是徐远举吗？你狗娘养的快来我这里！"

徐远举一听大事不好。究竟发生了什么，让一向以"儒将"自诩的顶头上司火冒三丈？他立即赶过来，刚推开门，朱绍良就将桌上的油印小报恶狠狠地扔来："你看看，眼皮子底下竟然冒出了这些东西，难道你不知道？"

"我……我……"徐远举冷汗直流。他不知道如何回答：如果说知道，那一定会让朱绍良更加恼怒；如果说不知道，似乎也不好。因为这份报纸已秘密发行一段时间了，特务邮检处发现多次，都悄然处理掉了。况且，作为重庆行辕二处处长，要是真的不知道此事，他的官帽恐怕也就难保了。

"共产党太猖狂了！"朱绍良几乎要咆哮起来，"我限你一个月内破案。做不到就滚！"

夜幕降临。在重庆南岸区玄坛庙野猫溪正街，有一栋砖木结构的建筑，门上有一块木牌："中国粮食公司机器厂"。四周很静，只有修配车间还亮着昏黄的灯光，一个青年埋头在堆放杂物的储藏间，认真刻着蜡纸。储藏间有些潮湿，板壁上糊着纸片，窗上挂着毯子，煤油用卷起的黑纸罩着。这么一个简陋的地方，却让朱绍良怒不可遏，因为《挺进报》的编、刻、印工作都在这里进行。负责这一切的青年，叫陈然，他的公开身份是车间管理员。

陈然，原名陈崇德，1923 年 11 月出生于河北省香河县；出生后第二年即随家人移居北京。后又因父亲的工作调动而搬家，到过上海、芜湖等地。

抗战爆发后，陈然随家人流亡到湖北宜昌等地。15 岁投入抗日救亡运动并参加了中国共产党领导的"抗战剧团"。1939 年加入中国共产党。

1946 年，在新华日报社的领导下，陈然与蒋一苇、刘镕铸等人创办了《彷徨》杂志。该刊以底层人民等为对象，关注青年切身问题，形式上有些"灰色"，但内容健康。

不久，《新华日报》遭国民党查封，陈然也与党组织失去联系。

1947 年 4 月，陈然突然收到党组织寄来的《群众周刊》和《新华社电讯稿》，欢欣莫名，他决定用油印小报的方式把这些消息传播出去。是年 7 月，中共重庆市委委员彭咏梧根据当时需要，决定以这份"无名小报"为基础，购买收音机收听延安电台，出版市委地下机关报，定名为《挺进报》，由蒋一苇、陈然、刘镕铸、吴子见负责出版工作。

不久，《挺进报》成立特支，首任书记刘镕铸调走后，由陈然接任。刘国志自告奋勇，为《挺进报》筹集经费，提供各种条件，还担负部分发行工作。他出身豪门望族，在西南联大读书期间，经常向中共中央南方局汇报有关情况，带回党的指示。有时文件无法抄写和带走，刘国志便背熟后回去传达。

"真了不起！"陈然赞叹道。大家齐心协力，《挺进报》由最初发行 50 份慢慢发展到 2000 多份，他们选择在夜间投发，不仅发给共产党员、进步人士和普通市民，还定点向国民党军、警、宪、特头目寄送。

《挺进报》的影响日益增大，引起国民党反动派的极大恐慌。

朱绍良发怒后，徐远举费尽心思，制订出"红旗特务计划"，由特务伪装成进步的学生和底层群众，接近进步人士，搜寻蛛丝马迹。这一招很歹毒。

灾难是一步一步来到的：江北盘溪草堂国学专科学校来了一个叫陈柏林的青年，他身上带有《挺进报》。伪装成进步青年的特务曾纪纲骗取了陈柏林的信任。结果，陈柏林和他的上线任达哉当即被捕，敌人搜出一本支部组织纲领，10多本进步图书，以及印制《挺进报》的纸。当时虽未搜到电台，但发现了无线电灯管等电台配件。

年仅18岁的陈柏林经受住考验，誓死不招，后在渣滓洞殉难。

而任达哉在酷刑下供出上线领导许建业。不久，川东临委委员兼中共重庆市委书记刘国定被捕，作为搭档的副书记冉益智也被捕。这两人的被捕及叛变，对重庆地下工作者而言，是灾难中的最大风暴。

陈然并未注意到危险的到来。《挺进报》特支和电台特支都是单线联系，不能互相打听。陈然在制作报纸的时候，发现传来的电讯稿，卷面工整，一丝不苟。他向上线提请求，准许他写一封信表示感谢，未获同意。每次收到电讯稿，陈然都有写信的冲动。

上线被他的诚意打动，允许他写一两句最简单的话，不具名，由组织转交。陈然思绪万千，最后写了一句："致以革命的敬礼！"

几天后，他收到了回信，也是简单的一句话："紧紧地握你的手！"同样没有具名。

1948年4月21日傍晚，陈然突然收到一封奇特的信："近日江水暴涨，闻君欲买舟东下，谨祝一帆风顺，沿途平安！"署名是"彭云"。

陈然一惊："彭云"是彭咏梧和江竹筠的儿子，当时只是个一二岁的小孩。他意识到，党组织可能出事了。但他没有立即转移，因为无法确定该信内容的真实性，更重要的是，当时的第23期《挺进报》正在印制中。

"咚咚咚！"

4月22日下午5时，陈然刚刚印完这一期《挺进报》，还没把蜡纸烧掉，门外就传来了重重的推门声。陈然赶紧推开窗户，把扫帚挂在窗台下，这是发给同志们的信号。

"不许动！"这时，几个便衣特务破门而入。

陈然将《挺进报》发行名单撕碎，一口吞了下去……

一年以后，在国民党法庭上，号称"催命判官"的张界宣读："成善谋，《挺进报》电讯负责人；陈然，《挺进报》负责人，印刷《挺进报》……"

直到这时，这两位老战友才惊喜地明白彼此的身份，不约而同地说出：

"紧紧地握你的手！"

"致以革命的敬礼！"

由于刘国定和冉益智等人的招供，由《挺进报》引发的重庆地下党成员江竹筠、陈然、罗广斌、成善谋、刘国志、李文祥等133人被捕，55人被杀，整个川东地下党和中共重庆市委被彻底摧毁。

当北京天安门城楼上一个伟人庄严宣告"中华人民共和国中央人民政府今天成立了！"的时候，西南重镇重庆仍然处于腥风血雨中……

【讲述】李文祥："我无法跟你们一样坚强"

然弟，我是文祥。我不配自己的名字，也不配这样称呼你，更不配与你同囚一室。你在狱中凛然正气，在审讯室里宁死不屈，令我无地自容。你如此年轻，看似眉目清秀的白面书生，被折磨得皮开肉绽，却依然倔强，一脸无畏。

我跟你和刘国志同在一个牢房，1949年2月9日，罗广斌也被转押跟我们一起。你们都很坚强。

你被关到白公馆监狱不久，很快同狱中党组织取得了联系，党组织传给你半截铅笔和一些香烟盒纸。我们在牢房悄悄凿了一个秘密孔道，紧急情况可以和楼下难友们取得联系。当时东北军将领黄显声将军被关押在此多年，他能读到报纸，并将一些胜利的消息偷偷传递给你。你写在香烟盒纸上，然后把小纸片顺着一个秘密孔道传出去，被狱友们称为《挺进报》"白公馆版"。每次放风时，隔壁黄将军就把看过的报纸从门缝塞进来，你不断获取最新消息。

监狱不再是孤岛，大家从你的"小报"中得到很多鼓舞。后来，黄将军被军统特务杨进兴骗至白公馆枪杀。其时，你已牺牲29天。

然弟，你知道，我1939年加入中国共产党，曾任中共重庆市城区区委书记。1948年4月，被叛徒刘国定出卖被捕。最初的严刑逼供，我都挺了过来。关押在白公馆后，我一再得到你和同室难友的鼓励。

特别是刘国志，说起来，他与刘国定的名字只有一字之差，但人格却有云泥之别。国志与你是同事，作为豪门子弟，面对屠刀，他大义凛然："我自愿背叛我的家庭，我不是受任何人指使，而是自觉自愿参加共产党的。我心甘情愿为人民牺牲自己！我的意志是谁也动摇不了的。"不仅如此，他还说："我是共产党员，你们没有抓错。杀不杀我，你们有权；交不交出组织，我有权。要杀是可以的，要我交出组织永远办不到。"这要多大的勇气啊。

正因为有你和刘国志等难友的宁死不屈，让我坚持了 8 个月。但后来，我慢慢变了。尤其与妻子咏晖见面后，我的求生渴望越来越强烈。说真的，苦了这么多年，眼看就要胜利了，自己却看不到胜利，这实在是太惨了！

你不断找我谈心，国志和广斌也都试图帮我。你还说起许晓轩的事情，作为中共重庆新市区委书记的他，被囚禁时，狱方让他在一棵树上刻"先忧后乐，忠党爱国"的标语。许晓轩刻了"先忧后乐"四个字。随后故意蹬翻梯子，摔伤自己，他以自残的方式拒绝再刻"忠党爱国"四个字。后来，他还用废纸片写下"宁关不屈"，托人传递给家人，表达革命到底的决心。

"你看看，这里的人，哪一个不坚强？"你说，"人总有一死，怕什么？"

你死死盯着我，但我没有回答，心里想：话是这样说，但是，我无法跟你们一样坚强。入党十年，当书记负责地下工作，苦了这么多年，好不容易盼到革命要胜利了，但自己被捕入狱，还连累老婆一起被关，这公平吗？

我的消沉和动摇让你很担心。徐远举掌握了我的弱点，12 月中旬的一天，他让我与咏晖会面，并威胁说："有什么话就快说，这是最后的机会了。"我一听，彻底崩溃。

押回牢房后，我时刻感到了死亡的恐惧，不断自言自语："他们要杀我了，真的要杀我了！"

你见状，紧紧握住我的手，安慰道："不用怕！你冷静！冷静！"

可我冷静不了。我终于说了心里话："我要去自首！"

你一听，愣了，随即狠狠地推开我，愤怒地吼道："你要是去自首，我就跳楼自杀！"你试图以这样决绝的方式来制止我的自首。

此时我已走火入魔，脑子一热，心里有啥就说了出来："革命已经成功，出几个叛徒也不会改变历史的进程。"

国志、广斌等难友，都纷纷批评我，严密监视我。

后来，我利用放风的机会，快速跑进特务办公室。

徐远举见我"自首"，很高兴，说了一些鼓励的话，许诺了不少好处。我一下子出卖了何柏梁、李温如、李光普、张金声、胡子湘、周永林、陈为贤、曾咏曦、程谦谋、曹学惠、周立翔、王为民、刘志俊、杜文博、宋廉嗣等15人。

后来，我还加入特务队伍，被授予上尉军衔。

对了，然弟。我听说在1949年11月27日歌乐山大屠杀中，由于得到被你策反的看守杨钦典的大力帮助，广斌才得以带领十余名难友冲出白公馆。当然，那时的你已经长眠地下了。

然弟，我知道自己不会有好下场。1951年2月，我被重庆市人民法庭判处死刑，执行枪决，结束了可悲的一生。我们又到了同一个世界，可我再也无脸见你。

【画外音】永不屈服的灵魂

今天，我默默望着渣滓洞照片墙上的一句话——"今朝我辈成仁去，顷刻黄泉又结盟"，感慨万千：无数英雄在生命最好的年华奉献了自己的一切。

白公馆，渣滓洞，在这人间的炼狱，在生离死别之际，英雄们留下了一份份珍贵的记录："我最最亲爱的人，不是我无情，我别无选择，只因国家民族到了存亡的边缘，我辈只得奋不顾身，挽救于万一。"

"我的肉体即将陨灭，而灵魂仍与你们同在。"

是的。1949 年 10 月 1 日，新中国成立的消息传到监狱时，你和难友们用被面和衫衣，一针一线，缝制了一面五星红旗。罗广斌同志还创作了一首题为《我们也有一面五星红旗》的诗。

解放后，从白公馆木板里取出这一面特殊的五星红旗，它至今保存在红岩革命历史博物馆，成了黑暗岁月里红色记忆的生动见证。

1949 年 10 月 28 日，陈然等 10 名同志在重庆大坪被公开杀害；

11 月 14 日，江竹筠、李青林、齐亮、王敏、杨虞裳、蒋可然、何忠发等 30 名同志被秘密杀害；

11 月 27 日，刘国志被押出牢房，他回过头对罗广斌等同志说："再见吧！同志们，我先走一步了。如果哪位同志活下来，一定要把刽子手们今天凶残的屠杀向人民公布。"

那些天，重庆渣滓洞人影诡异，空气凝重。不断有吉普车突然驶进，又悄然驶出。荷枪实弹的特务们随时像疯狗一样，大喊大叫，令人毛骨悚然。

然而，敌人永远不会明白，你和你的战友，是杀不尽的。因为，你们不是一个人，十个人，百个人，而是千千万万中国人共同拥有的一种精神，一种信仰。

敌人永远不会明白，你和你的战友，用良知和青春捍卫的，是灵魂深处散发出来的人性的光辉。

　　敌人永远不会明白，你和你的战友，用热血和生命捍卫的，是强权之下永不屈服的自由的灵魂！

第四节 谢晋元："誓与日军血战到底！"

【出场】八百壮士的灵魂

"中国不会亡 / 中国不会亡 / 你看那民族英雄谢团长 / 中国不会亡 / 中国不会亡 / 你看那八百壮士孤军奋守东战场！"

20世纪30年代末，每一位爱国青年都会满怀激情，高唱这首《中国不会亡》。80多年后的今天，当我们再唱这首壮歌，依然情不自禁，泪流满面。

只因为你和你的战友们，那青山不改千秋英烈的热血；

只因为你和你的战友们，那浩气长存万古军人的忠魂。

透过历史的硝烟，追寻流淌的血迹，你的一言一行无不令人崇敬：作为抗日战争期间中日第一次正面较量，淞沪会战是双方投入最多、战斗最为惨烈的战役。这场战役持续80多天，最终以上海市市长俞鸿钧沉痛宣布"上海沦陷"而结束。

然而，你和你的八百壮士成为这场战役的冲天火焰。1937年10月26日，宝山大场防线失守，88师决定让524团第一营死守上海最后一块中国领土——四行仓库，孙元良师长问你："孤军作战，没有后援，随时殉国，你可愿去？"你庄严回答："人生必有一死，此时此境而死，实人生之快事也。"随后对部下慷慨激昂道："我们常言杀敌报国，今天终于有了机会！这里就是我们的坟墓！"

1939 年 9 月 18 日，你在上海孤军营给父母写下遗嘱："大丈夫光明而生，亦必光明磊落而死。男对死生之义，求仁得仁，泰山鸿毛之旨熟虑之矣。今日纵死，而男之英灵必流芳千古。"

是的，这场战役，日本虽是获胜方，但也付出了从未有过的惨痛代价，中国军人的正气和血性，狠狠打击了日寇"三个月内灭亡中国"的狂妄，极大地鼓舞了全国军民抗击入侵者的决心！

公共租界英军司令史摩莱少将赞叹："作为经历过欧战的军人，我从未见过有比中国'敢死队员'在保卫闸北战斗中更英勇、更壮烈的表现。"

时间无声，大地留痕；前人流血，后世铭恩。

你是感天动地的中国军人，你是八百壮士的不屈灵魂，你是民族英雄谢晋元。

【故事】"谁怜爱国千行泪"

"啊，快看！国旗！国旗！中国升起了国旗！"

清晨，硝烟未散。一声喊叫，引起市民们驻足观看。原来，上海租界不仅飘扬着英国米字旗、美国星条旗和日占区的"膏药旗"，在四行仓库楼顶上还高高飘扬着一面中国国旗！

日军占领上海后，极其野蛮：他们挨家挨户查验人员，稍有怀疑，即予枪毙。早上登记人员，晚上如有变动，全家统统被枪杀。男人手上若有老茧，与枪形吻合，即予枪杀。年轻女子，皆被奸淫并抓走。余下男女老幼，均在大腿上加盖"日本"之火印，不从者，必杀之……

然而，中国人奋起抵抗，宁死不屈。当大腿盖上屈辱的"日本"二字的中国人，在各家各户房顶上被迫挂上"膏药旗"的上海的最后一块中国领土上，突然看到国旗升起的时候，他们麻木的神经连同麻木的上海城，仿佛触电般被刺痛了！

"起来！不愿做奴隶的人们！把我们的血肉筑成我们新的长城！中华民族到了最危险的时候，每个人被迫着发出最后的吼声……"

围观的人越来越多，不断传出惊叫和欢呼，现场高唱《义勇军进行曲》。

这是 1937 年 10 月 29 日发生的悲壮一幕。这面国旗是由参加战地服务队的童子军杨惠敏冒着生命危险，于夜间涉河送来的。谢晋元和他率领的"八百壮士"，在沦陷的上海，在抵抗数万名疯狂的入侵者轮番进攻之后，用打不败的精神和不屈的意志升起了这面中国国旗。

当天的《申报》在特稿中报道："天亮时分，国旗飘展，隔河民众经此地，纷纷脱帽鞠躬，感动落泪。"

早在 10 月 25 日，大场阵地就被日军突破，眼看大势已去，顾祝同令 88 师师长孙元良留一点人马做做样子，"反正会失守，留多了人马，也是牺牲"。孙元良决定留下一个团死守闸北。他把这个任务交给了谢晋元。524 团以第一营为主，兵力只有 400 多人，一个机枪连，三个步兵连，一个迫击炮排。为迷惑敌人，谢晋元对外声称 800 人。"八百壮士"由此而来。

"人在阵地在，誓与日军血战到底！"谢晋元在动员大会上吼道。并立下遗嘱："余一枪一弹誓与敌周旋到底，流最后一滴血，必向倭寇取相当代价！"

应该交代的是，谢晋元是广东蕉岭人，黄埔军校四期学生。1919

年，15 岁的他考入广东省立第五中学。1926 年 7 月，参加北伐战争，屡建军功。1936 年春，任 88 师 262 旅中校参谋，时有异常表现。1937 年 8 月 13 日，淞沪会战打响，谢晋元终于有了新的立功机会。

在许多人看来，这注定是一场赴死的战斗，谢晋元心知肚明。日寇进攻得凶狠疯狂。但谢晋元颇有章法，他以连为单位，沿苏州河边仓库两侧堆垒沙袋，用灵活战术，阻击敌人：机枪手每打完一梭子弹，步兵即扔出一批手榴弹，然后立即转移阵地。同时，谢晋元命人清点人数，造好名册，若有牺牲，立即标注，为战后优抚家属之用。他还组织一支敢死队，随时准备与敌拼命。

日寇原以为不用半天时间即可全歼谢晋元部，岂知，第一天下来，四行仓库没占领，反而丢下 80 多具尸体，伤者更多。日寇恼羞成怒。

10 月 28 日，日军组织一支 10 余人的小分队突袭，企图用炸药包将四行仓库的墙体炸毁，以此作为突破口。为了防止枪击，日寇顶着厚厚的钢板慢慢移动到墙脚。情急之下，敢死队员陈树生二话不说，在身上绑满手榴弹，拉响引线，从 6 楼纵身一跳，与敌同归于尽。

谢晋元从陈树生衬衫口袋里发现一封写给家人的血染的遗书，上面只有八个大字："舍生取义，儿所愿也！"

"树生走好啊！"谢晋元见状，流泪了，他高呼，"弟兄们踩血蹈火，誓与阵地共存亡！誓与强盗拼到底！"

经过三天三夜浴血奋战，将士们虽然疲惫之极，但士气仍然高昂。谢晋元颇感欣慰，赋诗激励："勇敢杀敌八百兵，抗敌豪情以诗鸣；谁怜爱国千行泪，说到倭奴气不平。"

经过四天激战，谢晋元率部在四行仓库——上海最后的一块国土上，击退日寇数十次进攻，击毙 200 多人，伤者无数；我方阵亡 9 人，伤 20 余人。

隔河相望的公共租界英军，对八百壮士视死如归很震惊，赞叹为"无法征服的中国军人，勇敢的敢死队"！

由于四行仓库跟租界很近，旁边有两个巨大的煤气罐，一旦爆炸，后果不堪设想。租界插的是万国旗，日寇也有些忌惮。眼见阵地久攻不下，日寇扬言："将不顾一切后果，采取极端手段，对付中国守军。"他们用小口径炮猛轰，每秒一发，隆隆炮声，震耳欲聋。他们还恶毒地发射毒瓦斯弹，毒烟滚滚，完全不顾国际公法。尽管如此，四行仓库仍然在战火中巍然屹立。

正当谢晋元号召全体将士进行最后的决战时，10 月 30 日晚 9 时，他收到了"马上撤退"的急电。

强敌尚在，壮志未酬。谢晋元仰天长叹……

【讲述】陈德松："我不敢称英雄，但决不做孬种！"

谢团长，我是 88 师第 524 团第 1 营士兵陈德松。我有幸参与你组织的敢死队。这次必死之战，原本孙师长是想让副团长黄永淮带领的。不料，就在命令下达前，黄副团长在与日军激战中，被子弹击中左眼，躺在了医院。你二话不说，接下了命令。

这一仗打得真惨，也打出了咱们的威风，很痛快！

然而，1937 年 10 月 31 日，当你率领大约 350 名弟兄奉命撤入公共租界时，租界当局受到日本人威胁，没有履约，而是让我们缴械，羁禁在"孤军营"中，由万国商团武装看守。

虽然感觉是阴谋，但已无力改变。我们的条件简陋，满地泥泞，脏乱不堪。但你没有放弃训练，严格督促各项事情。每天4点半起床，率部列队，对着没有国旗的旗杆行礼，5点到7点做早训，8点由商团武装核查人员，9点吃饭，然后两个半小时训练课，下午4时晚膳，再是两个半小时的拳术和队练，然后休整，9点就寝。早晚两餐由官兵自办。你带领大家平整场地，自盖房屋，自制皂、织袜、毛巾等生活用品，一切安排得井井有条。你还常念"含辛茹苦，以待光明来临"，以此激励弟兄们。

第二年8月，为纪念"八一一"出师和"八一三"抗战双周年，你坚持要在营内升旗。工部局总办和万国商团团长最初同意，送来国旗，但升旗后，商团却派兵来干预，要求降旗。你坚决拒绝。不久，他们下令一刻钟内除去国旗，并威胁"如不照办，将采取非常措施"。你愤怒质问："我们是中国军人，在中国的土地上，悬挂自己的国旗，为什么不行？"

慑于日方压力，工部局派了1100余人向营房扑来。你立即做出部署，让第一连守瞭望台，第四连保卫国旗，第二连和第三连守卫营门。我们敢死队赤手空拳，迎敌肉搏，刘尚才、王文义、吴祖德、尤长青被砍成重伤，不久牺牲，并有100余人受伤。你也被押往总部软禁。面对暴行，你含泪下令全体将士绝食。

民众闻讯，咬牙切齿，罢市罢课，抗议不断。

8月13日，中国共产党长江局机关刊物《群众》撰文："向羁留在沪坚持奋斗的八百壮士致诚挚慰问之意。"在上海和全国人民的声援下，工部局最终做出让步，送还国旗，表达歉意，抚恤死伤人员。

回营后，你痛呼："弱国军民受人欺侮，不流血，不抗战，等待何时？"

不久，时局更乱。日伪勾结，接连劝说，许你高官厚禄，均被你严词拒斥。

1941年4月24日，凌晨5时，你率官兵进行早操，上等兵龙耀亮、郝鼎诚、张国顺、张文清4人迟到，你近身询因。谁知4人早被收买，突然亮出匕首等凶器，一起扑来，对你猛刺。你当场倒下，流血不止，一小时后含恨而逝，年仅37岁。

谢团长，你牺牲后，由重机枪连连长雷雄代理团长。我们在孤岛营斗争了四年。这时，太平洋战争爆发，上海全部沦陷，我们的处境更加艰难。日军试图拉我们去当他们的警卫团，被拒后，我们被拆散，分三批去服劳役，共计有50多人逃出，余者忍辱负重，度日如年。逃出者命运各不相同：有人回到重庆重新入伍，有人参加远征军去了缅甸，有人参加了新四军，还有一些人被日寇押到巴布亚新几内亚，病死、累死，抛尸荒山……

1944年4月30日，日军杀到许昌。驻守许昌的，是黄永淮的新编29师。当年被孙师长第一个安排要带领我们死守闸北的正是他，此时，他已升任副师长。面对穷凶极恶的日军，他下了一道死命令："我第一个上，后面的都跟上，谁敢撤，我就毙了谁！"

突然有人报告，说他的侄子黄正道当了逃兵，黄永淮大怒："毙了他！"经查，副连长黄正道是送一批伤兵退下，准备返回战斗的。黄永淮吼道："如果你当逃兵，给黄家抹黑，我一定枪毙你！"

黄正道回答："放心！黄家人没有孬种！"说完，冲进了硝烟，再也没回来。

许昌守不住了，黄永淮高声道："弟兄们，请记住！谁都不能当孬种，当汉奸！要对得起身上这身军装！"

黄永淮最终被日军俘虏，他趁日军不注意，抢过一把枪，连开数枪，打死三个鬼子后，壮烈殉国，年仅42岁。

谢团长，这些事情，我也是后来听说的。但我亲眼见证的是你太太凌维诚对524团弟兄们的关照和奔波。一个弱女子，拖家带口，为我们的事情，一次次无功而返，一次次坚持不懈。奔重庆，停武汉，经长沙，返上海，她找了很多高官，政界、军界以及商界人士，甚至求助于宋美龄。她不断为我们争取、游说，她苦口婆心，令人动容：

"晋元虽然殉国，但国人都纪念他。而他的部下牺牲了，默默无闻，尸骨无存啊。活下来的，残的残，病的病，没有家，吃不上饭，睡不好觉。这些孤军士兵，在战场上卖命，在租界被囚，在战俘营做苦力，好不容易盼到抗战结束，许多人连基本生活都难以为继！天地良心，不能让英雄流血又流泪啊。你们不帮帮，晋元在天之灵，也不安宁啊……"

直到全国解放后，你太太鼓起勇气，给上海市市长陈毅写了信，我们这些幸存的老兵，生活才有了着落。

谢团长，我很感激啊。对你，对黄永淮团长，对你太太，对陈毅市长，还有许许多多全国各地的朋友们，我只想说，我不敢称英雄，但决不做孬种！

【画外音】国旗在炮火中飘荡！

"四方都是炮火／四方都是豺狼／宁愿死，不退让／宁愿死，不投降／我们的国旗在重围中飘荡！／飘荡！／八百壮士一条心／十万强敌

不敢当 / 我们的行动伟烈 / 我们的气节豪壮。"

还是那首《中国不会亡》，在电影《八百壮士》主题曲中，变成了《中国一定强》。我看过一遍又一遍，听过一遍又一遍。每次看，每次听，我都禁不住涕泪交织，热泪盈眶。

当历史拂去厚厚的灰尘，当电影再现一个个场景，当一个个有血有肉的亲人在炮火中呐喊、倒下，我才真切感受今天的一切来之不易，今天的和平更不是理所当然。从淞沪会战中，我看到了武汉会战、台儿庄之战、长沙会战、雪峰山会战、滇缅之战等一系列战争的残酷与惨烈。

国难当头。你和你的战友们把热血当炮弹，把阵地当坟墓，用有限的355人抗击十倍于你的凶残敌人，勇猛！无畏！一往无前！

你给妻子凌维诚的信中说：为国杀敌，是革命军人素志也；军人不宜有家室，我今既有之，心非铁石，但职责所在，为国当不能顾家也。

你对冲来的日寇怒吼：不是我炸了你，就是你炸了我。我死了，也要将一块白骨落到你的屋顶上。

你对战士们说：撑得住就撑，撑不住，一颗手榴弹，天堂地府，后会有期。

日寇以50万大洋和师长之位策反，你掷地有声：宁为汉鬼，不为汉奸！陈公博当上伪上海市市长后，多次劝降，许诺你做第一方面军司令。你将委任状撕碎，大骂卖国贼，斥道：中国人决不当外国人的走狗！

啊，你和你的战友们，迎着炮火，含笑而去。可你们跟我们一样，都是渴望活着、爱好和平的。当山河破碎、国家危亡时，你们舍弃爱情，抛弃父母、孩子和亲人，奋不顾身冲上前线。你们是不屈的军人，是中国的脊梁！

毛泽东题词称赞你们："八百壮士，民族革命典型。"

1986年，四川省人民政府批准黄永淮为革命烈士。

2014年，你和"八百壮士"入选首批300名著名抗日英烈和英雄群体。黄永淮也名列其中。

2015年，民政部正式批准，追授你为中华人民共和国烈士。这正是：

一寸国土一寸血，为赴国难身先去；

一堆炮火一堆魂，重整河山待后生！

执 第三章 着
CHAPTER 3

执着，是一个意念，一种情怀，一份超越。

执着，是一种遥远的爱，是内心涌起的纯洁和对美好事物的浪漫憧憬。

执着，是对未知的彼岸怀揣的热望，是对"冬天来了，春天还会远吗"的追问，是对"野火烧不尽，春风吹又生"之小草般坚韧生命的信任。

执着，是行动，不是盲动。

执着，是探求，是责任，更是担当。

执着，是崇高目标带来的夸父追日的豪迈，是伟大理想引发的飞蛾扑火的壮烈，是国家危亡之时挺身而出、舍我其谁的决绝。

执着，是曹操"老骥伏枥，志在千里；烈士暮年，壮心不已"的自期；

执着，是陶渊明"刑天舞干戚，猛志固常在"的自警；

执着，是刘禹锡"千淘万漉虽辛苦，吹尽狂沙始到金"的自励；

执着，是于谦"粉骨碎身浑不怕，要留清白在人间"的自许。

执着，是"水滴石穿"的韧劲，是"铁棒磨成针"的拼劲，是"头悬梁，锥刺股"的狠劲，是"朝闻道，夕可死"的憨劲。

执着，是千万条道路可以选择，我就只选一条必须走的路，这是一份倔强，更是一份斗志。

因为这份执着，这份倔强，这份斗志，在华夏浩瀚的黎明的上空——

我们看到了高呼"砍头不要紧，只要主义真"的夏明翰；

我们看到了发誓"在侵略者面前低头，就不配做中国人！"的杨靖宇；

我们看到了坚持"为苏维埃新中国流尽最后一滴血"的陈树湘；

我们看到了吼出"未死总负报国名"的张自忠……

因为这份执着，这份倔强，这份斗志，我们看到了千千万万中国人为了中华民族的崛起而抛头颅，洒热血，前仆后继，慷慨悲歌；

因为这份执着，这份倔强，这份斗志，我们看到了一个强大的国家和一个光荣的民族之过去、现在和将来……

第一节　夏明翰："砍头不要紧，只要主义真"

【出场】"雁断何须添烦忧"

每次走近你，都会想起泰戈尔的诗句："生如夏花之绚烂，死如秋叶之静美。"你短暂的生命，恰如那蓬勃热烈的夏花，纵使从暴雨中跌落，也无怨无悔，扑向大地，保持最后飞翔的姿势，保持对虹的祝福，春的依恋，生的向往。

很难想象，在临刑前的最后时刻，你还能写下惊天地、泣鬼神的《就义诗》："砍头不要紧，只要主义真。杀了夏明翰，还有后来人。"这浩然之气从何而来？诗人萧三说：你就义时写下的"四句诗完全可以代表，是真心话，没有做作"。

是的，"诗言志，歌永言"。你不是一时冲动，而是真挚情感的自然流露。

早在 1920 年，何叔衡就赋诗相赠："神州遍地起风雷，投身革命有作为。家法纵严难锁志，天高海阔任鸟飞。"

而谢觉哉说你有着"忠实、勇敢、诚实、坚决——最崇高的布尔什维克品质"。

何叔衡和谢觉哉都是你的亲密战友，他们的言语是革命同人对你的期待、认可与赞许。

你出身官宦世家，成为一代伟人毛泽东早期革命工作的得力助手，他说你"比《红楼梦》中的贾宝玉强多了",虽是戏称,却从阶级角度,肯定了你的追求。毛泽东既是你的入团、入党介绍人,还是你的媒人,在中国共产党历史上,享此殊荣的唯你一人。

你的就义诗成为执着理想的革命绝唱。同样成为绝唱的,是你"一门五忠"的红色传奇:1928年,短短的两个多月,你的五弟、七弟,你和你的四妹先后遭到反动派杀害,年龄分别是21岁,20岁,28岁,26岁。一年多后,你的外甥也在红军某部执行任务时壮烈牺牲,年仅19岁。

你的传奇人生离不开母亲陈云凤,作为清末"铁面御史"陈嘉言的长女,她能诗善文,刚毅正直,1922年当选为衡阳县参议员,成为该县历史上第一位参政的女性。她既是你们兄弟姐妹的母亲,也是你们走向革命的启蒙老师和坚定支持者。当悲剧一再发生,她还赋诗安慰、鼓励你的大姐:"雁断何须添烦忧,自有旌旗映红楼。好护瑶琴弹旧曲,莫将凤纸写离愁。"

你这坚强的英雄的母亲,同样是历史的传奇和革命的绝唱啊。

2005年,中央召开保持共产党员先进性专题报告会,你与李大钊、方志敏一起,被胡锦涛总书记高度赞扬为我党历史上杰出的三位共产党人。

"砍头不要紧,只要主义真。杀了夏明翰,还有后来人。"

你是这首诗的作者。无论多高的荣誉,你都是值得的。因为,你是夏明翰。

【故事】"越杀胆越大，杀绝也不怕"

"我想入党，不是考虑对我个人有什么好处，我痛恨封建家庭，不要祖宗遗产，讨厌官场钻营，我这样做，只是为了挽救中华民族的危亡，为工农的翻身和人类的解放奋斗终生。"

1921年8月，在湖南自修大学一间教室里，夏明翰举起拳头，向毛泽东表达入党的愿望。毛泽东说："好！共产党队伍就需要你这样的人才！"

这是夏明翰在人生道路上做出的重大选择。其时，夏明翰作为湖南自修大学第一批学员，任学习组长，兼任《湖南学生联合会周刊》编辑，毛泽东和何叔衡都很喜欢他。

一个人，敢于背叛自己的阶级，敢于放弃优裕的生活，这不是一般人能够做到的。夏明翰做到了，而且很彻底。

1900年8月1日，夏明翰出生在湖北秭归。祖父夏时济中过进士，任过清末户部主事，还当过江西、江苏督销局和两江营务处总办。外公是清末翰林，曾任国史馆秘书。父亲夏绍范，三品职衔，署理归州知州。母亲陈云凤，出身名门，被御赐诰命夫人。

然而，夏明翰从不稀罕"夏府少爷"，天生一身傲骨，一股"叛"劲。12岁随父母回到祖籍衡阳，在衡阳县石鼓国民高等小学读书。不久，他仿先辈王船山办"匡社"之法，会同省立第三师范学校学生蒋先云等人组织"衡社"和"湘滨诗画社"，揭露社会黑暗，成为学生运动的带头人。

1917年，夏明翰没有按照祖父对他的人生设计，私自考入省立第三甲种工业学校机械科。翌年4月，吴佩孚攻入衡阳。夏明翰即以一诗相讽："眼大善观风察色，嘴阔会拍马吹牛，手长能多捞名利，身矮好屈膝叩头。"基于夏家门望，吴佩孚亲带"德盖衡岳，誉满蒸湘"字屏前来拜访，意欲拉拢夏时济。夏明翰获悉，冲进厅堂，将字屏撕碎。夏时济既尴尬，又恼怒。

1919 年 6 月 17 日，湘南学生联合会成立，夏明翰当选为总干事，主编和发行联合会周刊。为了查禁日货，夏明翰发动弟妹夏明震、夏明衡等，把祖父藏在石墙里的日货搜出来焚烧，夏时济被气得半死。

夏明翰还带领调查组和学生到当地仓库、货场、商店等地清查日货，把搜缴的日货，集中到湘江码头，举行揭露大会，他慷慨激昂道："谁想用洋货剥削我们，侵略我们，我们就用熊熊怒火，把它烧毁！"正当他要点火时，忽然看到手中的火柴也是东洋商标，便将火柴盒一脚踩下，借用船工手中的烟蒂，把日货点燃。顿时，喊声四起，火光冲天，黑沉沉的天空被点亮了。

1920 年，湖南掀起反帝反封建和驱除军阀张敬尧的运动。3 月的一天，请愿团负责人何叔衡到衡阳，表示要拜访夏时济，夏明翰不理解："爷爷是个老顽固，找他干吗？"

"你爷爷在雁城影响甚大。"何叔衡笑道，"若能得到他的支持，驱张运动将事半功倍。"

"爷爷对我恼得很，他才不会听我们的。"夏明翰不抱希望。

"带我去吧。注意策略，不要顶他。"何叔衡笑道，"时势弄人。以你爷爷的历练，不会拒我于门外的。"

果然，夏时济不仅没有让何叔衡难堪，相反，他还分析时势，提了很好的建议。走出夏府，何叔衡拉着夏明翰的手，道："我们是新生力量，要团结一切可以团结的人啊。"

夏明翰十分佩服何叔衡，反思了自己对爷爷的行为。正当他准备去向爷爷"道歉"，争取"和解"时，当地富绅纷纷找上门来，数落夏明翰这也不对，那也不好，仿佛他是一个没有家教的"野孩子"。夏时济感觉很丢脸，勒令夏明翰跪下，骂道："你这个不肖子孙，看看你都做了什么？"

"我做错了什么？"夏明翰倔脾气一下子来了，他不仅不跪，还大声反驳道，"谁甘心为奴，谁就是历史的罪人！"

夏时济气得下不了台，当即将夏明翰关入一间小黑屋，反锁上门，吼道："好好思过，彻底悔改。否则，再这样闹，将你沉潭。我权当没有你这个孙子！"

母亲陈云凤偷偷落泪。当天深夜，在她和弟弟夏明震的帮助下，夏明翰撬窗跳出。陈云凤抚着儿子的头，小声道："翰儿，夏家这口池太小了，已容不下一条大鱼。你去吧，游向大海，越远越好……"

就这样，夏明翰到了长沙，何叔衡、郭亮等表示欢迎。不久后的一天，毛泽东第一次见到夏明翰，开门见山道："你的过往我都知道啰。我们干的是大事，就得这股狠劲嘛！"

夏明翰在暴风雨中成长很快。

1923年3月27日，日本租借我国旅顺、大连期满，本应归还。可日本政府极其嚣张，拒不归还。夏明翰和郭亮等人，发起示威游行大会。6月1日，日本水兵开枪，制造了震惊全国的"六一"惨案。中共湘区委员会指派夏明翰、郭亮等人以湖南工团联合会名义，组织6万多名群众抗议，要求湖南省省长赵恒惕与日本驻湘代表交涉，并禁止向日方提供大米等物资。

然而，赵恒惕甘为汉奸，命士兵装扮成挑夫、小商人，把日方要的货物偷偷运到船上。这个阴谋被立即识破。夏明翰率人截获大米等货物，押送到中共领导下的"外交后援会"。

1924 年，夏明翰担任中共湖南省委委员，负责农委工作。1925 年起任中共湖南区委组织部部长、农民部部长和中共长沙地委书记。

1926 年 12 月，省委决定召开湖南第一次农民代表大会，夏明翰负责筹备，他致电毛泽东："盼即回湘指导一切。"

不久，夏明翰陪同毛泽东，实地考察湘潭、湘乡、衡山等农民运动情况。毛泽东到武汉开办中央农民运动讲习所，夏明翰任全国农民协会秘书长，兼任毛泽东的秘书和农讲所秘书。

1927 年 3 月，毛泽东发表《湖南农民运动考察报告》，轰动一时。

蒋介石发动"四一二"反革命政变后，面对白色恐怖，夏明翰挥笔写道："越杀胆越大，杀绝也不怕。不斩蒋贼头，何以谢天下！"他参加了第二次北伐革命军，担任宣传部部长，前往河南前线。

党的八七会议后，毛泽东同湖南省委商讨秋收起义事宜，夏明翰负责向各级党组织宣传发动。9 月 9 日，秋收起义爆发，随后在井冈山创立中国第一个农村革命根据地。

1928 年，夏明翰任中共湖北省委常委。他告别妻子和刚刚出生的女儿来到汉口。3 月 18 日，他与先期抵达的谢觉哉、徐特立等人接上了头。

"明翰同志，你住在哪里？"谢觉哉一见面，就问。

"东方旅社。"夏明翰答道，"那里的茶房是裕泰的，我认识，放心吧。"

谢觉哉知道，东方旅社是一座三层砖木结构的房子，李维汉、瞿秋白、邓中夏、任弼时、周恩来等人曾经常在那里开展活动。

谢觉哉突然低声道："宋若林已不可靠，你要当心！"

"他不是我们的地下交通员吗？"夏明翰一惊，"我们约好晚上见面呢。"

"你别回去了。太危险了！"

"可我的重要文件留在房间里了。"夏明翰说，"幸亏来得及，我现在去拿。"

然而，当夏明翰返回东方旅社时，宋若林带着军警，早已等在门口。

夏明翰被捕后，遭到残酷折磨。反动派劝道："你年纪轻轻，有妻子，有孩子，何必执迷不悟？你只要交出共党名单，马上可以离开。你好好想想吧。"

"你们死心吧，我早就想好了！"夏明翰放声大笑，答道，"为共产主义奋斗终生，死而无憾！"

1928 年 3 月 20 日，夏明翰在汉口余记里被杀。其时狂风怒吼，大雨倾盆，英雄的血随着雨水，流进了长江⋯⋯

【讲述】郑家钧："英魂含笑看朝晖"

明翰，我的夫君，我是家钧啊。你一定知道，我无时无刻不想念着你。作为长沙湘绣厂的一名女工，我能遇到你，并结成姻缘，是我一生最大的幸福。

1925 年，我头一回听说你，是表哥熊瑾玎介绍的，他说你了不起。我知道表哥是干大事的人，他说你了不起，你肯定是了不起。第一次跟你见面，你有一头浓密的头发，戴着眼镜，斯斯文文的样子，给人好感。我忘记当时说了什么话，但记得你走的时候，微笑着，轻轻握了一下我的手。

后来，你告诉我，你一见到我，也喜欢上了我。你还讲了你的一些经历。

原来，你1920年9月离家出走，来到长沙文化书社，经叔衡大哥引见，你见到了毛泽东。你说，毛泽东很魁梧，有一种特别的魅力。他也欣赏你，成为你入团、入党的介绍人。我真没想到，他还成了我们的媒人。

那是1926年4月的一天，毛泽东特地来看我，我感到很突然。他那么忙，还有时间来看我，一定有什么重要的事情。他一坐下，就直截了当地问："你今年多大啦？"

我告诉他我的年龄。他"哦"了一声，道："该成家啰。"

我一脸羞红，没有吱声。他忽然问我："你觉得明翰同志怎样？"

我脱口而出，说："他顶好的。"

"哈哈！你们心心相印嘛。"说罢，他开怀大笑起来。后来我才知道，他为我俩的事挺操心的，来征求我的意见前，已经问了你对我的看法。我很感动。原本我们会早点结婚，因为那段时间，你的事情太多，一再推迟我俩的事情。直到农历九月初四，我们才在清水塘一间简陋的房子里成亲。毛泽东原本要来证婚的，但他临时有事，托人带来祝福。湖南省委的维汉、叔衡、觉哉等大哥都来参加了婚礼，他们还赠了"世间唯有家钧好，天下谁比明翰强"的对联。

1927年春节前，我们搬家到长沙望麓园一号，与毛泽东、杨开慧同住在一个院子里。我永远记得除夕那天，你在农民协会忙碌，很晚还没回来。我把房子清扫干净，在门上贴上毛泽东送我们的春联，哼着流行的歌谣："金花籽，开红花，一开开到穷人家……"

"家钧，我给你买了一样好东西。"一天你刚进门，便高兴地说，并拿出一颗闪闪发光的红珠子，"给你镶个戒指，让你戴在手指上，满意吗？我还在纸上写了两句诗呢！"

你把诗念给我听："我赠红珠如赠心，但愿君心似我心！"

我一个劲地点头，一股暖流向我涌来，我极力忍住，不让眼泪流下来。

1927年9月26日，我生下女儿，你替她取名为赤云。毛泽东问：有特殊含义吗？你郑重其事地说："赤云，就是红色的云朵。反动派骂我们是赤化分子，妄图赶尽杀绝，我们要子子孙孙，赤化下去，让红色的云朵红遍全世界。"

你被捕后，坚贞不屈，抱定必死的决心。你用敌人给你写自首书的半截铅笔写了三封家书，给我、老母亲和大姐各写了一封，算是最后的交代。

你在给我的信中写道："亲爱的夫人钧：同志们曾说世上唯有家钧好，今日里才觉你是巾帼贤。我一生无愁无泪无私念，你切莫悲悲凄凄泪涟涟。张眼望，这人世，几家夫妻偕老有百年。抛头颅、洒热血，明翰早已视等闲……"

我看到信纸上我的名字旁，赫然有你用血盖下的深深吻印，让我热泪奔涌，难以自抑。

你给老母亲的信中说："亲爱的妈妈，别难过，别呜咽，别让子规啼血蒙了眼，别用泪水送儿别人间。儿女不见妈妈两鬓白，但相信你会看到我们举过的红旗飘扬在祖国的蓝天！"

你给大姐的信中强调："我一生无遗憾，认定了共产主义这个为人类翻身解放造幸福的真理，就刀山敢上，火海敢闯，甘愿抛头颅，洒热血。"

我看到这些文字，想起你的短暂一生，真是心如刀绞。然而，我不能倒下去。我思前想后，写了一首祭诗，以此明志："赤胆红心交给党，毕生精力献人民。昂首刑场洒热血，忠魂犹绕汉阳城。吊祭来迟悲更深，鹦鹉洲前日色红。不存白骨精神在，革命还有后来人。"

明翰，你走后，我成了地下交通员，遵从你的叮嘱，踏着你的血迹，继续你未竟的事业，并含辛茹苦把云儿抚育成人。

解放后，你的战友维汉、觉哉等大哥都成了党和国家领导人，他们每次来长沙，不管多忙，都要抽空来看看我，大家都没有忘记你啊。

都说时间如水，可我的时间就停在了你从容就义的那一天。我还专程到汉口余记里凭吊，并献上一首七律祭诗："闻君就义汉江城，慷慨高歌'主义真'。气吞山河遗篇在，血溅沙洲浩气存。白骨推波卷巨浪，丹心永照'后来人'。喜见今朝乾坤赤，英魂含笑看朝晖。"

明翰，你知道吗？多年来，无论世界如何变化，我一直过着俭朴生活，从未向党和国家提过任何要求。我在遗嘱中特地写道："死后不收圈，不收祭帐，不要浪费国家一分钱。"

明翰，我的夫君。我所做的一切，你在天堂，都看到了吗？

【画外音】"粉骨碎身心似铁"

你原本就是一名诗人啊。

你既有诗人的敏锐、执着，又有诗人的浪漫、机智。

不平则鸣，是你的书写风格；

一鸣惊人，是你的人生追求。

1922 年初，惊闻黄爱和庞人铨两位无产阶级战士被反动军阀赵恒惕杀害，你拍案而起，写下悼诗《江上的白云》，愤怒地发出"我羡慕你们的牺牲，我羡慕你们的勇猛"的呐喊。

1959 年 8 月，中国青年出版社推出《革命烈士诗抄》，收入你的三首遗诗，除《就义诗》外，还有两首，亦为狱中所作，其中一首《金鱼》，你直抒胸臆，"鱼且能自由，人却为囚徒"，读来催人泪下。

革命同人谢觉哉说你的遗诗："句句是诗，字字是血。如游龙般天骄，如震雷般响彻。"而熊瑾玎更是赋七绝一首，赞扬你的英雄气节："诗抄连日展晴窗，读罢频添泪万行。粉骨碎身心似铁，反封倒帝笔如枪。"

你天生就是一名诗人啊。

只有诗人，才能面对反动派残酷的审问，做出如此奇妙的回答：

你姓什么？我姓冬。明明姓夏，为什么要说成姓冬？我是按你们的风格讲话。你们是非不分、颠倒黑白，把杀人说成慈悲，把卖国说成爱国。所以我才把夏说成冬，让你听起来更自然。你多大年岁？我是共产党，共产党万万岁！你的家在哪里？革命者四海为家，我的家在全世界！最后说一遍，你们的人都在哪里？我们的人都在我心里……

这是最后时刻，你气贯长虹，用一支断笔，写下感天动地的《就义诗》；

这是最后时刻，你壮志凌云，用一颗红心，写下共产党员的《出师表》；

这是最后时刻，你坚如磐石，用青春、热血和生命，写下名垂青史的壮丽诗篇！

第二节
杨靖宇："在侵略者面前低头，就不配做中国人！"

【出场】碧血青蒿两千古

不知怎么，每次听到你的故事，我总是情不自禁，将李叔同的《送别》改为《送你》："长城外，黄河边，烽火赤连天。晚风索命笛声残，血染山外山。"

就这样难以自拔，以澄明的崇敬，一次次想象你腾空而起的忠魂；

就这样身不由己，以炽热的情怀，一遍遍感受你千锤百炼的痴心。

怀揣这一份澄明和炽热，我再一次来到遥远的东北边陲。绵绵细雨，不是清明胜似清明。濛江小城，因你的英勇而扬名中外。

"红旗招展枪刀闪灿我军向西征，大军浩荡人人英勇日匪心胆惊。"这是你亲撰的《西征胜利歌》，当地人至今传唱，历久弥新。

你还写了另一首战歌："山河欲裂，万里隆隆，大炮的响声，……既有血，又有铁，只待去冲锋！"你就像火焰中的凤凰，在濛城的夜空，涅槃而生啊。

翻开历史，我读到彭真同志报告：中国革命有三件最艰苦的事，一是红军二万五千里长征；二是南方红军的三年游击战争；三是东北抗日联军的十四年苦斗。

"十四年苦斗"！作为东北抗日联军第一军军长兼政委，支撑你"苦斗"的是铮铮誓言："在侵略者面前低头，就不配做中国人！"

1936年6月，抗日联军第二军政委魏拯民赠送你一本《共产党宣言》，你如获至宝，回赠一把心爱的手枪："你送我精神食粮，我赠你杀敌武器！"这本反复翻开的书放在你的挎包里，一直伴随你到生命的结束。这份带血的执着，就是你不改的初心啊。

1949年，郭沫若为你挥毫："头颅可断腹可剖，烈忾难消志不磨，碧血青蒿两千古，于今赤旗满山河。"这是你一生的光辉写照。

你是抗战期间唯一被党中央点名表彰的东北抗联杰出将领；

是唯一与毛泽东、朱德并列为东方各民族反法西斯大会名誉主席团委员的中共党员；

是新中国成立以来唯一被朱德题写"人民英雄"的军人；

是唯一享有政治局委员和元帅规格葬仪，并被毛泽东、周恩来、刘少奇、朱德同时敬献花圈的革命先烈；

是唯一受到党中央两代领导核心题词的东北抗联领导人……

你是荣誉加身的殉国者，是无怨无悔的爱国者，是农民的儿子、大地的儿子、人民的儿子——杨靖宇。

【故事】"要抗日，舍得拼命！"

1929年1月，春寒料峭。那天上午9点多，上海黄浦码头，人头攒动。一位身着灰色衣服、商人模样的高个子青年，警觉地挤在人群中。他戴着帽子，提着皮箱，虽然疲惫，但看起来精神。他一上岸，就有两个人迎上来，低声交流几句，然后，高个子青年把皮箱交到两人手中，一行人快步走到停在码头外面的一辆车旁。大家钻进车后，车子抖了一下，放出一股青烟，很快消失在嘈杂的闹市中。

高个子青年名叫马尚德，也就是后来的杨靖宇。他是应周恩来的安排，来到上海。他先从郑州坐火车到达武汉，再转乘轮船到上海。作为河南方面推荐的唯一人选，他来参加中共中央集中举办的高级干部培训班。

1905 年 2 月 13 日，杨靖宇出生在河南确山县一个农户人家。21 岁那年，他从省立第一工业学校毕业后，遵照党的指示，返回家乡确山，从事革命工作。1927 年 4 月 4 日，"确山起义"就是在他的领导下爆发的。一个月后，他加入中国共产党，遵照八七会议指示精神，领导了刘店秋收起义。

"尚德同志，你对今后的工作有什么打算或想法吗？"一个月的培训很快结束，周恩来找杨靖宇谈话。

"我服从中央安排。"杨靖宇脱口而出。

周恩来沉思一番，然后说道："本来可以考虑调入全国总工会工作，但考虑到你的军事指挥才华，中央决定派你前往苏联学习。"

会后，杨靖宇直接去了东北沈阳，等待办理出国手续。杨靖宇是个闲不住的人，考虑到办这类手续需要一段时间，他主动请示满洲省委，希望做些力所能及的工作。

恰在这时，"中东路事件"导致中苏断交，张学良最终被迫签订《中苏伯力会议议定书》。杨靖宇赴苏之路也因此中断。

1929 年 7 月 14 日晚，一列火车喘着粗气，缓缓驶进奉天车站。一位脸盘消瘦、工装打扮的人下了车。他就是中共中央派到满洲省委担任书记的刘少奇。

刘少奇到任后，马上投入紧张工作。第三天，他就召集包括杨靖宇和赵尚志在内的中共满洲省委委员秘密开会，做出工作部署：杨靖宇和赵尚志分别被派到抚顺、长春，建立中共特别支部并担任支部书记。

会后，刘少奇特地将杨靖宇留下，颇为遗憾地说："目前情势，去苏联已无可能。我们这里正好缺人，你可在此大显身手。"

"没问题！"杨靖宇响亮答道，"只要是为了革命，在哪里，都是工作！"

就这样，杨靖宇再也没有回过河南老家……

"九一八"事变后，杨靖宇始终站在抗日斗争的最前沿。1934 年 11 月 7 日，东北人民革命军第一军正式成立，杨靖宇任军长兼政委。两个多月后，杨靖宇亲率骑兵 300 多人，袭击兴京警察署，挺进桓仁，巩固老秃顶子根据地。

有一次，他在战前动员会上，情绪高昂地说："弟兄们！现在东北被鬼子侵占了，这不是一般的仇，是家仇、国仇、民族仇！我们要救国，如何救？你是一把刀，就把刀尖刺向敌人；你是一粒子弹，就把子弹射向敌人；你是一发炮弹，就把炮弹投向敌人。我们的最终目的，是把侵略者赶出去！"

在最艰难的日子里，杨靖宇咬紧牙，率领将士们，一次一次地冲向敌人，引起日方的震惊和恼怒。1939 年 4 月，关东军司令部在年度计划中特别强调："对于捕杀匪首杨靖宇，各队等须全力以赴。"伪满洲国悬赏暗杀名单里，杨靖宇位列第一名。有人劝杨靖宇"避避风"，或者把队伍藏进长白山里去。

"躲与藏，叫抗日吗？怕掉脑袋，叫抗日吗？在侵略者面前低头，就不配做中国人！"杨靖宇吼道，"要抗日，就要舍得流血，舍得割肉，舍得拼命！"

然而，形势越来越严峻，越来越危急。大批鬼子和伪军从四面八方扑来。

1939 年 11 月 22 日，杨靖宇率 400 余人在濛江那尔轰打了一场袭击战，"毙敌 30 余人，伤敌无数"。12 月 7 日，与日军在龙泉镇以北遭遇两次，毙伤敌军 10 余人，然后在大四方顶子休整多日。说是休整，不过是没打仗而已。当时日伪疯狂，直击杨靖宇"命穴"：一是摧毁抗联的驻地、粮仓；二是督促农民秋收，把地里农作物收净，统一上交，不给抗联留一粒粮食。这两招十分狠毒。

杨靖宇和抗联战士缺衣少药，常常好几天吃不到任何东西，渴了塞把雪，饿了啃树皮、地菜与草根。光着脚，或者用破布或麻袋片裹一下，每次空腹作战，弄回一点吃的，都要付出惨重的代价。死伤和叛逃无数，战斗力直线下降。

1940 年 1 月 6 日，伪通化省警务厅厅长岸谷隆一郎调兵遣将，发誓围歼杨靖宇部队。杨靖宇率部不断与敌展开血战。1 月 21 日，警卫旅第一团参谋丁守龙负伤被捕叛变，岸谷隆一郎获悉我方目标后，指挥日伪军向杨靖宇部发动总攻。

1 月 29 日凌晨，杨靖宇率队突围出去，伤亡 70 余人。三天后，特卫排排长张秀峰携带现金、手枪和多份机密文件投降，暴露杨靖宇确切行踪。2 月 7 日，他身边只有 15 人，到 2 月 12 日，已减至 7 人。

最后时刻，杨靖宇又让警卫员黄生发和司务长刘福泰等 4 名伤员转移，身边只剩朱文范、聂东华两名战士。为了生存，杨靖宇令朱、聂二人下山寻食。

2 月 23 日，敌人寻踪追来，杨靖宇连日来粒米未进，枪伤未愈，

十分虚弱。他独自一人，奋起应战，直到被逼入老恶河旁。当日 4 时
30 分，杨靖宇身中数弹，倒在濛江大地上，壮烈牺牲。

【讲述】黄生发："多活一个人，就多一份革命力量"

杨司令，我是小黄，是你的警卫员黄生发。直到现在，我还不敢
回忆最后那一段痛苦的日子。当时天寒地冻，长白山气温达到零下 40
多摄氏度，许多战士冻伤了手指、冻烂了脚趾，雪落在身上，风一吹
即成坚甲，在雪地宿营，一躺下就站不起来，一些战士就这样死了，
真惨啊。

最糟糕的是，鬼子抓到了程斌师长的母亲和哥哥，以"斩尽杀绝"
相威胁，程师长扛不过，背叛了你，率 115 名战士投降。这些人对你知
根知底，成为"讨伐"你的主力，这是万万没有想到的。除了程师长
外，还有警卫旅一团参谋丁守龙的变节，也极为可耻。他向敌人交代了
我方"南下主因""今后盘踞或逃避地点"等各项军事机密。

1940 年 1 月 11 日，为了保存"革命火种"，你将本已不多的队伍
分开。让警卫旅 60 余人从西岗转移，你自己率领全部剩余的 200 名弟
兄留下来，积极开展游击战。

日伪共计数十倍于你的兵力在岸谷隆一郎指挥下，从青江岗、北方
西岗等地围拢过来，疯狂追击。1 月 29 日清晨，咱们在马屁股山谷落
入敌人的包围圈，虽然最终冲了出去，但伤亡很大。两天后，又有一股
敌人包抄过来，你再次令战士们分开行动。这样，你的身边仅剩下 60
多名战士。

　　最不幸的是，2 月 1 日，特卫排排长张秀峰携带 5 把枪、一些现金和机密文件投降。张秀峰的叛变，把你逼上了绝境。翌日黎明，包括叛徒程斌、丁守龙和张秀峰在内的"讨伐队"成为鬼子的先锋，他们在飞机轰炸的掩护下，向咱们所在的山地发动进攻。这一仗后，你的身边剩下不到 30 名战士。

　　为了解决吃的问题，你率部攻打新开河木场，可得手后，背粮的 15 名战士又被敌军冲散，再也没有回来。

　　2 月 9 日下午，西北岗上又传来了枪声，摆脱不了的"讨伐队"再次追了上来。你将最后的 15 名弟兄分成两拨，你带 7 人突围。

　　三天后，天刚露出青白，不远处就传来枪声，敌人又一次缠了上来。

　　"小黄，你听令！"你盯着我，果断地命令，"情况紧急，咱们还得分开走。"

　　"不行！要死，就死在一起！"我不同意，大家也都不同意。

　　"你们还认我这个司令员吗？"你眼睛一瞪，低声吼道，"多活一个人，就多一份革命力量，为什么要死在一起？"然后，你让我带着三个受了伤的战士离开，寻着部队后，再到七个顶子会合。

　　事已至此，我们只好遵令。我把包里最后一个苞谷掏了出来，递给你。你迟疑了一下，但还是接了过去。然后，你从自己包里，掏出一本皱巴巴的书，让大家围过去，你说："这是《共产党宣言》，是咱们革命的行动指南。"说着，你打开，轻轻念了书中的第一句话："有一个怪物，在欧洲徘徊着，这怪物就是共产主义。"此时，我看着你脸上流淌出一种宁静的光芒。

　　"这本书，你带走吧。"你郑重地把书塞到我手中，说，"如果咱们能再见面，你到时还给我。如果没有机会，你就好好保存它吧……"

听到这里，我的眼泪"唰"地流了下来。

"你们快走！"你用力推了我一把，便头也不抬，带着朱文范和聂东华两名战士，踉踉跄跄，朝一个山沟里走去。

后来，我听说，到 2 月 16 日时，你终于冲出了包围，又派朱文范、聂东华去找吃的。结果，在濛江城东的大东沟，两人被敌人发现，一番苦战，当场牺牲。

一周后，你独自一人在窝棚附近，试图向当地村民弄点吃的，结果被特务李正新发现。岸谷隆一郎闻讯，立即率日伪军数百人包围你。你顽强抗击。最后，是程斌手下的机枪手——叛徒张奚若的一个点射，击中你的胸口，你摇晃了两下，倒在雪地里，血流如注。

这一天是正月十六，你血洒疆场，含恨而去。

岸谷隆一郎将浑身是血的你拖回县城，砍下你的头颅，又命人剖腹，发现你的胃里除了残存的草根、树皮和一小截皮带外，没有一粒粮食。岸谷隆一郎目瞪口呆，当晚，他在日记中写道："从杨身上，我看到一个无法征服的民族，一股令人敬畏的力量。这场战争将难以取胜……"

【画外音】伟大的英雄史诗

"恨不抗日死，留作今日羞。国破尚如此，我何惜此头。"

这是革命先烈吉鸿昌的《就义诗》，你和你的将士们有着同样的决心。作为中国共产党领导下对日作战最早、条件最艰苦、历时最长的抗日武装，你和你的战友们经历了民族解放战争中最为惨烈、最为悲壮的峥嵘岁月，写下沉重而光辉的一页：东北抗联5万多名将士，血染疆场者不计其数，仅师以上干部战死者就有120多位，军以上干部40余位，共消灭日伪军18万人，牵制日本关东军70多万人，铸就了彪炳千秋的英雄史诗。

你是马尚德，是顺清，是骥生，你是张贯一，是乃超，而"靖宇"二字，满语就是"驱逐外敌"。杨靖宇，是历史为你定格的名字。你的一生真实诠释了"中华民族有同自己的敌人血战到底的气概"。

这样的气概，不仅永铭后世，也为你的敌人所敬仰。

2019年10月24日下午，一个由日本和平人士组成的访问团，来到你的陵园，向你的铜像拜谒、献花。访问团中年纪最大者91岁、最小者21岁。他们带来了一份"谢罪书"，署名人为84岁的岸谷和，她是当年杀害你的日军岸谷隆一郎的亲侄女。日本战败前夕，岸谷隆一郎在毒死两个女儿和妻子后，服毒自杀。

作为战犯后代，岸谷和早在20多年前，就曾化名前来拜谒并谢罪。但她觉得还不够，她要以文字形式，更加庄重地为包括自己叔叔在内的日军犯下的滔天罪行谢罪……

"青山遮不住，毕竟东流去。"这一切，你在天堂都看到了吗？

第三节
陈树湘："为苏维埃新中国流尽最后一滴血"

【出场】"天欲堕，赖以拄其间"

炮声隆隆，波涛汹汹。天上是成群的飞机，脚下是刺骨的河水……

87年前，30余万敌军在湘江东面狭长的地段上，布下天罗地网。

危急，危急，我军逼入绝境！

突围，突围，我军别无选择！

谁来殿后？红五军团！

在这场为命运而战的关键战役中，全军总后卫，这个位置，意味着什么？

意味着更大的责任，更重的困难，更险的战斗，更多的牺牲。

当天崩地裂、生离死别的时候，殿后者必须把"活着"送给别人，把"死亡"留给自己。

而你，作为红五军团的一名师长，扬鞭跃马，挥刀出阵，率领红34师，用血肉之躯，筑起钢铁屏障，成为"后卫中的后卫"，成为横渡湘江的铿锵盾牌，成为压不垮、打不倒的"血色雄狮"。

这是你的执着与骄傲：面对10倍于你的敌人，你率领6000将士，以近乎全部阵亡的代价，换取了中央红军的渡江胜利；

这是你的意志与荣耀：当弹尽粮绝，被俘之后，你躺在担架上，从腹部枪口处，拉出肠子，奋力搅动，实现了你"为苏维埃新中国流尽最后一滴血"的誓言。

你的壮举令敌人震惊与暴怒，他们将你的头颅割下，挂到老家的城墙上，你的血流到了家门口，你的母亲和妻子都认出了你，她们没有想到，你以如此惨烈的方式回家……

在电视剧《长征》中，一个镜头令人动容：当时失势的毛泽东拄着木棍，从小小木桥上沉重走过，湘江血水，让他肃然。当听到你们全军覆没时，他反复念叨着红34师和你的名字。

这一仗，宣告了"左"倾冒险主义的失败。不久，毛泽东重新回到我党我军的领导核心，他挥笔写下："山，刺破青天锷未残。天欲堕，赖以拄其间。"

是的，你是中国革命的擎天柱，你是"绝命后卫师"的指挥官，你是长征中牺牲的第一位红军师长，你是断肠英雄——陈树湘。

【故事】"打完这一仗，咱们去找毛委员！"

1934年11月26日，寒风肆虐。连续几天的枪声终于沉寂下来。

黄昏时分，在道县蒋家岭一间灰色的泥砖房里，油灯点了起来。红五军团司令员董振堂一言不发，双手交叉，时不时望一眼窗外。

参谋长刘伯承盯着墙上的地图，紧锁眉头，面露焦虑。

突然，一阵脚步声响起。刘伯承赶紧开门，董振堂率先出门迎接。

"报告！红34师100团团长韩伟、团政委侯中辉前来报到。"

"快请进，快请进！"刘伯承亲自给两位倒了水，急切问道，"葫芦岩周边的情况怎么样？"

韩伟喘了一口粗气，说道："我部刚刚驻扎下来，这儿地形复杂，已派人去侦察。我俩接到紧急会议通知，就一路小跑，赶了过来……"

正在这时，门外响起了一声"报告！"。话音刚落，红34师师长陈树湘和政委程翠林一前一后，快步走了进来。

董振堂、刘伯承与他俩握了握手，说："请坐！快请坐！"

"好！今天的人都到了，现在开会！"董振堂表情严峻，语气干脆，"同志们！眼下，蒋介石任命何键为总司令，调集刘建绪、薛岳等五路敌军，加上李宗仁、白崇禧和陈济棠各部，共计30万人马，对我们形成包围，企图在湘江以东地区，彻底消灭我军！"

接着，董振堂宣读了中央军委命令：红34师的任务是留在此地，担任整个中央红军的后卫，掩护主力红军横渡湘江，"坚决阻止尾追之敌"！

"重兵压境，把殿后任务交给你们，这担子很重啊！"刘伯承站起来，大声说道，"朱总司令和周总政委要我告诉你们，军委相信，红34师一定能够完成这一伟大任务。"

陈树湘代表全师将士表达了决心。董振堂说："情况紧急，我们就不留你们吃饭了。"陈树湘一行二话不说，快步走出，消失在茫茫夜色中。

红军历史上最壮烈的湘江战役就此拉开了帷幕。

当天晚上，陈树湘让韩伟抓紧他们的侦察与布防，他与程翠林回到营地，分别到各连部做紧急动员。从连部出来，刚刚回到师部，陈树湘就接到韩伟来电，说发现东南两方向都有重敌压来，其中南面是桂系夏威部，东面则是李云杰部。

与此同时，师部也得到报告，西面和北面也有中央军薛岳、周浑元、罗卓英等约 20 万敌军包抄过来。

天刚放亮，数十架敌机飞临头顶，开始侦察和轰炸。陈树湘要求各连趴在坑道、掩体和树丛里，每人带上 5 颗手榴弹和 30 发子弹，等飞机轰炸后，再就近狙击敌人，做到"凶、准、狠"，尽可能多地消灭敌军。

几个小时后，各方消息传来，损失很大，"告急"和"增援"声不断。陈树湘要求将士"坚决挺住！务必挺住！"。他带了三名警卫，跑到距敌最近的一营三连阵地，但见到处是残臂断肢，血水横流，令人窒息。

陈树湘发现一名受伤的战士，快步走到他身边，将他脸上的血迹擦干。这名战士看起来不到 20 岁，左边脸上被弹片划开很大的口子，眼睛肿得只留出一条细线，见到陈树湘，呻吟道："首长，我……我会死吗？我……我好想回家……"

陈树湘叹了一口气，抬起头，大声喊道："你们连长呢？"连叫几声，才从右边跑过来一个脑袋缠满绷带的"血人"，他举手敬礼："报告师长！陈凯生连长已经牺牲，我是指导员刘三民。请指示！"

陈树湘一听陈凯生牺牲，心头一惊。陈凯生 25 岁，长沙坡子街人，跟他是多年的乡友和战友，打仗很猛，陈树湘曾答应湘江战役后，给他找个好媳妇……

"你们还有多少弟兄？"陈树湘问道。

"阵亡大半，具体人数来不及清点。"刘三民答道，"敌军火力太凶！啊！不好！师长！快卧倒……"

刘三民奋起一跃，将陈树湘扑倒在地，"轰"的一声巨响，一发炮弹在右边不远处爆炸。陈树湘耳朵一阵嗡嗡声，他费力地从地上爬起来，发现刘三民躺在他的身边，一块弹片正好击中他的眉头，在他两眼之间，出现一个血痂的黑洞，仿佛又开了一只眼睛。

陈树湘的一名警卫也中弹牺牲。另外两名警卫把刘三民抬到一旁，他还有点清醒，对陈树湘说："师长，对不起，我不行了。陈连长牺牲前，让我报告你，家里已给他找了个媳妇，可惜他没这个命……"停了一下，刘三民颤抖地摸出一张小照片，说："师长，这是我媳妇，上月来信，说怀上了孩子。我见不到了，等战争结束，你替我去看看他们吧……"说完，脑袋一偏，很快就咽了气。

陈树湘把刘三民带血的照片塞进内衣口袋里，他甚至来不及看一眼照片上的女子长得啥模样。因为此时，正前方黑压压一排敌人，弯着腰，慢慢进入前沿阵地。陈树湘让两个警卫传令下去，将剩下的人集中起来，全部压上去，随着他的一声怒吼"打！"，顿时，机枪、步枪、小炮和手榴弹雨点般砸向敌阵。喊声、哭声、嘶吼声和尖叫声不断，阵地周围的地面上不时蹿起一堆堆火焰，点燃了地面的杂物、草皮和树枝，越烧越旺，空中弥漫一股浓浓的焦臭味和硝烟味。

陈树湘把指挥部安到各个连队，要求团长、营长和连长务必亲自上阵。战士们虽然伤亡惨重，但看见师长和各级指挥员都在一线并肩战斗，士气高涨。四面八方的敌人，一次次冲上来，又一次次被打下去。红34师以5000多人牺牲的代价，拖住敌军四天五夜，保证了红军主力和中央机关人员横渡湘江。

11月30日清早，陈树湘下令全师准备过江，此时还有1000名左右将士，个个疲惫不堪。直到此时，敌人才明白过来：红军主力已不见了，这些天跟他们血拼的竟只是一个师的兵力。他们愤怒至极，对准浮桥，狂轰滥炸，万炮齐鸣，似乎要把羞辱和恼怒全部发泄到红 34 师身上……

眼见渡江受阻，陈树湘立马折回，率部杀出重围，翻过宝盖山，穿过箭杆箐，转安和，出凤凰，试图从湘江上游涉险过江。谁知桂系两个敌师追上来，对红 34 师发动猛烈攻击。

"同志们！我们一定要杀到对岸去，与主力会合！"陈树湘明白，这是最后的机会。他掏出手枪，亲率机关人员和警卫排冲在队伍的最前面。

然而，一阵激烈的枪战后，敌军没有被打散，我方反而伤亡 100 多人。

"报告师长！政委中弹……"突然一声喊叫，令陈树湘一震，顺着那声喊叫的方向，陈树湘冲过去，发现井冈山时期的亲密战友、师政委程翠林头部中弹，倒在血泊中，当场牺牲。

记得那天晚上，陈树湘与程翠林从红五军团司令员董振堂和参谋长刘伯承处返回时，程翠林嘀咕了一句："老陈，咱真怀念毛委员那个时期哪……"他的话没有说完，但陈树湘明白他的意思：如果听毛委员的话，这个仗就不会这么打。然而，他必须服从命令："老程，打完这一仗，咱们去找毛委员！……"

程翠林报以会心一笑。可是现在，他再也没有机会去见毛委员了。陈树湘忍痛伫立在程翠林身边，脱下帽子，敬了一个军礼，心里默默地说："老程，你就安心去吧。我知道你想啥，有机会，我会跟毛委员说的。"

不久，陈树湘又听到一个残酷的消息：政治部主任蔡中和也在此次战斗中阵亡。陈树湘欲哭无泪，感到肩上的担子更沉了。

眼看过江无望，陈树湘当即兵分两路：一路由参谋长王光道带领师部机关和后勤人员约 300 人向东折回全州；另一路由自己率领 500 名左右将士向罗塘和梓木塘进发，再向龙母坝集中。一路上，他们分别遭到唐煌、伍明勤、易生玉等敌部袭击，又死伤 60 多人，直到黄昏时才到达目的地。

陈树湘站在简陋的指挥部里，口述了一封电文，请示下一步如何安排，然后交给发报员："赶紧给中央军委发去！"这也是他们最后一次给中央军委发报。

中央军委很快回电：红 34 师退回湘南，寻机突围。

陈树湘马上召集师团干部开会，宣布两条决定：一是从敌人薄弱的地方突围，往湘南进发，准备游击战；二是不成功则成仁，"誓为苏维埃新中国流尽最后一滴血"！

会议刚散，桂系第 43 师就从背部发起了进攻。

陈树湘将团长韩伟、二营长侯德奎叫到身边，急切命令："你们团立即从八工团、柳林箐方向撤退，掩护师部突围！"

团长韩伟明白：一旦分开，很难再见。他紧紧握住陈树湘的手，虽有千言万语，但只说了声："师长，你们保重！"转身离去。

陈树湘带领红 34 师直属分队等 300 余人摆脱桂系第 43 师追击，从德里，经大营，抵达道县空树岩村，并继续向南退却。当行至大溪源时，将士们实在走不动了，陈树湘见状，决定休整一下。

就在这时，何键手下铁侠旅及道县保安团又追了过来。

12 月 12 日，陈树湘顾不上休整，率部来到江华桥头，准备抢渡牯子江。没想到，竟中了道县保安团的埋伏。当一排木船快行至江心时，岸边突然枪声大作。陈树湘大喊："快快划到对岸！"

话音未落，一颗子弹飞来，击中陈树湘的腹部，血流如注。

陈树湘顿时昏迷过去。

1934 年 12 月 18 日，道县保安团第一营营长何湘听说抓到了一个红军师长，欣喜若狂。他连忙叫几个兵丁抬着陈树湘去道县县城，向上司邀功。上午 8 时，当他们行至将军塘自然村时，突然，后面两个兵丁发现担架上掉下来一截肠子，血淋淋的。

"啊？这个人把自己的肠子抠了出来！"

他们惊叫一声，停下来，眼前的一幕令人目瞪口呆：陈树湘浑身是血，手还死死地抠在腹部伤口处，人没有了呼吸，苍白的脸上露出疲惫而宁静的笑容……

【画外音】催生光芒的光

湘江战役是中央红军生死攸关的一次决战。

毛泽东曾经伫立湘江，既发出"问苍茫大地，谁主沉浮"的呐喊，也写下"到中流击水，浪遏飞舟"的豪迈。红军主力横渡湘江之后，这条英雄河在剧痛中慢慢沉淀、恢复元气。美国战地记者斯诺在《西行漫记》中，称湘江是"中国南方一条绝美的河流"。

"绝美"，就是决绝之美，血色之美啊。因为你，因为红 34 师，因为横渡湘江的生死之战，湘江，配得上这个称号。

2014 年 10 月，在福建古田召开的全军政治工作会议上，习近平总书记动情地讲述了你的故事，认为你是"不忘初心、牢记使命"的杰出代表。

你倒下的时候，仅仅 29 岁，而红 34 师的将士们，平均年龄不到 23 岁。作为这个师的灵魂，你就住在湘江边上，在长沙城一个叫作小吴门的地方。当年，你的血流回家时，你的母亲还在，你 30 岁的妻子陈江英也在。7 年未见，2000 多个日思夜想，她们最后见到的，竟然是你被反动派割下、拿来示众的血淋淋的头颅。这怎不叫人撕心裂肺，悲愤交加啊？

但这一切，由不得你。面对生死，你从未犹豫。你把一切献给了革命，献给了党，你短暂的一生，甚至来不及留下一张小小的照片。

你现存于世的唯一的"头像"，是根据你的战友韩伟将军的描绘，由一位画家"画"出来的。当你的"头像"与 40 多幅画像混在一起，送到你生前战友、早期担任过红 34 师 100 团政委的张力雄面前时，这位百岁高龄的将军很快辨认出来，只见他眼睛一亮，惊道："这是陈师长啊！"然后，老将军不顾劝阻，颤巍巍地从轮椅上站起来，努力挺直身子，对着你的画像，缓缓举起手，庄严地敬了一个军礼："报告师长，张力雄向您报到！"礼毕，老将军老泪纵横……

此刻，我站在湘江北去的河岸，思绪翻滚。一首诗歌横过湘江，翻山越岭，来到古老的城墙。

泥土里的光芒，是你最后坚实的沉默。

你让我相信：来自泥土的，必回归泥土；来自光芒的，必催生光芒。

第四节　张自忠："未死总负报国名"

【出场】军人的武德：血战到底！

黑云压顶，炮火连天。大家劝你不要去。你执意要去。你知道前方的凶险，你这一去，原本就没有打算回来。

你给副官留下一封信："因为战区全面战事之关系及本身之责任，均须过河与敌一拼……由现在起，以后或暂别或永离，不得而知。专此布达。"

这是力透纸背的绝命书。你做到了"受命之日忘其家，临阵之时忘其身，军人之武德，于斯尽矣"。

面对疯狂的入侵者，你激励将士："国家到了如此地步，除我等为其死，毫无其他办法。更相信，只要我等能本此决心，我们的国家及我五千年历史之民族，决不致亡于区区三岛倭奴之手。"

危急关头，你向代师长马贯一传话："对敌人要狠狠地打！子弹打完了用刺刀拼，刺刀断了用拳头打，用牙咬！"

很快，你又追送亲笔手谕："马贯一，你当兵就跟着我，我绝不会亏待你。现在到了国家民族生死存亡之际，正是我们军人杀敌报国之时。这次对敌作战，你只管拼命打，打好了完全是你的功，打不好我完全负责！"

这样的叮嘱，字字带血，句句含情。你曾在诗中写道："谁许中原与乱兵？未死总负报国名。会有青山收骸骨，定教鸟兽祭丹心。"

这就是你的赤胆忠心，这就是你的高风亮节。有这样的总司令在战火最前沿督战，死了又有何憾？最后时刻，有人劝你转移，说已遭敌"包围"，不做不必要的"牺牲"。

你一听，勃然大怒："当兵的临阵退缩要杀头，总司令遇到危险可以逃跑，这合理吗？难道我们的命是命，前方战士都是些土坷垃？什么包围不包围，必要不必要，今天有我无敌，有敌无我，一定要血战到底！"

将军壮哉！你的言行诠释了"气吞山河"，你的意志彰显了"雷霆万钧"，你的发怒必将"流芳千古"。

自抗战以来，你先后与板垣征四郎、筱冢义男、冈村宁次等悍将交手，令"不可战胜"的狂妄之敌胆战心惊，气急败坏。

最后的枣宜会战，在缺乏武器装备和后勤补给的巨大劣势下，你以1500将士抵抗6000侵略者。日寇发动9次自杀式冲锋，你和将士们前仆后继，血洒沙场，直到一兵一卒，无一生还。

将星遽落，举国同悲。你是抗战中以集团军总司令职衔为国捐躯的第一人，是第二次世界大战反法西斯阵营中50余国壮烈牺牲的将士里的最高将领，你是"卓哉将军，军中之神"——张自忠。

【故事】倒下的身躯，屹立的灵魂

1940年4月5日，清明时节，细雨绵绵，寒风扑面。

上午10时左右，襄阳河东的岸上，一队快马疾驰而来。远处遮天蔽日，灰色低垂的天空下，炮声隆隆，火光冲天，不时传来搏杀的呐喊声。这一队人马，挥鞭不止，暴风般冲了过去，激溅的泥浆与雨水杂在一起，落满一地黄泥。

很快，这队人马来到第 74 师指挥部门前。走在最前面的高大军人是张自忠，他跃下马背，抖了抖披风，大步走了进去。后面是参谋长李文田、少将张敬等五名将官，也赶紧跟了进来。但见指挥部里人声鼎沸，各色人员跑来跑去，发报声、电话声和说话声不断。

"人呢，你们的代师长马贯一呢？"李文田厉声吼道，"总司令来了，你们不知道吗？"

吼声未落，一个胖胖的军人陀螺一样"滚"了过来，敬了一个军礼，大声道："总司令好！马师长到三连督战去了！"

李文田很生气，正要呵斥，被张自忠制止了："我们去三连！"说罢，张自忠率先走出大门。

一行人跑步冲向阵地。炮声更近，枪声更密集，子弹乱飞，发出嘶嘶的刺耳声。"总司令小心！"少将张敬冲到张自忠左边，大声喊着。几名卫士迅速跑到张自忠前面。不一会，他们来到一个半山坡，眼前的一幕，令人倒吸一口冷气：灰蒙蒙的阵地上，到处是横七竖八的尸体，光光的树枝上挂着半边脑袋，地面上这里一截肠子，那里一只手或脚板，丢掉的枪支，炸完的弹壳，呻吟的士兵，烧焦的树枝……鲜血和雨水合在一起，形成一条小沟，沟里的血水越来越浓，越来越重，黑稠稠的，慢慢往山下流去。

"张总司令！"李文田朝前面大喊一声。

这时，张自忠看到不远处，马贯一正抓着一个人在暴跳如雷地发飙："你狗娘养的，想当逃兵吗？老子这就毙了你！"

"马贯一，你在干什么？"张自忠冲过去，厉声吼道，"这个人是谁？犯了什么事？"

"这是三连连长张胜力。这狗娘养的，要撤退！"马贯一抹了一把带血的脸，将张胜力摔在地上，气呼呼地答道，"总司令！我最恨的是逃兵！我正按照您的规训，要毙了他！"

"快说！张胜力！咋回事？"张自忠将他从地上提起来，问道。

"您就是张总司令？好！这么大的官，也上一线，我佩服！"张胜力倒也不怂，硬声道，"咱们一连二连全部阵亡了。三连活着的，包括伤员，满打满算，不到40个弟兄。而他娘的小鬼子有至少一个团的兵力，还有飞机和重炮！我们冲了五次，每次冲过去，丢下十多条命，又退下来。那些死去的，都是我的弟兄啊。老子带着他们出生入死，哪一次怕过死？你现在就是毙了我，我也要说：仗，不能这么打啊！……"

张自忠心头一沉：的确，咱们的武器与敌军差距太大。我方装备最好的是打一枪拉一下栓的毛瑟步枪和几挺99式轻机枪。而敌军士兵拿的是三八大盖步枪，还装配有92式重机枪，一次连发30粒子弹。更不用说飞机和大炮了。就连刺刀，我方的都比敌军短了10厘米左右，在肉搏战中总是吃亏。

"张胜力！你临阵抗命，胆子不小啊！那照你说，这仗，该怎么打？"李文田冷冷地说道，"这个阵地重要不重要？值不值得不惜一切代价攻下来？"

张胜力也是牛脾气，还是不服，顶了上去："我是连长，不是师长，更不是总司令。这个阵地是不是值得不惜代价，我不知道。但我知道，那些弟兄都是一条条活生生的命！"

"现在不是比武器，现在比的是意志！不要动不动拿战士们的生命做挡箭牌！"张自忠大声吼道，"不错。我是总司令。如果我是连长，那几个蟊贼还不够我一连人打的！"

张自忠从一旁的卫士手中夺下一挺轻机枪，大声命令道："马贯一，你现在代替三连连长。我知道你不怕死，你从左边带十人冲上去。"又指着张敬和李文田等人道："你们组织人马跟我往右边冲！"说完，一马当先，冲了出去。

张胜力一看，热血激涌，羞愧不已。他将上衣用力一甩，赤膊挥刀，大吼一声："兄弟们，张总司令冲在前面。不是孬种的，快跟我上！"战士们一听，个个激愤，挥刀的挥刀，开枪的开枪，投手榴弹的投手榴弹，不顾一切冲向敌阵。

"狗娘养的小日本！我杀你一个够本，杀你两个赚一个！"张胜力像疯了一般，狂跳着，冲到了最前沿。他很奇怪，那些炮弹、重机枪和各种子弹，仿佛都被"总司令的气势"震住了，都来不及发出声音，就被一枪一枪、一刀一刀地收拾了。原以为遥不可及的高地很快也攻了上去。

此刻，张胜力听不到人在说话，只看到四处都有人影在舞动。近距离搏杀，虽然刺刀短吃了一点亏，但鬼子矮小，占不到便宜。张胜力杀得兴起，接连砍倒了三个鬼子。他本来力气就大，砍刀也磨得锋利，加之张总司令刚才的"羞辱"，让他身上的每一个细胞都爆发了无穷的力量。一个鬼子从背后刺来，他横向一刀，将鬼子砍去半边脑袋。另一个鬼子迎面冲来，张胜力"啊"的一声，飞起一脚，踹在鬼子胸脯上，鬼子仰面倒下，张胜力顺势补上一刀，一股鲜血溅在他脸上，他用手一抹，一抬头，突然发现一个手持机枪的鬼子在 3 米外的树丛下将枪口对准了一个高大的军人。"啊，张总司令！"张胜力不顾一切地冲到前面，"嗒嗒……"，机枪响起，张胜力颈部、胸部、腰部等处，连中数弹，倒在地上，血流如注。

与此同时，张敬和一名卫士，将那名机枪手拦腰劈成两截，张敬还向机枪手的脑袋狠狠地补上两枪。

不到一个小时，战斗结束。清点人数时，鬼子丢下28条尸体和一批武器。三连最后只剩下6名战士。张自忠身边的两名卫士也牺牲了。

当张自忠和马贯一快步过来时，张胜力还有一口气，他挣扎着想站起来，但伤势太重，坐不起来。张自忠让一名卫士扶着他，道："你这个连长，还是不错。有血性，是条汉子！"

张胜力费尽最后的力气，用微弱的声音说道："报告总司令，三连执行命令，完成任务！"说完，含笑而去。

张自忠对马贯一道："记上：三连连长张胜力，英勇殉国。找个地方，好好埋葬！"

"遵命！"马贯一道，"总司令！幸亏您刚才点了一把火！张胜力这小子可把老子气得不行！他有个性，倔得很！打仗倒不孬！"

"马贯一，你快回师部吧，组织力量巩固阵地。敌人还会反扑。"张自忠转移话题，说，"一师之长，离开师部，如何指挥？"

"您不也离开总部了嘛。"马贯一嘟哝一声，吐了吐舌头，然后马上响亮答道，"好！总司令，我马上回去！"

马贯一是张自忠的得力干将，说话比较随便。1930年升任旅长时，张自忠特地选了几匹蒙古好马送去，其中一匹白马是千里驹，马贯一每次骑上，都觉得总司令在看着他，一直骑到南瓜店战役，千里驹被炮弹击中而亡。当晚吃马肉时，马贯一半口也没有尝……

"告诉将士们，这一仗不打完，我不回总部！"张自忠与马贯一分开时，特地叮嘱道。

形势异常严峻。日军投入 15 万兵力，由第 11 军司令官园部和一郎指挥。他们试图吃掉襄河东岸我第五战区部队，再向西岸推进，最终将第五战区主力部队全歼于宜昌附近。

接连四天，张自忠带领手枪营和 74 师，一路向北，在二郎庙、新街、白庙、方家集等地与日寇发生多次遭遇战，斩敌甚众。日寇第 13 师团和第 39 师团强兵压来，张自忠又在峪山、黄龙当、琚家湾、曹家大湾一带发起攻击，特别是梅家高庙大捷，毙敌 1400 多人，我方也付出了惨重的代价。

4 月 14 日清晨，张自忠率部抵达方家集，没料到敌 39 师团先行到达，利用飞机、大炮对我方阵地展开攻击。张自忠登上方家集东北角一高地，指挥我军轮番上阵，反复冲击敌阵，同时令工兵连接连摧毁日军多个火力点。直到黄昏，终于将敌击溃。

四周静下来，天空泛出灰色的光芒。在能够看得见的地面上，敌人的尸体和我军将士的尸体杂在一起，轻伤者被架走了，重伤者来不及清理，从这一头到那一头，有一股凝重的血腥气，在摇晃，飘动，下沉，融解，漫天的雨水织成了一块巨大的布帘，仿佛沉默的坟场在风中发出轻轻的呻吟……

5 月 4 日，战况急转。北路敌军第 3 师团攻占泌阳，第 39 师团和池田支队从随县发动正面攻击。面对四倍以上的敌人，张自忠致电黄维纲师长，令他率 38 师前来解围，又急电樊城第 11 集团军总司令黄琪翔请援，然未有答复。

敌人围了上来，战斗首先从毛家湾打响。此处距张自忠指挥部不过 1 公里左右，中间隔了两个小土包，情况万分危急。最糟糕的还在于：

张自忠与外界联络的电报、电话均告中断，只能用无线电联系。日方根据不同频率判断张自忠的位置，很快招来敌机和炮火猛烈攻击。

留守窑湾的马贯一接到张自忠命令，凑了180名弟兄和4挺机关枪，派工兵营营长赵德志率领，一路跑步，前来支援。不到一个小时，这个工兵营弹药用尽，要顶不住了，74师参谋处主任许文庆大吼："赵营长，总司令就在后头。你们一定要顶住！"

赵德志挥枪回答："许主任，你放心，我……"未及说完，一串子弹飞来，将他的脑袋打开了花，赵德志直挺挺地倒在了地上……

包围圈越来越小，炮弹如暴雨，在地面掀起一阵阵波浪，重机枪的吼叫声也一阵紧似一阵。突然，一颗炮弹在指挥所右侧爆炸，张自忠右肩被炸伤，又飞来一颗子弹将他左臂击穿。护士长史全胜急忙跑来包扎，很快，史全胜和副官贾玉彬也中弹身亡。

这时，参谋长李文田劝道："总司令，我们真是顶不住了，先避一下吧！"

"怎么，老李，你想逃吗？"张自忠一脸凛然。

话已至此，李文田直通通地道："按理说，你是我的上司，又是我的朋友，我跟着你，帮你，问题是，我在这里有用吗？我说撤，你会听吗？"

张自忠突然愣住了，他深深地吸了一口气，身上的伤口向外流血。李文田以为会挨一顿怒骂，没料到，张自忠望着他，说："老李，你们走吧。我想了想，你留下，确实也没什么用。你们不用管我了。"

李文田见状，眼圈一红，带着两名卫兵离去。张自忠又劝张敬离开，被拒绝了。最后时刻，张自忠对身边的张敬和马孝堂说："我不行了。这儿就是我的坟地。你们也快走吧！"

"总司令！我们不会离开您的……"张敬和马孝堂异口同声，泪流满面。

这时，第四分队三名日军步兵开着枪，冲了进来，张敬举枪击毙前面两名日军，马孝堂将第三名日军击毙。不一会儿，十余名日军从后面冲了进来，蜂拥而上，用刺刀捅向张敬和马孝堂。两人倒地后，又遭后面的日军枪击。张自忠将最后的两发子弹射出，击中两名日军。张敬倒地后，死死咬住一个日军，血淋淋地撕下一块肉来，另一个日军朝他的胸口连发三枪，张敬当场牺牲。马孝堂也被日军乱刀砍死。

四周突然静下来。张自忠斜靠墙边，冷冷地看着眼前的一切。一等兵藤冈见张自忠还活着，第一个冲到跟前，他端着刺刀恶狠狠地刺去，张自忠猛地从血泊中站起，用日语厉声吼道："小鬼子！有种，你就往胸口上刺！"

藤冈顿时吓住了，竟不由自主地停了下来。第三中队中队长堂野射出了一颗子弹，击中了张自忠的头部，血喷溅出来，他并没有倒下，脸上出现奇怪的表情。藤冈被枪声惊醒，举起刺刀，向张自忠扎去，抽出刺刀后，张自忠才轰然倒地……

清扫战场时，藤冈从张自忠胸兜里掏出一支金笔，上面赫然刻着"张自忠"。在场的日军无不震惊，他们万万没有想到，这个血迹斑斑的"大个子中国人"竟是大名鼎鼎的集团军总司令。

师团长村上启作验证后，将其庄重入殓。

张自忠殉国后，我方组成一支敢死队，闯进敌营将遗体抢回，激战中，园部和一郎向第 39 师团下令，不得炮击和轰炸敢死队。

张自忠遗体抢回以后，代理集团军司令冯治安含泪查看了遗体，发现张自忠全身共有 8 处伤痕：右肩、右腿是炮弹伤，腹部是刺刀伤，左臂、左肋骨、右胸、右腹、右额各有一弹孔，头部完全变形，唯右腮上一颗黑痣清晰可见。冯治安号哭后，令军医将遗体重新擦洗，做药物处理，并亲自为张自忠穿上他生前爱穿的马裤、军服和高筒马靴，佩上将领章，隆重殓入一楠木棺材中。

张自忠灵柩运往襄阳那天，十万军民自发列队，恭送英雄……

【画外音】生命的重量

"人生自古谁无死，留取丹心照汗青。"

死，并不是可悲的事情，虽生犹死才是。一个人，只要活在活着的人的心里，就是没有死去。

不惧死，不畏生。你就是这样的一个人。在你49年的人生历程中，留下的言论并不多，最多的一个字，竟是"死"。

早在临沂之战，你说："我的生命已由九死一生的环境挣扎出来，尚可证明上天尚有为民族求生存之伟大使命交付给余。故余日前已与部属共同宣誓，决以吾等全部生命完全还与国家，纵最后只有一枪一命，亦不能望其苟存！"

给弟弟写信，你说："吾一日不死，必尽吾一日杀敌之责；敌一日不去，吾必以忠贞至死而已。"

对部下训话，你说："军人要做到'鞠躬尽瘁死而后已'，才算完成军人的责任。有机会，我一定带着你们找一条死路去。"

与友人恳谈，你说："等待时机，舍身成仁，给全军树立一个榜样……"

说来说去，离不开一个"死"。最终，在 1940 年 5 月 16 日，你践行诺言，慷慨赴难。一代名将，就此归去。

与你同时赴难的将士有：张敬少将、洪进田上校、马孝堂少校、贾玉彬、白振瀛、赵世森、崔荣祥、徐蔚峰、李世昌、赵德志、王金彪、史全胜……以及许许多多没有留下名字的英雄。

你的"死"引爆了国人的血性，坚定了民众抗战的决心；

你的"死"获得了"永生"的价值，成了"不死之死"。

因为你，董必武赋诗："男儿抗日死沙场，青史名垂姓字香。中原倘有英灵护，怎让倭奴乱逞狂。"

因为你，周恩来撰文："其忠义之志，壮烈之气，直可以为中国抗战军人之魂。"

你的灵柩运离宜昌，十万军民列队目送。天还未亮，一位老太太，带着赶做的热腾腾的面食，与一家五口齐刷刷跪在路边，涕泪纵横："将军！你生前我无能为你做丁点儿事，今天，我一定要为您送一顿饭。"

原来，两年前，你征战归来，逃荒中的老太太，躲避不及，被人驱赶。你跳下马背，厉声制止，上前道歉："卑职管教不严，您受惊了！"并掏尽身上所有，送予老太太……

你做的一切，全凭良心，不求回报。

你为国家、为民族、为百姓做多少，大家心里有一杆秤。

你不说，大家知道。

你走了，天下的雨水，地上的眼泪，就是你生命的重量。

你的死讯，直到两个多月后，才被你的爱妻李敏慧知晓。她没有哭泣，平静说道："将军为国家战死，我不难过。国难之下，也有我一份。"她有条不紊，向弟弟交代完毕，然后走上卧室，锁死房门。一根香烛，双手作揖："将军，我到你身边，是多么的遥远。死亡离我是如此的近，它让我亲切、温暖，不再寒冷……"绝食七天，她含笑而去。

李敏慧死后，与你一起，葬在重庆梅花山上。

那里，再也没有战火，只有爱情化蝶，知音同飞；

那里，再也没有仇恨，只有红袖添香，地老天荒……

初 第四章 心
CHAPTER 4

初心，就是生命最初的那个状态。

每个人都有初心。这个初心就是赤子之心，就是善良、热情、童真和爱。

对一切事物的探索和好奇，打破一切固有的想法。疾恶如仇，不平则鸣。这是一种态度，也是一种初心。

很多时候，人失去初心，是因为忘记了来时的路，被种种诱惑牵绊。

坚持初心，就是坚持濯尘，坚持驱黑，坚持正义、良知，就是接受血与火的洗礼，不断磨砺，成为更好的自己。

文天祥获悉妻子和两个女儿在宫中为奴，只要投降，即可团聚。但文天祥不愿丧失气节，他给妹妹写去一信："人谁无妻儿骨肉之情？但今日事到这里，于义当死，乃是命也。"他始终不忘初心："以别人的快乐为快乐的人，也忧虑别人忧虑的事情，以别人的衣食为衣食来源的人，应为别人的事而至死不辞。"

玄奘西游，历九九八十一难，无论多少坎坷曲折，始终不忘"取经"。

坚持初心，就是明白自己需要什么。人说："试问岭南应不好？"苏轼道："此心安处是吾乡。"

坚持初心，就是明白自己追求什么。柳宗元说："岭树重遮千里目，江流曲似九回肠。"柳宗元遭遇挫折时，相信"千里目"终会重现。

坚持初心，就是明白自己奉献什么。当国破家碎之时，林则徐喊出："苟利国家生死以，岂因祸福避趋之。"他奉献的是一片赤诚，是国家大义、民族大爱。

　　坚持初心，在共产党员毛泽建那里，就变成："怕死不当共产党！"

　　坚持初心，在抗日英雄杨惠敏那里，就变成："国家就是每个人的父母。"

　　坚持初心，在革命烈士陈觉那里，就变成："宁愿玉碎却不愿瓦全！"

　　坚持初心，在英雄母亲邓玉芬那里，就变成："咱是中国人，到死也不能忘了祖宗！"

　　坚持初心，在中国历史上第一位女共产党员缪伯英那里，就变成："既以身许党，应为党的事业牺牲。"

　　他们是革命者，也是平凡人。他们的牺牲与奉献，是不忘初心、践行初心的典范，也是我们牢记初心、成就自我的力量源泉。

第一节　毛泽建："怕死不当共产党！"

【出场】一代女杰留芬芳

你是菊，有菊一样的坚韧；

你是剑，有剑一样的锋利。

从童养媳到游击队队长，是你从菊到剑的经历，也是你短暂一生的过程。

时代的眼泪落在小小的菊上，你不曾屈服；

大地的风暴掠过薄薄的剑刃，你引颈承受。

在黑色的夜里，你取名"日曦"，让清澈的眼里装满太阳。

你是年轻的"囚徒"，是没有奶水的母亲。你给儿子取名"贱生"，别人听不下去。你苦涩一笑：那就叫"艰生"吧。无论你多么坚强，面对自己的儿子，你终归是满心的欢喜和倾心的爱，你想把全部的心掏出来，化为万般柔情，喂给他。可是，当反动派要你在儿子和信仰中做出选择时，你咬破手指，写下"毛泽东是有希望的，革命一定会胜利"的血书，眼睁睁地看着反动派夺走你的儿子。

可怜的儿子，那是你身上掉下的肉啊，是你和丈夫陈芬的爱情结晶啊。无论是"贱生"还是"艰生"，你简单的愿望是他能够活下来。

然而，你至死都不知道，反动派从你怀里抢走他后，留下撕心裂肺的啼哭，那刀子一样的哭声，是襁褓中的儿子对你的依恋和永别。

你倒下的时候正是中国革命的黑暗时期。朱德说："1927 年的中国革命，等于 1905 年的俄国革命。俄国在 1905 年革命失败后，是黑暗的，但黑暗是暂时的，到 1917 年革命终于成功了。中国革命现在失败了，现在也是黑暗的。但是黑暗同样遮不住光明。"

是的，黑暗终究遮不住光明。你没有找到朱德，他已转身。你的兄长也已转身，他已从人生低谷走出，中央的"九月来信"使他重返红四军。他在发出了"战地黄花分外香"的感叹后，又写下铿锵雄文：《星星之火，可以燎原》。

"出生入死闯险关，革命火种撒南湘。夫妻碧血染云霞，一代女杰留芬芳。"这是你和你的丈夫陈芬烈士光辉一生的真实写照。

你的生命定格在 24 岁的年轮上，你是铮铮铁骨的英雄——毛泽建。

【故事】"要我投降，除非日出西山"

1928 年 4 月的一天，阴雨绵绵。黎明刚过，5 个盐贩打扮的人，悄然来到永兴县界，原以为从这里去井冈山比较方便，哪知道，前面赫然站着十来个荷枪实弹的人，凶神恶煞地堵在路口。

"看样子，我们过不去。"盐贩中一名瘦高的青年说，"我们先回耒阳，等风声好一点再走。"

"我看也是。"其中一个女子，挺着大肚子，喘着粗气道，"朱德同志的部队已经走了，反正我们也追不上……"

"你们是干什么的？"正在这时，3 个查岗的士兵，举着枪，快速朝这 5 个盐贩走来，"你们站住！"

"长官，我们本来要去贩点盐回来，但老婆不中用，走不动了。"瘦高青年见士兵跑了过来，赔着笑脸说。这时，那名女子捂着肚子，不断喊着"哎呦"，其他3名盐贩也赶紧说："我们赶紧去药铺吧。"

3个查岗的士兵打量这5个盐贩，没有发现破绽，咕噜一声："这条道封了几天了，不知道吗？"

"长官，为啥子事封道啊？"瘦高青年见查岗的士兵放下戒备，明知故问，"何时才能开道啊？"

"这些日子，有不少人被共党煽动，追着要去找朱德、陈毅的队伍。"另一个士兵不满地说，"搞得老子累得贼死！行了，你们快滚回去吧……"

这5个盐贩打扮的人就是陈芬和毛泽建等人。半个月前，陈芬和毛泽建接到中共湘南特支安排，去耒阳见朱德和陈毅，商量在衡阳和南岳一带举行武装起义。当两人秘密来到耒阳时，陈芬警觉地发现，有人跟踪。

两人迅速走到一户农民家，躲了三天。

耒阳地下组织来人密告："朱德、陈毅率部前往井冈山了。"

此时，毛泽建怀孕8个多月，陈芬望着妻子疲惫不堪的样子，打算回衡山继续打游击。但毛泽建态度坚决，要去找朱德。因为她听说，三哥毛泽东也率部上了井冈山："你别管我，我能行！"

陈芬见是这样，便找来另外三名同志，扮作盐贩出发了。没想到，还没走出永兴，就折道回来了。

"回来也好。"陈芬知道毛泽建着急，安慰道，"等生完孩子，养好身子后，我们再去井冈山吧。"

然而，当他们一行走到耒阳响水岭时，突然一阵枪声，当地挨户团二十多名兵丁将陈芬和毛泽建包围起来。情急之下，毛泽建滚下一个山坡，躲了起来："你们四人快快突围！我自有办法！"

陈芬知道，硬拼，五人都会遭殃，于是将四人分成两组，分头行动。陈芬对这一带很熟，侥幸逃了出来。当晚，他来到地下交通员、老同学王鹤林家。

王鹤林大惊失色："啊？你负伤了？陈书记！耒阳城里到处贴着布告，都要抓你，你不知道吗？"

陈芬点点头，笑道："所以我就找你来了嘛。"

王鹤林"嗯"了一声，将陈芬安顿好，悄然说："你待在屋里别动。我去给你弄点药来。"

陈芬压根不知道，王鹤林已经背叛了组织。王鹤林出门后，立即报告给挨户团，一个多小时后，陈芬被逮捕了……

毛泽建躲在沟子里，一直熬到天黑，才慢慢爬出来，根本不知道丈夫被捕的事情。她独自一人，摸黑走到山下一位孤老婆婆家里。一贫如洗的老婆婆信佛，是个善心人，她将毛泽建扶上一张破烂的土床，嘴里不停地念叨着"阿弥陀佛"，然后，找了两个地瓜，烧了一锅热汤让毛泽建喝下。

夜半时分，毛泽建进入梦乡，喊着"菊妹子"，脸上露出苍白的微笑。

毛泽建出生的时候正是深秋，菊花盛开，父母给她取了个乳名，叫"菊妹子"。她的祖父毛恩农和毛泽东的祖父毛恩普是兄弟。因为家里特别苦，她小小年纪，就上山砍柴，扯猪草，拾稻子，还常常去讨米。

1911年，毛泽东父母看不下去，把她带回家，当继女收养。

"毛泽建"这个名字是毛泽东给她取的，意思是为穷苦人建功立业。

毛泽东父母带了毛泽建七年，两位老人过世后，毛泽建回到生母身边。生母双目失明，生活难以为继，无奈之下，她只好去做童养媳。

1921 年，毛泽东回到韶山，获悉"菊妹子"的遭遇后，设法退了婚，并将她带到长沙。两年后，毛泽东去上海，嘱咐夏明翰照顾她。不久，毛泽建改名毛达湘，回到衡阳，住在夏明翰老家，随后考取湖南省立第三女子师范学校。

也就在这一年，毛泽建加入了中国共产党。在这里，她遇到了湘南学联的负责人陈芬。

1925 年 6 月，毛泽东回到长沙，何键要逮捕他。他匆匆离开去宜章，停留衡阳多日，经他牵线，毛泽建与陈芬结为夫妻。

婚后，陈芬去郴县开展革命工作。毛泽建与肖觉先、戴今吾等人组成衡北游击队，多次袭击挨户团，缴获大批武器弹药。毛泽建成为远近闻名的游击队队长。

党的八七会议后，陈芬受中共湘南特支委派，到南岳召开会议，成立中共衡山县委，担任书记兼宣传部部长。会议决定恢复各地党组织，重组游击队，筹建工农革命军第 10 师，拟在 1928 年春节前夕举行年关起义。

不料，出了邓青山和彭赞两个叛徒，岳北、南岳、油麻田等地党组织再次遭到破坏，陈芬和毛泽建在上级安排下，前往耒阳，准备秘密会晤朱德……

尽管二人早将生死置之度外，但他俩怎么也没想到，死神来得如此之快！

毛泽建在老婆婆家里待了六七天，身子恢复了不少。当她走出老婆婆家，来到耒阳县城一个当铺时，突然发现旁边贴着一个布告，定睛一看：天啦！丈夫陈芬已被反动派处决！毛泽建差点昏了过去。当铺老板以为她是怀孕后劳累所致，也没怀疑，只嘀咕道："唉，好惨啦！这人吃了枪子，脑袋被砍下来，挂在贯武桥上示众呢……"

"啊？"毛泽建一听，"扑通"一声，倒在地上。过了好一会儿，她才支撑着坐起来。当铺老板吓坏了，道："你……你怎么啦？"

毛泽建强忍悲痛，淡淡地说："没事。刚才头晕。孩子在肚里踢我。"说完，她本来是想当掉手上的一副铜镯子——那是陈芬送的，临时改变主意，将头上的一个银发夹和一条小玉链当掉了。

店老板看了看，叹道："这值不了什么钱啊。"

毛泽建点头："随便给几个地瓜钱吧。"

半个多月后，毛泽建在一个农户家生下一个男孩，她给儿子取名"贱生"。接生的人听了，说："再怎么也不能这么叫自己的孩子啊。"毛泽建忍住泪，苦涩一笑："那就叫艰生吧。"当她想起丈夫陈芬连儿子的面都没见过时，终于忍不住大哭起来。

三天后，挨户团就将毛泽建抓了起来。

反动派抓到毛泽建后，欣喜若狂：一则她是毛泽东之妹；二则她是中共衡山县委书记陈芬之妻；三则作为我党第一个女游击队队长，她也身负要职。因此，反动派认为一定能从她身上捞到重要情报，特别是地下党员名单。然而，他们想错了。在接下来的一年多牢狱生活中，无论怎样威逼利诱或毒刑拷打，毛泽建始终没有屈服："要我投降，除非日出西山！"

临刑前，毛泽建提出唯一要求，见一下儿子"艰生"。她不知道儿子已经夭折。陈芬的姐姐为了满足她这个愿望，只好"借"了一个差不多大的孩子。毛泽建不断地亲吻着孩子，叫着"艰生"。

陈芬的姐姐背过身去，实在不忍心看到这个凄凉的场面。

1929年8月20日，毛泽建在衡山城南马庙坪慷慨就义。

尽管反动派张贴布告，不准收尸，但当天晚上，有人冒着危险，把遗体偷偷运出，葬在西溪桥头旁边。

半年后，衡山地下组织将遗骨挖出，放入棺木，迁葬在巾紫峰麓上，竖了一石碑，上面刻了一行小字："民国十八年刊，毛达湘女士墓，原籍湘潭人氏。"为安全起见，石碑被故意埋在泥土里，只露出半个"毛"字。

1966年10月，中共衡山县委找到了这块石碑，重新安葬了烈士的遗骨。

2017年6月29日，毛泽建烈士纪念馆在湖南衡山开馆。

滔滔湘水，巍巍南岳，永远铭记着一个英雄的传奇人生。

【画外音】菊妹子是个好同志！

你生在那个黑暗的时代，这是你的不幸；你在那个黑暗的时代被一束光照亮，你和你的丈夫用鲜血将光擦得更亮，照着更多的人。你因此被后人铭记，这是你的幸运。

从南昌起义的枪声，到秋收起义的喋血；从白色恐怖的追杀，到湘南起义的洗礼，中国革命从谁也料想不到的地方开始。在漫漫长夜，你经历属于自己的一段，就像许许多多的革命者一样，你无法经历全部。你在革命低潮的时候倒下，但你是光明的捍卫者，是红旗的接力者，是薪火的承继者。

你原是一滴小小的水，因为投身到革命的大海，你获得了永生。

当毛泽东、朱德两支韧劲十足的起义部队会师井冈山，谁会想到，神州大地上刮起的"朱毛风暴"跟共和国的命运紧紧地连在了一起，最终，你的兄长以强者的巍峨和胜利者的自豪，庄严地站在天安门城楼，向世界宣告一个伟大时刻的诞生，一个全新时代的开始。

这一天，你没有等到。但谁能说，那激动人心的时刻不属于你？正如你的遗书所说："我将毙命，不足为奇……只要革命成功了，就是万死也无恨。到那天，我们会在九泉下开欢庆会的。"

我相信，你的兄长的庄严宣告，你一定听到了，而且一定会举杯同庆的。

你是毛家兄弟最疼爱的小妹，是你的兄长经常挂牵的"菊妹子"，是我国最早的女游击队队长，是湘南起义的积极参与者！是毛家第一位为中国革命牺牲的烈士，也是毛家所有子女中最让人心疼的一位！

你的丈夫陈芬被反动派割下头颅，装在笼子里，挂在桥头"示众"三天；你出生不久的孩子，因为你关在牢里，来不及喂上几口奶，不满百天便夭折了。你一家三口，无一幸存。

你有另一种选择。但你选择了最苦的一条道，并且坚持把它走穿。

你是"毛泽东之妹"，这个身份让你危险；你"身负共党要务"，这个角色让你的处境险上加险；你坚持信仰不动摇，这种骨气决定你的最终遭遇：你不仅承受抽皮鞭、压杠子、拔指甲的折磨，还被灌辣水，被灼热的铁丝穿透乳房……

你剑气十足，临刑前发出的怒吼依然是"革命者不怕死，怕死不当共产党"！

你敬爱的兄长在对待家人的情感上，总是克制、含蓄、深沉。就在你牺牲20年后，革命成功了，你的兄长对家乡来的同志说：菊妹子的牺牲很可惜，她是个好同志！

"是个好同志！"多么朴素的一句话，这是你的兄长对你的评价。就像后来听到毛岸英牺牲的消息一样，他也是强忍悲痛，淡淡地说：战争嘛，总会死人的。岸英只是无数牺牲的战士中的一个。

伟人也是平凡人，英雄也是有血有肉、有情感的人，但为了国家和民族利益，你们只能化成钢，变成铁，让钢铁意志在熊熊的火炉中铸造一个个红色传奇，升华一颗颗伟大的灵魂。

"天地英雄气，千秋尚凛然。"无论是"为有牺牲多壮志"，还是"遍地英雄下夕烟"，抑或是"人民英雄永垂不朽"，这些锃亮的诗句，这些有骨头的文字，这些雷霆般的题词，难道不是对你、对毛家其他的革命烈士以及千千万万的人民英雄的最高礼赞吗？

第二节　杨惠敏："国家就是每个人的父母"

【出场】上海童子军第 41 号

你从未想过要当英雄。直到所有人认为你就是英雄，你依然认为，自己所做的，只是一个中国人应该做的事情。

历史可以把这个任务交给另一个人，可为什么是你而不是别人？我想，这源于你的热血，你的担当，你的勇敢。一句话，是你主动争取到了这个机会。

明明 22 岁，你偏说 17 岁，你因此成了上海童子军中的一员。在淞沪会战中，你加入战时服务团这个光荣组织，你的臂章是第 41 号，这是你的特殊身份。

你在前线救护组。你跟服务团其他姐妹一样，白天在医院里忙碌，清洗伤口，写家书，讲故事，缝衣服，给伤员精神安抚，晚上则去商行劝募。不久，你成为难民服务队的小队长，率领 4 男 2 女共 6 名童子军，为 1000 多名难民服务。你从早到晚，像个陀螺，忙个不停，艰辛而充实。

淞沪会战是抗日战争和世界反法西斯战争的重要战役，其规模之大，战斗之惨，足以载入世界反法西斯战争重大战役的光荣史册。

你在光荣的时刻挺身而出，举起中国国旗，点燃了谢晋元和"八百壮士"的血性，也点燃了千千万万不愿做奴隶的中国人奋起抗战、奔赴战场的意志和决心！你青梅竹马的王牌飞行员陈怀民驾机撞向入侵者，就是一个悲壮的例证。

在那个寒冷的暗夜，在那个激荡的黎明，你冒死献旗的壮举被时代铭记：你的照片和事迹登上报纸的头条位置，《良友》画报把你作为封面人物，阳翰笙编剧的影片《八百壮士》应势而出，刘海粟根据你的事迹创作发表了《四行仓库》……所有这些，都在表达同一主题：向英雄致敬！

随后，作为宣传抗战的"形象大使"，你应邀赴美参加世界青年第二届和平大会，得到罗斯福、甘地等人的热情接见，被美国媒体称作"中国的圣女贞德"，极大地宣传了中国的抗战……

你知道"从哪里来，向何处去"，你明白"做一个什么样的人"才是你的生命的价值，你实现了自己的初心，成为战火纷飞苍茫夜空中的闪亮之星。

历史选对了人，你也成就了历史。你是平民，是童子军，是杨惠敏。

【故事】"中华民族誓死不屈的精神！"

"杨营长，你赶快派人往东南两面各打一个墙洞。与租界通了，外面的信息就不会阻断。"

"是！"杨瑞符营长立即带人奔向四行仓库东南两个墙体。

这是 1937 年 10 月 26 日深夜，谢晋元团率部进入四行仓库大楼后，他发出的第一道命令。四行仓库作为上海四家银行联营的仓库，位于苏州河畔，墙体厚实，西、北两面都被日军占领，东面和南面是公共租界。

黎明之后，日军发动了多次攻击。谢晋元率部抵抗。激烈的枪炮声吸引了租界民众的目光："啊，上海没有沦陷，中国军人还在抗战！"人们奔走相告，群情激奋。

当晚 10 点多，杨惠敏身穿童子军军装，沿着苏州路向西快步行走，穿越垃圾桥后，她匍匐着身子，绕过一家店铺，发现四行仓库开了一个墙洞，有人值守。

"你要干什么？"马路西边的守军大声喊话，"快回去，不要过来！"

杨惠敏高声回答："我是童子军，想给你们做些服务工作。"

"不行，这里危险！你快回去！"当天值班的是连长雷雄，他向谢晋元请示后，回复道。

杨惠敏坚持要做点什么，"喊话"持续了一个多小时，问守军需要什么。

谢晋元让雷雄回复：那就送一面国旗吧。杨惠敏一听，身子一颤。她一抬头，发现对岸到处张挂着日寇的旗帜，将四行仓库包在中心。"这面国旗太重要了！"她立即返回，跑到上海总商会，把谢团长的要求讲了。

商会负责人说："我已接到电话，正在找人送去。"

"找什么人？我去啊！"杨惠敏急了，大声说，"我刚刚才从那里回来，熟悉那里的情况。"

商会负责人盯着杨惠敏，严肃道："你？行吗？"

"快交给我吧。我一定完成任务，哪怕是牺牲！"杨惠敏斩钉截铁。

商会负责人沉默片刻，动情道："那好！你要小心！万一出现意外，我们会告诉国人，永远记住你……"

杨惠敏流下激动的泪水，脱去外衣，把国旗紧紧塞在腰间，再穿上童子军军装。枪声沉寂之后，她麻利地跑到仓库东侧的楼下，向守军喊话。很快，一根绳子从楼上垂下，杨惠敏抓紧绳子，向上攀爬。楼上的士兵合力将她拉了进来。

谢晋元带领营长杨瑞符、连长雷雄等人站在窗口迎接。杨惠敏从腰间掏出浸透了汗水的国旗，庄重地递给了谢晋元。

"敬礼！"谢晋元一声口令，在场的每一个硬汉，举起手，向国旗，也向杨惠敏，敬了一个军礼。

谢晋元拥抱杨惠敏，惊讶地发现她是女孩，这位历经百战的英雄在敌人的炮火下从不流泪，此刻却泣不成声："勇敢的孩子！你送来的不只是一面崇高的国旗，而是中华民族誓死不屈的精神！"

10月28日清晨，谢晋元举行升旗仪式，因为没有旗杆，只好用两根竹竿缠成旗杆。国旗慢慢升了起来，没有音乐，没有鲜花，有的只是肃穆的氛围，悲壮的场面：士兵们整齐列队，向国旗敬礼。

"谢团长，你们打算守多久？"升旗后，杨惠敏问道。

"誓死守卫这块国土！直到全部阵亡！"谢晋元答道。

杨惠敏流泪了，请求道："请抄一份名单给我，万一……全国的老百姓也要记住你们的名字！"

为了迷惑敌人，谢晋元命人写了一张八百人的名单。这时枪声响起，杨惠敏要留下做服务，谢晋元道："不行！你这么年轻，可以更好地为国家服务！"说完，他命人掩护，将她带到苏州河的边门，催促道："跳下河，冲到对岸去！"

就这样，四行仓库楼顶升起了第一面国旗，引起轰动。

当日上午，谢晋元打电话给商会，希望提供一面大一点的国旗和旗杆，他派人去取。下午 3 时，两名战士装扮成市民，来到难民收容所，找到杨惠敏，然后一起到商会取走一面大的国旗和旗杆。

于是，这天傍晚，四行仓库楼顶升起了第二面国旗，压倒了四周的太阳旗。杨惠敏献上的第一面国旗，改挂在仓库南面的窗外。

鉴于国旗对于战士和市民的重要意义，当晚 11 时，租界戒严后，包括杨惠敏在内的童子军数人在叶春年带领下，再次来到前线，将最大的一面国旗、旗绳、长竹竿和十几麻袋慰问品送入仓库，同时带出大批信件——都是守卫的壮士们写给亲人的遗嘱。

10 月 29 日清晨，仓库屋顶升起了巨幅国旗，前面两幅国旗挂在仓库朝南窗口。当天的华东社记者报道：三面国旗"随风飘展，在附近数幅敌旗中凛然表示其不可侵犯"。

历史记住了这一刻：杨惠敏和她的伙伴们在短短的 24 小时内，冒着生命危险，先后送上了三面国旗，那是正气、力量和尊严的象征……

【画外音】"儿时的朋友，你在天上看我吗？"

1938 年 6 月 5 日下午 3 点，汉口。山河肃穆，天空低垂。全国各地 2 万多名代表齐聚于此，参加陈怀民等烈士的公祭仪式，黄炎培担任主祭。

莅临现场的除南京当局最高领导和一批显赫政要外，一位特殊的致祭者引人瞩目，那不是别人，正是你。

你与陈怀民青梅竹马，彼此喜欢却从未表白。当你离开家乡去上海时，陈怀民成了一名飞行员。当你向谢晋元送去国旗时，陈怀民则参加多次空战，成为王牌飞行员：1937年，陈怀民第一次作战，在杭州上空，击落三架敌机。9月19日，日本30多架飞机入侵南京，陈怀民以一敌四，击落一架驱逐机后，座机被击中，飞机撞上大树，陈怀民血肉模糊，死里逃生。台儿庄战役，陈怀民驾机冲向敌机，敌机被撞毁，他成功跳伞。这是他的第一次撞击。

1938年4月29日，日寇出动36架轰炸机、12架战斗机，扑向武汉。陈怀民驾机迎头痛击，开战5分钟，成功击落一架敌机。敌人疯狂反扑。陈怀民中弹，座机油箱起火。危急时刻，他大吼一声，撞向日本"红武士"高桥宪一，与敌人同归于尽。此一战，击落敌机21架，我方损失飞机11架，武汉市民目睹了空战……

仿佛冥冥之中的安排，陈怀民牺牲的前一天，原本天各一方的你们，竟然意外重逢。那真是刻骨铭心的重逢。

你说："我已决心从军服务，一切困苦在所不顾。只要我有一只手存在，就做一只手能做的工作；只要我有一只脚完全，那我就走一只脚能走的途径。"

陈怀民说："我从不认为日本人比我更勇敢。每次飞机起飞的时候，我都当作是最后的飞行。与日本人作战，我从来没想着回来！"

你说："在今日形势之下，每个民众，都要明了，我们的身子并不是父母的，而是国家的。每个人都是国家的子女，国家就是每个人的父母，国家灭亡了，就是父母死了。一个没有父母的子女是怎样的痛苦啊，一个没有国家的人又是怎样的痛苦啊！"

你离开的那晚，陈怀民写下最后一篇日记，也是对家人的交代："我常与日机在空中作战。打仗就有牺牲，说不定哪一天，我的飞机被日机击落……你们不要悲伤……我是为国家和广大老百姓而死，死得有价值……望父母节哀，也希望哥哥、姐姐、弟弟、妹妹继续投身抗日，直到把日本侵略者赶出中国。"

陈怀民的妹妹陈天乐，目睹了哥哥的壮举，悲痛欲绝，她把名字改成"陈难"，长跪于地："哥哥不在，何有天乐？"

陈怀民的父亲陈之静发现儿子的"日记遗嘱"，强忍悲恸："怀民之死，颇得其所，惜其为国，尽力太少。"

陈怀民的女友王璐璐闻讯，当即昏厥，醒来后，久久不能释怀。5月底的一天，她带着令人心碎的美，纵身一跃，投入汹浪翻滚的长江。

所有这一切，你都知道，感同身受，泣不成声。

你还知道，在武汉张自忠路的前面，有一条不长的路，叫陈怀民路；你们家乡镇江市也有一个村，叫"怀民村"，都是对英雄的纪念……

告别的时刻终于到了，一向"假小子"装扮的你，特意脱下标志性的童子军军装。你从没穿过裙子，这一回，破天荒地穿上一件长裙。人们惊讶地发现，你是这般的美丽，身材修长，胸前一朵白花，映出你的哀伤与憔悴。

你喃喃自语："怀民，我儿时的朋友啊，此刻，你在天上看我吗？"

直到晚年，你还保留着陈怀民所驾飞机的一枚残片。每每提起这个名字，你总是情不自禁，老泪纵横……

第三节　陈觉："宁愿玉碎却不愿瓦全！"

【出场】"大丈夫不成功便成仁"

90 年前，你是典型的"富二代"。你干革命，真正从自己头上"开刀"，把自家的田土全部"革"掉。你对乡亲们说："分到我家里的田只管种，还可以在土地上筑大路、垒塘坝、开水渠、蓄鱼放鸭，爱怎么搞就怎么搞，有官司打到我这里来！"

你有着光鲜的履历：7 岁入读私塾，与蔡申熙、左权、宋时轮等一代英豪"恰同学少年"，22 岁入莫斯科中山大学深造，在那里遇到志同道合者赵云霄并结为夫妻。当毛泽东阐述"枪杆子里面出政权"的深刻道理时，你们夫妻看到了黑暗中国的亮光，一起参加了秋收起义。

后因叛徒出卖，你们夫妻二人先后被捕。面对敌人的囚禁和酷刑，面对老父的妥协、请求甚至乞求，你不为所动，慷慨赴难。

你给有孕在身的妻子写下一封遗书，让我看到了一个共产党员的高贵灵魂。

在遗书中，你劝妻子"不可因我死而过于悲伤"。对于未见面的孩子，"我的父母会来抚养他的。我的作品以及我的衣物，你可以选择一些给他留作纪念"。

你讲到对妻子的感激，留苏期间，你病得很重，"幸得你的殷勤看护，日夜不离，始得转危为安。那时若死，可说是轻于鸿毛；如今之死，则重于泰山了"。

对于父亲的设法营救，"其诚是可感的，但我们宁愿玉碎却不愿瓦全"。

你说："前日父亲来时我还活着，而他日来时只能看到他的爱儿的尸体了。我想起了我死后父母的悲伤，我也不觉流泪了。"

你请求父亲将你们夫妻合葬一起："谁无父母，谁无儿女，谁无情人！"

你说："我们正是为了救助全中国人民的父母和妻儿，所以牺牲了自己的一切。我们虽然是死了，但我们的遗志自有未死的同志来完成。"

你说："大丈夫不成功便成仁，死又何憾！"

行刑时，刽子手居然在你的头部捶入一根长长的钉子，可见对你恨之入骨。你魂断穿石坡，其时，岳麓山上，枫叶正红，残阳如血。

你是醴陵人陈炳祥，是25岁的烈士陈觉。

【故事】"只要对党有利，个人不讲价钱"

1928年10月5日，长沙陆军监狱署。上午10时，随着一声重重的开锁声，铁窗打开了。陈觉被带到一间问话室。

一位50岁上下的长衫者赶紧迎上来，一脸心疼的样子，道："哎呀，陈公子，不好意思，我来迟了。"

陈觉满脸警觉："你是谁？来干什么？"

"我是你何叔啊，何彦湘，家住醴陵泗汾何家垅，与你父亲交情可深啦。"何彦湘拍了拍陈觉的肩膀，叫人赶紧把镣铐打开，道，"听说你在常德吃了不少苦头，我设法把你弄过来的。不过，你们年轻人头脑发热……"

"你究竟想干什么？"陈觉冷冷地打断他，"你是不是收了我父亲的钱，来当说客的？"

"你看，把我的好心当成了什么？"何彦湘有点不悦了，"要不是我，陈嘉佑指挥长在常德都毙你好几回了。"见陈觉不吱声，他以为说动了，继续道："你看，你家境好，又留过学，媳妇也留过学，你们俩干什么不好，偏偏要做共产党……"

"你是不是想让我供出共产党名单？"陈觉望了何彦湘一眼，不屑地哼了一句。

"对啊，对啊。你是聪明人嘛，说了，你和你媳妇就会……"

"住嘴，你这个无耻的东西！"陈觉厉声道，"你想让我们与你们同流合污，做梦去吧！"

"好好！你有种！要不是你父亲打通关系，让何键主席找我给你开导开导，我才不会跟你这种赤党见面！"何彦湘恼羞成怒，"哼，死到临头还嘴硬。我看你嘴巴比子弹哪个更硬！"

望着陈觉被押下去的背影，何彦湘连连摇头："这小子中邪了。"

陈觉并没有"中邪"，他找到的是一条救国救民的路。1923 年，还在读中学的陈觉就带着班上同学，上街检查日货，发现后一律收缴或焚烧。1925 年春，陈觉加入中国共产党，受党组织选派，去苏联留学。

1927 年，中国革命进入低潮。9 月，陈觉和赵云霄回到上海，接受党组织安排，回湘从事革命工作。

两人刚到家乡醴陵，正赶上秋收起义的末班车，工农武装的主力部队随毛泽东开赴井冈山，反动派立即卷土重来。湘东特委书记滕代远、省委军事特派员陈恭希望陈觉、赵云霄夫妻留在醴陵，与县委一道领导武装斗争。

"只要对党有利，个人不讲价钱。"陈觉夫妇留下来，立即投入工作。他俩变卖家产，筹集资金，在离县城 5 里远的地方，秘密办起小小兵工厂，制造鸟铳、大刀、梭镖，甚至土炮等武器。

两个月后，醴陵爆发了轰动一时的"年关起义"，作为省委特派员，陈觉参与并指导了这场斗争。然而，工农武装虽然有 5000 多人，但在思想认识和组织经验上都不够，也缺乏武器，起义未能取得胜利，队伍被迫撤退。

起义受挫，革命继续。陈觉与醴陵县委书记林蔚马不停蹄，在新田、沈潭、西林、东富、栗山坝、大樟等地开展"打土豪、分田地"斗争，在 5 个区 35 个乡建立了苏维埃政权。

1928 年夏，陈觉被派往常德，秘密组建湘西特委，赵云霄被调回长沙，参加中共湘南特委的组建工作。两人就此分开。

1928 年 9 月 13 日，赵云霄被叛徒发现并跟踪。她刚回到住处，骤地听到敲门声。"不好，暗号不对！"赵云霄迅速销毁文件，取下窗口的一束干花，将警讯告诉同人，然后从容开门。

"陈觉特派员让我们来取文件的。"进来的两个人，四处张望。

"你们走错了地方，找错了人。"赵云霄回敬道。

"哼！"来人冷笑，"那就跟我们到对的地方，去见对的人吧。"

在长沙清乡督办署，一个长着歪鼻的家伙，凑近赵云霄："你不是寻常'共匪'，喝过洋墨水，应当识时务。你和陈觉的情况，我们早已掌握，你如实招了，我们免你一死。"

"既然你们都知道了，我没什么好说的。"赵云霄凛然道，"要杀要剐，悉听尊便！"

起初，反动派心存幻想，认为一个弱女子，又身怀六甲，不会太坚强。哪知，几天下来，他们怎么威逼利诱，都没能撬开她的嘴巴。无奈，他们只好把她押送陆军监狱署。

半个多月后，陈觉在常德被捕，也转移到长沙陆军监狱署。

那天上午，监狱里突然传来一声尖叫。赵云霄朝铁窗一看，一个血肉模糊的人被架了进来，她定睛一看：啊，是陈觉！她大喊了一声。陈觉也从昏迷中醒了过来，挣扎着，看了妻子一眼，竟然轻轻地笑了。

反动派得知陈觉是湘南特委负责人，以为抓了条"大鱼"，妄图从他口里得到党组织名单，然后一网打尽。可是，所有的折磨和利诱，都宣告失败。反动派失去耐心，以"策划暴动，图谋不轨"的罪名，判处陈觉、赵云霄死刑。

陈觉父亲急坏了，花了重金，以为有了转机。反动派开出唯一条件：只要写一个退党声明，夫妻二人可以出狱。但这个条件，被陈觉、赵云霄断然拒绝。

1928年10月14日清晨，反动派将陈觉等多名共产党员五花大绑，押上囚车，穿过湘江。一路上，他们集体高唱：

"我们的革命有钢骨的意志，／英雄的气魄。／我们要斩断道路上的荆棘，／冲破黎明前的黑暗。／革命的暴风雨海啸般的狂吼，／烈火般的燃烧。／叫一切不合理的制度毁灭，／叫一切反革命势力死亡。／为了后一代的幸福自由，／我们愿——愿把牢底坐穿；／为了庄严的共产主义事业，／我们愿——愿流尽最后一滴血。"

五个月之后，赵云霄再次唱起这首歌，激越的声音穿过枪声，高亢，嘹亮，在历史的长廊，久久回荡……

【画外音】"你的父母是共产党员"

你是清末秀才的女儿，是烈士陈觉的妻子，是河北阜平人赵凤培，是王若飞发妻李培之的同学。19岁那年，你赴苏留学，找到了人生知己和革命伴侣。

一年后，你和丈夫回到上海，见到瞿秋白、李维汉等中央领导同志，接受分配回湘工作。

你被捕后，因有身孕，被推迟受刑。4个月后，你在狱中诞下一名女婴，取名启明。狱中人多，空气污浊，马桶奇臭，你缺乏乳汁，女婴孱弱不堪。因室铁窗很高，阳光照不进来，尿布湿湿的，你将尿布捆在腰上，垫在床上，用体温暖干。由于太冷，你将孩子贴在自己的胸口上暖她。你是多么爱你的孩子啊。

尽管如此艰难，但无法磨灭你的斗志。一个半月后，反动派要对你下毒手了。你好不容易挤出最后一口血奶，细心地喂到孩子嘴里，给狱友叮嘱一番后，便毅然决然走向屠刀，时年23岁。

你的丈夫给你留了一封遗书，你给女儿留下了一封遗书。在这封不到700字的遗书中，你叫了5次"启明"、1次"小明明"、11次"小宝宝"和"小宝贝"，真是一口一句"心肝宝贝"。你的柔情，你的爱意，不比任何一个母亲少啊。

你告诉小宝宝："你的父母是共产党员，且到苏联读过书"，接受了进步思想，"所以才处我们的死刑"。

你告诉小宝宝："你的母亲所给你的纪念只有相片和衣物及一金戒指，你可作一生的唯一的纪念品！"

你告诉小宝宝："当我死的时候你还在牢中。你是不幸者，你是这个世界上的不幸！更是无父母的可怜者。"

你告诉小宝宝："望你好好长大成人，且好好读书，才不负你父母的期望……"

你丈夫牺牲的当晚，你的公公偷偷到刑场收殓遗体，为不引人注意，他买了 350 多米的麻布，裹在棺木上，推着独轮车，从长沙推回醴陵，走了 120 多公里，最后选一处偏僻处，草草埋葬。

你比丈夫更悲：奔赴黄泉 20 多天后，你公公才得到消息，他赶到刑场时，什么都没了，仅抱回一个半月大的小启明。你丈夫希望你们死后合葬在一起的愿望落空了，你的公公老泪纵横。

你婆婆获悉你丈夫牺牲，40 岁的她，一夜白头。随后，又得到你的噩耗。你的女儿在 4 岁那年，也不幸夭折。你婆婆抱着启明一丁点大的尸体，反复念叨："我的儿啊，我的媳啊，我的孙女啊。"眼睛哭瞎。

2009 年清明节，你的家人将你丈夫的棺椁从旧址迁出，跟你生前用过的一只皮箱合葬在一起，你们终于"重逢"了。

从此，你的坟前，花环一束，彩蝶双飞……

第四节
邓玉芬："咱是中国人，到死也不能忘了祖宗！"

【出场】一朵花，永远停止了开放

1944 年春，北风呼啸，天寒地冻。日本侵略者实行"三光"政策，对你的小村疯狂"扫荡"。村民们纷纷躲进深山。

逃亡途中，你的三儿子走散了，你背着七儿子逃命。

这个孩子刚满 7 岁，发着高烧，你与逃难的乡亲匆匆躲进一个山洞里，一躲就是 6 天。

孩子咳嗽得厉害。鬼子还在山上搜捕。如果孩子咳嗽或哭叫一声，就会暴露目标，招来杀身之祸，连累乡亲们。

可孩子小，又有病，咳嗽或哭叫，他无法控制。

正在这时，一群搜山的鬼子朝洞口搜来。你很惊恐，生怕弄出什么声响。孩子的嘴巴突然张开，情急之下，你撕下一块烂棉絮，狠狠地塞在孩子嘴里，将他紧紧贴在自己的胸脯上。

鬼子折腾了好一阵，脚步声才远去。你赶忙将孩子嘴里的棉絮掏出。孩子脸色铁青，好不容易才缓过一口气来，嘴里不停地喊着"饿，饿，饿"。当天晚上，只有 7 岁的七儿子就死在了你的怀里。

这个还没有学名的孩子，像一朵花，在残酷的春天，永远停止了开放。他再也不会叫一声妈妈，再也不会发出一声咳嗽或哭叫。

你的眼泪打湿了脚下的这片土地。七儿子之死只是你苦难生命的一个缩影。为了抗日，你的丈夫牺牲了，你的长子、二子、四子、五子也相继牺牲，你终于迎来了抗日战争的胜利。

可你万万没有想到，你唯一的六儿子在1948年解放战争中也壮烈牺牲。

你是一个妻子，一次次骨肉分离，哪一次不是心如刀剜？

你是一个母亲，一次次丧亲之苦，哪一次不是痛不欲生？

你活下来了，你是为了抗日斗争而活；

你活下来了，你是为了全国解放而活；

你活下来了，你是为了没有活够的丈夫和七个儿子而活；

你活下来了，以最最痛苦的方式，见证一个民族的坚韧、顽强与伟大。

你是英雄，是"英雄妻子"和"英雄母亲"，是"当代佘太君"邓玉芬。

【故事】"咱和鬼子拼了！"

"孩子他爹，现在政府号召咱们搞春耕，你先带几个孩子到山脚下，搭下棚安顿下来。过些日子，我也回来。"

天刚蒙蒙亮，邓玉芬就对身旁的丈夫任宗武说。

"我也是这么想的。"任宗武粗声粗气地说，"老子真是恨死鬼子了！逼得咱们成天窝在这山洞里，像老鼠一样，快要疯了！"

"你带老四、老五下山？"邓玉芬问，叮嘱道，"山下还很危险，你们千万当心！”

“妈，我俩陪老爹下山吧。”老四任永合、老五任永安异口同声道，“我俩是抗日自卫军模范队，应该冲在最前线。你放心，妈，小鬼子的枪炮打不到我们头上！”

这是 1942 年 3 月 9 日发生在北京密云县云蒙山里的一幕。由于日本鬼子实行“三光”政策和“无人区”政策，抗日形势严峻。如果不尽快恢复生产，不仅我军后勤断粮断炊，而且老百姓也会拖死饿死。“军民同心，奋起反抗；春耕生产，打击鬼子！”这是抗日政府发出的动员令。

当天早晨，任宗武跟邓玉芬商量后，就带着老四、老五，下山去了。

任宗武走后，邓玉芬每天都在盼望着他的消息。前面三天，还算正常。每天有人把消息传回来，说下山的人在地里松土、抢种，鬼子虽然不时来“扫荡”，但有人站岗，村民们都有应付经验。可是，第四天，邓玉芬没有收到任何消息。第五天还没有，她感觉不对。傍晚时分，她从山洞里钻出来，突然看到两个人影，急匆匆地朝山洞边跑来。

“出什么事啦？”邓玉芬迎了过去。

“不得了啦，不得了啦！”两位村民号天哭地道，“天杀的鬼子！用飞机投弹，炸死了我们十多个村民……”

“啊？”邓玉芬的心提到了嗓子眼，大声问，“我家孩子他爹，还有两个儿子，怎样了？”

“死了，都死了！”来人满脸是泪，上气不接下气道，“你家老任，老五永安，炸死了。老四没炸死，但被‘扫荡’的鬼子抓走了……”

仿佛一个炸雷，在邓玉芬头上爆响。一夜之间，丈夫死了，两个儿子一个死，一个被抓，作为妻子和母亲，怎不伤心欲绝？

1891 年，邓玉芬出生在密云县云蒙山里的水泉峪村，家里很穷，未成年就嫁给了任宗武，他是本县张家坟村人，也很穷。

邓玉芬是个倔强的人，不服输，不怕穷。她认一个理：人丁旺，家业兴，只要肯干，苦日子总会熬出头来的。冲着这股劲，她一口气生下七个儿子。她没坐过月子，也从来不知营养补品。她每天和任宗武像牛一样干活，为的是养活这一大家子。

然而，无论家贫家破，终归还有一个家。日本鬼子侵略中国，国破了，家烂了，入侵的强盗硬生生地把邓玉芬的家乡划入伪满洲国。

在强盗嘴边讨日子，生活的艰难可想而知。邓玉芬一家被迫搬到猪头岭山上，靠开荒度日。日寇经常骚扰村民，强迫大家学日文，用日货，妄图一步步把中国人一个个变成亡国奴。

邓玉芬虽然没读书，但她说："咱是中国人，到死也不能忘了祖宗！"

1940 年初夏，猪头岭来了八路军，邓玉芬感觉日子有了盼头。一个多月后，听说八路军要组织游击队打鬼子。邓玉芬当即和丈夫商量："只要把鬼子赶出去，咱们做什么都行。"

任宗武不含糊，马上表态："是的。咱们出不了钱，就出力吧。大儿子、二儿子地里的那份活，我辛苦点，干了，先让他俩跟着游击队去打鬼子吧。"

就这样，邓玉芬把大儿子任永全和二儿子任永水送了出去，他俩成为白河游击队的首批战士。

大约过了三个月，在财主家打工的三儿子任永兴气咻咻地跑了回来，说那个财主讨好日伪军，经常打骂他，还不让他吃饭，又不给工钱，所以他打死也不想去了。

"好，不去了！"邓玉芬一听就来火，"你也去游击队吧，你两个哥哥都在那里，听领导的话，狠狠打鬼子！"

翌日一早，三儿子任永兴就去了白河游击队。

1941年冬天，日本鬼子很变态，三天一折腾，五天一扫荡。邓玉芬憋着一口气，听说八路军要开辟新的战线，她二话不说，把老四、老五找了回来，送他俩参加了抗日自卫军模范队。

两个多月后，按照上级指示，老四、老五回到家，带着邓玉芬一家人和乡亲们一起，逃到山洞里避风……

邓玉芬万万没想到，躲了一阵子后，丈夫带着老四、老五下山搞生产才几天，竟然死的死，抓的抓。她悲愤，但没有屈服。她拉起两个小儿子，对乡亲们说："我们要回去。姓任的杀不绝，咱和鬼子拼了！"

邓玉芬回到猪头岭，没日没夜，开荒种地。有了收成，马上送给部队。

1942年秋天，在保卫盘山抗日根据地的战斗中，任永全英勇牺牲。

邓玉芬擦干眼泪，第二年夏天，任永合因宁死不招供抗日自卫军模范队名单，被鬼子活活打死在鞍山监狱中。

在老大牺牲一年、老四牺牲半年后，老二任永水为掩护战友突围负伤，由于条件恶劣，无法得到及时救治，也遗憾而去。

遭受一个又一个的沉重打击，邓玉芬没有倒下去。她把对强盗的仇恨藏在心底，以难以想象的坚强，为八路军缝补衣服、烧水做饭，为伤员喂药喂汤，甚至还接尿倒屎、擦洗身子。看见有伤员难为情，她还开导说："我的三个儿子跟你们差不多大小，在打鬼子的路上不幸死了。你们就是我的孩子。"

伤员一个一个康复，叫着"妈妈"，重上战场，是邓玉芬最欣慰的时候。

1944年春天，老七"掴"死了，老三走失了，邓玉芬咬着牙，顽强地活了下来，她要亲眼看到胜利的那一天。

1945年8月15日，日本鬼子投降了，中国人民胜利了。当晚，邓玉芬在家里设了个灵堂，眼噙泪，一遍一遍念叨："孩子他爹、大儿、二儿、四儿、五儿、七儿，你们都看到了吗？咱们胜利了！胜利了！"

可安宁日子没过上几天，内战爆发。看到县里征兵，邓玉芬又毅然决定，送老六永恩上前线。临走前，她叮嘱道："别想家，好好打仗，立了功，回来见我！"

任永恩没有让邓玉芬失望。1947年8月，他在一次战斗中立了功，受到部队嘉奖。一年后，任永恩在攻打黄坨子据点的战斗中壮烈牺牲。

邓玉芬站在村口，望眼欲穿。儿子立了功，却再也回不来了。

【画外音】"我要看丈夫和儿子们回来"

我是从一张陈年发黄的黑白照片里认识你的。

看见你，我就想说，我看到了"中国"的这张脸。

这是怎样的一张脸啊，像风暴吹过的平原，留下一道道刀痕，一粒粒种子从刀痕处顽强地伸出一片片绿芽。

这是皱纹历历的脸，是饱经沧桑的脸，是刻骨铭心的脸，是干涸的麦地终于迎来了阳光雨露的脸。

为了革命，为了新生的共和国，为了民族的复兴和崛起，夏明翰一家"一门五忠"，毛泽东牺牲了六位亲人，你的丈夫和5个儿子也先后殉国。你把妻子的心掏了出来，把母亲的心掏了出来，把对国家和民族的大爱掏了出来，你毫无保留，奉献一切。

解放后，党和人民没有忘记你做出的牺牲与奉献。当地政府给你在村里盖了两间瓦房，冬天送给你棉袄，夏天给你送来衬衫，病了送你到城里医治。

国泰民安。你看见了曾经的梦想与追求变成了现实。

1961年春节，你应邀出席北京烈军属代表大会，受到彭真、吴晗等人接见。大家很关心你，劝你买些东西，由国家开支。可你一分钱东西也不肯买。

你说："眼下不缺吃不缺喝，怎能再给国家添麻烦？"

1970年2月5日，除夕之夜，你安详地走完了你平凡而伟大的一生，享年79岁。临终前，你唯一的遗愿是："把我埋在村口路边，我要看丈夫和儿子们回来。"

2014年7月7日，习近平总书记在纪念全民族抗战爆发77周年仪式上特地讲到了你的感人故事，他说：

"在这场救亡图存的伟大斗争中，中华儿女为中华民族独立和自由不惜抛头颅、洒热血，母亲送儿打日寇，妻子送郎上战场，男女老少齐动员。北京密云县一位名叫邓玉芬的母亲，把丈夫和5个孩子送上前线，他们全部战死沙场。"

在我眼前，你的黑白照片变成了一座墓碑。来来去去的人，留下一束束白花，留下或深或浅的脚印，向你和长眠地下的英雄表达缅怀和崇敬。

第五节
缪伯英："既以身许党，应为党的事业牺牲"①

【出场】"向光明的路上走"

清朝末年，湖南长沙县清泰乡出了两个秀才，两家相距 3 公里。一位是板仓冲的杨昌济，他的小女儿叫杨开慧，女婿叫毛泽东；另一位是枫树湾的缪芸可，他的大女儿就是你，你的丈夫叫何孟雄。

一百年前，你以长沙地区第一名的成绩考入北京女子高等师范学校。但优异的成绩并未得到别人的赞许，那个时代，"女子无才便是德"仍然禁锢人们的认知。你北上求学遭到许多亲朋乡邻的嘲讽与反对。

幸亏，你有一个好父亲，他不仅写过"孤怀未展行吾素，一字无传即是贫"的好诗句，而且去过日本考察，有远见，有抱负。他力排众议，为你插上了腾飞的翅膀。入校后，你开风气之先，剪了头发。校方贴出告示，认为"我校学生多剪发齐眉，有伤风化，有悖妇德，应予禁止"。校方还要求家长督促孩子遵守校规。你父亲给校方回复"我有心灵能识古，年逾古稀亦知新"，支持你。

---

① 鸣谢：蒋祖烜主编、王杏芬著《第一位女共产党员缪伯英》，湖南人民出版社，2019 年 7 月版；刘岳《中老胡同，走出中共第一位女党员》，《北京日报》，2017 年 7 月 4 日。

你遇见了陈独秀、李大钊、蔡元培、鲁迅这些老师，还有邓中夏、罗章龙等同学和乡友，更遇到了一生的知己何孟雄。你短暂的人生像一团火，不断地燃烧。

率先点燃这团火的是李大钊：你的入党介绍人。他黄钟大吕的声音撞击你的心扉："以青春之我，创建青春之家庭，青春之国家，青春之民族，青春之人类，青春之地球，青春之宇宙，资以乐其无涯之生。"在此感召下，你全身心投入革命工作中，李大钊称赞你是"宣传赤化的红党"。

你筹备北京女权运动同盟会，担任中共湖南省委第一任妇委会书记和省妇女运动委员会主任。你穿着露脚趾的草鞋甚至光着脚板，高呼口号，奔走于车站码头和大街小巷，号召中国广大妇女"顺着人类进化的趋势，大家努力，向光明的路上走"。李维汉评价你是："诚实朴素，沉着勇敢，能灵活地用公开与秘密、非法与合法相结合的策略。"

你与中共创始人之一、北方工人运动领袖何孟雄结为夫妻。证婚人李大钊说，你们名字中有"英""雄"二字，希望成为"英雄夫妻"。你俩做到了。中国共产党第一次代表大会召开前，全国只有50多名党员，你们俩位列其中。

你是中国共产党的第一位女党员，是中国妇女解放运动的先驱者——缪伯英。

【故事】"我们要有坚强的信心"

"开慧！"

"桃哥！"

1919 年 12 月 23 日，北京女子高等师范学校门口，缪伯英与杨开慧拥抱在一起。一年前，杨昌济获聘北京大学，带着一家人来到北京。杨开慧称缪伯英为"桃哥"，缪伯英很开心。两人上了一辆脚踏车，聊得热乎，很快就到了杨家。

家里有不少客人，杨昌济引荐缪伯英跟邓中夏、何孟雄等认识，不一会儿，毛泽东也从图书馆回来，见到缪伯英，说："桃哥了不起，开慧经常说起你呢。"

1920 年 3 月，在李大钊倡议下，邓中夏、何孟雄、高君宇等 19 人发起成立"北京大学马克思学说研究会"。不久，何孟雄介绍缪伯英也加入该会。蔡元培作为北京大学校长，特地为研究会提供了两间房子，门口挂着一小牌："亢慕义斋"，系 Communism 的音译。房屋正中悬挂马克思头像，两边贴着对联："出研究室入监狱　南方兼有北方强"。背面有两句口号："不破不立""不立不破"。屋里有不少进步书籍报刊，四周贴有格言、警句和革命诗歌等。

缪伯英是这里的常客，一是为研究会做些工作，二是看书。有一天，她拿着一本《共产党宣言》，里面的文字像磁铁一样吸引着她："共产主义并不剥夺任何人占有社会产品的权力，它只剥夺利用这种占有去奴役他人劳动的权力。"她拿了一个笔记本，抄了书中不少段落，反复琢磨、思考。

一个月后，共产国际代表维金斯基一行秘密来到北京，建议李大钊、邓中夏、张国焘等人建立共产组织。随后，维金斯基一行到达上海，与陈独秀会面。8 月，在法租界《新青年》编辑部里，上海共产党早期组织宣告成立，取名"中国共产党"，陈独秀当选为书记。两个月后，在北京大学红楼李大钊的办公室，李大钊、张国焘、罗章龙等9人，宣告成立北京共产党小组，何孟雄、邓中夏、高君宇很快成为党组织成员。

经李大钊推荐，缪伯英宣誓加入中国共产党，她庄严表示："从老家一路走到北京，按家父的嘱托，就是为了寻找光明而来……我既以身许党，必将为党的事业奉献终生！"

1921年10月9日，北京的中老胡同口里一间普通的房子内，缪伯英与何孟雄喜结连理。证婚人李大钊和部分党组织成员参加了婚礼。

1922年秋，陈独秀从上海来到北京，住进了缪伯英家，准备赴苏俄出席共产国际"四大"。当晚，陈独秀一本正经地对何孟雄说："去年你出席少共国际'二大'，听说介绍信和'致国际少年共产党大会书'，是你夫人缝在衣服夹缝里，连看守都没搜出来？"

何孟雄看了缪伯英一眼，点头道："是的。不过我没去成俄国，在满洲里被捕了。"

陈独秀摇摇头，道："怨不得你啰，你被叛徒关谦出卖了。你在狱中题诗，大家都知道啊。"接着，陈独秀请缪伯英将一些重要文件也缝进衣服里。

1923年2月，"二七"大罢工爆发，震惊中外。身为中共北方区委妇女部部长的缪伯英遵照李大钊指示，到北京骑河楼，秘密编辑、出版《京汉工人流血记》等宣传书籍。

1924年5月13日，京汉铁路总工会委员长杨德甫被捕，供出张国焘和全国铁路总工会秘密机关的地址。

一周后，京师警察厅侦缉队包围了腊库胡同16号公寓。高君宇销毁文件，化装成伙夫，从容逃走。

张国焘与新婚妻子杨子烈被捕，很快供出了李大钊等45人的名单。

5月30日，京畿卫戍司令王怀庆请示内务部总长，得到"严拿共产党李大钊等归案"密令。

中共北方区委闻讯，立即安排李大钊离京。不久他率中共代表团赴莫斯科，出席共产国际"五大"。

同一天，缪伯英由何孟雄护送，告别京城，南下湖南。

回到长沙，缪伯英受到湖南第一女子师范学校校长徐特立的欢迎，她的公开身份是女师附小的校长，实际上，她是中共湘区区委委员和妇委书记，参与省女界联合会的领导工作。

1926年10月，北伐军攻占武汉，何孟雄调任中共汉口市委组织部部长，缪伯英也到武汉，协助中共湖北省委妇委主任蔡畅开展工作。

1927年秋，缪伯英与何孟雄接受党组织派遣，秘密来到上海。作为上海市总工会女工部部长兼沪东区妇委会主任，缪伯英以廖慕群之名在华夏中学做老师。何孟雄则是韩昌书店员工，化名刘元和，实际担任中共江苏省委委员兼沪西区委书记。

白色恐怖笼罩整个上海。警笛声，脚步声，令人胆战心惊。面对逮捕、监禁和枪杀，缪伯英夫妇没有害怕，顽强地工作。打散的党员，慢慢集中起来；党组织也一个一个建立起来。

那天晚上，缪伯英正在秘密开会，她说："我们要有坚强的信心，要相信党，相信革命……"

话音未落，有人报警，缪伯英让大家赶紧撤离，她最后一个离开。其时，木楼梯上响起了警靴刺耳的橐橐声……

何孟雄很晚才回到家，不见缪伯英身影，抽身往外跑去。

老天不作美，雷声，闪电，雨越下越大。何孟雄冒雨奔跑，四处搜索。

直到天亮时分，他才于一荒草丛中发现缪伯英。眼前的她昏迷在地，全身湿透，没有鞋，光着脚，头发上、衣服间布满乱草屑，三个指甲翻起，手上有一层黑黑的血垢。

何孟雄不知道缪伯英经历了什么，他背起妻子，飞速朝附近的医院跑去……

1929 年 10 月，年仅 30 岁的缪伯英因病离开了这个世界。

一年半后，何孟雄不幸被捕，同时投入监狱的还有 5 岁的儿子重九和 3 岁的女儿小英。

不久，何孟雄与另外 22 位同志血溅龙华，终年 33 岁。

【画外音】"未能战死沙场，真是恨事！"

在你的故居，有一张泛黄的照片，是你和李大钊在北京女子高等师范学校的合影。你穿着白衬衫、黑裙子，留齐耳短发，双手抱在腰间，颇有大将风度。我想起你父亲去日本考察时给你带回的两样礼物：蝴蝶饰样的梳妆盒和蓝色的石英钟，你收到后是不是有些不以为然？从你回赠父亲的一个精致的酒碗里，我发现，你骨子里早已把自己当成木兰从军式的英雄，渴望横刀立马，血溅疆场啊。

当李大钊高呼："只要我们有觉悟的精神，世间的黑暗终有灭绝的一天！"你听后，剑气横生，发誓要将自己的一生投入驱逐黑暗的斗争中。

你的学生余甲男，当时写了一篇名为《我的痛史》的作文，抒发对旧社会的痛恨。你提笔写下批语:"生以青年有为之日,兼秉中人以上之资,苟能艰苦卓绝,勇往直前,则女娲石也,精卫沙也,愚公子子孙孙也,天可补也,海可填也,天下事何遽不为乎!"

1929 年 10 月,你已病危,仍执丈夫何孟雄之手说:"既以身许党,应为党的事业牺牲,奈何因病行将逝世,未能战死沙场,真是恨事!"停了停,使出最后气力,叮嘱二事:一、孟雄,你要坚决斗争,直到胜利。二、你若续娶,要能善待重九、小英两孩,使其健康成长,以继我志。

何孟雄没有辜负你的嘱托,他曾在狱壁上题诗明志:"当年小吏陷江州,今日龙江作楚囚。万里投荒阿穆尔,从容莫负少年头。"他一生中三次上书中共中央批判"左"倾错误、五次遭囚禁,"认为一个革命者为革命牺牲他宝贵的生命是分内之事",毛泽东盛赞他勇气不凡。

1931 年 2 月 7 日,何孟雄、林育南、李求实等 23 位共产党员,在上海龙华英勇就义。有诗赞云:"龙华千古仰高风,壮士身亡志未穷。墙外桃花墙里血,一般鲜艳一般红。"

遗憾的是,你辞世后,灵柩原本存放在上海扬州会馆,后会馆改建,何孟雄被捕和牺牲,你的遗体因找不到亲人而散失。你的两个孩子重九、小英在龙华监狱被监禁一年多,转入上海孤儿院收养,在兵荒马乱中失踪,杳无音讯。

"青山处处埋忠骨,何须马革裹尸还。"你们"英雄"夫妇,带着一双儿女,在黑夜的风暴中先后倒下。你们看到了吗?正是在你们倒下的地方,一轮红日冲破黑暗,冉冉升起……

热 第五章 血
CHAPTER 5

每个人都有一腔热血，正如每一个活着的人都有生命一样。但是，一个人的热血或者说生命，真正的价值是什么？它在哪里？如何体现出来？为什么有些人明明活着，我们却说他们是行尸走肉，即没有热血，只有躯壳？因为这些人感觉不到生命的价值，过着醉生梦死、麻木不仁的生活，既失去了作为人应该有的对丑的鞭击、对恶的驱离、对假的憎恨，又失去了作为人应该有的对美的追求、对善的弘扬、对真的坚持。

只有洒在为国家的强盛、民族的解放以及大地上无数人的幸福的终极目标上，这样的热血才是值得的，这样的青春才是有意义的，这样的人生才是有价值的。

从古至今，我们从来不缺少仁人志士，英雄好汉。他们抛头颅，洒热血，才让中华民族巍然屹立在世界之林。

祖逖，东晋时闻鸡起舞的那位壮士，在国家危亡之时，立下"祖逖如不扫清中原，誓不再回江东"的豪言，并将一腔热血洒在雍丘之上；抗倭名将戚继光，抱定"封侯非我意，但愿海波平"的志向，为抗击外寇洒尽最后一滴血。

历史上，有关闻鸡起舞、壮怀激烈的诗词不胜枚举：从王昌龄"黄沙百战穿金甲，不破楼兰终不还"到李白"愿将腰下剑，直为斩楼兰"，从杨炯"宁为百夫长，胜作一书生"到陈陶"誓扫匈奴不顾身，五千貂锦丧胡尘"，从辛弃疾"醉里挑灯看剑，梦回吹角连营"到李清照"欲将血泪寄山河，去洒东山一抔土"，从顾炎武"天下兴亡，匹夫有责"到黄遵宪"杜鹃再拜忧天泪，精卫无穷填海心"……这些无不抒发了仁人志士尽忠报国的英雄情怀。

这种英雄情怀说到底是家国大义和民族精神的彰显，它是中华优秀传统文化的一部分，我把它称为热血文化。

这种热血文化是李大钊的"高尚的生活，常在壮烈的牺牲中"；

这种热血文化是鲁迅的"我以我血荐轩辕"；

这种热血文化是郁达夫的"像个英雄一样回家，否则永远不要归来"；

这种热血文化是田汉的"起来，不愿做奴隶的人们"；

这种热血文化是路遥的"像牛一样劳作，像土地一样奉献"……

第一节　李大钊："高尚的生活，常在壮烈的牺牲中"

【出场】革命史上的丰碑

面对你，我不知道该用什么词来赞美，甚至觉得"赞美"这个词本身，都是那么肤浅，一旦说出来，无异于是对你的冒犯。

你不需要赞美，你站在那里就是不朽的雕塑；

你不需要赞美，你站在那里就是迷人的风景；

你不需要赞美，你站在那里就有无数的人跟随你，热爱你，崇敬你。

你属牛，留着浓密的胡子，有着牛一样的倔强与韧劲。你学贯中西，热情洋溢，天生具有一种气质，一种能让青年献出生命的人格魅力。你致力于民魂的再造，在短暂的生命里做了许多人无论活得多久也无法做到的事情。

你是名重当世的学者，是令人敬佩的革命家、思想家，是高山仰止的教授。你挥旗的方向，就代表着现代中国新文化的前进方向。

从一个爱国的民主主义者转变为一个马克思主义者，这个华丽转身，于你是那么自然。1917 年俄国十月革命胜利后，你深受鼓舞，连续发表《庶民的胜利》《布尔什维克主义的胜利》和《新纪元》等文章和演讲。你满怀信心地预言："试看将来的环球，必是赤旗的世界！"

1921 年，中国共产党宣告成立，这是中国近现代史上开天辟地的大事件。作为创始人之一，你厥功至伟。你立场坚定，对党忠诚，为了信仰，真正做到"勇往奋进以赴之""断头流血以从之""瘅精瘁力以成之"。

你是国共两党第一次合作的牵线人。孙中山亲自主盟，介绍你以个人身份加入国民党，成为国民党第一次代表大会五人主席团成员之一。孙中山"特别钦佩和尊敬"你，视你为"真正的革命同志"。

然而，正如德国学者阿道夫·哈纳克所说：只要翻开历史，便可见文化的街头必立着鲜血淋漓的殉教者的墓碑。

谭嗣同铿锵有力道："各国变法，无不从流血而成，今中国未闻有因变法而流血者，此国之所以不昌也。有之，请自嗣同始！"

你就是这样的殉道者、变革者。在风雨如晦的年代，你第一个走向绞刑台，从容不迫，引颈受难。

你牺牲后，鲁迅一直为出版你的遗著而四处奔波，既捐钱，又出力，还特地给你的文集写序，认为"热血之外，守常先生还有遗文在"。他坚信，虽然你已倒下，但你的"遗文却将永住，因为这是先驱者的遗产，革命史上的丰碑"。

你是河北乐亭人李守常，是中国播种共产主义思想的第一人，是"共产党"这个光荣组织的直接命名者——李大钊。

【故事】断头流血保气节

1927年4月5日，北京大学一批教员带着子女去沈尹默之兄沈士远家玩。沈尹默叫了好友李大钊，但他忙，就让儿子李葆华去了。李大钊与沈氏兄弟同为北大教授，关系亲密。李葆华玩得兴起，当天没有回去。

翌日一早，沈尹默得到消息，张作霖要逮捕李大钊，他急忙给哥哥打电话，"你务必把葆华隐藏起来，千万不可让其外出，以免遇害"。

张作霖为何要逮捕李大钊？说来话长。

沈尹默是书法大家，也是文学大家。而李大钊很早就崭露出文学才华。1910 年，同学蒋卫平投笔从戎，不久被俄军击毙。李大钊愤而写下"国殇满地都堪哭，泪眼乾坤涕未收……千载胥灵应有恨，不教胡马渡江来"的诗句。

1915 年，袁世凯与日本签订耻辱的"二十一条"，李大钊以留日学生总会名义发表通电，号召国人誓死反抗。翌年，他发起成立神州学会。当同学回国时，他写诗相送："壮别天涯未许愁，尽将离恨付东流。何当痛饮黄龙府，高筑神州风雨楼。"不久，他自己也回国，成为新文化运动的一员主将，与陈独秀、沈尹默、钱玄同等人共同编辑《新青年》。

1926 年 3 月初，张作霖以军舰运送军队到天津大沽口，冯玉祥派兵封锁。3 月 12 日，两艘日本军舰驶入大沽口，突然开炮，炸死炸伤多人。

两天后，李大钊组织发动了 30 万人参加的反日大会。

3 月 17 日，李大钊率领陈乔年、赵世炎、范鸿劼等 100 余人，到国务院去见段祺瑞，但守卫不许进去，还用刺刀刺伤多人，引发了更大风暴。

第二天，北京总工会等 200 多个团体、10 余万群众，涌向天安门广场。李大钊发表演说，控诉帝国主义的侵略，抗议军阀的卖国行为。演讲结束后，李大钊还组织 2000 多人的请愿团去执政府请愿。当走到东辕门时，突遭反动军警袭击，一时血流满地，死亡 47 人，包括李大钊在内的 200 余人受伤。这就是震惊中外的"三一八"惨案，鲁迅称之为"民国以来最黑暗的一天"。

北京顿时陷入白色恐怖中。3 月底，李大钊接受建议，将国共两党领导机关迁入苏联使馆西院的旧兵营内，独自承担领导北方地区国共两党进行革命斗争的重任。

1926 年 4 月，张作霖打败冯玉祥，占领北京，当上了北洋军阀的安国军总司令。张作霖早就把李大钊视为眼中钉，认为他不仅是共产党首领，更是苏联控制下共产国际的代言人，还勾结南方乱党，颠覆政府，罪不可赦，必除之而后快。

但逮捕李大钊并非易事。张作霖首先抓捕了《京报》主编邵飘萍，很快以"宣传共产赤化"的罪名将其除掉。须知，邵飘萍不只是《京报》主编和出资人，更是中共"特别党员"，入党介绍人就是李大钊和罗章龙。

杀掉邵飘萍是个预警，沈尹默得到密报，张作霖的真正目标是李大钊，于是想方设法告诉了好友。但李大钊有些大意，认为张作霖再嚣张，也不敢进入使馆闹事。《辛丑条约》明文规定：中国军警不得进入东交民巷使馆区，更不准携带武器进入。

然而，李大钊高估了军阀们的"守法"，更高估了帝国主义的"约束"。为了抓捕李大钊，张作霖和京师警察厅派出大批特务，化装成车夫、小贩和杂役，全天候监视苏联使馆。

不久，李大钊的交通员阎振山和厨师张全印，被特务秘密逮捕。但二人拒不提供李大钊的详细信息。

直到 1926 年 9 月，京师警察厅侦缉处处长吴郁文抓到了李渤海，事情变得不可控制。李当时任中共北京市委宣传部长，他既是李大钊的学生，又是他的外界联络人。经不住拷打和利诱，李渤海叛变，将李大钊藏匿地和一份地下共产党名单一并供出。

张作霖获悉李大钊的确凿地址后，骂了一句："他娘的，使馆算什么？你就是钻到地洞里我也要把你抓到！"

1927年4月6日，张作霖密令安国军总司令部外交处处长吴晋拜访外国驻华使团首席公使荷兰公使欧登科，说服他同意军警进入苏联使馆缉拿李大钊等。经过一番密谋，两天后的清晨，吴郁文率大批军警涌入东交民巷使馆区，强行撞开大门。

苏联使馆保卫人员甘布克阻止无效，鸣枪示警。军警们抓住甘布克，甩他两个巴掌后，一拥而入。

枪声传来，李大钊正在房间办公。他来不及多想，反动军警押着交通员阎振山冲了进来。

"他是谁？你认识他吗？"吴郁文指着李大钊，对阎振山问道。

阎振山摇头："不认识。"

"你这个杂种，见了棺材还不掉泪！"吴郁文飞起一脚，将阎振山踹倒在地，吼道，"你不认识？老子认识！这人就是李大钊！"

吴郁文一声令下，军警们逮捕了李大钊，并抓走了他的妻子和两个女儿。

李大钊被捕后，敌人对他多次审讯。李大钊坚贞不屈，没有向敌人泄露党的任何机密。李大钊承认自己是共产党领袖，也承认自己试图颠覆反动政府。他还写下《狱中自述》，自豪地表示："钊自束发受书，即矢志努力于民族解放之事业，实践其所信，励行其所知。"他对所发生的一切"负其全责"，与所抓的"爱国青年"无关。

张作霖没有得到想要的东西，硬的不行就来软的。杨宇霆参谋长对李大钊劝降："李先生，若你肯为张大帅、吴大帅效劳，保你官职在我之上。"

"张、吴乃虎狼之徒，我辈岂能同流合污？"李大钊厉声斥道，"大丈夫生于世间，宁可粗布以御寒，糙食以当肉，安步以当车，就是断头流血也要保持气节！"

对于生与死，李大钊很坦然。他曾在《牺牲》一文中写道："人生的目的，在发展自己的生命，可是也有为发展生命必须牺牲生命的时候，因为平凡的发展，有时不如壮烈的牺牲足以延长生命的音响和光华。高尚的生活，常在壮烈的牺牲中。"

李大钊被捕，群情激涌。中共党组织和社会各界人士纷纷营救。在此情形下，张作霖有些动摇。恰在此时，蒋介石发来密电："处死李，少后患。"张作霖正想与蒋介石言欢，遂回复："当死不死，必有后患。"

临刑前，李大钊提出唯一请求：不接受枪决，可绞杀。

张作霖沉吟半刻，做出批示，从法国专门购买一台绞刑架。

1927年4月28日下午2时，李大钊和20多名革命者，被押赴刑场。李大钊第一个从容走上绞刑架，刽子手把李大钊绞昏后放下来，劝他"悔过"。李大钊苏醒后愤恨道："你们绞不死我！真可怜！"再绞昏过去，又劝他"悔过"，李大钊慢慢睁开眼睛，用最后一点力气道："我的灵魂不死，革命不死！"第三次，刽子手绞杀了李大钊，前后花了半个多小时……

李大钊就义的当晚，沈尹默把实情告诉了李葆华，安慰道："令尊为主义而牺牲，才38岁，本是预先有觉悟的……"

是年秋天，沈尹默安排李葆华和自己的儿子一起去日本留学，费尽周折，将最后一名公费生名额让给李葆华，自己的儿子沈令翔成为自费生。李葆华不负厚望，子承父志，忧国忧民，解放后任水利电力部部长、安徽省委第一书记等职，2005 年去世，享年 96 岁。

【画外音】浩气贯长虹

"铁肩担道义，妙手著文章"，这是你亲撰的对联，也是你光辉一生的真实写照。

"就义从容甚，大节凛不辱。人民柴市节，浩气贯长虹。"这是陈毅元帅的献诗，表达了对你的爱戴之情。

你曾大声疾呼："民族兴亡，匹夫有责。"你是实干家，"即使多么困难，也只能为这一理想而奋斗"。你号召青年"以青春中华之创造为唯一之使命"，并且"不要回顾，不要踌躇，一往直前"。

你慧眼识才，对时任图书馆助理员的毛泽东关爱有加。当共产主义者、前日共委员长佐野学流亡到北京时，你特意安排毛泽东接送。1949 年革命成功后，毛泽东感慨道："30 年前我……在北京遇到了一个大好人，就是李大钊同志。在他的帮助下我才成为一个马列主义者。他是我真正的老师，没有他的指点和教导，我今天还不知道在哪儿呢。"

对待同志，你舍命相救。得知北京军阀政府要逮捕陈独秀后，你心急如焚，化装成车夫，亲自将他接上了带篷马车，路上遇到盘查，你巧妙应对，终于化险为夷。

你道德高尚。作为留学归来后的社会名流、文坛巨匠，你的妻子赵纫兰不仅是一位没有文化的乡村女子，而且还长你 5 岁，可你不弃不离，相敬如宾。

为了革命，你倾家荡产。你在北京大学月薪高达 250 块大洋，但其中大部分都用于党的经费或帮助进步青年。赵纫兰没有半句怨言，她勤俭持家，分毫必虑。校长蔡元培获悉你家窘况后，每月派专人送一点钱到赵纫兰手中。

你被捕后，《世界日报》刊登李公侠致张学良的一封信，列举了10 条释放你的理由，其中一条特地写道："李氏私德尚醇。如冬不衣皮袄，常年不乘洋车，尽散月入，以助贫苦学生，终日伏案研究各种学问……"即便是你的敌人，他们也对此心生敬意。

你舍小家为大家。1924 年春，在小女儿死去不久，你受到反动派通缉。你为小女儿写了一首祭诗，夹在给妻子的信中，告诉她，你没有时间去伤心了。妻子回了你一封信，问可不可以由她出面，向给吴佩孚做总参议的白坚武写信，取消对你的通缉。

你曾与白坚武交谊甚深，被白坚武认为"余年来清友惟斯人耳"。但"二七"惨案后，他走上另一条道路。你同他断然绝交，因此，面对妻子的询问，你决然以拒。

1933 年 5 月 28 日，你的识字不多却颇为贤惠的妻子——这个用屈原的诗句命名的人闭上了眼睛，享年 49 周岁。这一天，恰好是农历五月初五，是祭奠屈原的端午节，也是你下葬的"五七"之日。组织上追认她为中国共产党党员。

赵纫兰就像她的名字一样，"纫秋兰以为佩"。她留下的唯一愿望就是埋在你的墓旁，她要到九泉之下追随你，继续默默支持你。

从此，每年清明，人们来到万安公墓，看到你与妻子并排埋在一块墓地里。那里有一对陶质花瓶，外形酷似树根，上面分别刻有"鸟语""花香"四字。在和平的盛世，你的妻子再也不用担心，你也可以继续"铁肩担道义"，痛快淋漓地书写你未竟的诗篇。

第二节 鲁迅："我以我血荐轩辕"

【出场】群峰之巅，民族之魂

你总是紧锁着眉头，脸上有着刀刻般的坚毅。一支烟夹在手中，仿佛吸了一辈子。我因此听见了你的咳嗽，带着淡淡的血丝，从沉沉的黑夜穿过来，停在中国的心脏上。

没有任何一个作家，像你这样，对中国现代文学和中国社会产生如此大的影响，你所获得的殊荣也是空前绝后的。

你是一把手术刀，将国民劣根性一点一滴剥给大众看，几乎每个人都能从中看到自己丑陋的影子；

你是一味药引子，将中国几千年来的文化沉疴刺激得残渣四泛，虽是良药，却让许多人极不舒服。

你生得那么矮小，干瘦，穿着长衫，感觉空荡荡的样子。这正是你要的样子，一如你的文章的长短，力透纸背，刚刚好。设若你跟海明威一样高，跟巴尔扎克一样壮，反而有些走形。你长得很"五四"，也很"中国"，这就够了。

你站在世界文豪面前，比如托尔斯泰、雨果、哈代、狄更斯、歌德，等等，你一点不落下风，既不张扬，也不自惭，脸上露出淡淡的自信。

当年萧伯纳到上海，想见你，正在宋庆龄家里吃饭的你，说："那就见一见吧。"萧伯纳见到后，夸你长得好，你脱口答道："早年的样子还要好。"

这是事实，你不做作，不掩饰。这样回答，才是你的风格。你看得起萧伯纳，也不委屈自己。

袁世凯称帝的当天，你专程到邮局寄信，不是寄给袁皇帝，而是寄给自己，你用一个邮戳的方式铭记一个耻辱的日子，也将袁皇帝钉上历史的耻辱柱。

北京女师大闹学潮，你支持学生，以辞职作为抗议。"三一八"惨案发生，你参加追悼会，写一系列尖锐文章，上黑名单，遭通缉，你义无反顾。国民党"清党"，你一再咒骂，称之为"血的游戏"。你加入民权保障同盟之后，秘书长杨铨遭暗杀，你出离愤怒，冒着砍头的风险也要参加追悼会……

你总是用行动，表达你的良知、担当以及对黑暗势力的仇恨。

美国著名记者埃德加·斯诺问阿Q为何被处死，你答道："民国以前，人民是奴隶。民国以后，我们变成了奴隶的奴隶。"斯诺又问："既然国民党已进行第二次革命，难道你认为现在阿Q依然跟以前一样多吗？"你大声道："更坏，他们现在管理着国家哩。"

毛泽东说你的骨头是最硬的，没有丝毫的奴颜和媚骨，是中国的第一等圣人，称赞你是在文化战线上的民族英雄。这样的赞誉，只有你承担得起。

你关心时局，也关心日常最小的事情。一个小镇上的寡妇失去唯一的儿子后，很寂寞。这样的事情，你也写成小说。郁达夫要搬家，你觉得不妥，便写诗去委婉阻止。一个叫李长之的青年，写了一本批判你的书，你看后，订正几处硬伤，然后赠送一张近照并推荐出版……

诺贝尔文学奖获得者大江健三郎谦卑地说：你是"用最优美的文体

和深刻思考写出这样的随笔、世界文学中永远不可能被忘却的巨匠"，在有生之年，他希望向你靠近，"哪怕只能挨近一点点"。

日本作家立松和平表示，他之所以喜欢你，是因为你有人最重要的品格"义"，不仅有对国家、民众、社会的大义，也有对家族、朋友、邻居的小义。

日本桂冠诗人池田大作认为，你对人类的伟大贡献，千秋万代，永载史册。

苏联著名作家法捷耶夫称你是"中国的高尔基"。

韩国文学评论家金良守认为你是"二十世纪东亚文化地图上占最大领土的作家"。

你是一座山，乍一看，并不高；顺道爬去，越爬越高；到了半山，才觉太高，咬咬牙，继续爬，到了山顶，横在面前的是另一座山。

你是群峰之巅，是无产阶级革命家、思想家、文学家，是"民族魂"——鲁迅。

【故事】伟大的凡人

1881 年 9 月 25 日，鲁迅出生。十几岁时，父亲周凤仪得了重病。家道中落，幼年的鲁迅常常往返于当铺、药店、三味书屋之间。

17 岁那年，鲁迅进入南京江南水师学堂，改周樟寿为周树人，后入陆师学堂附设的矿路学堂，21 岁获得公派留学日本的机会。他的身边，有秋瑾、陈天华、邹容、徐锡麟、陶成章、钱玄同、许寿裳等人。鲁迅最爱思考的问题是：怎样才是理想的人性？中国国民性中最缺乏的是什么？病根何在？他悲哀地发现中国只有两个时代："想做奴隶而不得"和"暂时做稳了奴隶"。

在日本数年，他明白一个事实：日本的维新成功而中国的维新失败，很大程度上与民族性格有关。日本的进步让他震撼，中国的停滞和倒退令他愤懑。在送给许寿裳的一张照片后面，他写下自己的志向："灵台无计逃神矢，风雨如磐暗故园。寄意寒星荃不察，我以我血荐轩辕。"

1907 年，同乡加同学的鉴湖女侠秋瑾血溅绍兴古轩亭口，但英雄的血没能惊醒昏睡的人。1909 年 6 月，鲁迅回国。他看到的是《药》中的华老栓，是《孔乙己》中的看客和短衣帮，是《阿 Q 正传》中的精神胜利法。

在压抑的生活中，他一边活着，一边思考。一晃竟是十年。

1917 年 8 月，钱玄同找到鲁迅，希望扔掉那些古碑抄本，起来"做点文章"。

鲁迅问："假如一间铁屋子，是绝无窗户而万难破毁的，里面有许多熟睡的人们，不久都要闷死了，然而是从昏睡入死灭，并不感到就死的悲哀。现在你大嚷起来，惊起了较为清醒的几个人，使这不幸的少数者来受无可挽救的临终的痛楚，你倒以为对得起他们吗？"

钱玄同答："然而几个人既然起来，你不能说绝没有毁坏这铁屋的希望。"

有道理。1918 年 5 月，《狂人日记》在《新青年》发表。鲁迅喊出两个字："吃人"！三年后，鲁迅以"巴人"之名发表《阿 Q 正传》，在文坛投下一颗炸弹。

1926 年，刘和珍、杨德群等北京女师大学生被段祺瑞执政府杀死，鲁迅被通缉。他挥笔写道："真的猛士，敢于直面惨淡的人生，敢于正视淋漓的鲜血……真的猛士，将更奋然而前行。"

在最痛苦的时候，许广平冲破黑暗，像一束光照着鲁迅的灵魂："仗三尺剑，杀万人头，饮千盏血，然后仰天长啸，伏剑而殉。"这个像秋瑾一样的女侠，让他震惊。

然而，四周还是死一般沉寂。鲁迅进入"两间余一卒，荷戟独彷徨"状态。当创造社和太阳社成员发表一批空洞的革命浪漫主义口号时，鲁迅感到失望，更加孤独。1928 年 5 月 4 日，他在给章廷谦的信中说："大家拼命攻击……以中国之大，而没有一个好手段者，可悲也夫。"

这时，梁实秋鼓吹"攻击资产制度即是反抗文明"，被鲁迅逮个正着，痛斥为"丧家的资本家的乏走狗"。鲁迅认为梁实秋们的说教，是对被压迫劳动者的狡辩和欺骗，他们没有看到资本主义"自由竞争"的背后，是血淋淋的倾轧，是"吃人肉的筵席"，这是鲁迅不能容忍的。

而"革命文学"打着马克思主义旗号，却看不到革命的目标在哪里。鲁迅对冯乃超讲了一个意味深长的故事：一个农民每天挑水，一天突然想，皇帝用什么挑水呢？一定是用金扁担！

1930 年左翼作家联盟成立，鲁迅倾注了不少心血，其间与共产党人频繁往来，冯雪峰、胡风、柔石等人都成为他的朋友。不久，他写下"血沃中原肥劲草"的诗句，对共产党领导的革命力量进行歌颂，他还与茅盾、郁达夫、胡愈之等 43 人联名发表《上海文化界告世界书》，抗议帝国主义的侵略暴行。

1932 年 6 月初的一天，鲁迅与瞿秋白秘密会晤，文坛领袖和共产党领袖一见如故，互为知己。随后，鲁迅多次掩护瞿秋白脱险。瞿秋白赴苏区前，特来与鲁迅告别，并将文稿托鲁迅保管。

鲁迅的一生，是"忍看朋辈成新鬼"的一生：陈天华、徐锡麟、秋瑾、陶成章、范爱农、刘和珍、杨德群……"耳里频闻故人死"。

柔石死后，鲁迅写道："吟罢低眉无写处，月光如水照缁衣。"

杨铨死后，鲁迅写道："只要我还活着，就要拿起笔，去回敬他们的手枪。"他还写下一诗以示寄托："岂有豪情似旧时，花开花落两由之。何期泪洒江南雨，又为斯民哭健儿。"

1935年，是极其艰难的一年。1月27日，鲁迅旧病复发，咳嗽不止。其间，共产党的秘密机关遭到严重破坏。鲁迅对一批避难的共产党人给以各种资助，协助他们脱险。6月，瞿秋白被杀害。8月，方志敏被判死刑。临刑前，他将《狱中纪实》《可爱的中国》等文稿和给党中央的信，托人送交鲁迅，并给鲁迅写有一信。两人虽未见面，但鲁迅设法完成了重托。

1936年10月18日，一夜未睡，鲁迅病危，他气喘不止，挣扎着，修书一封给内山完造，为不能践约抱歉。

次日凌晨5时25分，上海还在沉睡中。鲁迅来到天国，守门人问你来干吗，他说："和上帝吃早餐。"

很快，治丧委员会成立。蔡元培、宋庆龄、茅盾、胡风……个个都是有头有脸。他们向全世界发表了鲁迅的讣告和遗言。其中一条："不得因为丧事收受任何人的一文钱。"

无数挽联，各有千秋。胡子婴撰联，别具一格："国家事岂有此理，正需要先生不断咒骂；悲痛中别无他说，只好劝大众继续斗争。"

鲁迅不是完人。他说："有缺点的战士终竟是战士，完美的苍蝇也终竟不过是苍蝇。"他还举例："譬如勇士，也战斗，也休息，也饮食，自然也性交。"他讲出"性交"二字，就像他谈钱、"索薪"以及日记中不厌其烦记下每天的流水账一样，这些正人君子羞于提及的东西，他说出来、做起来，那么自然，充满油烟味。

我们仰望他的"伟大"，他提醒我们他是凡人。

【画外音】"于天上看见深渊"

你永远是一个"现在进行时"的作家，你的作品放到任何年代都适用，且鞭辟入里。钱理群说每个国家都有一个作家，"应该从小读他的作品，读一辈子，精神上就有了底"。他说的就是你。

蔡元培评价你："著作最谨严，岂徒中国小说史；遗言犹沉痛，莫作空头文学家。"

都说你是一个既解剖别人也解剖自己的人，可最初学医的时候，你最怕的就是解剖课，每次上课你都有"不安之感"。特别是解剖妇婴尸体，你常产生"一种不忍破坏的情绪"，你笔记本上修改了许多器官的位置，为的是看上去"更美"。

你操心太多，即便是对已绝交的弟弟周作人，临终前几天，你还托人给他带信。时值全面抗战前夕，你提醒他，许多教授在爱国宣言上签了名。你认为：在民族生存问题上，不该含糊。可惜周作人没有听你的劝告，一直没有签名。

你喜欢唱反调。许多人认为天堂最美，你说"于天上看见深渊"。因为你认为"至善至美的东西是不存在的"。即便到了"黄金世界"，由于贪欲，各种坏人依然存在。

你不刻板，生活中很风趣。夏衍虽然挨了你的骂，却说你"幽默得要命"。唐弢看见漫画书上把你弄成凶相、苦相，连连摇头，不是这个样子的，他说你是一个特别有味道的人。一位与你打过笔仗的老先生，晚年谈起年轻时对你的孟浪，还颇为得意地说：我被一枪刺下马来，痛快极了！那时的笔仗，无论言辞多凶，都是有一说一，私底下，经常聚聚，谈笑风生，少有芥蒂。

美国文化批评大家杰姆逊（Fredric Jameson），谴责西方学界无视你，称这"是一种耻辱"和巨大损失。

澳大利亚学者黄乐嫣（Gloria Davies）从名望、震撼力和恒久的读者敬仰等几方面评价，认为你的"文学国际影响可以媲美马克·吐温、莎士比亚、歌德和托尔斯泰"。

曼彻斯特大学教授杰里米·坦布林（Jeremy Tambling）认为，你弃用文言文改用白话文创作，对中国文学和社会的推动，与但丁创作《神曲》弃用拉丁语而改用意大利语有异曲同工之妙，从形式到内容，无人可及。

你"一个都不宽恕"，必定有你的理由。你洞穿世事，生死豁达，铁骨铮铮，问心无愧。

你的坚持，有原则；你的追求，有锋芒。宁可让人非议，也不委曲求全。

郁达夫说："没有伟大的人物出现的民族，是世界上最可怜的生物之群；有了伟大人物，而不知拥护、爱戴、崇拜的国家，是没有希望的奴隶之邦。"

你活着，成为一座高峰；你死去，成为一条河流。

　　你希望自己"速朽"，这是真话。什么时候，这个世界不需要你了，才是你真正的安魂之时。

第三节
郁达夫："像个英雄一样回家，否则永远不要归来"

【出场】一首荡气回肠的诗

你是如此的清瘦，正如旧中国饥饿的形象。我从未见过你，但你的名字总是那么沉重地吸引着我。走进你铁青色的文字长河，我发现进入一个阴雨绵绵的季节：奋飞的蜻蜓，开花的油菜，低垂的天空，落寞的夜晚和莫名的伤感总是纠缠在一起，灾难深重的烽火岁月，因为你的啼血而变得更加殷红。

你是在抗战胜利后没来得及庆祝就遽然陨落的文化名人，是中国现代文学史上不同凡响的伟丈夫。你像李白一样豪放不羁，又像李商隐一般缠绵悱恻。你站在时代的山坳上，以梦幻的方式向我招手。黎明的眼睑，无法辨认的刀子，以及河流一样咆哮的背景，因为你，我清晰地听到骨骼里发出的疼痛的响声。

夏衍说：你是一个伟大的爱国者，爱国是你毕生的精神支柱。

胡愈之说：中国文学史将永远铭刻着你的名字，中国人民反法西斯战争的纪念碑上，也永远铭刻着你的名字。

刘海粟说：从气质上来讲，你是杰出的抒情诗人。你的一生是一首风云变幻而又荡气回肠的长诗。

你的哥哥郁华，同样爱国。他营救过廖承志，何香凝曾绘制一幅

《春兰秋菊》图赠送给他。面对敌伪的软硬兼施，他义正词严："头可断，血可流，志不可屈。民族气节不能丧失。"1939 年 11 月 23 日上午，他被日伪汉奸暗杀，以身殉国。

1952 年，中央人民政府追认你们兄弟俩为革命烈士。1980 年，在你家乡富春江畔的鹤山上，建立了"双烈亭"，上面悬挂茅盾书写的一块匾额——"双松挺秀"，这是崇高的礼赞，你们兄弟俩配得上这样的礼赞。

你是主张"文学作品都是作家的自叙传"的第一人，是天才诗人烈士——郁达夫。

【故事】"祖国啊祖国，我的死是你害的"

1945 年 8 月 29 日，晚上八点多钟。郁达夫正在家中和三位华侨闲谈，这时，一个讲印尼语的青年走进门来，说有事请郁达夫出来商谈一下。

郁达夫随青年出去了几分钟，又回来对客人们说："我出去一下就回来，你们先坐一下。"

谁也没有想到，郁达夫出去后再也没有回来。

当晚，郁达夫走出家门，刚到一个拐角处，突然被几个荷枪实弹的日本宪兵抓住。

宪兵班长一挥手，这伙歹徒捂住郁达夫的嘴巴，然后用力将他塞进一辆停放在路边的军用吉普车，扬长而去……

郁达夫的童年是不幸的。父亲 33 岁去世时，他才 3 岁。一家 7 口靠母亲摆货摊、缝补衣服和几亩薄田维持生计。他那时最深刻的感觉是饥饿。

回忆童年，郁达夫写道："只有孤儿寡妇的人家，受邻居亲戚们的欺凌，总是免不了的；凡是我们家里的田地被盗卖了，堆在乡下的租谷等被窃去了，或祖坟山的坟树被砍了的时候，母亲去争夺不转来，最后的出气，就只是在父亲像前的一场痛哭。"

"九岁题诗四座惊，阿莲少小便聪明。"这是郁达夫的自述，这种天赋也让他聊以自慰。他读过私塾，又进过"洋学堂"。

郁达夫在日本留学时，母亲为他相中了一女子，叫孙兰坡，后被郁达夫改名为孙荃。最初，郁达夫不同意，他给孙荃写了一首20行的七言诗，其中一句："此身未许缘亲老，请守清闺再五年。"孙荃当时不小了，再等五年受不了。她回了两首《秋闺》，其中两句"风动珠帘夜月明，阶前衰草可怜生"，让郁达夫既惊且喜。两人走入洞房。

新婚之夜，孙荃送给郁达夫两件礼物：一个是钻石指环，另一个是意大利的面镜。郁达夫并不在意。

返回日本后，郁达夫聆听了"宪政之神"日本政治家尾崎行雄的演讲，当尾崎把当时的中国仍叫"清国"，并说了一些不友好的话时，他立即站起来，打断演讲，予以反驳，尾崎被迫道歉。

1921年6月，郁达夫与郭沫若、成仿吾等人宣告成立创造社。同年秋，他回到上海，接替郭沫若主编《创造季刊》创刊号，发表了小说《沉沦》，给中国文坛扔下了炸弹。这个小说很苦闷，苦闷的来源有两个：一个是民族，一个是性。小说中大胆地写了自慰、偷窥、上妓院等事情。

"祖国啊祖国，我的死是你害的，你快富起来吧，强起来吧，你还有许多儿女在那儿受苦呢。"这是主人公投海之前发出的呐喊，这样的呐喊很能引起广大青年的共鸣。

在谈及创作动因时，郁达夫说："眼看到的故国的陆沉，身受到异乡的屈辱，与夫所感所思，所经历的一切，剔括起来没有一点不是失望，没有一处不是忧伤。"说到底，这是一种"哀鸣"，也是一种反抗。

郁达夫在小说《茑萝行》中更是大声疾呼："像个英雄一样回家，否则永远不要归来。"

1923 年 2 月，郁达夫去北京，与长兄同住。其间结识鲁迅，相谈甚欢。

1927 年 1 月 14 日，是郁达夫生命中一个重要的日子。这一天，他去看望同乡孙百刚，结果碰到了一个 19 岁的女孩，叫王映霞。郁达夫惊为天人。

"四一二"后，上海进入白色恐怖。郁达夫撰文谴责蒋介石是"新军阀"，差一点被逮捕，幸亏他去了杭州，找王映霞，才逃过一劫。

经过不懈的追求，郁达夫终于与王映霞结婚，住在赫德路嘉禾里一间 8 块大洋租来的房子里，没有电，没有热水。这不是王映霞想要的生活。

郁达夫搬家去杭州，鲁迅觉得离开上海，没必要，就写了一首诗委婉劝阻，但郁达夫没有听从。他在杭州盖了一栋房子，比较豪华，取名"风雨庐"，花了 16000 多块大洋。其中一万多块是稿费，另有几千块是一个崇拜者出的。

由于开销太大，郁达夫不断写稿，四处奔波。从中国自由运动大同盟到中国左翼作家联盟，再到中国民权保障同盟，都能看到他活跃的身影……

1937 年 12 月，日寇向浙江富阳进攻，强占了富阳鹤山一位 70 多岁老太太的房屋。老太太躲进一个山洞，被活活冻死。

这位老太太正是郁达夫的母亲。噩耗传来，郁达夫悲痛欲绝。他在当时的福州光禄房，设了灵堂，含恨写下八个大字："无母可依，此仇必报。"

1938 年 4 月 7 日，台儿庄大捷，国人为之振奋。郭沫若委任郁达夫为劳军特使，率团去慰问。在郑州，郁达夫发表慷慨激昂的演讲。随后乘"蓝钢皮"快车向徐州进发，沿途看到无数的伤兵和难民。历时半月，到达目的地。郁达夫再一次发表演讲，并向将士献上亲笔题写的"还我河山"锦旗。

不久，郁达夫应新加坡《星洲日报》邀请，前往新加坡参加抗日宣传工作。在担任该报主笔期间，他同时编辑四五种刊物，发表了 400 多篇支援抗日的政论、杂文、文艺杂论等，海外华侨读了，纷纷捐款捐物，支持抗战。

1941 年 12 月 8 日，日寇轰炸新加坡。

新加坡文艺界立即成立了星洲华侨文化界战时工作团，郁达夫任团长，胡愈之任副团长。郁达夫白天穿梭于南洋师范学校、晋江会馆、青训班驻地和学校之间，晚上要熬夜编稿，眼中带着血丝，喉咙已经沙哑。

1942 年 3 月，郁达夫转移到一个叫彭鹤岭的地方，化名赵德清，开个杂货店，以此做掩护，从事抗日宣传工作。

5 月的一天，郁达夫再度转移，来到苏门答腊西部高原小市镇巴雅，与战时工作团几个负责人见面，这里距日本政监所只有 33 公里。他们化了装，改了姓名和身份。郁达夫化名赵廉，娶了当地一个叫何丽有的村姑为妻，开了一个赵豫记酒厂，生产"双清""初恋"两种酒。

日本宪兵队无意中发现郁达夫会讲日文，1942年6月到1943年2月，便找他去做翻译。其间，他抓住机会，暗中救助、保护了大量文化界流亡难友、爱国侨领和当地居民。

有一次，日本宪兵抓了一个"农民"打扮的人，从他身上搜出一份印尼地下共产党员名单。日本宪兵将名单拿过来，郁达夫看了看，轻蔑地骂了一句："可恶，这家伙是放高利贷的！这是他讨账的单据。"

日本宪兵打了那人一耳光，把名单撕碎，叫他快滚。那个"农民"吓得半死，用感激的目光看了郁达夫一眼，很快逃走了。

郁达夫爱酒，但在做翻译的大半年里，他滴酒不沾。他怕夜里说梦话，暴露身份。这是真正的考验，他隐名埋姓，与狼共舞，处处小心……

1945年8月29日晚，日本宪兵绑架郁达夫后，在半个多月时间里，没有捞到任何有价值的东西。9月17日，宪兵队长下达了"死亡令"，他们丧心病狂，活活掐死了郁达夫。

就在郁达夫灵魂升天后的几个小时，何丽有腹中的孩子降生了……

【画外音】苍凉的绝唱

在"五四"新文学运动中，鲁迅先生的《狂人日记》是第一部现代短篇白话小说，而你的《沉沦》则是第一部现代短篇白话小说集。作为新加坡华侨抗日第一人，你既有伟大之人格，又有伟大之艺术；你不仅用笔写下不朽的诗篇，而且用生命践行了你的誓言："我们要宁死不屈，不能丧失炎黄子孙的气节，做不成文天祥、陆秀夫，也要做伯夷叔齐。"

钟敬文说，你讨厌虚伪，憎恶暴力，对于弱小者怀着近于"感伤"的同情。你毫不遮掩自己的性与情，真实地记下"爱而得之"的欣喜，也记下了"爱而不得"的踟蹰。你心中有伤，但你像荒野之狼一样，默默地舔干伤口，以命悬一线的民族国家为重。

你不是战士胜似战士。你对美国记者史沫特莱说："我不是一个战士，我只是一个作家。"你要做真正的文人，你说："能说'失节事大，饿死事小'这话而实际做到的人，才是真正的文人。"你没有挥刀冲向敌阵，却踩着烈焰，成为傲骨嶙峋的红杜鹃。

你的伟大在于你是一个天才的诗人，一个真正的爱国主义者。当被日军监视时，你明白自己"身在虎穴"，但从未畏惧。你在遗嘱上写道："天有不测风云，每年岁首，例作遗言，以防万一。"你催着胡愈之、王任叔、邵宗汉等人离开。对于自己，你明确表示："我已被监视，逃不了了，索性不动声色，看时机再说。"你就这样"以身喂虎"，让生命的屏幕染上悲壮的底色。

你以热血形塑了光辉的人格："国即余命也，国亡则余命亦绝矣！"

你以热血铸成了苍凉的绝唱："天意似将颁大任，微躯何厌忍饥寒。"

你以热血凝成了民族的希望："和平是总有一天会在东半球出现的。"

你是中国现代文学的"屠格涅夫"。你遇害的消息传回国内，郭沫若痛心疾首，挥笔写下："我们应该要日本的全部法西斯头子偿命！"

你临死的时候，穿着洗得发白的长衫，口袋里装着一支抽了半截的香烟，仿佛去赴一个年代久远的约会。

　　你几乎来不及喊叫。我无法想象：那握笔的手如何抵挡得住握着屠刀的手？当疯狂的强盗死死勒住你的喉咙时，你是不是露出了窒息的恐惧？你瘦弱的身躯被歹徒撕裂时是不是发出了绝望的哑响？那瀑布一样被投下悬崖的，曾经是你顽强的像烈火一样熊熊燃烧的生命啊。

　　哦，黑夜过去了，太阳升起来。不宁的灵魂啊，请快快赶在落叶之前，找到来时的小路，你刚刚出生的孩子正等你回家……

第四节　田汉："起来，不愿做奴隶的人们！"

【出场】中国的"戏剧魂"

"起来！不愿做奴隶的人们！把我们的血肉，筑成我们新的长城！中华民族到了最危险的时候，每个人被迫着发出最后的吼声……"

每一个隆重的场合，我都会仰望你，从高亢激越的旋律中，唱出你的歌词，唱出你的正义、你的气势、你的血性，唱出压抑已久的磅礴的力量；

每一个庄严的仪式，我都会仰望你，从高亢激越的旋律中，唱出你的呐喊，唱出战火、青春和热血，唱出宁死不屈的坚韧与义无反顾的奋勇搏杀；

每一次国旗的升起，我都会仰望你，从高亢激越的旋律中，唱出大地的苦难，唱出国家的危亡，唱出民族的尊严，唱出全国人民的一往无前，直到泪流满面……

作为现代的关汉卿，中国的"戏剧魂"，你承担了历史可怕的责任。夏衍说：你走过来的道路是曲折而坎坷的，你对国家民族，对文学艺术所做出的贡献是灿如金玉，永不磨灭的。

曹禺说：你的一生就是一部中国话剧发展史。

苏叔阳说：你是在五四运动中产生的一位文化巨人。

你的人生，是一座巨大的舞台，容得下江河万千。你有澎湃的演出，观众得到心灵的启迪与灵魂的净化。

你说："我们在求美、求善之前，先得求真。"你又说："我最爱的是真挚的人。我深信'一诚可以救万恶'这句话，有绝对的真理。"

然而，你的诚，像金子一样的诚，无论诚实、诚恳、诚信，还是坦诚、赤诚、忠诚，都并未让你获得肉身的解放、人格的尊严和精神的安宁。你有信仰，却不懂政治，做个纯粹的戏剧家是最好的选择。但由于信仰的推力，你卷入跌宕起伏的政治风暴，并最终被吞噬在黑色旋涡中。这是你的悲剧，更是那个时代的悲剧。

你是歌词作家、社会活动家、文艺批评家，是中国现代戏剧的奠基人，是中华人民共和国国歌《义勇军进行曲》的作词人——田汉。

【故事】凤凰的再生

"田兄，悲鸿从法国来上海，准备办一个画展。"宗白华兴冲冲地找到田汉，说，"悲鸿也在日本留过学，我们是不是以留日学生会名义欢迎他一下？"

"不！不只是留日学生会，"田汉大声道，"我要组织上海文学艺术界的同人，热烈欢迎徐悲鸿先生！"

1925 年，徐悲鸿来到上海，他没有想到田汉会精心安排一个晚会来欢迎自己。他紧握田汉的手，激动地说："我将永远不会忘记你——田汉先生！"

画展结束后，田汉又带领一大帮人来送行，徐悲鸿热泪盈眶。

田汉说："只要你回国，第一个来接你的人就是我！"

一年后，徐悲鸿返回上海，田汉果然带领一群文化艺术界朋友来码头迎接。田汉原名叫田寿昌，长沙人，家境贫寒，9岁丧父，身体虚弱。他的家乡是湘戏、影子戏盛行的地方。13岁的时候，他根据折子戏《三娘教子》改编了一个小剧，叫《新教子》，发表在《长沙日报》上，显示了戏剧方面的才华。

18岁那年，田汉得到舅舅易梅园帮助，带着未婚妻易漱瑜去日本留学。翌年，易梅园在长沙被赵恒惕杀害，留下一首绝命诗："天外飞来事可惊，丹心一片付浮沉，爱乡爱国都成梦，留与来生一憾吟。"

在异国他乡，田汉与易漱瑜结婚了。他们节衣缩食，相互慰藉。两年后回国，田汉写出了《乡愁》和《咖啡店之一夜》，并很快有了第一个儿子。遗憾的是，易漱瑜在生孩子时落下病根，田汉一直在外忙碌，易漱瑜弥留之际，他才急忙赶回家。当晚，易漱瑜永远地睡去了。

田汉与易漱瑜感情很深，他写了许多悼诗，其中一首写道："应是泪珠还我尽，可怜枯眼尚留痕。"易漱瑜唯一的遗愿，是希望田汉娶自己的闺蜜黄大琳，"她会照顾我的孩子的"。

田汉照办了，但婚后不久，又离了。田汉用稿费资助黄大琳去日本留学，黄大琳在那里终老，不再改嫁。

此时，林维中因逃婚到了新加坡，她一直想找一位有文化的丈夫。田汉的才华让她崇拜，她给田汉写了一信，流露爱慕之情。两人通信3年后走到了一起，生下一个女儿，但最终还是协议离了婚。

徐悲鸿从法国回来后，田汉将原来的南国社改成了南国艺术学院，分设文学、戏剧和美术系，分别由田汉、欧阳予倩、徐悲鸿担任主任。田汉同时任南国艺术学院院长。当时，徐志摩、郁达夫、洪深、周信芳等人应邀来上课，宗白华、黎锦晖、唐槐秋、卜万苍、顾梦鹤等人是南国运动的发起者和骨干，陈白尘、吴作人、郑君里、金焰、张曙等也是这里的精英人物。俞珊主演的《莎乐美》和《卡门》轰动一时。那是田汉一生中最意气风发的时候。

1929 年，田汉开始与安娥交往。安娥是个奇女子，出身于石家庄大户人家，中共党员，曾到莫斯科深造，回国后在上海从事特科工作，直接上司是陈赓。她才华不凡，是诗人、作家、记者和翻译家，她的作品有《卖报歌》《渔光曲》《高粱红了》等。两个人情投意合，很快同居，后来结婚了。

1932 年的一个晚上，瞿秋白主持入党仪式，田汉宣誓加入中国共产党。当时形势十分严峻，田汉决定把自己的一生奉献给党和国家，难能可贵。

翌年初，在徐家汇联华影业公司一厂摄影棚内，聂耳加入了中国共产党，介绍人是田汉。两人的第一次合作是为影片《母性之光》谱写《开矿歌》。随后，两人联袂创作了《毕业歌》等 10 多首歌曲。

不久，田汉和聂耳为中国第一部新歌剧《扬子江暴风雨》创作主题曲《前进歌》。田汉带着聂耳去外滩体验码头工人的生活，发现码头上堆放着许多木箱。田汉懂英文，他大怒："里面装着军火！是运给日本帝国主义打中国人的！"

1934 年 6 月 30 日，在上海麦伦中学首次公演《扬子江暴风雨》。剧中，码头工人义愤填膺，把装有军火的木箱扔进黄浦江，日军开枪打死了工人于子林和小栓子，码头工人老王（聂耳饰演）愤怒地唱起了《前进歌》。那一刻，强烈的民族感情冲击着每个观众的心，观众齐声高呼"打倒日本帝国主义"！

当时田汉的女儿田野在看戏，当看到哥哥田申扮演的小栓子被开枪打死时，她号啕大哭："哥哥被特务打死了！"

田汉紧紧抱住她，泪流满面……

1934 年冬天，电通影业公司在上海成立，他们请田汉写了一个《凤凰的再生》的剧本，交给孙师毅。1935 年 2 月，田汉因话剧《回春之曲》在上海被捕，随后被关押到南京。

电通影业公司决定由孙师毅和夏衍负责把田汉的剧本改成电影脚本，并把片名改为《风云儿女》。田汉被押送南京前，曾在香烟衬纸上写了一首"生平一掬忧时泪，此日从容作楚囚"七律诗，表达了自己的心声。

在狱中，田汉表现得很坚强，他写了一首八行诗，其中两句是："万方暴雨飘风日，一片孤臣孽子心。"愤懑之情溢于言表。田汉身子本来就不好，在监狱里折腾数月，身子很快垮了。

徐悲鸿惊闻田汉入狱，心急如焚。他打听到，虽然党组织也在设法营救，但不知何时能够成功。

有人悄悄告诉他："你去找一下张道藩，他是交通部次长，应该有办法。"

徐悲鸿一听，像一根刺在他心里狠狠地划了一下。当时流言蜚语，说张道藩是他妻子蒋碧薇的情人。他最不愿找的就是这个人。

然而，为了田汉，他最终拼了。

张道藩告诉徐悲鸿："要保释田汉，除了你之外，还得找一个人出面。"徐悲鸿二话没说，将宗白华拉上。最后三人一起签名担保，田汉走出了牢狱之门。

1935 年 7 月 27 日，田汉出狱那天，突然听到了《义勇军进行曲》，他非常兴奋。徐悲鸿告诉他，聂耳遇难了。

田汉闻讯痛哭，作悼诗曰："一系金陵五月更，故交零落几吞声……英魂应化狂涛返，好与吾民诉不平！"

出狱之初，田汉与母亲、妻子一起，暂住徐悲鸿家，使徐悲鸿的家庭矛盾更加激化……

1939 年 4 月，田汉第一次到桂林，他"把舞台当作炮台，把剧场当作战场"，短短 5 个月，排演了《新儿女英雄传》《江汉渔歌》等剧目，鼓舞士气。

第二年春、秋，田汉又先后两次停留桂林，与欧阳予倩就《桃花扇》改成桂剧进行探讨，又与夏衍等人一道筹办《戏剧春秋》，并担任主编，大力推介抗战戏剧理论和抗战戏剧剧本。

1941 年 8 月，田汉带着老母和幼女，第四次来到桂林，以实际行动宣传抗战，直到 3 年后才离开。其间，他亲自导演《大地回春》，为新中国剧社打响了第一炮，并创作话剧《秋声赋》。不久，又赶写《穷追一万里》，还写了《黄金地带》《少年中国》以及活报剧《怒吼吧，漓江！》等。不仅如此，田汉还和欧阳予倩等人一起，组织了历时三个月的西南剧展，演出 60 余种类型剧目 170 场，观众 10 余万人次，为中国戏剧运动史写下了光辉的一页……

1949 年 1 月 31 日，田汉偕安娥随东北野战军进入北平。受党委托，田汉立即与好友徐悲鸿联系，希望他留下来为新中国服务。徐悲鸿很激动，也很感谢。两人利用各自的影响，冒着枪炮声和特务暗杀的危险，暗中拜访并劝住了不少名人名家。

第一届政治协商会议讨论国歌时，徐悲鸿第一个表态，建议以《义勇军进行曲》为国歌。他的提议得到了周恩来总理和其他同志的肯定。

1953 年 9 月 26 日，徐悲鸿逝世。田汉匆匆赶到医院，向好友告别。

就在几天前，徐悲鸿还给田汉画过速写，如今阴阳相隔，怎不叫他伤心欲绝？

5年后，田汉60岁那天，欧阳予倩写了一首贺诗："风云儿女歌慷慨，血筑长城起救亡。信手拈来多妙谛，随处歌场做战场……"

然而，没过多久，田汉的政治生命和艺术生命突然夭折了。

1965年11月10日，姚文元发表《评新编历史剧〈海瑞罢官〉》，打响了"文化大革命"。翌年1月，《剧本》月刊上推出一篇长文《田汉的〈谢瑶环〉是一棵大毒草》，该文立即被《人民日报》和《光明日报》转载。紧接着，何其芳在《文学评论》发表《评〈谢瑶环〉》，把田汉钉在了"彻头彻尾反党反社会主义反人民"的"耻辱柱"上……

但田汉仍然相信党，相信毛主席，他有一种为崇高目的而殉难的神圣感。其间他写下一首七绝，其中两句是："先烈热血洒神州，我等后辈有何求？"

一生中你主动用过陈瑜、伯鸿、首甲、绍伯、漱人、陈哲生、明高、嘉陵、张坤等数十个名字，演了许多喜剧，也有许多悲剧。1968年12月10日，最后谢幕时，你70岁，没有名字，只有被安上的一个叫"李伍"的代号……

【画外音】《毕业歌》为你送行

80多年前，你用青春和热血写出了震撼人心的《义勇军进行曲》。它的传唱远不止于银幕、唱片和普通民众。淞沪会战爆发，这首歌成为鼓舞"八百壮士"奋起杀敌的战歌。卢沟桥事变后，这首歌也成了中华民族不屈精神的象征，并在东南亚地区广为传唱，成为国际反法西斯阵营的战斗旋律之一。

1938 年，美国驻华海军副武官卡尔逊在台儿庄前沿阵地上，带头唱起这首歌。战地记者爱泼斯坦记下了中国官兵高唱这首歌挥刀杀敌、取得台儿庄大捷的悲壮一幕。

当时，马来西亚和印度游击队广播电台把这首歌作为节目的序曲。

美国著名黑人歌唱家保罗·罗伯逊非常喜爱这首歌，特意用英语翻唱了这首歌，并出版唱片。宋庆龄作序时称："这是所有国家的人民发出的声音。"保罗不仅四处演唱，还把这张唱片的稿费寄给田汉。

第二次世界大战胜利时，美国政府提出：在联合国胜利之日盛大演奏中，将这首歌作为中国的代表音乐。

1949 年 9 月 27 日，中国人民政治协商会议第一届全体会议上将这首歌定为代国歌，后正式予以确认……

这一切，都是你人生长河中的一朵朵浪花。你收藏大量画册，许多是关于战争的，你一直想写有关甲午海战的三部曲。1948 年访问台湾，你还特意去澎湖列岛诸地，画了一张地图，回来送给了毛泽东。

你万万没想到，你的炽热被冰镇，你的赤诚被误解。"文革"开始，一次又一次的围攻，一次又一次的辱骂，一次又一次的被打。你惊恐万状，痛苦不堪……

最后时刻，你从昏迷中醒来，乞求地呻吟道："让我回家，见见我娘吧。"

1968 年 12 月 10 日，你孤零零地走了。其时，广播里正唱着你写的《毕业歌》："同学们！大家起来！担负起天下的兴亡！"

真是"泪飞顿作倾盆雨"。你从苦难的人间毕业了，唯有这首歌为你送行。

1971 年冬，你的老母亲穿着破旧的棉衣，坐在房门前，一天又一天，盼着你回家。老母亲百年寿诞时，"右派"弟弟田洪好不容易获准前往北京拜寿，老母亲叮嘱他："你先要……报个临时户口，在我那房间开个铺，等寿昌回来我们一道吃饭，我们娘俩好久没有在一起了……"

老母亲总是叫你"寿昌"，心心念念，挂牵你。直至去世，她都不知道，你在三年前早已病死于狱中。

1979 年，你的冤案得到昭雪。是年 4 月 25 日国家在北京八宝山为你开了追悼会。1982 年全国人大决定：恢复《义勇军进行曲》为中华人民共和国国歌。

拨云见雾，岁月静好。你人生的大幕再一次开启。

第五节　路遥："像牛一样劳作，像土地一样奉献"

【出场】每个人都归于平凡的世界

你用生命捍卫文学的尊严。你关注平凡、书写平凡、歌颂平凡，写出了平凡世界的不平凡。你像一个奔跑者，马不停蹄地奔跑；你又像一名战士，义无反顾，冲向无名高地。你连续两次获得全国优秀中篇小说奖，接着又获得茅盾文学奖，这样的成就，在中国新时期作家中极其少见。

你的作品是献给贫瘠的土地和如土地一样贫瘠的父老乡亲的，是他们带给你负重的耐力和坚韧的品格。你不但激发人的斗志，而且抚慰弱者的灵魂。你说："我们习惯被王者震撼，为英雄掩泪，却忘了我们每个人都归于平凡，归于平凡的世界。"世界辽阔无垠，我们为什么要跟平凡的自己和平凡的人为敌？

许多平凡的人、受到挫折的人、处在人生低潮的人喜欢看你的书，从中获得一种启迪、一股力量。你的作品在我国新时期文学中发行量最大、影响最广，成为激励千万青年的不朽经典。

日本学者安本实认为，你的作品告诉人们：一个人的价值和尊严是奋斗得来的，你可以藐视一切，但是不能藐视一个年轻人的上进心。

你说："不管活在这世界上有多苦，但你总归还是那么爱这世界！"

你说："即使最平凡的人，也要为他那个世界的存在而奋斗。"

你说:"人,不仅要战胜失败,而且还要超越胜利。"

你说:"这一生如果要写一本自己感到规模最大的书,或者干一生中最重要的一件事,那一定是在四十岁之前。"

因为,你不想让自己的文学梦同肖洛霍夫、柳青一样,由于生命的突然终止而成为永远的遗憾。

你做到了。纵使气势磅礴,你最终还是倒下了,像夸父,倒在干渴的路上。

你是红色共和国的 1275 万同龄人之一,是陕北清涧的农家子弟王卫国,是文学的痴情者和忠爱者——路遥。

【故事】生活的大树万古长青

"天乐,前些日子我告诉过你,《平凡的世界》摘得了茅盾文学奖。现在要去北京领奖,路费借到了,但到北京有些开销,包括买 100 套新书送人,你再想一点办法吧。"

这是 1991 年 3 月上旬的一天,路遥在电话里跟弟弟王天乐说。

"哥,上回你的《人生》获全国中篇小说奖,去领奖时,我就帮你借了 500 块。"王天乐抱怨道,"希望今后不要再获什么奖了。如果拿了诺贝尔奖,我也找不来外汇呢。"

"别嘀咕了,天乐。"路遥停了一下,脱口而出,"日他妈的文学。"

1992 年 8 月,路遥向母校求助,他的文集因达不到出版社要求的起印数,需要支付 5 万元。其时路遥已病得不轻。老校长看了心酸,学校用图书购置费补上了，他的文集在他去世后不久出版。

家人清理路遥的遗产，发现只有1万元的存款，欠债也将近1万元。忙碌了一生，路遥留下的物质财富几乎是零，而精神财富却是巨额。

路遥的父母目不识丁，兄弟姐妹8个。为了生存，父亲将7岁的路遥过继给他的伯伯。

1970年，路遥开始写诗。发表诗歌《车过南京桥》时，诗人闻频替他取了个"路遥"的笔名。《我老汉走着就想跑》是他第一篇公开发表的作品，当时用的原名王卫国。

几年后，路遥被推荐上大学，但因当过红卫兵头头，北京师范大学和陕西师范大学拒录，最后，延安大学顶住压力，录取了他。

大学毕业，路遥进入陕西作家协会，在《延河》杂志做编辑。

1978年，伤痕文学盛行。路遥创作了中篇小说处女作《惊心动魄的一幕》，塑造县委书记马延雄为制止武斗而牺牲。路遥对"文革"进行反思，很有勇气和前瞻性。但小说的发表经历过一年多时间，被不断退稿，最后投给《当代》，路遥特地写了一封信："若不用，将永不创作。"

幸运的是，1980年，小说在《当代》杂志第3期头条刊发，主编秦兆阳专门题写标题。作品获得首届全国优秀中篇小说奖。

1981年5月25日，路遥赴京参加颁奖大会，遇见中国青年出版社的王维玲。路遥说，他准备写一部更厚实的中篇小说，是关于农村和城市"交叉地带"的生活，他试图做一次全新的探索。

"文学如同马拉松竞赛，不是看谁起跑得快，而是看后劲。"王维玲鼓励他，说，"你放开写，写完交给我。"

实际上，这部小说1979年就动笔了，但写了开头，写不下去。第二年又写，还是不行。通过与王维玲的交流，路遥树立了信心。

从北京回来后，路遥反复思考，突然有了强烈的创作冲动，他一头扎进甘泉县招待所，一口气写了 21 天。写得大小便不通，鼻子、嘴溃烂，整晚整晚睡不着觉，在楼下孤魂野鬼般转悠，被招待所里的人误认为得了神经病。

这部小说最初叫《你得到了什么？》，随后又叫《生活的乐章》。路遥写完后，跑到榆林的白云山抽了一签，签名叫"鹤鸣九霄"，是上上签。他来到铜川，把小说念给王天乐听。念着念着，流下了热泪。

路遥说："天乐，这个作品如此感动我，相信也一定能感动上帝。"

1981 年秋，路遥将稿子寄给了王维玲。他很快收到了回信，王维玲对小说大加肯定，建议改名为《人生》。为了扩大影响，王维玲将小说推荐给《收获》杂志，单行本由他推出。

《收获》1982 年第 3 期发表了《人生》。陈忠实看了后，觉得太厉害了，他说："《人生》对我的冲击远远超过那些获得诺贝尔文学奖的作品对我的冲击。"

《人生》获得了空前的成功，打乱了路遥的生活，各路人马和电报电话令他苦不堪言。有时一封电报半夜打来，还以为是他家里死了人，一看却是某个导演的电报。

路遥不拒绝鲜花和荣誉，但长期如此，就很寂寞，烦躁。他怀念以前的生活，认为，作家的劳动不仅是为了取悦于当代，更重要的是给历史一个交代。伟大的作家应该沉浸于创造和劳动。

有人跟路遥说，《人生》是不可逾越的高峰。路遥不服气。他认为自己的高峰还没有到来，他要挑战！他渴望投入一种沉重。只有无比沉重的劳动，他才感觉充实。

路遥回到故乡，那里有毛乌素大沙漠，一块可以获得禅悟的净土。

沙漠之行斩断了他的过去，引导他走向明天："从沙漠出来，我觉醒了，义无反顾，是刀山也要过去，不顾一切地投到这部作品里。"

接下来的 6 年时间，是《平凡的世界》筑起的拳击台，对手只有他自己。

首先是知识的准备。路遥给自己制订了 100 部长篇的阅读计划，并将 1975 年到 1985 年《人民日报》《陕西日报》《参考消息》等 10 年合订本统统找来，一页一页翻看，记下一些大事和认为"有用"的东西。他用令人窒息的自残的方式，花了近一年时间，完成了这个奴隶般的机械劳动。

其次是生活的准备。路遥的底层生活很厚实，但他要重新体验。譬如一个烧砖厂，他要去看扒土、打坯、倒坯、进窑、烧火；还有贷款、税收等资料，甚至趁人不在，偷偷撕一张税务发票夹在笔记本里。每次进村，他带着两个大箱子，十天半月回一趟招待所，衣服脏了，洗个澡，换上新的，睡一觉，再进村。

奔波了两三年，终于来到写作阶段。一旦进入写作，简直就是拼命。路遥规定每天的任务，完不成不休息。工作间成了牢房，他有严厉的"狱规"，决不违犯。每天中午吃完两个馒头一碗稀饭，吃一根大葱，就匆匆赶回工作间。

路遥把每一章的计划贴在墙上，过完一天画掉一天，写完一章撕去一页。每当周末的时候，工作间外灯火通明，每个窗户都有炒菜、喝酒的身影，外面下着雨夹雪，他孤零零的一个人。直到所有的灯都熄灭了，他的灯还静静地亮着。他为自己感动，眼泪夺眶而出。

路遥最早给这部小说取名为《走向大世界》，共三部，分别叫《黄土》《黑金》和《大城市》。后来改名为《平凡的世界》。

写完第二部，路遥忽然吐出一口血，血流在桌子上，他呆呆地看着。只有靠初恋般的热情和宗教般的意志，才能完成这样的写作。

大约休养了一年，路遥开始第三部的写作，"趁着还有劲，赶紧写"。他给自己加油。此时，路遥在感情和经济方面都到了山穷水尽的地步。他常常一边流泪，一边写作，每天抽两包烟，嘴里发苦，舌头发麻。他跟书中的人物，一起说笑和悲哭。写到田晓霞去世，他忍不住放声大哭。

1988 年 5 月 25 日，路遥画上最后一个句号，他跑到厕所里照一下镜子，吓了一跳。他意识到，整整 6 年时间，最好的年华就这样消失了。他返回桌前，沉默了十分钟，想起了托马斯·曼在《沉重的时刻》里的一句话："终于完成了，它可能不好，但是完成了，只要是能完成的，它就是好的。"

然而，这部小说的命运坎坷，好不容易出版了，开了作品研讨会，评论家普遍认为《平凡的世界》相较《人生》而言，是个很大的倒退。

那一刻，路遥的心情灰暗到了极点。他专门去了一趟长安县的柳青墓，长时间跪在碑前，失声痛哭。多年前，柳青跟他讲，从黄帝陵到延安，从李自成故里到成吉思汗墓，需要一天的时间就够了。这么伟大的土地没有陕北自己人写出伟大的作品，不好给历史交代。"路遥，这副重担你要挑起来啊！"

为了挑起这副重担，路遥付出得太多太多。

幸而，历史从不拒绝平凡。中央人民广播电台连续广播 126 天，社会反响强烈，听众达 3 亿之多。这部小说最终斩获了中国文学最高奖。

在颁奖大会上，路遥发表了题为《生活的大树万古长青》的答谢词："获奖并不意味着一部作品完全成功，因为作家的劳动成果不仅要接受现实眼光的评估，还要经受历史眼光的审视。"他雄心勃勃地表示："今天这个地方不应该是终点，而是一个新的起点。"

可以想象，以路遥的个性和拼劲，如果再给他十年、二十年，他一定能够奉献出更多更好的精品力作。

1992 年 11 月 17 日，年仅 42 岁的路遥因肝硬化，走完了他平凡而又悲壮的一生。他太累了，是休息的时候了。

【画外音】沙漠里的光脚的骆驼

你说，如果做一个木匠，你也能够成为一流木匠。我信。

每一个人，不论做什么事，只要专注，只要努力，都可能在自己行业中干得最好。一个人最后的价值不在于干什么，而在于干的过程中的充盈与满足。生命的价值就在过程中，结果并不重要。要说结果，每个人都要死，地球最终也要崩溃，从这个意义上，更没有伟大与渺小之分，只有活着和死去的不同。

写作也是一种劳动，是一种有些特殊的劳动，但并不神秘。活在世上，选择一种职业，就要热爱并敬重这种职业。作家是这样，农民也是这样。这样的感悟来自你的父亲，他虽然懦弱，但很会劳动，种地时，把什么都做得尽善尽美。他拔草锄地，也讲究美，从任何地方看去，都一垄一垄的，整整齐齐，很美。即便种南瓜，也要种得"好看"，这样做，不一定为了吃，一到秋天，地头上一垄一垄都长满南瓜，这样"好看"。干活，就要这种做得"好看"的"贪婪"精神。

任何方法都不是目的。作品的成功比的不是方法。你要做的是找到最适合自己的方法，也许不时髦，于你管用，这就够了。

当别人抢着表演的时候，你背过身去，将心贴在大地上，用最为传统的方式，面向大众书写，以此实现你的座右铭："像牛一样劳作，像土地一样奉献。"

当别人争着发言甚至为了发言而歇斯底里的时候，你更愿意做一个沉默的思考者，在精神的空旷之地孤独地思考着现实人生，以此表达你的决心："为某种选定的目标而献身，就应该是永远不悔的牺牲。"

你信奉巴尔扎克的话："生活可以故事化，但历史不能编造，不能有半点似是而非的东西。"作品中任何虚假的声音，读者的耳朵都能听得见。当大家都在用西式餐具吃中国饭菜的时候，你不会为自己依然拿着中国筷子而感到害臊。

你是毛乌素沙漠里走出来的光脚的骆驼，是贫瘠土地上的农民的儿子，你深深地热爱着这贫瘠的大地和默默生活在这贫瘠大地上的平凡的人民。你像骆驼一样吃着不毛之地上的一点荒草，奉献出血奶一样的精神食粮，你和你的作品正激励着亿万人民在逆境里奋斗、在苦难中搏击……

2018 年 12 月 18 日，党中央、国务院授予你"改革先锋"称号，你和袁隆平、屠呦呦、马云等 99 人一起，收获了这一枚沉甸甸的勋章。

2019 年 9 月 25 日，你又获得中华人民共和国成立 70 周年"最美奋斗者"光荣称号，与你一样没能到现场领奖的，有梅兰芳、焦裕禄、陈景润等人。你和他们一样，都是共和国历史上"最美奋斗者"的杰出代表，是平凡世界里最不平凡的励志典型。

"即使没有月亮，心中也是一片皎洁。"这是你的感悟，也是你的执念。尽管你活得有些短暂，但只要还有人在读你的作品，你就永远活着。

信 念

第六章
CHAPTER 6

信念，是一种想法，一种坚信不疑的想法；

信念，是一种情感，一种浓烈真挚的情感；

信念，是一种认知，一种毫不怀疑的认知；

信念，是一种意志，一种无法摧毁的意志。

信念是生命的支柱，大海的灯塔，沙漠的绿洲，长夜的火炬。

有了信念，纵使遭受厄运，也能激情澎湃；

有了信念，纵使身陷困窘，也能斗志昂扬；

有了信念，纵使遇到险境，也能砥砺前行。

信念见证一个人的韧度。古罗马诗人奥维德说：有信念的人经得起任何风暴。

信念决定一个人的高度。美国总统林肯说：喷泉的高度不会超过它的源头，一个人的事业也是这样，他的成就绝不会超过自己的信念。

信念检验一个人的温度。印度诗人泰戈尔说：信念是鸟，它在黎明仍然黑暗之际，感觉到了光明，唱出了歌。

信念擦亮一个人的锐度。美籍科学家爱因斯坦说：由百折不挠的信念所支持的人的意志，比那些似乎是无敌的物质力量具有更大的威力。

信念磨砺一个人的亮度。日本企业家松下幸之助说：在荆棘的道路上，唯有信念和忍耐能开辟出康庄大道。

在陶潜那里，信念就是"不为五斗米折腰"的傲骨；

在陆游那里，信念就是"零落成泥碾作尘，只有香如故"的执着；

在徐庭筠那里，信念就是"未出土时先有节"的豪情；

在唐寅那里，信念就是"立锥莫笑无余地，万里江山笔下生"的气节。

因为有了信念，董存瑞做到了奋起炸碉堡，高喊"为了新中国，前进"；

因为有了信念，黄继光做到了舍身堵枪眼，实现了"不立功不下战场"；

因为有了信念，邱少云做到了烈火焚身，"宁愿自己牺牲，决不暴露目标"；

因为有了信念，欧阳海做到了只身推马，"为共产主义理想而牺牲，就是向死而生"；

因为有了信念，王杰做到了危急关头，挺身而出，"一不怕苦，二不怕死"；

因为有了信念，史光柱做到了枪林弹雨，冲锋不止，"宁可前进一步死！"……

第一节　董存瑞："为了新中国，前进！"

【出场】战士洒血，英雄永生

1948年5月25日下午3时30分，军龄不到3年的你，在一瞬之间，化成了一道彩虹，你的身影永远定格在硝烟滚滚的天空中。

是什么力量鼓舞着你？是什么信念支撑了你？

你是那么年轻，还不满19岁，像沾着露珠的向日葵。如果是和平年代，你可能刚刚跨进大学的校门，正处于对未来充满美好想象的年龄。可你，在解放隆化的战斗中，是一把尖刀，冲在队伍的最前面。一座碉堡阻滞了我军的进攻。你怒目圆睁，跑到桥下，左手托起炸药包，右手拉燃导火索。一声巨响，敌人的碉堡灰飞烟灭，你也粉身碎骨，用燃烧青春的热血，吹响了胜利的号角。

你的勇气彰显了一名战士的担当和忠诚；

你的行动诠释了一位军人的初心和使命；

你的壮举激励着一代又一代人，朝着阻碍中国革命和中国建设的各类碉堡，前仆后继，奋勇前行。

战士洒血，英雄永生。

你没有见证中国的新生，但历史记录了你的荣光，人民铭记你的名字。

1957年5月29日，朱德总司令为你的纪念碑亲笔题写："舍身为国，永垂不朽！"

你是年轻的战士，是顶天立地的英雄——董存瑞。

【故事】太震撼，太悲壮了！

1929 年 10 月 15 日，董存瑞出生在河北省怀来县南山堡村。

"九一八"过后，八路军在张家口赤城县大海陀乡建立了抗日根据地，像一把钢刀插在敌人的后方腹地。

1943 年冬，怀来县南山堡成立抗日儿童团，14 岁的董存瑞被选为儿童团团长。他站岗放哨，有时还要给八路军送火柴信、鸡毛信等，这工作很危险，一般人不敢送。董存瑞有一套策略：他用破布把信包好，塞进牛粪里，然后把牛粪放进篮子里，敌人检查时，以为是捡粪的，便让他过去了。

董存瑞当儿童团团长的时候，历经两任区委书记，他们都很勇敢，给他留下深刻印象：先是石裕民，被叛徒出卖后，壮烈牺牲。继任者王平到董存瑞村里做工作时，正好被日伪军给包围了。

董存瑞急中生智，用玉米秆把王平藏到一个很偏的地方，巧妙地引开了敌人。但不久，叛徒告密，王平被俘前，拉响了手榴弹，与敌人同归于尽。

1945 年春天，董存瑞获准参军。1947 年加入中国共产党。他所在的部队攻沙城、打龙关、战赤城，董存瑞特别勇敢，立功多次，是打仗的好苗子。

1948 年 5 月，时任冀察热辽中央分局书记兼军区司令员的程子华率部和东北野战军第 11 纵队南下作战，直扑河北承德。

5 月 25 日，拂晓时分。三发红色信号腾空而起，解放隆化的战斗打响了。

第 11 纵队炮兵旅首先进行了长达半个小时的炮火轰击。隆化的国民党部队受到重创，敌军苔山主阵地也被砸趴下了。炮击之后，主攻苔山的 31 师不到半个小时就控制了主阵地，随即开始肃清负隅顽抗的残敌。

董存瑞所在的六连是第二梯队，他们离阵地只有几里路，但推进很慢。行至半途，前方突然传来命令，要求六连支援一批三角支架。原来，在敌人的碉堡群中炸碉堡，往往需要两三次才能炸毁一个碉堡，三角支架耗量很大。

六连的主要任务是攻击隆化中学东北角的敌军交通壕，他们兵分三路，包抄过去。

"嗒嗒嗒……"密集的子弹雨点般扫射，隆化中学东北角的炮楼像条盘旋的毒蛇，吐着火舌，六连进攻受阻。此时，他们与隆化中学的围墙和炮楼只隔了一条二三十米宽的干河沟。

一名爆破手抱着炸药包，试图冲过河沟，但刚跑几步，就中弹栽倒，当场牺牲。碉堡里的枪声仍在继续，封锁住了交通壕的出口，它与隆化中学东北角的大炮楼形成交叉的火力网。

刻不容缓！必须尽快拔掉这座碉堡！

多一秒钟，就有可能多一个战友牺牲。

说时迟，那时快。董存瑞和郅顺义一前一后，旋风般滚进了交通壕，脸上被硝烟熏得漆黑。董存瑞胳膊下夹着一个炸药包，郅顺义胸前挂着一圈手榴弹，手里还攥着两颗。两人快速爬行，很快摸到了交通壕的西侧。

碉堡呈桥形状，底座被手榴弹炸开了一丝裂口，董存瑞要往河岸与桥身连接处安放炸药包，但放了几次都滚了下来，因为三角支架用完了，没有它，很难将炸药包固定到桥身下。

怎么办？董存瑞没有犹豫，他的腿部已受伤，跛着脚奋力往南挪，来到桥形碉堡的中心位置。他停了一下，突然站起，大吼一声："为了新中国，前进！"他奋力将炸药包顶在桥肚上，用左手托起炸药包，右手拉燃了导火索……

5月25日下午4时多，战斗胜利结束，程子华前来视察。当走到隆化中学前面时，他见一名战士坐在地上哭泣。

程子华上前问道："怎么啦，打了胜仗还哭？"

这名战士就是郅顺义，他呜咽地报告道："我们的班长董存瑞为掩护全连冲锋，用身体托住炸药包，炸掉了横跨在旱河上的桥形碉堡，壮烈牺牲了。"

1948年7月11日，冀察热辽党报《群众日报》刊登了一篇报道：《共产党员奋不顾身——董存瑞自我牺牲使隆化战斗胜利完成》。该报同时刊登了程子华题为《董存瑞同志永垂不朽》的文章："人民英雄董存瑞同志，你是具有自我牺牲精神的榜样，我区全军将永远记着你的英勇……"

1950年9月，董存瑞被追认为全国战斗英雄。翌年国庆节，毛泽东邀请董存瑞的父亲董全忠登上天安门城楼，朱德、周恩来、刘少奇等中央领导同志一同接见了他，为他有这样英勇的儿子感到骄傲……

【旁白】不该有的小插曲

然而，不知从何时起，有关董存瑞、黄继光、邱少云、刘胡兰等英雄人物的惊天壮举竟遭到无知者的肆意诋毁、抹黑与质疑，各种恶劣的段子充斥着低俗、调侃和轻佻，令人痛心和不齿。

电影《董存瑞》，为了突出浩然之气，营造悲壮氛围，导演在细节上做了一点艺术化处理，同时强化了董存瑞在最后时刻喊出那句气壮山河的话："为了新中国，前进！"

某杂志据此大做文章，声称董存瑞托起炸药包是虚构的，是当时部队为了宣传需要而编造出来的。该文质疑的核心是：在那种时刻，董存瑞还能喊出这样的口号来吗？

多么可笑的腔调，多么寒心的理由！

疯狂的子弹蝗虫般乱飞。董存瑞手中的导火索滋滋燃烧着，时间不过几秒钟。他屹立的那一刻，想到了什么？也许什么都来不及想，他是军人，炸掉这个该死的碉堡，是他必须要做的事情。他甘愿献出生命，为的是减少战友们的伤亡，为的是战斗的最终胜利。这一切，难道需要解释吗？

与董存瑞一同执行任务的郅顺义气愤地说：

英雄长眠地下，他不会为自己辩解。那喊的是什么，很重要吗？当时，枪也响，炮也响，我听不清他喊的是什么，但是我看见他托起炸药包了，将碉堡炸掉了，我们因此摧毁了敌人，这是铁的事实。战斗结束后，我们看到大桥北半截被彻底炸塌、炸毁，只留下一堆破碎的水泥、砖石，几根露出的木头还在燃烧，空气里弥漫着硝烟的味道。我们徒手扒了很久，没有找到英雄的遗体，哪怕是一块零碎的骨肉、衣服布料都没有找到……太震撼，太悲壮了！这就够了！

是的。英雄不会在意蒙在脸上的灰垢，因为，每一次清明，都有无数感动的泪水为之濯尘。

"英雄是一种信仰，那是一个民族的良心。"现年80多岁、曾在董存瑞烈士陵园工作了一辈子的吕小山老人说得好，"捍卫英雄，捍卫的不仅仅是历史，还有未来。"

【画外音】"关键时刻要冲上去"

《人民日报》在1948年和1949年初报道三大战役牺牲的英雄，有三位烈士特别悲壮：一位是董存瑞，另外两位是梁士英和张树才。

1948年，辽沈战场，锦州一战，我军被藏在暗堡中的重机枪封锁道路。梁士英抱起爆破筒，潜行到暗堡之下，点燃导火索，用力塞进暗堡。敌人又将爆破筒推了出来，梁士英再次把爆破筒塞进去，并用身体死死顶住。一声巨响，梁士英与敌人同归于尽。

同年，淮海战场，徐州一战，张树才也是舍身炸地堡，壮烈牺牲。今天，在淮海战役纪念馆还保存着两块取自地堡的石头和一捧沾染烈士鲜血的泥土，见证了那一段不同寻常的历史。

1954年，隆化县修建董存瑞烈士陵园，烈士墓中是一块楠木牌，上面用朱砂写着："以此木代替烈士遗骨。"

2017年清明节前，董存瑞家人冒着大雪赶到隆化，从英雄牺牲的桥梁旁捧起一把黄土，那里有他鲜血的印记，带回来，将它安葬在父亲董全忠的脚下……

任何一个民族都有自己的英雄，他们用血肉之躯，在短暂的时空里矗起人的生命可能抵达的精神高度；

任何一个国家都有自己的英雄，他们是过去、现在和将来岁月里的平凡人，但他们创造的奇迹足以改变一个民族和一个国家的命运；

任何一个时代都有自己的英雄，他们是标杆，是榜样。走近他们，学习他们，成为他们，才是每个人最好的缅怀，最真的感激。

2020年2月22日，董存瑞的外甥、北京市公安局民警艾冬，倒在抗疫的最前线。董存瑞的妹妹，也就是艾冬的妈妈董存梅也是警察，曾获得2018"北京榜样·最美警察"称号。

作为英雄的亲人，艾冬始终牢记母亲的话："关键时刻要冲上去，不能给舅舅丢脸！"

这，就是榜样的力量。

这，就是英雄的传承。

第二节　黄继光："不立功不下战场！"

【出场】顶天立地的壮士

你确信你的生命比子弹更硬吗？你确信你不是血肉之躯，而是钢铁制成的吗？你确信你用年轻的生命能为战友们开辟胜利的道路吗？

那是何等的毅力！你拖着重伤的身躯，一步一步，爬到敌人的地堡前——

你奋力一搏，像巨石，拦截激流四溅的坝口，怒涛拍岸，气贯长虹，那一刻，山河为之震惊；

你奋起一跃，像雄鹰，冲向奔腾而出的烈焰，热血澎湃，万丈光芒，那一刻，天空为之颤抖。

21岁，多么美好的年华啊，像海平面上刚刚升起的太阳，洗去黑夜的疲惫，积蓄大地的力量，生机勃勃，万紫千红。

"一条大河波浪宽，风吹稻花香两岸"，这是电影《上甘岭》插曲《我的祖国》的歌词，为了保卫"在这片温暖的土地上，到处都有和平的阳光"，你和你的战友们，"雄赳赳，气昂昂，跨过鸭绿江"。

这不是一个人在战斗，也不是一个集体在战斗，而是一个国家、一个民族面对逼近家门的强盗所被迫进行的自卫的战斗。战斗的正义和道义都在我方，最后的胜利也必将属于我们！

上甘岭战役是以美国为首的"联合国军"的"摊牌行动"，自始至终惨烈异常，像绞肉机，阵地反复争夺，炮声隆隆，天昏地暗。到处是烧焦的秃树桩子，到处是发烫的钢片和弹头。当每秒钟 6 发炮弹的狂轰滥炸把主峰削掉整整两米后，敌军不仅未能占领高地，反而被我军歼灭2.5 万余人，击毁击损敌机 300 架，击毁火炮 61 门、坦克 14 辆……

"让祖国人民听我们胜利的消息吧！"这是每一名参战将士发自心底的真挚的呐喊。打仗靠武器，更要靠气势，靠拼劲和狠劲，靠精神与意志。我们之所以能够打退世界最强的"联合国军"，是因为有无数像你这样顶天立地的壮士。

你和你的战友用血肉筑起的新的长城，永远定格在世界战争史册中。

你是四川中江县的苦孩子黄积广，是身材矮小被破格允许参军的奇迹战士，是共和国特级英雄——黄继光。

【故事】气壮山河的一幕：堵枪眼

黄继光如愿以偿穿上了军装，他随部队跨过一片片焦土，空气中弥漫着硝烟味。到达前线后，他被分配到第 15 军 45 师 135 团 2 营 6 连任通讯员。

黄继光找到连长万福来，问："什么时候打仗呀？"

"急啦？来这儿，还愁没仗打？"万福来打量着身材矮小的黄继光，故意皱了一下眉头，道，"你这体魄，怎么打敌人啊？"

黄继光急了："连长，我个矮，但机灵，往战壕里一蹲，敌人看不到我，我却看得到敌人！"

万福来听了，笑道："你端过枪吗？要打胜仗，得先练好本领！"

黄继光觉得这话在理。在训练中，他十分刻苦。投弹，别人投三次，他投十次；瞄靶，别人瞄十分钟，他瞄二十分钟；跑步，别人跑八千米，他要跑一万米以上……最终，根据需要，他被分配给营副教导员齐润庭，留在后勤工作。

黄继光有点情绪，不理解。齐润庭知道他的心思，指着腕上的手表，严肃道："你看这只表，时针、分针、秒针有序地转动，为什么？"停了一下，齐润庭将表盖揭开："看见这发条、齿轮、小螺丝了吗？战场就像这块表，每个战士分工不同，但作用是一样的。"

黄继光豁然开朗，很快成了连里的"八大员"，集电话员、卫生员、担架员、运输员、宣传员、编外炊事员、军械员和通讯员于一身，并荣立三等功一次。

黄继光曾看过一部电影，叫《普通一兵》，是新中国成立后第一部译制片，讲述一名苏联战士马特洛索夫用胸膛堵住敌人枪口，最终夺取胜利的故事。他对马特洛索夫很崇敬："这样的英雄我喜欢！"

1952 年 10 月 17 日，敌人不断地轰炸 537.7 高地和 597.9 高地，志愿军蹲守在坑道里，不少人出现了脱水、虚弱的症状。黄继光主动要求去送水。他提着水壶，冲出坑道，不断跳跃，敏捷地避过炮火，送来了一壶宝贵的水……

两天后，黄继光所属第 2 营奉命向上甘岭右翼进攻，必须抢在天亮前占领阵地。他随营参谋长张广生来到 6 连。万福来向张广生报告说，0 号阵地上三个射击掩体没有拿下，威胁太大。他们已连续派出 3 个爆破组，每组 3 名战士，前两组冲上去，6 名战士全部牺牲；第三组又冲了上去，正困在敌人阵地前，无法前进。

"我们必须拿下！"张广生大声吼道。眼看距离天亮只有 40 来分钟，如果再不攻下阵地，将对上甘岭战役甚至整个战局产生重大影响。

"我们只剩下 16 人了，谁能跟我上去？"连长万福来对指导员冯玉庆说，"如果我倒下了，你就带人顶上去！"

"你是连长，你在这里指挥！"连指导员冯玉庆挡住万福来，大声说，"我带两名战士冲上去！"

"连长、指导员，你们别争了！"黄继光挺身而出，请求担负爆破任务，"你俩不能去！我去炸掉敌人！"

"我也去！"两名通讯员肖登良、吴三羊异口同声。

"好！黄继光，这次任务就交给你。"张广生庄重地说，"我任命你为 6 连 6 班代理班长，一定要完成任务！"

这时，黄继光从身上掏出一封信，交到万福来手中："连长，这是我给母亲的信。如果我没回来，请你寄给她。"

说完，黄继光提上手雷，带领肖登良、吴三羊向敌军阵地爬去。在距火力点不到 50 米的地方，敌人的照明弹、探照灯全部照了过来，机枪喷射密集的火舌，三人相继倒了下去。

负责掩护的排长钟仁杰等人嗓子提了起来。几秒钟后，黄继光又动起来，并慢慢匍匐前进。显然，他受伤了。子弹还在头顶扫射，但他忍着剧痛，继续一步一步向前。

距敌火力点不到 10 米了。黄继光停了一下，然后将最后一颗手雷投向敌军，可惜火力点太大，手雷只炸毁了它的半边。

敌机枪哑了一小会儿，我军趁势冲锋时，火力点内的机枪又吼叫起来。

情况万分危急。这时，黄继光苏醒过来，他动了动，朝火力点看了一眼，又回头看了看钟仁杰等人。他再次艰难地往前爬，一步，两步……终于来到了敌堡射击口。

突然一声怒吼。钟仁杰和战友们看到了气壮山河的一幕：黄继光张开双臂，猛地扑向火力点，用胸膛堵住了正在喷射的枪口。

"冲啊！"钟仁杰热血激涌，扛起机枪，带领数名战士冲上去，一顿怒射，地堡里的敌人悉数毙命。

战友们冲上 0 号阵地，黄继光的躯体仍然堵在敌人的射击口上，他的手死死地抓着两旁的麻袋，像蝴蝶一样张开……

遗体被抬下来，胸口被打出了蜂窝煤大小的血洞，身上许多弹孔，都没有血，地堡前也没有血——英雄的血在路上流光了。

【链接】上甘岭之光：烈士长眠，英魂安息！

彭德怀对志愿军第 15 军军长秦基伟强调："五圣山是朝鲜的中线门户，如果失掉五圣山，我们将要后退二百公里而无险可守。谁丢了五圣山，谁就要对朝鲜的历史负责。"

秦基伟立下军令状："战至一兵一卒，也要守住五圣山！"

上甘岭是挡在五圣山前的屏障。守住了上甘岭，也就守住了五圣山。

美军调集兵力 6 万余人，大炮 300 余门，坦克 170 多辆，飞机 3000 多架次，对志愿军两个连约 3.7 平方公里的上甘岭阵地，倾泻炮弹 190 余万发，炸弹 5000 余枚。

炮火掀起阵阵巨浪，坑道中的战士们像感受到地震，强烈的冲击波撞击着坑道，不少人牙齿磕破了嘴唇、切断了舌头，一个 17 岁的小战士被活活震死。

在战斗中，涌现出特级英雄黄继光、一级英雄排长孙占元、一级战斗英雄胡修道、二级战斗英雄牛保才等，第 15 军三等功战斗英雄共 12347 人，英雄集体 200 余个。在 43 天中，拉响手榴弹、手雷、爆破筒与敌同归于尽、留下姓名的英雄就有 38 位。

战后的上甘岭，随手抓起一把土都能找出很多弹头和弹片；

一截一米不到的树干上，嵌进 100 多个弹头和许多弹片；

一面血迹斑斑的战旗，上面留有 381 个弹孔；

3.7 平方公里的山头，早已被鲜血浸透了……

每个战士都令人感动。17 岁的女卫生员王清珍护理坑道中 20 多名重伤员，喂水，喂饭，换药。一些重伤员全身缠满绷带，不能动弹，只有鼻子和嘴巴露在外面。她将饭嚼碎，一匙一嘴，对着喂。

有一次，一位腹部中弹的排长排不出小便，导尿管插上也不行。王清珍用嘴含住导尿管吸，终于使尿道通了。从未流过泪的汉子，泪流满面地说："好妹妹，我一辈子忘不了你呀！"是啊，这里蕴含着多大的爱啊……

毛泽东说：志愿军"钢少气多"打败了"钢多气少"的强大敌人。

烈士长眠，英魂安息！

上甘岭战役已经成为中华民族最巍峨的丰碑，它象征着中国人民对朝鲜人民深沉的爱，也寄托着中朝两国人民对英雄们的无限哀思和缅怀之情。

【在场】黄继光传人

"爱国奉献，孝顺父母，尊敬兄长，培育子弟……"

每到传统节日，在四川中江县"继光镇"（原石马乡），上百位黄氏族人一起诵读"家规十条"，他们神情坚定，像宣誓：

"爱国奉献放在家规第一条，是因为没有国，哪有家。天下兴亡，匹夫有责。我们黄氏族人，要永远记住黄继光的丰功伟绩！"

如果说，黄氏族人传承英雄的"爱国奉献"让人肃然起敬，那么，黄继光曾经生活战斗过的部队，黄继光的战斗作风和战斗精神更像血液一样，流淌在一代一代士兵的血管里。

湖北解放军空降兵某部大院内，有一座三层的小楼，二层的门牌上写着"黄继光班"，黄继光就一直"生活"在这里。他有自己的铺位，跟其他人一样，洁白的床单，被子叠成豆腐块，整齐地摆放着，没有一点皱褶。唯一的不同是，他的腰带不一样，是棕色的老款，现在的战士用的是黑色新款。

每天晚上的集合，在总结一天的训练生活时，连指导员第一个点名"黄继光"，操场上马上响起"到"的声音，非常洪亮，数十名战士齐声回答。睡觉时，有战友为他铺被；晨起时，有战友为他收拾床铺，整理干净。这份工作，对于每一个战友来说，都是一种荣耀。

黄继光从没有离开部队。战友们也以别样的方式，与他在一起。这些年来，在部队组织的大比武中，黄继光班、黄继光连总是拿第一名；在军事演习、抗震救灾、抗洪抢险等重大任务中，这个连队先后荣立4次一等功、11次二等功和19次三等功。

2019年9月初，空降兵某旅"黄继光连"举行庄严仪式：即将退伍的战士们面对黄继光塑像敬礼、宣誓，向老班长告别。他们的胸前都别着一枚徽章，上书："黄继光传人"。

【画外音】永不屈服的图腾

鲁迅先生说过："一个民族要屹立不倒，要看他的筋骨与脊梁"。上甘岭战役，让我看到了中华民族的筋骨与脊梁。

秦基伟将军在晚年的回忆录中写道："美国人真正认识中国人，是从上甘岭开始的。"

上甘岭战役，不仅是世界军事史上的奇迹，更是中华民族永不屈服的图腾；不仅是中国军人永远敬仰的精神高地，更是千千万万中国人在逆境中排除万难、敢于牺牲的力量源泉。

美国总统杜鲁门承认上甘岭战役对美国造成了沉重打击。"联合国军"总司令克拉克下令，鉴于上甘岭战役伤亡过重，"联合国军"必须停止任何兵力多于一个营的战斗。从此，朝鲜战局停立在北纬38度线上。这次战役不仅奠定了朝韩双方的边界，而且换来了东亚地区数十年的和平。

"为了祖国人民需要站在光荣战斗最前面，为了全祖国家中人等幸福日子，男有决心在战斗中为人民服务，不立功不下战场！"这是你交到连长手里的信，也是留给母亲邓芳芝的遗言。

你光荣牺牲后，你的母亲又将大红花戴在你弟弟黄继恕胸前，你家先后有十余人参军入伍。

1953年4月，你的母亲出席了全国妇女大会。

　　毛泽东主席走到你母亲身边，握着她的手，说："你养育了一个好儿子。"停了停，又说："你牺牲了一个儿子，我也牺牲了一个。"

　　毛主席还特意邀请你的母亲到他家中做客，表达共和国领袖对一位英雄母亲的敬意……

第三节　邱少云："宁愿自己牺牲，决不暴露目标"

【出场】为整体、为胜利而自我牺牲的伟大战士

在辽阔的远方，你在寂静里燃烧，火苗沿着脚踝一直烧到你的头发。你一动不动，仿佛睡眠中的河流。

鞭子，刀子，锯子，我只能想到这些东西。我看不见你，只看见烈火肆意地燃烧，像毒蛇，在狂风中飞舞。在火焰的旋涡里，你最终炼成了金属的煤块。

你趴在那里，像一发滚烫的炮弹，等待冲锋的号角。

你的战友，就在身边。他们也一动不动。他们看见了真实，看见了悲壮，看见烈火中的你像烧红的钢板。每一秒，都有刀子在心头割。他们知道，上了战场，就有牺牲，也不怕牺牲。如果子弹爆头，立即壮烈牺牲，没啥说的；如果受了重伤，流血而死，也没啥说的；如果被捕，捆绑吊起，折磨而死，还是没啥说的。可你，在清醒的时候，在能够自由伸展的时候，你放弃自救，被大火吞噬，这要怎样的意志，怎样的决心，怎样的忍力？

那一天，刚刚下完一场雪。开始，你和战友们埋伏在敌人眼皮底下，只是冷，刻骨铭心的冷。零下 40 多摄氏度，世界仿佛冰镇似的，万物萧瑟，空气凝固，大地肃穆。你努力把一切想象成冬眠，甚至一幅画，血液徐徐流动，你能感受到自己的心跳缓慢有力地触摸大地。

突然，敌人碉堡里发出十几发烟幕弹和毒气弹。没过多久，敌人又盲目发出数十发炮弹，一部分落在你和战友们的潜伏区。有人受伤，也有人阵亡了，但你和战友们纹丝不动。直到燃烧弹海啸般滚来，其中一发在离你两米远的地方落下。凝固的汽油弹，最高温度有800多摄氏度，大地剧烈颤抖。火烧到了你的身上，为不暴露目标，你早把子弹和手雷压在胸脯下，任鞭子打，任刀子割，任锯子拉，任毒蛇咬，你的双手深深地插在土里，头埋进地里，身体变成了焦炭……

你并未死去，只是灵魂升向了天空。

1952年11月6日，中国人民志愿军给你追记特等功。翌年6月1日，追授你为"一级英雄"。6月25日，朝鲜民主主义人民共和国最高人民会议常任委员会授予你"朝鲜民主主义人民共和国英雄"称号，同时授予你金星奖章和一级国旗勋章。

你是志愿军战士邱少云。在你牺牲的391高地，雄伟山峰的石壁上用血与火烙上一行醒目的大字："为整体、为胜利而自我牺牲的伟大战士邱少云同志永垂不朽！"

【故事】"天底下哪有这样好的战士呀！"

"宁愿自己牺牲，决不暴露目标……"1952年10月11日，邱少云出发前递交了入党申请书，向党组织做出了庄严承诺。

邱少云出生于四川省铜梁县一个穷苦的农民家庭，父母早逝，曾被抓壮丁，入伍国民党军队。1949年12月，邱少云所在部队投诚，邱少云加入中国人民解放军，成为第15军第29师第87团第9连一名战士。

1951 年 3 月奉命参加中国人民志愿军赴朝作战。

1952 年 10 月，上甘岭战役即将打响。为了取得胜利，必须炸掉康平桥，切断敌援必经之路。但康平桥在敌 391 高地控制之下，敌军一个加强营驻守，地势险要，火力强大，碉堡成群，强攻代价太大。

"必须派一支过得硬的小分队秘密潜入至敌军半山腰，等到进攻时间，迅速抢占 391 高地。"指挥所达成这样的共识。

邱少云和 47 名战士写了请战书，后来又加入 4 名医护及话务人员，一共 52 人，组成小分队。出发前，部队首长郑重叮嘱："这次去潜伏，只许成功！你们要沉着冷静，严守纪律。即使被子弹打中，也不能暴露目标。"

小分队异口同声："请首长放心，保证完成任务！"

10 月 11 日下午 6 时许，我军向 391 高地发动猛烈攻势，敌军惊慌失措。小分队匍匐前进，每人身上插满芦草。在炮火掩护下，小分队顺利进入指定目标。

邱少云所在的三班是尖刀班，主要任务是爆破。为了确保完成任务，邱少云与副班长李元兴和战士李士虎组成第一爆破组，班里其余同志组成第二、第三爆破组。他们静静地潜伏在半山腰上的斜坡地域，前有一个小土包，后有一个干涸小沟，是最佳的隐蔽地。

第一爆破组潜伏在最前面，距敌阵约 60 米。作为第一爆破手，邱少云的位置更靠前。除了子弹和手雷外，邱少云还携带一把大铁剪，等进攻炮击后，剪开阵地残存的铁丝网，形成一个通道，以利于爆破手抱着炸药包去炸碉堡，清除火力点，为部队冲锋扫除障碍。

10 月 12 日上午 11 时许，两名敌人从地堡里钻出，下山取水。小分队万分焦急，幸亏这一切被我军前沿观察掌握，几发炮弹飞来，消灭一个敌人，另一个负伤后，逃回了地堡。

不久，敌军开炮，毫无目标。随后又派飞机在小分队潜伏的上空侦察，也没有发现异常。

当天中午 12 时左右，敌军突然发射了一排燃烧弹，企图烧掉阵地前的荒草。有一颗燃烧弹在邱少云前两米左右的地方爆炸，浓烈的大火燃烧着，火星四溅，落到他的左腿上，又延烧到了棉衣和头发，不一会，熊熊大火彻底笼罩了他。

最后时刻，邱少云用微弱的声音告诉战友李士虎："对不起，我不能完成爆破任务了，你一定要帮我完成……"

就这样，为了整体，为了胜利，邱少云以烈火焚身的壮举，彰显了中国军人的责任担当与英雄本色。

距离邱少云最近的李士虎，眼睁睁地看着这一切，愤怒而无助。他急得将嘴唇咬出了血，几次想和副班长李元兴冲上去扑火。最终他还是钉在那里，一动不动。

时间一分一秒过去，痛苦锥心，怒火撕肺。直到当天下午 5 时 21 分，我军发起了总攻，先是炮兵对 391 高地进行 8 分钟猛烈炮击。接着冲锋号响起，战士们像离弦之箭，枪炮声、"为邱少云报仇"的怒吼声响成一片，大约半个小时，全歼守敌，拿下了 391 高地。

当开国少将、时任志愿军第 15 军第 44 师师长向守志听到邱少云的事迹后，立刻起身，脱帽致哀，流泪道："太伟大了！天底下哪有这样好的战士呀！"

【画外音】活着的意义，就在于信仰

人生的目的是追求快乐和幸福。我想，你来到这个世界，同样是为了追求快乐和幸福。但你知道，人不能缺少信仰。活着的意义，就在于信仰。

为了信仰，即便牺牲，也是快乐和幸福的。

那一天，"纪律重于生命"，这是你的信仰。因为有了信仰，你就像凤凰涅槃，在烈火中重生。

那一天，你听到了滋滋的燃烧声音，有什么东西被粉碎了？

那一天，天色阴沉，冰雪融化，冲锋号响起，红旗插上了顶峰。

那一天，有一只鸟，从你的头顶飞过，也许要飞回故乡。

那一天，你一定想起了故乡。那里，清贫的日子也有欢乐。你没有看见荒冢，只看见炊烟，看见弟弟在田间劳作，还有成群结队的风，以及那些曾经活着的人。他们都在祖宗的国度里幸福地生活，就像你希望的那样。

那一天，你托人说，想吃家里的榨菜炒肉。你的弟弟邱少华赶紧给你做了两碗，一直等呀，一直等，可你再也没有回来。

那一天，邻居去赶集，在黑板上看到了你在朝鲜战场上牺牲的消息。弟弟正在水田插秧，脚都没洗，赶到集上，看到那一行字，印证了邻居的说法。弟弟抱着头，跌坐在地，号啕大哭，像一柄刀子插进了胸口。

那一天，在乡里藕塘湾的空地上，当地政府给你开了追悼会。弟弟神情黯然，掏出唯一的家书，这是你让一位战友帮忙写的。加入志愿军前，你不识字。

"我在朝鲜多打美国佬，你们在家里要把分的地种好，多打些公粮，支援抗美援朝战争。"县长表情严肃，一字一字，读着你的信，"我决心杀敌立功，带着光荣花回来看你们。抗美援朝，保家卫国！"

而今，这封信陈列在重庆铜梁以你的名字命名的烈士纪念馆里。

父母早亡，你和弟弟感情很深。县长读信的时候，旁边两位大爷问你弟弟啥感受，弟弟再次泪崩："啥感受？我的心头能舀起五碗血啊！"

你活得太短，生前连一张照片都没留下。后来宣传用的图片和雕塑，都是参照你弟弟的样子设计的。

现在，每年清明，你的家人都会在室外摆一桌子祭品，还有一碗榨菜炒肉，给你上香，祭拜你。

那一天，围在你身边的是金达莱花，一圈又一圈，你在丛中笑。

那一天，山高水远，成为永恒。

第四节
欧阳海："为共产主义理想而牺牲，就是向死而生"

【出场】用行动写下了英雄史诗

你的名字，像大海中的灯塔，闪耀在共和国浩瀚的星空；

你的故事，像暴雨中的惊雷，让无数干渴的人潸然泪下；

你的精神，单纯，刚毅，忍耐，那是一代人的共同记忆。

你把《红岩》中江姐的誓言作为自己的座右铭："如果需要为共产主义的理想而牺牲，我们每一个人，都应该也可以做到——脸不变色心不跳。"

半个多世纪后，列车还在前行，铁轨还在延伸，像秋天的地平线，辽阔得似乎看不见尽头。

如果不是突然响起的惊马的长啸，我不会停留在那一片山谷，停留在曾经活着的时间和历史的回音。我听见了你的叫喊，那么急促而尖利，像飓风发出的轰鸣。我一回头，铁轨的战栗里再一次重现了新鲜的血迹。

每一次，我都会看到同样的场景，感到同样的震撼，同样的悲痛。空气凝固，世界静止。那不顾一切冲上去的背影，像灼热的子弹，猛地击中我的瞳仁……

你的战友从你的衣兜里掏出一个被鲜血染红了的笔记本，看见扉页上你清晰写下的一行文字："即使有一天，这个世界上没有了我，我也仍然衷心地相信共产主义的理想必然胜利，一定会有更多觉醒了的人为它战斗！"

你牺牲后，广州军区党委追授你一等功和"爱民模范"荣誉称号。1964年1月22日，国防部以你的名字命名你生前所在的班，并号召全军指战员学习你全心全意为人民服务的崇高品质。

朱德、董必武、贺龙、徐向前、聂荣臻、叶剑英等党和国家领导人分别题词，高度赞扬你的英雄行为。

以你的事迹写成的长篇小说首印1500册很快售完，连续加印，总发行达3000万册，成为那个年代中国当代小说的发行量之最。每天去新华书店排队买书的人络绎不绝。学生有了零花钱，第一件事就是去买一本关于你的小说。这样的奇观在中国文学史乃至世界文学史都是绝无仅有的。诚如陈毅元帅所说："这是一部带有划时代意义的作品，是我们文学创作史上的一块新的里程碑。"

你不是诗人，可是，你用行动写下了一部英雄史诗。

列车将至，你舍身推马。你是旋风，是霹雳，是600多个生命的挽救者。你是视死如归的军人——欧阳海。

【故事】撼人心魄的一幕

欧阳海，这是典型的男人的名字。1940年冬，欧阳海诞生在湖南桂阳。父母望着他，愁容满面。为保住全家唯一的劳动力大哥欧阳增龙不被民团抓壮丁，父母给他取了个女孩的名字——欧阳玉蓉。他从小男扮女装，像泥泞中的野草艰难生长。

1959 年 1 月，欧阳海应征入伍，很快当上了班长，3 次荣立三等功，并被团里评为标兵。1960 年 5 月，欧阳海加入中国共产党。

1963 年 11 月 18 日清晨，细雨蒙蒙，白雾茫茫。一辆满载着旅客的列车由衡阳北上，风驰电掣地向前飞奔。随着汽笛的鸣叫，列车驶进了衡南新塘镇峡谷中的一个转弯处。

恰在此时，欧阳海所在的部队从野外拉练归来，正沿着铁路东侧走来。听到刺耳的汽笛声，一匹驮着炮架的战马，被突然而来的火车惊吓住了，它站在路轨中间，任凭炮兵战士使尽全力，猛拖缰绳，它就是不挪半步。

列车以每小时 30 公里的速度向这匹战马冲来，100 米、50 米、40 米……

司机拉下紧急制动阀，并打开车窗大声喊叫。车轮与铁轨疯狂地嘶叫着，火星四溅，"嚓嚓——嚓——嚓嚓——"尖锐的摩擦声响彻山谷。车厢猛烈地晃荡着，乘客们目瞪口呆。

一场灾难就要发生！

千钧一发之际，欧阳海猛地跃出了队伍，闪电般冲上铁路，抢在列车到达前，用尽全力，把战马推出了轨道之外，自己却倒在了无情的车轮下，鲜血喷溅在铁轨上……

列车上 600 多名旅客得救了，纷纷把头探出窗外。他们看见了撼人心魄的一幕，流下了感动的泪水。

铁路两旁的百姓闻讯赶来，看到了铁轨上留下的长长的血迹。

欧阳海身受重伤，斜卧在轨道外侧的沙石上，昏迷过去。副班长曾阶锋和战士李甫生急忙把他抱在怀中。曾阶锋忽然记起欧阳海曾经说过的话："人的肉体终会消亡，但崇高的精神可以不朽。为共产主义理想而牺牲，就是向死而生。"他大声喊着欧阳海的名字，泪流满面……

列车通过后，由于巨大的惯性，向前滑行了300多米才停下。司机张世海和王治卫跳下车，快速奔过来，激动地说："这个战士太伟大了，快救救他！没有他，列车肯定要翻车，后果不堪设想。"

尽管有关部门极力抢救，但年仅23岁的欧阳海再也没有醒来。

【在场】金敬迈与《欧阳海之歌》

"无论时代怎么变迁，地球上只要还有人类存在，为他人而献身的伟大精神永远是值得歌颂的精神。"

这是《欧阳海之歌》作者金敬迈在欧阳海纪念馆写下的留言。

从一名普通作者一夜之间成为红极一时的全国知名作家和全国文艺工作的负责人，金敬迈做梦都没想到。更让他想象不到的是，短短几个月后，他又被投入秦城监狱，并到农场接受劳动改造，直到1978年才完全平反。

金敬迈戏剧性的人生，究竟是如何引起的？

在推出《欧阳海之歌》前，金敬迈只是广州军区的一名话剧创作员。1963年，他到衡阳140师体验生活，偶然听说了一件事：一名叫欧阳海的班长因为不满指导员整他，越级给军区领导写了一封信，讲述了他和指导员的矛盾由来。不久，欧阳海在事故中牺牲了。为什么牺牲？指导员说是因为欧阳海没好好行军，跑到火车轨道上去推一匹受惊的马。结果火车一来，给轧死了。

金敬迈心头一振：这里有戏！他深入战士中采访，果然发现欧阳海了不起，倒是那个指导员有问题。他把情况向上级反映，决定写一个话剧。军区领导说，干脆给你一个月时间，写一部长篇小说吧。金敬迈赶鸭子上架，但那时有劲，加之性格倔，就唰唰写起来，只用了28天，就完成了这部30万字的长篇小说，其中心思想是："在危难关头，欧阳海向死而生，用生命诠释了英雄气概。"

1965年7月，《欧阳海之歌》最先在《收获》杂志上发表，主编巴金对金敬迈说："响鼓也用重槌敲，你写的这句话好啊！"同年10月，这部小说由解放军文艺出版社出版。

郭沫若高度评价："《欧阳海之歌》是毛泽东时代的英雄史诗，是无产阶级革命的凯歌，是文艺界树立起来的一面大红旗。"他还亲自题写了书名。

陶铸看了小说后，以中共中央中南局的名义，要求"中南地区有阅读能力的都要好好看看"。当时的中南地区包括河南、湖南、湖北、广东、广西、海南等省份。同时，全国的报纸、杂志全部转载，电台也连续播出，还被译成多种外文，向全世界发行。

1967年五一劳动节那一天，金敬迈在天安门城楼受到毛泽东接见。

毛泽东说："金敬迈，你是我们的大作家……"

然而，红得发紫的金敬迈万万没有想到，因为得罪了江青，他被关押了2864天。

"人的意志有多厚重，人的骨头就有多坚硬。"这是金敬迈在监狱里的感悟。他说，他之所以没有疯掉或死掉，是因为心中始终有一个欧阳海。

1979年，在对越自卫反击战出征队伍中，重获自由的金敬迈自告奋勇，奔赴前线。他说他要像欧阳海那样，以实际行动证明自己是个不怕死的战士。

金敬迈随部队一直打到琼山。归来后，他写了一个剧本《铁甲008》，描写英雄坦克兵冲锋陷阵、所向披靡的感人故事，后来拍成了电影。

有人说，没有金敬迈，就没有后来的欧阳海；反过来，没有欧阳海，也没有后来的金敬迈。如果人生可以重来，金敬迈说，他会将欧阳海写得更好。

2020 年 3 月 15 日，历经荣辱沉浮、跌宕起伏一生的金敬迈静静地去世了，享年 90 岁。也许，他到另一个世界，再写一部《欧阳海之歌》？

【画外音】理想的共振，信念的一致

"这真是一本难得的好书，你一定要认真读一读。"

1966 年秋天的一个下午，彭德怀元帅将《欧阳海之歌》郑重地交给他的炊事员刘云，这样叮嘱道。

刘云发现这本书已经被彭老总翻得皱巴巴的，许多地方折叠，又抹平，里面圈圈点点，写下很多批语，还有不少地方有泪迹，他大为吃惊。

刘云把这本书当成宝贝，每天读一点，也多次流泪。读完，他又认真地数了数彭老总留下的印记：该书一共 444 页，彭老总画了红线的就有 148 页，写了批注的竟有 80 页之多。他惊呆了：一个久经沙场、侹偬半生的共和国元帅，何以会对这样一部小说产生如此强烈的共鸣？

唯一能够解释的是："理想的共振，信念的一致。"

然而，在遗忘的年代，到处都是枯萎的花环。经年的雨水越来越多，却没有人来你的庭院避雨。天晴的日子，偶尔还有三三两两的人，一脸肃穆，来到你空旷的长廊。他们试图探寻的路就在你的前面延伸，没有停顿。

风乍起。历史翻开了新的一页，你的门前热闹起来，相识或不相识的人走到了一起，在共同的蓝天下，仰望你的星空。大家就像你的家人一样，努力传承你的精神：

1964年，大弟欧阳湖入伍，两年后成为"欧阳海班"第2任班长；

1966年，二弟欧阳江入伍，三年后成为"欧阳海班"第5任班长；

1990年，侄子欧阳武军入伍，一年后成为"欧阳海班"第27任班长……

此刻，我伫立在你的塑像前，依稀听到马的嘶叫，听到远方的铁轨传来的声音，朴素、坚定、热情，足以穿过所有的暗夜。

第五节　王杰：“一不怕苦，二不怕死”

【出场】"为人民服务就是幸福"

我们一直在追求的途中，风在追求，月亮在追求，太阳也在追求。

关于追求，有不同的解释，于你而言，目标不变，追求也不变。正如时间，一直流动，不声不响，但朝前的姿势永远不变。

当兵 4 年，你用 10 多万字的日记，一点一滴记录你的所思所想。你不是诗人，可你的文字像诗歌一样优美；你不是哲学家，可日记中的哲理比许多哲学家所说的都深刻。

你过的每一天，都像火一样燃烧；你写的每一页，都折射出思想的光芒。

你说：我们要一不怕苦，二不怕死，做一个大无畏的人。

你说：当兵是为人民、为党、为祖国而来的，不管任何工作，党指到哪里就冲到哪里，就是需要献上青春也没有怨言。

你说：在荣誉上不伸手，在待遇上不伸手，在物质上不伸手。

你说：什么是理想？革命到底就是理想。什么是前途？革命事业就是前途。什么是幸福？为人民服务就是幸福。

你说：为了党，我不怕进刀山入火海；为了党，哪怕粉身碎骨我也心甘情愿……

那一天，危险真的突然降临，你毫不犹豫做出了选择：把生的希望留给别人，把死亡留给自己。恰如你日记的真实表达。

毛泽东主席为你题词：我赞成这样的口号，叫作"一不怕苦，二不怕死"。

朱德总司令号召大家学习你不怕苦不怕死的革命精神。

周恩来总理录你的诗作为题词："座座高山耸入云，我们施工为人民。不怕施工苦和累，愿把青春献人民。"

2017年12月13日，习近平总书记来到你生前所在连参观后指出："一不怕苦，二不怕死是血性胆魄的生动写照，要成为革命军人的座右铭。"

你的名字在神州大地广为传颂，你的精神成为人们心中永远的丰碑。

你让我深刻感悟：活着，是一种神秘的恩赐，唯有好好活着，才对得起像你一样没有活够的人。

你是伟大而平凡的战士，你的名字叫王杰。

【故事】"训练场就是战场"

"老师傅，我来帮您吧！"王杰一边说，一边脱掉棉衣，跪在潮湿的地上，认真清理着厕所和下水道，不停地掏出污物、杂草，脸上流下了汗珠。

看到王杰身上沾满污泥和秽迹，老师傅连连说："谢谢你，解放军同志。"

这是1963年3月23日，王杰带着雷锋小组到野外参加团日活动时出现的一个小插曲。当天，王杰在日记中写道："我愿在公园当一个打扫卫生的人，不怕自己劳累，热爱平凡的工作，只要别人过得愉快，自己也感到幸福。"

王杰是山东省金乡县人，1942年出生，从小崇拜英雄。1961年8月，他应征入伍，成为济南军区装甲兵某部工兵一连的一名战士。

王杰所在的工兵一连有着光荣的历史。他所在的六班，是抗美援朝时的二等功臣班。获悉自己来到了功臣班，他暗下决心："向英雄学习，做一个英雄的工兵战士。"

工兵的任务不仅是架桥、修路、筑城，还有布雷、排雷和爆破，每个活都具体而细致。

王杰喜钻研，爱学习，尤其喜欢记日记。有一天，打锤时，他把手震肿了，连吃饭都拿不起筷子，但他一声不吭。他在日记中戏谑道："小钎子，硬又尖，每天随我去开山；不管岩石有多硬，都能把它来戳穿。"

凡是苦活累活重活，王杰总是抢着干。在一次抗洪抢险中，为了探路，他在河水中摸着走，腿上、脚上被脚下的铁丝网划出一道道血痕。还有一次在铺路的工地，沥青烫伤了手，伤势很重，连指导员让他住院治疗，他都谢绝了……

时间过得很快，一晃到了当兵的第4个年头。按规定，王杰每年可以探亲一次。他与家人已分别多年。家人为他定了一门婚事，希望他回家看看，早日结婚，但他两次推迟婚期，3次将假期让给更急需的战友。

1965年5月，王杰的母亲心脏病复发，连长命令他务必回去。王杰这才回到家里。见到朝思暮想的儿子，母亲老泪纵横，父亲催着他完婚。王杰答应父母，等搞完训练，下次回来一定结婚。

谁知，此一去，王杰再也没有回来。

回到部队后，王杰立即与战友们一道，投身到邳县张楼公社紧张的"大练兵、大比武"的训练中。

1965 年 6 月底，张楼公社党委和人民武装部领导找到王杰所在的工兵营，请求选派教练员帮助他们训练公社的民兵地雷班。

"这个任务，就交给王杰班长吧。"营长和教导员想到了一块。因为王杰是业务能手，性格好，热情高。

王杰愉快地接受了任务，担任民兵地雷班的教练员。王杰每天起得很早，做好各种准备工作后，早上 8 点准时到集训地给民兵们上课。他先从基础知识入手，再到实物展示，最后才一步一步进行具体的操作训练。他根据大家的实际能力和知识水平，因材施教，尽可能将书本上的文字口语化、图表化。民兵们进步很快。

7 月 14 日，王杰照着花名册点名后，简单回顾了前一天的讲授要点，然后清清嗓子道："今天教大家的是绊发式防步兵应用地雷的实爆训练。"他看了看大家，加重语气道："这种地雷不加导火索，能瞬间爆炸，达到快速消灭敌人的目的。"

王杰的训练十分严格，他有一句口头禅——"训练场就是战场"，要求每个参训者进入实战状态，不能有丝毫的马虎。

当天的开场白过后，王杰带领 12 位民兵来到实战时需要埋地雷的训练场。他让大家一字排开，看他展示跪着、卧着的挖雷坑姿势，以及挖雷坑的分解动作。他特地叮嘱："每个人必须保持静默，注意观察四周情况，随时警惕敌情出现。一会儿你们训练，要完全按照实战要求进行。"

许多年以后，民兵地雷班班长李彦清还清晰地记得那天发生的事情。王杰在讲解完挖雷坑的基本要求后，便拿出了一个土地雷给大家看，接着打开一个水泥纸包，里面有 4 根小雷管。王杰说：每根小雷管装进二两五炸药，然后接上起爆装置，小心翼翼埋入雷坑里，再铺上一层泥土，整个过程就完成了。

当时，李彦清就站在王杰的左前方，离他不到 1 米的样子；其他11 位民兵也团团围在王杰身边，低着头，全神贯注，盯着王杰。

讲完这些规范细则和要求后，王杰开始做实爆示范，这是最重要的时刻。他小心地把炸药包捆好，再慢慢将雷管、火管连在一起，边做边说："这些实爆步骤看起来简单，做起来要特别小心。先后顺序一定要记清，不能有丝毫差错。因为接下来，只有最后一步，拉去连接火管的拉火栓，地雷就会立刻爆炸……"

就在这时，意外发生了：埋炸药包的土层里突然冒出白烟，火星喷溅。

"啊，闪开！"李彦清等民兵惊恐万状，王杰大吼一声，飞身扑了上去，将地雷盖在胸脯下。

"轰！"一声巨响，李彦清和 11 名民兵被巨大的冲击力掀翻在地，王杰倒在了血泊中……

作为一个经验丰富的爆破手，王杰只要将头一仰，就能活下来，但他用自己的壮举挽救了 12 名民兵的生命，践行了他"愿把青春献人民"的誓言。

王杰牺牲后，在驻地群众和张楼公社党委的一再请求下，部队同意把王杰安葬在他牺牲的地方。张楼公社买来最好的楠木，驻地群众请来最好的木匠，他们为英雄做了一口最好的棺材。

1965 年 7 月 16 日上午，部队官兵和当地政府为王杰举行了隆重的安葬仪式，方圆数十里的男女老少闻讯赶来，组成了庞大的送葬队伍。被救下的 12 名民兵，轮流抬棺，一路花圈，一路鞭炮，一路泪水……

【画外音】"光荣的人注视着祖国的事业"

我不知道，风在河面吹过；但我知道，在风吹过的山川之上，月亮还在，太阳也还在。

我不知道，你如何做到，任何时候都保持微笑；但我知道，你伸过来的手温暖有力，爱的感觉让人留恋和回味。

我不知道，一粒种子如何变成一棵大树；但我知道，一路成长的过程，不仅有艰苦，更有幸福，将"忍受变成享受"是每一棵大树的成功法宝。

我不知道，"虚荣的人注视着自己的名字，光荣的人注视着祖国的事业"，这话是你说的；但我知道，天地同在——没有天哪有地，家国不分——没有国哪有家。

我不知道，"一个人吃好、穿好，不算幸福，只有天下穷苦的人都过上美好的生活，才是真正的幸福"，这话也是你说的；但我知道，江河来自细流，伟大出自渺小，胸襟有多宽，境界就有多高。

我不知道，"一堆沙子是松散的，但是它和水泥、石子、水混合后，比花岗岩还坚韧"，这话还是你说的；但我知道，那些曾经活着的人，他们的笑容，包括语言与秉性，随着信仰的澄明，回归自然，那是最后的状态，像雕塑，放在来时的路上，朝着太阳的方向。

我不知道，青春的年轮是多么的美丽；但我知道，属于你的年轮只有 23 圈，你最后的姿势永远定格在人性的光辉中。

　　我不知道，樱花绽放时你在哪里；但我知道，春天来了，到处都是你的身影……

第六节　史光柱："宁可前进一步死！"

【出场】用一生的"绿"去回报春天

"没有花香，没有树高，我是一棵无人知道的小草。从不寂寞，从不烦恼，你看我的伙伴遍及天涯海角。"

这首叫《小草》的歌曲，是歌剧《芳草心》的主题曲。这部歌剧讲述某化工厂工程师于刚在一次试验中双目失明，在爱情的滋润下重见光明的故事。很多人没有看过这部歌剧，但对歌剧中的主题曲《小草》十分熟悉。

这首主题曲经你传唱后更加风靡一时。你喜欢传唱这首《小草》，是你因为你喜欢小草的坚强、小草的追求、小草的境界，它真实地反映了你的情怀。

你的眼睛因为残酷的战争，失去了光明，但你的心依然亮堂。你带着《血染的风采》，唱着《十五的月亮》，你大写的爱跟祖国的安宁、人民的幸福紧紧联在了一起。

"也许我倒下，将不再起来，你是否还要永久的期待？如果是这样，你不要悲哀，共和国的旗帜上有我们血染的风采！"

作为一首纪念自卫反击战的歌曲，《血染的风采》的创作原型便来自你的真实故事。这首歌曲在1987年中央电视台春节联欢晚会上推出，立即受到广大人民群众的喜爱，它与《小草》一起，红遍了大江南北，成为 20 世纪 80 年代流行乐坛的经典曲目。

"宁可前进一步死，决不后退半步生；宁可死在山顶，也不死在山脚。"这是你的请战书。

"军人就是烈火金刚，就是秋风刀、气节剑。生为祖国，顶天立地；死为民族，甘为鬼雄……"这是你的战争感悟。

你说："最后一次用眼睛看到的春天是被疯狂的绞肉机绞碎的，春天淌着血，连同那天的太阳一起绞断。留下一条根，深埋在岁月。那是 1984 年的事。往前一年，春天是和平的橄榄绿；再往前一年，我走在滇东老家的山道，父母送我入伍。出门有爹送，回家有娘疼是春天。"这是你的春天印记。

你失去的只是一双眼睛，比起长眠地下的战友，你是幸运的。因此，你像小草一样，依然相信春天，眷恋春天，用一生的"绿"去回报春天。

你是建军 90 周年推出的 33 位（个）英模人物和英模单位之一，是"全国自强模范"、"全国十佳卓越人物"之一、100 位新中国成立以来感动中国人物之一，是 2000 年国家有关部门举行的对中华民族千年思想文化有卓越影响的人物评选中唯一入选的新中国英模。

你是国家"一级战斗英雄"、中国的"保尔·柯察金"——史光柱。

【故事】"只要还有一口气，就要挺住！"

"亲爱的爸爸，当你收到这封信的时候，我已经上了战场。你老人家等候我杀敌立功的喜讯吧！如果我牺牲了，你收到军功章，不要难过……你会自豪地微笑，你会说我无愧于党的培养，是你的好儿子。"

在 1984 年收复老山的战斗中，史光柱是代理排长。4 月 28 日 6 时 30 分，战斗打响了，他们的任务是攻占 57 号高地。史光柱冒着敌人的炮火，带领战士们向前挺进。

这时，左侧山包上有两个火力点疯狂扫射，老山主峰上的高射机枪也一刻不停地射击，队伍前进受阻，两名战士牺牲了。

"必须先敲掉左侧的火力点！"

史光柱爬到一棵大树旁，看清了正在喷着火舌的火力点，他拿起火箭筒，将这里的机枪打哑了。另一火力点猛地一阵扫射。他翻过一个小坡，刚卧倒，突然几发子弹飞来，他感觉左小腿一热，意识到负伤了。他掉转枪头，往树林里一阵扫射，又回头继续向前冲。

经过一个多小时的激战，史光柱和战友们一起将红旗插上了 57 号高地。

几乎没有休整，他奉令带领大家攻打 50 号高地。这个高地位于老山主峰东侧，有一个连的敌军驻守，上面设有堑壕、交通壕、雷场和铁丝网，并有高射机枪、重机枪、无后坐力炮等组成的严密的火力防御体系。

进攻打响后，越军炮火不断。史光柱冲到一棵树旁，一发炮弹在头顶爆炸，他的左肩被打进了四块弹片，头部也被击中，顿时昏迷过去。

醒来时，他感觉伤口一阵剧痛，脑袋"嗡嗡"叫，左耳朵听不见了。他从战友们焦急的眼神里得知第一次冲锋受挫。他咬着牙站起来，组织第二次冲锋。敌军的火力更猛，子弹乱飞。

史光柱的左肩肿胀起来，血还在流，但他顾不上这些，突入第二道堑壕。这时，一排手榴弹砸来，一块弹片击中他的喉部，另一块弹片击进他的左膝。

阵地就在眼前，史光柱没有犹豫，命令机枪手掩护，继续向前冲去。

突然，一名战友踩响了地雷，史光柱的左眼猛地像刀戳中了，脸部打进十多块碎片，血肉和飞起的泥土堵得他透不过气来，眼前什么也看不见了。他往左脸一摸，摸着一个黏黏的小肉团，一拉，痛得钻心。"啊，左眼球打出来了？"他一惊，"只要还有一口气，就要挺住！"

史光柱忍住剧痛，摸索着，站起来，高声喊道："同志们，为党为人民杀敌立功的时候到了，冲啊！"由于失血过多，他担心倒下来，摸起冲锋枪，奋力朝前爬去。"哪怕死，也要死在顶峰上。"便再次昏迷过去。

醒来时，史光柱吃力地问："高地拿下来没有？"

只听连长在身旁，带着哭声说："高地拿下来了，你干得非常棒！现在好好休息吧！"

医生从史光柱身上检查出八道伤口，其中六处是重伤，双眼、脸部、喉部、左耳、左右臂、膝上有弹片数十块。

史光柱对医生说："能给我保住眼睛就行了。"

医生说，左眼球要马上摘除。史光柱心想"能留下一只右眼也可以"。他当时还不知道，他的右眼球已经破碎。医生担心他忍受不了双目失明的打击，起初没有告诉他实情。

几天后，医生才说真话，史光柱一听呆住了，自己才 20 岁，就告别光明，他禁不住泪流满面。

父亲来到医院，看到失去双眼的儿子，心如刀绞，回家后 24 天便去世了。母亲经不住双重打击，精神分裂，留下一个 6 岁的弟弟无人照顾……

生活的变故，让史光柱突然冷静下来："我不能死！我死了，母亲咋办？弟弟咋办？比起那些牺牲的战友，我至少还活着啊。"

意识到肩上沉甸甸的责任后，史光柱买来收音机，收听文学讲座，然后学习盲文，尝试进行文学创作。

1990 年 7 月，史光柱凭着超人的毅力，以优异成绩从深圳大学中文系毕业，成为全国第一个获得学士学位的盲人。同时，他放下枪杆，拿起笔杆，攻克一个又一个堡垒，赢取一个又一个荣誉……

【画外音】给苦难穿上风衣

你受伤、流血，是为了更多的人不再受伤和流血；

你失去一双眼睛，是为了更多的人不再失去光明；

你的父母很痛苦，是为了千万个父母不再痛苦。

当有人说你是英雄的时候，你说，你不是英雄，真正的英雄倒在你身边，他们才是英雄。

你永远不会忘记那次冲锋。一个战友为掩护你，被一颗子弹打掉了下巴和牙齿。你让一名新战士把他扛下去。他挣脱战友，在你胸口击了一拳，因为说不出话，只能以此表明他不下阵地的决心。他在毙敌一名后，胸部又中弹，光荣牺牲。你发现他身上有一个血染的笔记本，上面写着："战友们，如果我牺牲了，我还欠四班刘有宏十五元，请我的父母还了。"

另一名战士很愤怒，端起机枪继续与敌人对射，打死两名敌军后，也中弹倒地。牺牲前他对你说："排长，你回去时，有空去看看我的娘，她有病……"

你活下来，就该铭记他们，了却他们的遗愿，并为他们筑起丰碑。这种丰碑不是在大地上用钢筋水泥筑起的纪念碑，而是在每个人的心灵深处矗起的一座永不倒下的丰碑！

战火岁月，你出生入死，冲锋陷阵，用鲜血和生命谱写保家卫国的正气歌；

和平年代，你贴着百姓，蘸着浓墨，用人性和激情唱响战天斗地的赞美诗。

1997 年，你来到藏南边防哨所，写下了荡气回肠的《藏地魂天》——

"不知道你可曾见过一群鹰对人的挑逗；可曾见过一大群鱼对你的亲热；可曾见过星光不是射出来的、洒出来的，而是飞溅出来的；可曾见过蓝瓦瓦的天像砂纸打磨过的那种光滑、细腻，无数金沙似的颗粒镶嵌其中，闪烁着光的波纹；可曾见过峡谷一样的意志，峭壁一样的毅力；可曾见过十几公里背土垒地，养活的菜只是看，不是吃；可曾见过冬天烤火，面对火盆，产生幻觉，把烧红的铁皮误当鲜花，伸手抚摸；可曾见过每年 8 个月的封山储备物资，有思想储备、精神储备，以及自然界色彩的储备……"

这些从心底流出来的文字为你筑起了独特的风景：你是中国第一位英模作家，是解放军第一位有创作成就的盲人诗人，是第一位获得学士学位的盲人，是第一位演讲超过 2500 场次的新中国英雄。你先后出版了《我恋》《眼睛》《藏地魂天》《寸爱》《春天，我的春天》等多部诗歌、散文集，部分作品被翻译成俄、法、英等语种流传国外，荣获包括"鲁迅文学奖"在内的全国文学奖项 18 次。中国作家协会曾专门召开你的作品研讨会。2008 年 9 月，你受邀参加北京残奥会开幕式，受到胡锦涛等党和国家领导人的亲切接见。

没有谁知道，生命将在哪一刻停止。但你知道，如果眼里只有伤口，你看到的就是黑暗；如果手中举着火把，你看到的就是光明。

因此，你给苦难穿上风衣，给厄运拄着拐杖。你始终以一个战士的姿态，朝着生命的峰口，从一个高点冲向另一个高点。

大爱

第七章
CHAPTER 7

爱，是一种能力，一种情感；大爱，是一种责任，一种奉献。

凡是对人或事有着真挚的情感和持久的热情，就是爱。诸如喜爱、爱慕、爱情、爱戴、爱抚、爱怜、爱恋，等等，莫不如此。

爱皆出于心，友爱、挚爱、仁爱、厚爱是爱的具体表现。

"仁之发也，从心无声"，讲的是爱；

"上善若水，大爱无疆"，讲的也是爱。

爱有大小，有格局，有境界。譬如自然流露的骨肉之爱，彼此相依的夫妻之爱，教学相长的师生之爱，美美与共的社会之爱，日月光华的人类之爱，都在爱的长河中，地老天荒，生生不息。

中华文明源远流长。一切大爱者，莫不真诚坦荡，义薄云天，唯其如此，他们才有崇高的情怀，动容的追求，无私的奉献。

神农遍尝百草，死不可让，是大爱；

扁鹊起死回生，定心广志，是大爱；

华佗对症施治，沧海横流，是大爱；

孙思邈大医精诚，达人兼善，是大爱；

"愿吾一生纯洁忠诚服务"的提灯女神南丁格尔是大爱；

"毫不利己，专门利人"的国际共产主义战士白求恩也是大爱……

因为大爱，顾方舟说："再不能让天下的母亲流泪了！"

因为大爱，屠呦呦说："没有行不行，只有肯不肯坚持！"

因为大爱，钟南山说："把重症患者都送到我这里来！"

因为大爱，李兰娟说："人民高于一切，生命重于泰山！"

因为大爱，陈薇说："疫情就是军情，疫区就是战场！"

因为大爱，天有多蓝，风就飞得有多快；

因为大爱，梦有多美，你就飞得有多高。

第一节　顾方舟："再不能让天下的母亲流泪了！"

【出场】"能够克服的，一定努力干！"

他是我的兄长，长相英俊，才华横溢。不幸的是，他得了小儿麻痹症，两次参加高考，分数都超过了重点大学录取线，但均未被录取。后发奋努力，成了著名诗人，但他一直郁郁寡欢。他说，再大的名气，再多的头衔与钱财，都不如有一个正常人的身体。

是啊，他想当兵，当不了；想跑步，跑不了；想跳舞，跳不了；想游泳，游不了；想追一个心仪的女孩，不敢追……人生中许许多多简单的快乐、简单的爱好、简单的追求，对他而言都是奢望……

脊髓灰质炎，俗称"小儿麻痹症"。在儿时的记忆里，这名字就如冰冷的刀子，令人不寒而栗。我的兄长如果能够得到你的小糖丸，他的生活该多幸福，他的人生该多精彩！而他，不过是千千万万不幸者中的一个。

如果不是你攻坚克难，将会有多少人无法挺直腰板，留下终生的遗憾；

如果不是你殚精竭虑，将会有多少家庭无法真正快乐，陷入无尽的悲痛。

你把最好的年华，献给了我们的国家；

你把毕生的追求，献给了伟大的事业。

你临危受命时，不到 31 岁。等到在世界卫生组织发布的"中国消灭脊髓灰质炎证实报告"上签下自己名字时，你已 74 岁。

40 多年的光阴，你坚持不懈，奋斗不息。你挑战自己，超越自己，用青春和智慧，开辟生命的绿洲。

小小糖丸，独一无二的中国版本，完全自主的中国制造，是你留给世人的最好礼物。你不仅解决了液体疫苗的冷藏保存和浪费问题，而且为国家和个人节省了天文数字的医疗费。正如巴德年院士评价你时所说："能解决问题的技术，就是高技术；能彻底解决实际问题的技术，就是最高技术。"

你用一颗小糖丸消灭了小儿麻痹症。对于这个"最高技术"，你曾谦虚地说："那个时候我也不知道哪来的胆儿，就说行，虽然有困难，但是能够克服的，一定努力干！"

作为中国医学科学院原院长，你是英国皇家内科学院院士，还是欧洲科学艺术与文学科学院院士和第三世界科学院院士……

你的头衔很多，你是中国组织培养口服活疫苗的开拓者之一，是"中国脊髓灰质炎疫苗"之父——顾方舟。

【故事】学好本领，报效祖国

"你们每个人去学习，很不容易！"周恩来总理说，"光你们一天的生活费，就相当于国内培养 30 个农民弟兄的钱。你们一定要好好学习！"

1951 年，25 岁的顾方舟作为新中国第一批公费赴苏学医的留学生，和 374 名同学集聚北京饭店，周总理百忙中抽出时间来送行。

见到敬爱的周总理，大家都很激动。顾方舟拉着两个同学走到总理面前，自我介绍后，就要敬酒。周总理说："这杯酒我可以喝下，但你们一定要答应我一件事。"

顾方舟连忙道："请总理指示！"

"同学们，国家下定决心，省吃俭用拿出钱来供你们出国深造，"周总理停了一下，动情地说，"你们一定要学习本领，报效国家对你们的培养，党和人民都在看着你们啦。"说完，总理真把杯中酒喝了下去。

顾方舟和两名同学热泪盈眶。这一幕，在顾方舟脑海中定格了，成为他日后奋进的强大动力。

1926 年 6 月 16 日，顾方舟出生在浙江宁波。父亲顾国光在非洲货轮做外勤时感染了黑热病，撒手人寰。其时，顾方舟不到 5 岁，他幼小的心灵留下了传染病的痛苦记忆。

不久，母亲周瑶琴辞去教师工作，到杭州学习助产，后拖家带口移居天津，成为一名助产士。

1937 年 7 月，日本攻占天津。顾方舟上学进出租界，有岗楼设卡，日本兵要求他向太阳旗鞠躬。他不做，日本兵就拳打脚踢。这种屈辱令顾方舟痛苦万分，他发誓，一定要争气……

1948 年，顾方舟加入中国共产党。1950 年，顾方舟从北京大学医学院毕业。1951 年，作为首批留学生，他就读于苏联医学科学院病毒学研究所，在苏联 4 年，他获得医学副博士学位。

回国后，正值全国多地发生脊髓灰质炎疫情。他去南宁出差，发现这个城市十分诡异，七八月天气热得不行，但家家户户把窗户关得死死的，不让孩子出去玩。即便这样，不少青少年还是得了小儿麻痹症。

1957年，根据组织安排，顾方舟开始脊髓灰质炎研究工作，带领攻关团队筛选患者的粪便标本，从北京、上海等12地的患者的粪便中分离出脊髓灰质炎病毒。留学期间，顾方舟就将先进的技术带回国，用于脊灰病毒研究。当时做体外细胞培养需要牛的血清，我国还没有。而美苏两国的牛血清，是把孕牛杀了，把胎牛拿出来采血，价格昂贵。顾方舟觉得杀牛取血，很残忍。他和同事联系畜牧场，小牛出生了，再去采血。这样既节约成本，内心也踏实。

这样一边摸索，一边钻研。顾方舟采用猴肾组织培养技术分离出病毒，通过病原学和血清学分析，证明了I型为主的脊灰流行，为预防脊髓灰质炎打下了扎实的基础。

考虑到疫苗生产的原料是猴子肾脏细胞的上皮细胞，顾方舟决定在云南建立猿猴实验站。1959年1月，他们将筹建中的猿猴实验站更名为中国医学科学院医学生物学研究所。这也是我国脊灰疫苗的生产基地。

这个基地坐落在玉案山花红洞，海拔2100米，离昆明市区数十公里，一片荒芜。刚开始，顾方舟和7位同事从北京来到这里，自己平地，一砖一瓦都得从山下拉到山上去，大家扛着大石头打地基、建房子，做饭用的土炉灶都要自己搭。饭不是每天都能吃到，他们经常饿着肚子拼命干。没有水，没有电，没有冰，而一些培养细胞、实验用的药品都需要在冰窖保存。他们只能山上山下跑，把材料存放在昆明市肉联厂的冰窖里，翌日一早再背到山上去……

其时正是三年困难时期，很多项目被迫停了。时任中国医学科学院院长沈其震给顾方舟打电话："老实说，你能不能坚持？干不干得了？"

顾方舟坚定回答："困难是有，但能够克服！"凭着一股拼劲和高度的社会责任心，顾方舟迎难而上。他冒着生命危险在自己身上做试验，同时在儿子身上做试验，没有牺牲精神是做不到的。

1960年春，周总理到疫苗生产基地视察，见到顾方舟，说："当年你们去苏联留学，我跟你们说了几句掏心窝子的话。"

顾方舟一听，泪水马上涌了出来，点头道："总理，您说国家下定决心，拿钱供我们留学，希望我们学好本领，报效祖国……"

"国家现在还是穷。"周总理笑着说，"因此，你们的工作特别有意义。"

顾方舟道："报告总理！我们已经生产出疫苗，正在推广。如果全国7岁以下的孩子都服用，就可以消灭掉脊髓灰质炎！"

周总理一听，认真地问："是吗？好消息啊！"他略一停顿，打趣道，"这么一来，你们不就失业了？"

顾方舟一怔，马上笑道："不会呀！这个病消灭了，我们还要研究治疗别的病呀！"

"好！"周总理拍了拍顾方舟的肩膀，赞许道，"中国人要有这个志气！"

1960年12月，全国正式打响了脊髓灰质炎歼灭战，首批500万人份疫苗分发全国11个城市。为防止疫苗失去活性，顾方舟想到把疫苗做成糖丸。经过一年多的测试，闻名于世的脊灰糖丸疫苗诞生了。

不久，糖丸有了升级版，能在常温下存放多日，冰箱中可保存两个月，再后来，将糖丸放进保温瓶，就这样，神奇的小糖丸流向祖国的每一个角落……

【在场】"人民科学家"顾方舟

作为顾方舟的长子，顾烈东少年时代很少与父亲一起度过节假日。有一次单位放电影，是他最喜欢的《地道战》，他哄睡弟弟，偷偷溜了出去。没料到，电影放到一半，停下来找人，找的就是他。当时，父亲母亲还在实验室。

1955 年，脊髓灰质炎在南通暴发，全市 1680 人突然瘫痪，随后，病毒迅速蔓延到上海、青岛、南宁等地。当时，我国每年有一两千万新生儿，如果不尽早研究出疫苗，会有更多的孩子变成残疾人。

国际上存在"死疫苗""活疫苗"两条技术路线，如果只考虑个人得失，选择死疫苗最稳当也最便捷。只要打四针，每针几十块钱。然而，要让中国新生儿都能安全注射疫苗，不仅需要大量的专业人才，而且对贫苦农村而言经济上压力也很大。而活疫苗成本只有死疫苗的千分之一，以中国的条件，只能走活疫苗路线。

然而，谁来验证活疫苗的功效？首先是父亲自己。他做了试验，观察十天后，没问题。儿童呢？疫苗的主要对象是少年儿童。父亲只好在当时不满一岁的他身上做实验。

就这样，顾烈东成了中国第一个喝下脊灰疫苗液的孩子。

母亲知道后，父亲对她说："多年前，一个母亲背着小儿麻痹症的孩子来找我，当时我劝她做手术，那位母亲泪流满面。现在我们做出疫苗来了，承担一点风险算什么？再不能让天下的母亲流泪了！"

母亲道："我支持你！不敢让自己的孩子吃，能让别人吃吗？"

终于，实验成功了！

父亲常说："咱们这辈子没白辛苦，可以跟老百姓说，我尽力了。

你们的孩子再也不得这个病了。"

在父亲的遗体告别仪式上，母亲献了一副挽联："为一大事来，鞠躬尽瘁；做一大事去，泽被子孙。"看到母亲苍白的头发，顾烈东忍不住哭了。

2019年9月17日，国家主席习近平签署主席令，授予42人国家勋章和国家荣誉称号，父亲获得首次颁发的"人民科学家"国家荣誉称号。当天，顾烈东和弟妹陪着母亲赶到八宝山公墓，把这个好消息告诉了他。

母亲抚着父亲的石碑，喃喃道："党和国家给予你这么崇高的荣誉，九泉之下的你，也该含笑安息了。"

【画外音】"人类的顾方舟"

2019年1月2日，凌晨，窗外风声很大。3时35分，你悄悄地走了，像熟睡似的，走得那样安详。

1944年，你考入北京大学医学院，遇到了公共卫生大家严镜清先生。那时的厕所沿河而建，臭气熏天，河水洗衣、饮用、排污并用……脏乱差的环境导致各类疾病流行。

你原来只想做一名医生，但严先生的课让你的思想发生了转变："当医生只能救有限的病人，如果从事公共卫生事业，拯救的人会有成千上万。"你由此下定决心，要做一个公共卫生学家。

鲁迅先生弃医从文，与你弃临床医学成为公共卫生专家一样，都是把个人的命运与国家、民族的命运融为一体。

你说："我一生只做了一件事，就是做了一颗小小的糖丸。"

但这颗小小的糖丸足以改变一个人的一生。

正如你的继任者王辰所说：你是协和医学院的顾方舟，是医学科学院的顾方舟，是国家的顾方舟，是人类的顾方舟。

是的。你的功劳和成就，值得每一位中国人铭记。

第二节　屠呦呦："没有行不行，只有肯不肯坚持"

【出场】生出希望，死出价值

千百年来，寄生虫病一直困扰着人类。原因在于，人类并不是地球上唯一的居住者，许多其他生物包括一些致命的生物也同我们生活在一起。

疟疾通过携带寄生虫的蚊子传播，全世界面临疟疾感染风险的人口超过 34 亿，每年因疟疾死亡的人数超过 450 万，其中大部分是儿童。

这是一场看不见硝烟的战争。你披挂上阵，发现青蒿素，让成千上万的疟疾患者免除了病痛的折磨和死亡的追杀。

你喜欢宁静，像蒿叶一样的宁静；

你追求淡泊，像蒿花一样的淡泊；

你向往正直，像蒿茎一样的正直。

在你心中，青蒿之叶、花、茎，或浓或淡，或香或苦，都是大自然馈送人类的最好礼物。

你以青蒿自喻：一岁一枯荣的青蒿，生，就生出希望；死，就死出价值。

你执着于大爱，执迷于挑战，执拗于爱国，虽千万人吾往矣。这就是你的真实写照。

英国 BBC 制作纪录片，将你视为"20 世纪最伟大的科学家"，你与居里夫人、爱因斯坦和图灵并列，成为人类浩瀚星空上最闪亮的明星。

如果用拯救多少人的生命来衡量一个人的高度和亮度，你实至名归。

你是第一位获得诺贝尔科学奖项的中国本土科学家，第一位获得诺贝尔生理学或医学奖的华人科学家，这是中国医学界迄今为止获得的最高奖项，也是中医药成果获得的最高奖项。

国务院总理李克强致信祝贺，指出：你的获奖"是中国科技繁荣进步的体现，是中医药对人类健康事业做出巨大贡献的体现，充分展现了我国综合国力和国际影响力的不断提升"。

习近平总书记高度评价你："辛勤耕耘，屡建功勋，为发展中医药事业、造福人类健康做出了重要贡献。"

你是"感动中国人物"和国家最高科学技术奖获得者，也是"改革先锋"称号和"共和国勋章"加冕者，你是"青蒿素之母"——屠呦呦。

【故事】"独穿暗夜朦胧里，无人知晓夜迷离"

肯尼亚奇苏姆省曾是疟疾重灾区，20多年前，当地一位孕妇得了疟疾，家人很绝望。没料到，孕妇使用了一种叫"科泰新"的中国药，奇迹出现了，孩子顺利生了下来，母子平安。这位妈妈给孩子取名"科泰新"，铭记救命之恩。科泰新，正是屠呦呦发现的青蒿素制品。这种"中国神药"日后被广泛用于治疗各种疟疾，也是中国领导人出访非洲的必备礼物。

进入2000年以来，撒哈拉以南非洲地区约2.4亿人受益于青蒿素联合疗法。世界卫生组织非洲区事务负责人说："疟疾是非洲人民尤其是非洲儿童的主要健康杀手。多年来，青蒿素挽救了大量非洲人民的生命，对非洲实现联合国千年发展目标发挥了重要作用。"

什么是青蒿素，竟如此神奇？

疟疾，是世界上最主要的高死亡率传染病。20 世纪 60 年代，疟原虫对奎宁类药产生了耐药性，严重影响治疗效果。而青蒿素及其衍生物却能迅速消灭人体内疟原虫，很快治愈疟疾。

青蒿入药，在中国已有 2000 多年的历史。最早的药方见于马王堆三号汉墓的帛书《五十二病方》，其后的《神农本草经》等典籍都有记载。

然而，"独穿暗夜朦胧里，无人知晓夜迷离"。屠呦呦发现青蒿素之途并不平坦。1969 年 1 月，当时还是助理研究员的屠呦呦以"初生牛犊不畏虎"的闯劲，接受了国家疟疾防治办"523"项目，担任中药抗疟组组长。

最初课题组只有屠呦呦一个"光杆司令"。她广泛收集、整理历代医籍和民间献方，虚心请教老中医。不到 100 天，她就收集到了内服、外用和动物、植物、矿物药等 2000 多个方药，编选了《疟疾单秘验方集》，其中就包括青蒿。

一天深夜，屠呦呦在阅读葛洪的《肘后备急方》时，突然产生灵感。葛洪说："青蒿一握，以水二升渍，绞取汁。尽服之。"文字很少，意思也很明确：取一把青蒿，用二升水泡了，然后提取汁来，全部服下，病就好了。

这是两千年前的土办法，它激发了屠呦呦的灵感。这里的奥秘是"取汁"？古人如何"绞"？她敏锐地意识到，温度可能是提取青蒿有效成分的关键。

实验是繁复、冗杂而枯燥的，但它是解决问题的唯一办法。由于担心青蒿中的有效成分因高温蒸发，屠呦呦决定用沸点低的乙醚重新实验。

1971 年 9 月，课题组对已经筛选过的重点药物以及数十种新选药物，重新进行集中测试。一次又一次失败，一次又一次从头再来，直到经历了 190 次的失败。那些天，屠呦呦满脑子都是青蒿，她不断地寻找蛛丝马迹，对每道工序进行最严苛的检查。当时实验室很简陋，设备陈旧，没有通风系统，也没有什么防护，顶多戴个口罩，满身都是酒精、乙醚的气味。日复一日，课题组成员头昏脑涨、皮肤过敏、鼻子出血很常见，屠呦呦本人因此得了中毒性肝炎。

大家筋疲力尽，迷茫起来，新办法到底行不行？

屠呦呦坚定地说："没有行不行，只有肯不肯坚持。"

课题组集中精力，严格按照流程，继续试验。10 月 4 日，大家紧张地盯着 191 号青蒿乙醚中性提取物，等待最后结果。

"啊！我们成功啦！疟原虫抑制率达到 100%！"

屠呦呦大喊一声，整个实验室都沸腾了！课题组成员拥抱在一起，泪流满面。

接下来，课题组快马加鞭，用 7 个大水缸代替实验室常规提取容器，大量提取黑色、膏状的青蒿乙醚，离青蒿素晶体只差一步了。

这时，新的问题出现了。在进行动物试验时，屠呦呦发现某些动物很快痊愈，而另一些动物疑似中毒，青蒿对于人体是否安全？

没有试验，就没有发言权。

由于疟疾观察存在季节性限制，一年一次，错过了就得等下一年。为了赶时间，屠呦呦向领导提交了试药申请，主动要求在自己身上做试验。

这样做有风险，但很关键。在没有药物安全性和临床效果评估的情况下，把自己当"小白鼠"，是验证中草药治疗疟疾的唯一办法。

1972 年 7 月 22 日，屠呦呦住进了北京东直门医院，以身试药。在医院的严密监控下，医生对她进行药性观察，逐渐增量后，一直观察内脏器官的各项指标，一周的试药结果令她十分惊喜：她的心脏、肝脏、肾脏没有出现任何问题。

出院后，屠呦呦来不及休息，马上携药赶赴海南昌江疟疾区，克服高温酷暑，跋山涉水，寻找各种类型的病人，进行临床试验。她亲自给病人喂药，确保剂量精准，不断观察病情，测体温，详细记录血片上疟原虫的数量变化。

三个月内，屠呦呦总共做了 30 例临床试验，效果非常理想。就这样，屠呦呦用青蒿素迈出了人类征服疟疾的关键一步，这是中国传统医药对世界人民做出的杰出贡献……

2019 年 6 月 16 日，一则新闻激起千层浪：屠呦呦团队应用青蒿素治疗红斑狼疮有了重大突破。是年 10 月 22 日，屠呦呦获联合国教科文组织"国际生命科学研究奖"。

"荣誉属于集体。"屠呦呦保持一贯的素朴谦逊，像青蒿，永远保持着向上的姿态。

【现场】"蒿草青青，报之春晖"

2015 年 12 月 10 日，当地时间 16 时 30 分。备受关注的诺贝尔奖颁奖仪式在庄严肃穆的瑞典王室乐曲《国王之歌》中拉开了帷幕。

瑞典王室成员、政界领导人和各界名流共 1300 余人出席颁奖仪式。

85 岁的屠呦呦身着紫色长套裙，佩戴一枚银色胸针，缓慢从容地登上用 2 万朵鲜花装饰的领奖台。

瑞典国王怀着崇敬之情向屠呦呦颁发了诺贝尔奖证书、奖章和奖金。

全体嘉宾起立致敬，现场响起热烈的掌声。

屠呦呦用中文发表了简洁、谦逊、感人的答谢词。

她说：这不仅是她个人的荣誉，也是生长在中国大地上成片成片的青蒿的荣誉，更是中国中医药的荣誉。

她是一个为青蒿素或者说是为诺贝尔奖而生的人。一出生，父亲屠濂规就吟诵《诗经》中的诗句"呦呦鹿鸣，食野之蒿"，给她取名呦呦，并对章一句"蒿草青青，报之春晖"。从此，她的命运与青蒿结下了不解之缘。

她感谢一代伟人毛泽东。他把中医药摆在中国对世界的"三大贡献"之首，强调"中国医药学是一个伟大的宝库，应当努力发掘、加以提高"。她接着感谢东晋名医葛洪，认为他是世界预防医学的介导者。"如果东晋时期就有诺贝尔奖的话，葛洪应该是中国第一个获此殊荣的医者。"

她还感谢数以百万的非洲人。正是他们对中国中医、对青蒿素的信任，才换来生命的重生，见证了青蒿素的神奇。

当然，最重要的，她要感谢青蒿，作为一种生长在中国大地上的草本植物,它星散生长于低海拔、湿润的河岸边沙地、山谷、林缘、路旁等,也见于滨海地区。在中国近 20 个省份都能见到它的身影。

在漫长的科研道路上,正是一代又一代的攻关者和一茬又一茬的青蒿"前赴后继",奉献了自己的青春、智慧和生命,才成就了中国的中医事业。

"正是因为他们的牺牲,才铺就了我通往诺贝尔的坦途……"

【画外音】居高声自远

获得国际最高大奖,于你而言,犹如青蒿经历一场暴雨,雨过天晴,你还是原来的你,素雅,淡定,从容。

今天,你仍住在北京市朝阳区一栋普通的居民楼里,年过九旬还未把自己纳入光荣的退休序列中,依旧孜孜不倦,给世界各国人民的健康提供中国智慧、中国经验和中国方案。

传统中医药还有许多待解之谜,应该借助科技的力量更深入地挖掘和探索。在你看来,获得诺贝尔奖的意义在于:让更多的人了解到中国医学和中国优秀的传统文化,这是老祖宗留下的宝贵遗产,要充分开发和利用,尽力为人类命运共同体提供庇护。正如你所说:健康是美好生活的前提。"健康中国""健康世界"需要踏踏实实去"做",让更多医学科研成果应用到人,让更多患者远离病痛,这是我们的追求和担当。

这种追求和担当,就是"青蒿素精神",是"胸怀祖国、敢于担当、团结协作、传承创新,情系苍生、淡泊名利,增强自信、勇攀高峰"的中国科学家的缩影。

润物细无声。2016 年，你拿出诺贝尔奖奖金中的 100 万元人民币捐赠给北京大学医学部设立"医药人才奖励基金"，又把 100 万元人民币捐给中国中医科学院成立创新基金，激励更多的年轻人参与到中医药科研中去。

你不搞捐赠仪式，就像青蒿一样，抖落身上的雨水，呈现更加纯净的世界。

你说：终有一天，你将告别青蒿，告别亲人。如果那一天真的来到，你希望后人把自己的骨灰撒在一片青蒿之间，让你以另外一种方式，守望终生热爱的土地，守望青蒿的浓绿，守望蓬勃发展的中医药事业……

"居高声自远，非是藉秋风。"境界多辽阔，你的生命就有多辽阔！

第三节 钟南山："把重症患者都送到我这里来！"

【出场】"最美奋斗者"

1959 年，第一届全运会，你以 54.2 秒，打破男子 400 米栏全国纪录。

2003 年非典，你用 8 个"最"，夺得非典战役的全能冠军：最早报告病例，最早使用隔离病房，最早成功抢救病例，最早提出临床标准，最早总结救治方案和原则，最早倡议并主导大协作，最高危重病人抢救成功率，最长连续奋战时间……

17 年后，84 岁的你，再次站到战斗的最前沿，几度哽咽。春天的翅膀断了，最美的花朵埋进泥土里，你听见暗夜磨刀的声音。乌云飘过你的头顶，无声的泪水洒在寒风苦雨中。当死亡失去庄严，白天和黑夜都失去了意义。你站在天空下，像南山的松，快速读出闪电的滋味。

你知道，大家都想活着，无论有多艰难，都想活下去，这是生的本能；

你知道，大家都想活着，活着，就可以去爱，同黎明一道醒来，无论遭受多少伤害，也可以宽恕；

你知道，大家都想活着，有老人，有小孩，有粗茶淡饭，即便那致命的一刻袭来，仍然不愿离开那手尖上的一丝温暖……

生命告急！武汉保卫战打响了！你披挂上阵，在层层叠嶂里找准方向；

长江告急！中国保卫战打响了！你冲锋陷阵，于重重迷雾中杀出血路。

你敢为人先，救民于水火之中；你心忧天下，护国于危难之际。

悬壶济世，是你镌刻在灵魂深处的铭文，你不会因为走得太远，就忘记了最初的承诺；

医者仁心，是你安放在生命航道的灯塔，你不会因为走得太累，就放弃了毕生的追求。

为患者服务，你以院士的权威，他人经受的，你先经受；

为医学奉献，你以战士的勇猛，你手握玫瑰，甘承其伤；

为国家分忧，你以国士的担当，你不戴王冠，愿承其重。

你是我国公共卫生应急体系建设的重要推动者，是卫生领域最高荣誉——白求恩奖章获得者，是自称"一个看病的大夫"的"最美奋斗者"——钟南山。

【故事】与死神赛跑①

2020年1月18日。广州，天色阴冷。钟南山在薄雾中走进了医院。

上午11时多，助手苏越明突然接到了一个电话："武汉疫情紧急，请钟院士今天无论如何赶赴武汉……"

---

① 鸣谢：苏越明《钟南山助理回忆"夜驰武汉"：列车长坚决不收饭钱》，《广州日报》，2020年3月30日。

钟南山出生于医学世家，父亲钟世藩是著名儿科专家。1955 年，钟南山考入北京医学院。也是这一年，屠呦呦从该校毕业。两位后来都成为我国公共卫生领域的权威。

1979 年，钟南山前往英国留学，刚到爱丁堡大学，就收到导师的信件，说根据英国法律，中国医生资格不被承认，他只能参观实验室或病房，8 个月就行了。当时国家规定的留学时间是两年。

怎么办？钟南山先把精力放在科研上，当时有一个戒烟项目，他发现导师用公式推导的结论可能有问题，决心用试验来验证。他在自己身上做试验，不断吸入一氧化碳，一次次抽血检测。在三个星期里，他吸入的一氧化碳相当于一小时抽 60 多支烟。他推翻了导师的结论。导师很震惊，也很佩服。

从此，钟南山不畏惧权威，讲事实，重证据，拯救了无数人的生命。

2003 年的非典，他成了国人的"定海神针"。2020 年的新冠肺炎疫情，他再次令国人感动……

2020 年 1 月 8 日，国家卫健委专家组确认新型冠状病毒，钟南山忧心忡忡。1 月 17 日，他去深圳市第三人民医院，了解一例疑似病例。

翌日一早，钟南山接到助手苏越明电话，说武汉急电，非去不可。

钟南山沉吟片刻，道："下午省里有会，明天去，行不行？"

一个小时后，苏越明转述对方要求："请您务必今天赶到。"

中午 12 时，钟南山从会议室出来，对苏越明说："国家卫健委也来了电话，事情很急，国家需要我们去，我们必须去！"

钟南山特意强调"国家"二字，苏越明心里一颤。

下午 4 时 30 分，钟南山与助手直奔广州南站。人山人海，没有人戴口罩，有多少人警觉危险将临？

上车后，列车长在餐车留了两个座位。一坐下来，钟南山便打开电脑，开始工作。直到晚上8时，苏越明买了两份饭。列车长将饭钱退回，说："钟院士是为国家赶赴武汉，我们不能收他的饭钱！"

吃完后，钟南山闭上眼睛，眉头紧锁，两鬓的白发，在车厢灯光的照耀下闪闪发光。

大约十来分钟后，钟南山睁开眼睛，让苏越明记录他的研判：一是新冠肺炎肯定存在人传人；二要重视，早发现、早隔离；三要提醒公众别去武汉，少出门，少聚集。

晚上10时20分，车到武汉。下了车，一阵冷风袭来。钟南山感觉有些冷。

到达武汉会议中心，国家卫健委专家组、当地领导、武汉金银潭医院和武汉市疾控中心的人都等在那里。没有寒暄，直奔主题。

钟南山就以下几个问题，不断追问当地领导和医院的人：

"究竟有没有医务人员感染？"

"究竟还有没有更多的病例？"

"究竟是不是只有你们讲的这些个案？"

最后终于被问出，说神经外科有1个病人感染了14个医护人员，不过，那些医护人员也没有确诊。

1月19日上午，钟南山参与疫情研讨会后，前往金银潭医院和武汉市疾控中心实地走访。中午一个会议，开到下午5时。会后飞往北京。当晚10时多，赶到国家卫健委开会，直到凌晨。回到酒店，已是凌晨2时。

除夕之夜，钟南山在广州病房里度过。

2月7日，钟南山带领团队再度前往武汉，接管协和医院西院区的重症监护病房。

2月11日上午，钟南山接受路透社采访。下午，召开武汉前方ICU团队与后方广州医科大学远程视频会议。当晚，接受央视记者专访，提出"潜伏期最长24天"。

两天后，钟南山团队宣布，在确诊病例粪便中分离出活的新型冠状病毒，为疫情防控提供了重要信息，对公共卫生安全意义重大。

2月14日，钟南山团队研发出新型冠状病毒快速检测试剂盒，仅需一滴血，15分钟内肉眼能观察结果。

向病毒开战，与死神赛跑。钟南山及其团队马不停蹄，分秒必争……

【现场】钟南山的战疫拼图

深夜，高铁。奔驰武汉，深度调查。

清晨，飞机。紧急赴京，向总理汇报。

中午，远程会议。连线前线，会诊重症病例。

下午，北京，"云会议"。联手国际病毒专家，探寻破解病毒密码路径。

傍晚，央视直播间。向公众宣布疫情实况。

夜里，广州。国际战疫会，分享中国的治疗方案和防控经验。

凌晨3时，电话响起。临时重要会议。通知助手，将原本与世界著名"病毒猎手"、美国教授维尔特·伊恩·利普金的见面时间提前到清晨6时，地点则改为路上、机场……

这是钟南山的一天的一个缩影。两个多月来，他像陀螺一样旋转，没有一天休息过。

【旁白】十问钟南山

1月18日，你奔赴武汉，"人传人"的结论是如何得出的？

接下来，你经历了怎样的奔波？

你是如何得出"病毒可能通过污染的粪便及气溶胶传播"结论的？

疫情的预测模型是基于什么根据研发出来的？

重症患者的治疗方案是如何制订的？

疫情最早出现在武汉，但它并不是病毒的发源地，这是基于什么判断的？

面对镜头，你数次哽咽，流下热泪，为什么？

在这次战斗中，最艰难的时刻是什么时候？

这次疫情，最大的教训是什么？

两个月里，你瘦了10斤，作为年过八旬的老者，你靠什么力量支撑下来？

【讲述】钟南山："我讲一个真实的故事"

武汉有一个小家庭，夫妻俩带着一个刚满三岁的女儿，过着幸福的生活。小女孩很可爱，天真活泼，街坊四邻很喜欢。可罪恶的新冠肺炎却向他们伸出了魔爪，三人全被感染，在家隔离。

先是小女孩的爸爸走了，担架将蒙着白布的爸爸抬出家，还不明白的小女孩哭着追着爸爸……

过了几天，妈妈也走了，当抬着妈妈的担架出家门时，小女孩明白了，她挣扎着追上妈妈：妈妈，我要和你一起走，不要扔下我……

又过了几天，可爱的孩子也走了，抬着她的医护人员看见孩子的小手里紧紧攥着一张照片，一张她刚满三岁时和爸爸妈妈的全家照。

已经看惯了死亡的医护人员全部号啕大哭起来……

要问我这些日子，靠什么力量支撑，我就是靠这样的力量支撑。我不希望再看到、听到这样的悲剧了！

【见证】清明，以国家的名义悼念

历史必将铭记这一天，2020 年 4 月 4 日，天安门广场，国旗半垂，汽笛长鸣；

历史必将定格这一刻，清明这一天的上午 10 时，防空警报鸣响，举国同哀。

钟南山在医院里值班，看到习近平总书记等向新冠肺炎疫情牺牲烈士和逝世同胞默哀 3 分钟，不禁老泪纵横。中国以举国之力，上下同心，在抗击新冠肺炎的战斗中涌现出无数的英雄，广大医务工作者了不起。他说：医生看的不是"病"而是"病人"。再也不要感染了。要生命，不要死亡。今年的清明很特别，他哪里都不去，就待在医院里。

这是一个老人对生命的尊重，是一个幸存者对生命的尊重，是一个医者对生命的尊重，更是一个国家和民族对生命的尊重。

在这场残酷的战斗中，很多鲜活的生命消失了，无数的家庭破碎了。

死亡数字背后是一个个曾经真实而鲜活的生命，是宁死不下火线的柳帆、夏思思、黄文军，是挺身挡住毒箭的梅仲明、彭银华、廖建军，是王兵、冯效林、江学庆的灵魂之声和刘智明、张抗美、肖俊、吴涌的热血呐喊"我们不想当英雄，但也决不当逃兵！"，以及成千上万与我们血肉相连、并肩作战的同袍……

今天，我们以国家的名义哀悼，就是向不幸倒下的生命默哀；

今天，我们以国家的名义哀悼，就是向坚韧不屈的生命致敬；

今天，我们以国家的名义哀悼，就是向播撒大爱的英雄铭恩。

这是国家力量的最强体现，是民族信心的伟大凝聚。面对疫情，"众志成城"是最坚的防线，"同舟共济"是最强的盾牌。

今天，我们以国家的名义哀悼，就是要把防线筑得更牢，把盾牌举得更高，把英雄的不屈精神发扬光大，把国难的集体记忆写入史册。

今天，我们以国家的名义哀悼，既是为了表达哀思，又是为了更好地前行。

【画外音】艰难时期的心手相牵

2020 年 9 月 8 日上午，全国抗击新冠肺炎疫情表彰大会在北京人民大会堂隆重举行。84 岁高龄的你，众望所归，荣获"共和国勋章"。这枚习近平总书记亲自颁发、代表着国家最高荣誉的奖章，表达了党和人民对你长期坚持"敢医敢言，生命至上"的崇高敬意。

你是值得的。17年前，在非典最为恐慌的时候，你发出"把重症患者都送到我这里来！"的呐喊，与《英雄儿女》中王成发出的"向我开炮"一样，铁血奔涌，震撼人心！

你说，你不是不怕死，只是仗着自己身体好。"医院是战场，作为战士，我们不冲上去谁上去？"

你就是这么实诚，眼里容不得半粒沙子。在国务院新闻发布会上，卫计委的主要领导认为，疫情得到了有效控制。你摇头。

几天后，当着世界卫生组织官员和中外记者的面，你大声疾呼："现在病原不知道，怎么预防不清楚，怎么治疗也还没有很好的办法，病情还在传染，怎么能说是控制了？"

当时权威的说法，认为非典的元凶是衣原体，要用抗生素治疗；你表示反对，认为非典的元凶不是衣原体，而是病毒，用抗生素只会越治越糟！

你说：我们应该尊重事实，而不是尊重权威。历史证明，权威的假话并不能带来平静。病毒也没有那么高的政治觉悟。粉饰太平只会引起更大的反弹。

你的话很尖锐，却掷地有声。在全国人大会议上，你说：没有人的健康，再多的GDP都没用！

你当面质问国家药监局局长：一年批一万多种新药，都是怎么批的？

在禁烟问题上，你尤为激愤：相关机构又管卖烟又管控烟，怎么可能搞好？这完全是对立的事情！

一个烟草公司的专家因降焦减害当选院士，你十分不满：降焦减害，还成为院士，太荒谬了。降焦是做出来了，但危害并没有减少，反而增加了。企业用降焦的噱头做宣传，卖得更好了！

真是一针见血，一句比一句锥心。

今年武汉暴发新冠肺炎疫情后，每天都有新的病例发现，医护人员一个接一个被感染，却有专家和官员说：没有人传人，可防可控。

你了解情况，立即发出警告：肯定人传人！

你的话太刺耳。但老百姓爱听，真正忧国忧民者也爱听。因为，社会需要讲真话的人。

你有大义，更有大爱。你记住了父亲的话："所谓医者本分，就是治病救人。"何为医德？父亲说："用药简单有效价廉安全，就是医德。"

父亲告诫你："一个人要在这个世界上，留下一点东西，那么他这辈子就算没白活了。"

父亲是个有良知、有担当的人。你秉承了父亲的风骨。你说，真药救人，真话救世。真话和真药一样重要。真药加上真话，中国就能渡过一切劫难。

"我推崇讲真话，真话不是真理，真话不一定是对的，但起码是心里话。尤其涉及大家的健康，要非常严肃对待，最重要的是病人的生命。"

这是你求真务实的最大动力，也是你对生命的最高尊重。

2020年1月30日，国务院总理李克强在中国疾控中心主持召开座谈会，就进一步加强疫情的科学防控听取专家意见。会议开始前，总理说，本该与大家握手的，但按你们现在的规矩，握手就改拱手了。会议结束后，李克强与专家们告别时，特意对钟南山说："还是握一次手吧！"

这，是艰难时期的心手相牵，是危急时刻的彼此信任。

你握住了这双手，也握住了党和人民对你的牵挂、信任和崇敬。

第四节
李兰娟："人民高于一切，生命重于泰山"

【出场】"我不往前冲谁往前冲？"

你年逾古稀，完全可以像落日一样，自带辉煌，在海边或山头上，听远处飘来隐约的琴声，一边弹奏城市的秘密，一边感受灵魂的沧桑。

或者就坐在屋檐下，看儿孙绕膝，颐养天年，一只小狗慵懒地趴在脚下，慈祥的面容收集着四面八方照来的余晖。

然而，你做不到！

你还关心那一世一秋的光阴故事，你还抬头看天空有没有灿烂的星星，你还紧握那有些发烫的原本就无法拒绝的责任。

你是院士，更是战士。个人爱好和小我情感总是服从国家需要。

"疫情就是命令！"危难时刻，你逆风而行，发出抗疫最强音。

你操着浙江口音的普通话，穿着白大褂，搭着小丝巾，亲切可爱，令人心安。而那张脸上布满压痕的照片感动无数人。一层一层的压痕，却怎么也压不住你的笑容，那么宁静，像阳光照在麦粒上，给人温暖和希望。

你说："搞传染病的冲锋在前，大家才会往前冲。"问你怕不怕，你说不怕是假话，但怕解决不了问题。作为传染病专家，你说："我不往前冲谁往前冲？"

你说:"认准了就不回头,难题来了一个个解决,总有柳暗花明的一天。"

对于千万级人口的武汉而言,铁腕封城,该要多大的勇气。你敢于提出这样的建议,杀伐果决,不是冲动,而是源于以前的成功经验。

2003 年 4 月,时任浙江省卫生厅厅长的你得知浙江出现非典病人,迅速做了三件事:一是连夜向省领导汇报情况,凌晨 5 时向社会公布疫情信息;二是将与非典病人接触过的人全部集中隔离;三是连夜采样,48 小时内检获病人的病毒特异性核酸,成功培养和分离出 SARS 病毒。

正是你的"三板斧",当年浙江创造了"零严重后遗症"、无医务人员感染、无二代病人的奇迹。

什么叫快乐?你说,看到那么多病人得到救治,从死亡线上被拉了回来,就是最大的快乐!

你是大医仁心、执着果敢的李医师,是蕙质兰心的民族脊梁,是国人信赖的邻居老奶奶——李兰娟。

【故事】封城,刻不容缓!

"女神!女神!"

2020 年 3 月 31 日上午 9 时,当 73 岁的李兰娟面带微笑,走进武汉天河机场候机大厅时,自发前来送行的人群十分激动,高声呼喊起来。

"两个月来,我们与新冠病毒进行了一场殊死搏斗,目前取得了阶段性胜利。"李兰娟感谢大家的支持,"武汉人民做出了重大贡献,在我们国家甚至在国际上将树起一座历史的丰碑。我与大家并肩战斗，很难忘，很自豪！"

李兰娟出生于浙江绍兴夏履镇夏履桥村，父亲有病，全家靠母亲卖山货维持生计。她靠助学金和老师的帮助，艰难读完中学后，回到乡下做代课老师，后去省中医院学习中医针灸技术。

村里组建农村合作医疗，大队支书请李兰娟回去做赤脚医生，她二话不说，风里雨里为父老乡亲看病。

1970 年，李兰娟被推荐到浙江医科大学学习，毕业后到浙江大学附属第一医院工作。第一个拦路虎是重型肝炎。1986 年，李兰娟申请到 3000 元科研基金，在全国率先开展人工肝研究。10 年后，该课题通过专家鉴定，获得国家科技进步奖二等奖。不久，李兰娟带领团队继续研究，相关成果获国家科技进步奖一等奖。如今，人工肝技术已推广至全国 31 个省区市，她被誉为"国际上最大的人工肝组织的领头人"。

2013 年，H7N9 禽流感在中国南方肆虐，李兰娟临危受命，担任国家应急指挥办专家。她收治了 40 例这类患者，创建了早期抗病毒、抗休克、抗低氧血症、抗继发感染和维持水电解质平衡、维持微生态平衡的"四抗二平衡"救治策略，疗效很好。2 天后，成功研发了检测试剂，达到国际先进水平，7 天内由世界卫生组织向全球推广……

武汉疫情暴发后，作为目前国内感染病学科唯一的女院士，李兰娟时刻关注武汉疫情的最新动态。

1 月 18 日，李兰娟接到电话，与钟南山等 6 人从全国各地赶往武汉，听取汇报和走访后，感觉事态异常严重。短短三天，重症和危重症患者从 200 名、400 名一下升到 800 多名，她眉头紧锁，心急如焚。

"不能再等了！"李兰娟疾呼，"封城！必须立刻封城！"

封城，在中国的疾控史上，从未有过，2003 年非典时期也没有，世界历史上也十分罕见。这不仅是事关个人名誉和声望的问题，更是谁将对成千上万的生命负责的问题。李兰娟豁出去了："人民高于一切，生命重于泰山。必须以最小的牺牲赢得最大的胜利。"

"封城是刻不容缓的事，也是迫不得已的事。"一向优雅的李兰娟颇为激动地解释道，"目前只有严格控制传染源，才能不让传染病在更大范围流行。"

1 月 23 日，武汉封城。事实证明，这个举措非常及时，武汉疫情得到了有效控制。

1 月 25 日，大年初一，李兰娟和她的爱人郑树森院士回到老家夏履桥村。每年春节，她都挤出时间和乡亲们吃上一顿团圆饭。但今年这顿团圆饭，只吃了不到 1 个小时，一个电话，让她匆匆赶回杭州。

2 月 1 日晚上，李兰娟率领团队前往武汉，她在出征仪式上说："这一次，我来当一个医生，武汉有很多危重症患者，需要人工肝等支持治疗。战'疫'不成功，我就不撤兵。"

到达武汉后，李兰娟团队接管武汉大学人民医院东院重症病房。她带领团队冒着被感染的风险，查房、监测感染患者、会诊。防护服很厚重，穿戴一次很费时，每次工作长达五六个小时，其间不喝水、不上厕所。对于年轻人都是挑战，更何况是古稀之年的老人？李兰娟不仅不抱怨，反而鼓励大家"加油"！她每天只睡 3 个小时，从医护人员防护、患者治疗等方面全方位予以指导，缩短了病程。

到达武汉后的第三天，李兰娟团队发布两项研究成果：阿比朵尔和达芦那韦两种药物对新型冠状病毒具有抑制效果，让世界看到了李兰娟团队的战斗力，见证了中国速度。

党中央发出"应收尽收、应治尽治"的号令后，李兰娟从传染病防治角度提出了很好的建议，例如把所有宾馆动员起来收治轻症病人，把医院床位多腾点出来，将重症病人送到有条件的医院。她白天查病房、开会，晚上看材料、了解疫情变化，从早到晚，超负荷工作。

李兰娟坚持进病房。病人的康复与否与精神状态有关，因此，她常常鼓励病人："要挺住，放心，会好起来！"病人有信心了，免疫功能就会增强不少。

有一个病人，病得很重，李兰娟不断去看她，每次都说："要挺住，挺住！"她在迷糊中记住了"挺住"二字。后来，这个病人出院时，拉着李兰娟的手说，当初记得一个年纪很大的医生在耳边说"挺住"，没想到是李院士。她跪下来，说："您救了我的命，我无以为谢，请接受我一拜！"

李兰娟赶紧扶起她，忍不住老泪纵横……

【现场】挺身而出的凡人

2020 年 3 月 18 日，武汉首次出现新增病例和疑似病例归零，李兰娟非常开心。4 月 8 日，武汉宣布"解封"。对于首倡"封城"的李兰娟来说，这个消息很振奋。

大灾面前，一大批"小人物"顽强拼搏，冲锋陷阵，他们是快递员、网格员、志愿者、工人、农民……他们感动了中国，也感动了世界。

"80 后"快递小哥汪勇，大年三十晚上，将金银潭医院的一名护士送回家，从此，每天接送医护人员往返医院。接触疑似病患后，就在快递仓库隔离，并招募到 20 多名志愿者。他说："医护人员呼我，随叫随到。一辈子碰不到这么大的事。一天接送一个医护人员，节省 4 个小时，接送 100 个就是 400 小时，这 400 个小时，医护人员能救多少人呀？"

大年初一，快餐店老板李丰杰在孝感老家过年，因为封城，他花了 11 个小时走回武汉，为医护人员送上热餐。他说："只要饭是热的，希望就不会冷掉。"

火神山医院建筑工骆名良，收到工钱 7500 元和 300 元用车补贴后，立即买了 145 箱牛奶，全部捐献给了同济医院。他说："每个人背后都是一家子，我这点东西能算什么呢？"

四川张女士独自驾驶大货车，从成都运 31 吨酒精到武汉来。她说："想到武汉急需，就顾不了那么多了。"

工伤残疾的菜农秦师傅，筹了 24 箱蔬菜，骑着三轮车，一路走，一路问，把菜送到了医院。他说："不好意思，我只有这么多，但都是最新鲜的。"工作人员要付钱，秦师傅坚拒，说："人的生命宝贵，医生也是人。"

得知湖北缺水果，云南 93 户村民自发捐了 22 吨香蕉，其中 47 户是贫困户。甘肃农民王东林自带干粮，戴着口罩，卷起床棉被，翻越秦岭，驱车千余公里赶到武汉做装卸工。河南沈丘县田营村支书王国辉，大年三十驱车 500 公里，给火神山医院送去 5 吨蔬菜；而嵩县竹园沟村支书朱德林带着 300 名村民，3 天时间，用手刨出 10 万斤大葱，长途跋涉送到武汉……

"劲头上来了，很多问题都能解决。"钟南山院士哽咽赞叹，"武汉本来就是一个很英雄的城市。"

中国－世卫组织联合考察组外方组长布鲁斯·艾尔沃德说："我们要认识到武汉人民所做出的贡献，世界欠你们的。"

李兰娟感叹道："世上没有从天而降的英雄，只有挺身而出的凡人。"

这些挺身而出的凡人就是城市的毛细血管，正是他们的努力，黎明的那道光，才穿透黑暗，照亮世界……

【画外音】"我在为他人创造幸福中享受幸福"

你说："幸福是每刻每秒的享受，没有经历汗水的洗礼难以感到幸福的真谛。我在为他人创造幸福中享受幸福。"

73岁的你，日程排得满满的，每天早晨6点起来，8点上班，坐诊、科研、行政、讲座、接待来访……武汉抗疫就更忙，从1月18日开始到3月底，每天忙得不可开交。

你有一股"倔"劲。祖国需要你，谁也拦不住你。

你说，不是你"倔"，每个人都"倔"。如此严重的疫情迅速控制下来，这是中国制度和中国力量的展示，是全国人民共同奋斗的结果。你的前面有钟南山院士，你的身边有张伯礼、黄璐琦、乔杰、仝小林和陈薇等院士，大家都彰显了医者仁心、大爱无疆的精神。

"我抗击过SARS，有经验，先上！"

"我是共产党员，必须上！"

"我没成家，负担轻，让我去吧。"……

你说，每一个驰援湖北、武汉的微信群里，这样的人不"倔"吗？

截至2月24日，中国人民解放军、中央部委和兄弟省区市已派出380

多支医疗队、4.2 万余名医务人员，在定点医院、方舱医院等昼夜奋战，哪一个不"倔"？

你说，这次疫情结束后，希望国家给年轻一代树立正确的人生导向。把高薪留给德才兼备的科研、军事人员，适当管控娱乐圈某些"明星"动辄上千万元的片酬！少年强则国强，要为祖国未来发展培养自己的栋梁之材！

这段话流传很广，也许不是你的原话。但有人托你之口，说出了心里话，引起强烈的情感共鸣，大家见到你的名字，也就更加相信。

鲁迅先生说：我们从古以来，就有埋头苦干的人，有拼命硬干的人，有为民请命的人，有舍身求法的人……这就是中国的脊梁。

诚哉斯言！国之有你，国之安焉；民之有你，民之幸矣。

第五节　陈薇："疫情就是军情，疫区就是战场"

【出场】"埃博拉的终结者"

你是典型的江南女子，美丽多才。你的故乡兰溪，人杰地灵，有"七省通衢"之称，写过"青箬笠，绿蓑衣，斜风细雨不须归"的张志和，讲过"武人之刀，文士之笔，皆杀人之具也"的《闲情偶寄》作者李渔，还有毛泽东和周恩来高度赞扬的爱国人士、著名作家曹聚仁，皆出生于此。

你也曾有许多梦想，教师，记者，作家，诗人，个个迷人、浪漫。但从未想过，你会成为一名科学家；更从未想过，你聚焦的对象一个比一个恐怖，鼠疫、炭疽、埃博拉……各种致命的、致病的微生物，都是你的左邻右舍。

你一干就是29年，每天都像走钢丝，充满风险和挑战。

你有一千个理由拒绝，但有一千零一个理由让你欲罢不能。

如果你忽视内心的召唤，你将永远无法平静下来；

如果你接受内心的召唤，你将放弃很多兴趣和爱好。

你审视自己，驱逐诱惑，做出大胆而明智的选择。

你一头扎进去，让人吃惊，却做得风生水起，渐入佳境。

你是"朵朵精神叶叶柔，雨晴香拂醉人头"的蔷薇，有着"长条自张主，淡着数枝花"的个性，不管风吹雨打，喜欢静静开放。你跟自己的名字一样，甘受岁月之寂寥，宁静淡泊，暗香袭人。

当乌云落到头顶，你跟闪电比速度，纵使被雷火击伤，也要撕开一道缺口。

当暴雨来到身边，你追逐龙卷风，哪怕冒着身殒的危险，也要抓住它的舌头。

2014 年，西非埃博拉疫情暴发，致死率最高达 90%。你临危受命，率队出征，成功研制出抗埃博拉病毒新基因疫苗，获习近平总书记点赞："埃博拉疫苗，对世界是个支援，也是我们大国的形象。"

作为生化防御专家，在武汉抗击新冠肺炎疫情大战中，你跟钟南山、李兰娟等院士一样，起着定海神针的作用。3 月 3 日晚上，央视《新闻联播》播出了你攻克新冠疫苗的重要消息。你对前来视察的国务院副总理孙春兰表示："疫情就是军情，疫区就是战场。我们力争用最短时间，将疫苗推向临床，为打赢这场疫情防控阻击战提供坚强的科技支撑。"

流光飞舞，花落有香；大道无垠，绵延千年。

你是《战狼 2》中 Doctor Chen 的故事原型，是英姿飒爽的女将军，是中国工程院院士，是"埃博拉的终结者"，是"共和国勋章"获得者——陈薇。

【故事】以最充分方案，做最长期奋战！

2020 年元旦，陈薇在老家待了 2 天，让老父亲享受了 2 天的天伦之乐。临走，父亲问："年三十能回来吗？"

　　陈薇点点头。谁知，形势逼人。1月25日，陈薇率领军队专家组急赴武汉，参与救援。

　　陈薇是典型的学霸。1984年从兰溪一中毕业，先后考上浙江大学、清华大学。1991年，陈薇硕士毕业，做出了大胆选择：去军事医学科学院。许多人不理解。1998年，从军事医学科学院博士毕业，陈薇做了母亲，但只休了一个月产假，就返回了实验室。

　　2003年非典暴发，陈薇受命研制非典病毒疫苗，天天泡在实验室，没有周末和节假日。每次在负压实验室最多5个小时，就必须出去透气。当时抢时间，她和同事们一进去就是八九个小时，头痛也忍着，不吃不喝，穿上尿不湿，玩命似的干。在最关键的时候，陈薇连续奋战两天两夜，终于研制出干扰素。

　　接着，陈薇跑遍全国83个非典定点医院，在高危人群中指导用药、收集数据，是年4月28日，她和团队研发出"重组人干扰素"，通过国家批准，进入临床。她带领大家在营区外连续奋战20多个昼夜，将2000多支喷鼻剂及时送到小汤山医院。

　　2014年埃博拉疫情引发全球恐慌。陈薇率队赴非，世界首个抗击埃博拉病毒疫苗研制成功，实现了中国历史性突破，给世界人民带去福音。

　　新冠肺炎疫情暴发后，陈薇第一时间进驻武汉。从那一刻起，她就开启了"全天候"工作模式。两天后，新型冠状病毒核酸检测试剂盒通过国家药品监督管理局审批。经过四个昼夜奋战，一座帐篷式移动检测实验室投入使用。她和同事们应用自主研发的检测试剂盒，实现了新型冠状病毒的快速检测。尽管如此，她还是告诫大家要做"最坏打算"——以最充分方案，做最长期奋战！

陈薇一边抓确诊病例治疗，一边争分夺秒地研发新型冠状病毒疫苗。当美国科学家宣布将在 12 周内研制出新型冠状病毒疫苗时，陈薇自信道："中国速度不会亚于美国。"

有记者问："去那么危险的地方，万一回不来怎么办？"

陈薇答道："穿上这身军装，就意味着这一切都是你该做的。"停了停，又道："老实说，这次来武汉，我多次流泪。看到武昌医院刘智明院长的妻子送别丈夫的那一幕，她穿着厚厚的防护服，连最后拉手的机会都没有，我流泪了。一位上夜班的护士，怕感染了病毒传染给家人，不让丈夫送。丈夫要送，开着车，默默跟在步行的妻子身后，用车灯给她照亮，我流泪了……类似的故事，还有很多。我是军人，本不该儿女情长，但我首先是人。看到这些，我就有一种无形的压力，得赶紧研制出疫苗，真不希望再看到这样心碎的场面了！"

【讲述】郑能量："我不怕死，只怕今生有憾"

1 月 23 日凌晨，武汉。这座承载着光荣与梦想的城市，突然开启了"封城"模式。

大年初一，我正在宁乡老家，与家人团聚在一起。面对来势汹汹的疫情，我陷入了空前的不安。

吃过中饭，我瞒着父母，悄然前往武汉。当时下着冷雨，我驱车 4 个多小时，行驶 300 多公里，于当晚 7 时 38 分，到达武汉街头。四周空旷、清冷，只有不时疾驰而过的救护车，令人揪心。27 岁的我，没有经过大灾大难，此番来武汉不是冲动，而是感恩。我在朋友圈里立下一份"生死状"——

忠孝自古难全,我郑能量志愿进入疫区做志愿者,自愿接受最脏最累的一切任务,哪怕是扛尸,这都是我的选择,也都是自己的社会责任。20岁至25岁在湖南读大学的五年,政府和社区源源不断的关怀、学校的奖助学金、老师的情、同学的义、家人的恩,太多太多的温暖和真情,给了我深刻的鼓舞,也给了我内心里真伪、善恶的对照。

请放心,我定会在武汉尽绵薄之力的同时保护好自己,不给医护人员添麻烦、不占用医疗资源。我自己手上现在有拉米夫定和依非韦伦各六粒、维生素C三十粒、维生素B族一百二十粒、生命吸管三根、折叠军刀一把、长剪一把、打火机四个、葡萄糖补充物两斤,紧要关头我会自救的同时再救人。我自己具备一定的医疗知识、护理知识、生化知识,如果不幸体内没有形成抗体,万不得已的情况下,我会自行了结以避免扩散,我的行为所导致的一切后果,由我郑能量一人承担,与其他任何组织或者个人无关。

如果我命数至此死在了疫区,就把我的骨灰无菌处理后撒在长江里让它漂回湖南,报答、陪伴我的祖国、家人、老师、朋友,还有我的理想。我不怕死,只怕今生有憾……

就这样,我每天马不停蹄,穿梭在大街小巷,接送医护人员上下班,帮助市民出行,运送抗疫物资,也搬过遗体,多次前往火葬场。我定好闹铃,早上9点出发,一直忙到第二天凌晨四五点,手机从不关机。饿了,吃碗泡面,困了就在车上打个盹,实在扛不住了,就到桥洞下,裹一条毛毯睡一两个小时。

"志愿服务,一切免费!"我接到的电话越来越多,并很快加入"武汉抗疫公益志愿者联盟"……

我的单位——湖南建工集团党委根据我的表现和入党志愿，推荐我火线入党。2月10日，董事长叶新平看望慰问了我的家属，认为我舍小我为大家，彰显了"国企人"的勇气与担当。

说真的，比起84岁的钟南山、73岁的李兰娟和年轻有为的陈薇等大咖们，我做的这些算不了什么。我相信，武汉的明天会很美！我的明天也会很美！

【现场】疫苗接种，父子志愿者

"我们一定坚决落实习主席的指示，与病毒争分夺秒地赛跑！"

2020年1月30日，在央视《新闻联播》中，身穿军装、佩戴少将军衔的陈薇英姿飒爽，坚定表示："我们无论是在人才队伍、科研条件和技术储备上，都比以往任何时候，有了更充分的准备。我们一定能打赢这场疫情防控阻击战！"

3月16日，陈薇院士团队研制的重组新冠疫苗获批启动临床试验。陈薇是该疫苗的第一个接种者。她的勇气，让志愿者叹服。跟在这样的"探路者"后面，他们不怕。

36岁的任超，在武汉大学保卫部工作，他是首批志愿者。

3月20日下午，任超接种了疫苗。"有陈院士带头，我不怕！"酷爱马拉松的任超说，"在本命年做开路先锋，比参加马拉松比赛获得第一名更有意义"。

武汉市民老吴看到消息后，也报了名。经过体检测试，成为年龄最大的志愿者，编号007。儿子吃惊地问："你的动机是什么，不担心吗？"

"此次疫情，咱们死里逃生，也多少明白一点家国情怀吧。"老吴笑道，"那么多人帮助过咱们，现在给国家和社会回报一点，也算此生无憾啊。"停了停，加重语气道，"更何况，打了疫苗，才不会再次被感染，这也是帮助咱自己啊。"

儿子听了后，说："我的身体比你强壮些，我也去试试吧。"当天下午，老吴的儿子也成了志愿者。

老吴父子接种后，跟任超和其他志愿者一起，集中在酒店里，进行为期 14 天的隔离观察。每名志愿者腋下粘有体温传感器。餐食和一切生活用品皆由值班医生送至门口，垃圾也放在房门口由专人清理。每天有医务人员定时检测各项功能指标，看有没有"排异"和不适情况。

"老爸，今天感觉怎样？"

"还不错！儿子，咱们继续加油哦！"

窗外，是来来去去的人。老吴和儿子在微信里互相点赞、鼓励……

【画外音】你的选择，也是你的使命所在

你是疫苗研制工作的"排头兵"；

你的团队是人民子弟兵的尖刀部队。

你走路快，说话快，工作节奏快。"快"成了你的一张名片，似乎有一种无形的力量催着你往前赶。

多年来，你深入生物安全领域的"无人区"，面对未知的世界，想

起个别国家用生化战争和恐怖袭击进行威胁，想起中国和中华民族有可能遭到的灾难性后果，你对铸造"生物盾牌"有了强烈的使命感和紧迫感。你用"全力以赴，只争朝夕"的拼搏精神，短短10余年，成功研制出首个重组疫苗，并纳入国家战略储备中。

奉行"美国优先"政策的特朗普政府，发动联络全球至少25家研制疫苗的公司，包括德国研发新冠疫苗的CureVac，想要将他们生产的疫苗全部收购，垄断"解药"，其用意和目的值得警惕。

幸而，你带领团队，不信邪，不服输，自力更生，成功研制出重组新冠疫苗，让世界震惊。它照亮了"山重水复疑无路"，迎来了"柳暗花明又一村"。

国人为你骄傲。大家的信心更足，凝聚力更强。中国不再受牵制，为世界的和平发展提供了更多的机遇，为人类命运共同体带来更大的安全保障。

你说：地球是一个村，人人皆为邻。看似万里之外的病毒，与我们只有一个航班的距离。看似毫不相关的民众，彼此的空间只有一张机票、一张车票或船票的大小。无论多短的距离、多小的空间，都足以容纳数以亿计的致命或致病的微生物。没有人能够幸免，也没有人能够逃避。

所以，你要举着灯，远远地走在世界的前列。决堤了，你就上去堵住；没有路，你就开辟一条路来。这是你的选择，也是你的使命所在……

这是怎样的季节啊，你的踪影忽明忽暗，让牵挂的心落下或者上升。故乡在一缕炊烟中依旧风景如画。年逾八旬的父亲站在门前，轻轻梳理关于你的点滴记忆，思念茫茫，如雾如海。

终于，天亮了，雨停了，大地变得明亮起来。

"除却君身三重雪，天下谁人配白衣？"

你是将军，你对得起这身军装；

你是院士，你对得起这份大爱。

担 第八章 当
CHAPTER 8

担当，是一种态度，也是一种能力；

担当，是一种本能，更是一种魄力。

战争年代，冲锋陷阵是担当；和平时期，直面凶险是担当；危急关头，挺身而出是担当；遇见邪恶，敢于亮剑是担当。

担当，就是不忘初心："一切向前走，都不能忘记走过的路；走得再远、走到再光辉的未来，也不能忘记走过的过去，不能忘记为什么出发。"

因此，爱岗敬业，锐意进取是担当；艰苦奋斗，争创一流是担当；淡泊名利，甘于奉献也是担当。

一切美好的梦想，只有担当起来才能实现；一切痛苦的难题，只有担当起来才能破解；一切生命的辉煌，只有担当起来才能铸就。

担当不一定伟大，但伟大一定离不开担当。只有牢记肩上的重担，并把这种重担当成前进动力的人才有可能成就一番事业。

古往今来，中华民族从来不缺热血志士，为了民族和国家，朝闻道，夕可死，他们都是勇于担当的英雄好汉。

习近平总书记指出："担当就是责任，好干部必须有责任重于泰山的意识，坚持党的原则第一、党的事业第一、人民利益第一，敢于旗帜鲜明，敢于较真碰硬，对工作任劳任怨、尽心竭力、善始善终、善作善成。"

担当，是测试每一个党员干部先进性的显影液；

担当，是检验每一个党员干部纯洁性的试金石——

焦裕禄说："不达目的，死不瞑目！"

王进喜说："为了党的事业，个人的生命算个啥？"

袁庚说："空谈误国，实干兴邦！"

徐洪刚说："有一种责任我们肩扛着！"

金茂芳说："像爱护眼睛一样爱护拖拉机！"

安文彬说："主权回归，分秒必争！"

因为担当，伟大的精神不因斗转星移而消失；

因为担当，英雄的名字不因沧海桑田而磨灭。

第一节　焦裕禄："不达目的，死不瞑目！"

【出场】"为人民而死，虽死犹荣"

"有的人活着／他已经死了；／有的人死了／他还活着。"这首诗是臧克家1949年11月1日为纪念鲁迅先生逝世13周年而写的。

你从没想到自己不朽，可这首诗放在你身上，也很合适。因为你是诗中"俯下身子给人民当牛马"的人，也是"活着为了多数人更好地活"的人。

1966年9月15日，毛泽东亲切接见你的女儿，并亲笔为你题词——"为人民而死，虽死犹荣"。

此后，刘少奇、周恩来、朱德、邓小平、江泽民和胡锦涛等几乎所有的党和国家主要领导人都有对你的题词或到你的纪念馆参观，这在共和国历史上绝对罕见。而习近平总书记更是对你念念不忘，情有独钟。

你的故事，不仅在中国家喻户晓，在国外也有很高的知名度。

2015年10月22日，习近平总书记访问英国，一名叫康可的英国小伙当场朗诵一首讴歌你的词，说这里的老师讲了许多关于你全心全意为人民的故事，使他深受感动——"魂飞万里，盼归来，此水此山此地。百姓谁不爱好官？把泪焦桐成雨。生也沙丘，死也沙丘，父老生死系。暮雪朝霜，毋改英雄意气！……"

这首词是 1990 年 7 月时任福州市委书记的习近平在阅读《人民日报》刊登的《人民呼唤焦裕禄》一文后挥笔写下的。

早在 1966 年 2 月 7 日，《人民日报》头版刊发关于你的长篇通讯《县委书记的榜样——焦裕禄》，引起巨大轰动。习近平回忆说："我当时上初中一年级，政治课老师在念这篇通讯的过程中几度哽咽，多次泣不成声。"并说，"我后来无论是上山下乡、上大学、参军入伍，还是做领导工作，焦裕禄同志的形象一直在我心中。"

中央人民广播电台当年在转播录制这篇报道时，播音员齐越泣不成声，闻讯赶来的几十位播音员、电台干部肃立在录音室外，个个泪流满面。

2014 年 3 月，习近平再度到河南兰考县考察，重诵此词，号召广大党员干部认真学习你的精神，"为推进党和人民事业发展、实现中华民族伟大复兴的中国梦提供强大正能量"。

你的名字闪耀在共和国的星空，你的故事在长城内外广为传颂。

你临死之前的一句话让无数人潸然泪下："如果我死了，请把我葬在沙丘上，我要看着这片沙丘，活着我没治好，死了我要看你们治好。"

你把百姓利益作为试金石，把群众笑脸作为价值标尺，你是人民的公仆——焦裕禄。

【故事】"我是您的儿子！"①

"俺总想焦书记没有离开咱们，还在兰考，天天看着咱们。眼下，咱们日子好了，可不能忘记焦书记啊！"

每年清明和焦裕禄祭日，罗满丽老人都会亲自蒸一盒馍馍，送到兰考县城关北黄河堤上的焦裕禄烈士陵园，跟老书记掏心窝子说几句话。

1922年8月16日，焦裕禄出生在山东博山的一个贫苦家庭，他逃过荒，当过长工。后随军离开山东，到了河南。

1962年12月，焦裕禄调到河南兰考县，先后任县委第二书记、书记。

当时的兰考正遭受严重的内涝、风沙、盐碱侵害。横贯全县的黄河故道，变成一片黄沙，内涝的洼窝结着冰凌，光秃秃的盐碱地上，枯草在寒风中发抖。

焦裕禄一上任，就下乡去了。他走沙丘，看涝窝，摸碱地，一边看，一边思考。一圈下来，心中有了底。他在第一次干部大会上说："兰考是个大有作为的地方，问题是要干。兰考是灾区，但它能锻炼人的意志，培养人的品格。"

当时的县里，几乎就是一个难民集中站，每天处理统销粮、贷款、救济品和烧煤等工作，这样如何谈发展？

一个风雪交加之夜，焦裕禄召集班子成员开会，等大家都到了，他说："走，跟我去看一个地方。"说完，就领着大家来到火车站。

---

① 鸣谢：穆青等《县委书记的榜样——焦裕禄》，《人民日报》1966年2月7日。

其时北风怒号，大雪纷飞。车站内嘈杂、混乱。许多灾民拥挤在里面，尖叫、吵闹、哭声、哀叹不断，他们是来这里领救济的。

焦裕禄沉重道："大家看看，这些人都是我们的亲人。党把 36 万群众交给我们，是让我们领导他们去战胜灾荒啊……"

回到县委，已是深夜，正式开会。焦裕禄让大家都谈感受，提建设性意见。他做总结发言："我们口口声声说要为人民服务，我希望大家能牢记着今晚的情景，想方设法，改变它。"

很快，一个蓝图绘制出来。焦裕禄在给开封地委的呈报件上，特地加了几句话："我们对兰考的一草一木都有深厚感情。我们决心苦战三五年，改变兰考面貌。不达目的，死不瞑目！"

焦裕禄首先要把兰考县的"家底"摸透，他亲自考察兰考"三害"的实况。为此，县委抽调 120 名干部、老农和技术员，组成调查队，展开大规模的追洪水、查风口、探流沙的调研工作。当时焦裕禄正患着肝病，有人担心他过于奔波会加重病情，他说："这个倡议是我提出的，我不去，怎么行？"

风沙最大、雨水最猛的时候，是最能了解真实情况的时候，焦裕禄毫不犹豫地站在风沙中、雨水里。他带着调查队，从黄河故道开始，越过县界、省界，一直追到源头，常常是一脸汗、一身泥，饿了吃几口干粮，累了就蹲在泥巴路上小歇一会儿……

这样度过了三个月，跋涉了两千多公里，终于掌握了兰考"三害"的第一手资料：全县有大小风口 84 个，全部编了号、绘了图；全县有大小沙丘 1600 个，也一一丈量，编了号，绘了图；全县的河溪、沟渠、路基、涵闸等也全部勘察一遍，并设计出一套排涝泄洪方案。

一个冬天的黄昏。北风呼啸，大雪纷飞。焦裕禄很忧心："这么大的风雪，老百姓过得咋样？"

翌日一早，他把大家叫起来，要求班子成员各带一个组，背着救济粮款，分头下乡。

风雪没停，反而更大，焦裕禄走在最前面。肝痛发作时，他就用一支钢笔顶着肝部。他首先来到许楼村，走进一户无儿无女的老人家里。大爷有病躺在床上，大娘看不见。

"谁来了？"大爷问。

焦裕禄说："我是您的儿子！"

"大雪天来干啥？"大娘感觉奇怪。

焦裕禄说："毛主席叫我来看望你们……"

这次风雪，焦裕禄一共走了 9 个村子，慰问了 31 户生活困难家庭。

1964 年春节过后，焦裕禄的肝病越来越重了。他经常把右脚踩在椅子上，用右膝顶住肝部，左手揣在怀里，按着作痛的肝部，有时用一块垫子顶在右边的椅靠上。日子长了，他的藤椅上，右边被顶出了一个大窟窿。他用这种方法压迫止痛。

一个多月后，组织上安排焦裕禄去郑州看病："你务必服从安排！"他叹了一口气，真舍不得离开啊。这一年多来，全县 149 个大队，他已经摸透了 120 多个。他希望最多半年时间，就能走遍兰考的山山水水了。

然而，这成了焦裕禄永远的遗憾。

是年五月初，焦裕禄的病情恶化。县委副书记赶到医院探望。焦裕禄用干柴一样的手握着他问："听说豫东下了暴雨，情况怎样？"

"没啥事。咱们的排涝工程立了大功。"副书记强忍泪水，答道。

焦裕禄苍白的脸上露出了欣慰的笑容。这时，一阵剧烈的肝痛袭来，焦裕禄喘了一口气，似乎还想说什么。一排豆大的汗珠从他额头上冒了出来……

1964 年 5 月 14 日，焦裕禄不幸逝世，年仅 42 岁。

【画外音】兰考山脊上的泡桐

从长篇通讯、纪实文学、电影到 30 集电视剧，再到广播剧、音乐剧、豫剧、话剧等，你的形象经不同媒介、不同载体的生动描绘，有血有肉地展现在大众面前。这些表达不同、风格各异的作品虽然年代不一，但彰显你"鞠躬尽瘁、向死而生"的主旋律没变，不同的创作者通过对你的人生历程和精神世界的不懈挖掘，使你的故事为中国社会催生一种无可替代的力量，也为亿万人民演唱一曲永不谢幕的颂歌。

你如生长在兰考山脊上的泡桐，无论土地多么贫瘠，你都会扎下根去，向着阳光，唤起心中的一抹淡绿，默默抵挡不时扬起的漫天的沙尘。

在兰考工作的 475 个日日夜夜，你的每一天都有泥巴和汗水。

你的每一次心跳，都跟兰考的命运联在一起；

你的每一次呼吸，都与兰考的山脉相应和；

你的每一次肝痛，都让兰考人民感同身受，寝食不安。

你的精神，像春天的种子，在辽阔的大地上开花结果。

你去世的那天，兰考的山弯下腰来。你像一只白鹤，飞在兰考的头上，飞在兰考的胸前，用你的魂，你的灵，你的肉身和一切，宣告你的爱、你的不舍，以及你对党和人民的忠诚。

第二节
王进喜："为了党的事业，个人的生命算个啥？"

【出场】"我就是要去当钻井老虎"

你一亮相，就带着泥渣；你一出场，就带着风沙。

时间开始了。"埋葬旧社会，缔造新中国"，是 20 世纪 40 年代发生在世界的一件彪炳千秋、永载史册的伟大事件。

然而，建设初期，石油奇缺，一滴血未必换来一滴油。许多工厂被迫停产，飞机不能起飞，坦克不能前行。时任全国人大常委会委员长的朱德元帅打了一个形象的比喻："没有油，坦克、大炮还不如打狗棍。"

1950 年，新生的玉门油矿招工。你报了钻井工作。你说："要干就要像钻井工人那样叮叮当当地干，要活就要像钻井工人那样挺直了腰杆子活。我就是要去当钻井老虎，痛痛快快地大干一场。"

从此，石油就是你的一切，打井就是你的全部。1959 年，你率队打出了 7.1 万米，相当于旧中国 42 年钻井进尺的总和。是年 9 月，你作为工业战线代表赴京参加"群英会"，看到长安街上的公共汽车仍然缺油，车顶驮着个煤气包，你觉得很羞愧。铁打的汉子啊，你竟蹲在路边掉眼泪。

恰在此时，位于我国松辽平原大同镇高台子的松基三井喷出了工业油流，大庆油田被发现。

你铆足了劲，拼死干！你把北风当电扇，把大雪当炒面，喊出"有条件要上，没有条件创造条件也要上"的豪言壮语。

正是这种战天斗地、敢于牺牲的"铁人"精神，20世纪60年代中期，你率领的两个钻井队双双突破年进尺10万米的大关，把美国的王牌钻井队和苏联的功勋钻井队都远远抛在了后面，为百废待兴、大干快上的新中国注入了磅礴的活力。

你一路艰辛，跌倒了，爬起来，咬紧牙关，从不放弃。你的荣誉是一分一秒干出来的。你的旗帜浸泡着你的汗水和鲜血，你的雕塑凝结着你的青春和生命。

"伟大时代呼唤伟大精神，崇高事业需要榜样引领。"

你的"铁人称号"生动形象，有着巨大的磁力，起着榜样的引领作用。你的"铁人精神"是和平年代使不完的劲、打不垮的意志、压不倒的精神的真实写照，是中华民族不屈的象征和复兴的源泉。

1989年，你与雷锋、焦裕禄、钱学森、史来贺一起被中共中央组织部命名为"建国以来在群众中享有崇高威望的共产党员的优秀代表"。世纪之交，你与孙中山、毛泽东、鲁迅、李四光、邓稼先、袁隆平等人被评为"百年中国十大人物"，这是党和人民给予你的崇高荣誉。

你是新中国第一代钻井工人，是共和国"最美奋斗者"，是"铁人"——王进喜。

【故事】"我早就豁出去了"

"今天既不是做生日，也不是祝寿，而是实行'三同'①，我用我的稿费请大家吃顿饭。我的孩子没让来，他们不够资格。"

1964年12月26日，是毛泽东71岁的生日。他请王进喜、陈永贵和钱学森等劳模吃饭时，开门见山地说。席间，毛泽东称赞王进喜是"工业带头人"。他们边吃边聊，这顿饭竟吃了两个多小时，在毛泽东一生中极其少见。离别时，毛泽东还给每个人送了一斤苹果，并一一握手告别。

王进喜说：这是他一生中最幸福的时刻。

王进喜是个苦命的孩子，没读过一天书，是个放牛娃。1949年9月，玉门解放。第二年春天，他在老君庙钻探大队当上了一名钻工，成了国家的主人，啥活都抢着干，浑身有使不完的劲。

1956年4月29日，王进喜加入中国共产党，不久，担任了贝乌5队队长，在石油工业部组织的劳动竞赛中，提出"月上千，年上万，祁连山上立标杆"目标，创造了月进尺5009.3米的全国钻井最高纪录。石油工业部部长余秋里把一面"钻井卫星"红旗颁发给他，贝乌5队被命名为"钢铁钻井队"，王进喜获得"钻井闯将"光荣称号。

1960年，轰轰烈烈的"东北松辽石油大会战"打响。3月25日，王进喜带领钻井队到萨尔图车站。

刚下火车，王进喜就提了一连串问题："钻机到了没有？井位在哪里？这里的钻井纪录是多少？"

---

① 这里的"三同"是指同工人、农民、知识分子的劳模代表在一起。

没有钻机？难不倒王进喜，他带人运到井场，并竖起来。

没有拖拉机？没有吊车？汽车也不足？也难不倒王进喜，他带领大家用撬杠撬、滚杠滚、大绳拉的原始办法，干起来再说。

没有打井用的水？可以破冰取水！

没有大型工具运水？可以用水桶挑、脸盆端！

再多的困难，用心去钻，用力去做，用汗去浇，没有过不去的坎！

凭着这股蛮劲，短短的20多天，王进喜钻井队胜利完钻55井，进尺1200米，首创5天零4小时打一口中深井的纪录。

1205钻井队在打第二口井时，王进喜的腿被砸伤，流着血，跛着脚，仍然坚持工作。由于地层压力大，钻到700米时，突然发生了井喷。

情况危急，王进喜大喊："快倒水泥压住！"

然而，水泥倒入泥浆池后搅拌不开，王进喜将拐杖一扔，跳进齐腰深的泥浆池中，七八个工人也跟着跳了进去。经过3个多小时奋力搅拌，井喷终于被制服。王进喜累得一句话都说不出来。

有一次打试验井，王进喜眼皮睁不开，端起饭碗扒了两口，便靠在钻杆边睡着了。被叫醒后，他往胸口擂了两拳，匆匆吃完饭，说："我早就豁出去了，只要上午拿下个大油田，哪怕下午倒在钻台上也痛快，也值得！"

房东大妈很心疼，感慨地对工人说："你们的王队长可真是个铁人哪！"

"铁人"的称号传到余秋里耳边，他连连叫好，从此传遍神州大地。

当年底，王进喜带领1205钻井队一共打井19口，完成进尺21258米，接连创造了6项全国纪录，在中国石油史上写下浓墨重彩的一笔。

1961 年 2 月，王进喜担任钻井指挥部第二大队队长，负责管理 12 个钻井队。他深感没文化的痛苦，抓紧一切机会学习。他说："我认识一个字，就像搬掉一座山。我要翻山越岭去见毛主席。"

1966 年 5 月 3 日，周恩来视察大庆，王进喜给他表演起钻、下钻和接钻杆的操作。周总理问："今年能打多少米？"

王进喜答："保证上 5 万米。"

周总理举起双手，连说三个"好"。临别时，叮嘱道："打上 5 万米，记得告诉我。"这年 9 月，王进喜率团进京报喜，周总理在天安门城楼接见了他们，并给予了高度赞扬。

1969 年 4 月，党的九大召开。王进喜出席了这次大会，当选为中央委员。从放牛娃到中央委员，王进喜做梦都没有想到。

然而，1970 年国庆节刚过，王进喜病危。临终前，他取出一个小纸包，里面是他住院以来组织上给的补助款，他一分钱也没动，一字一句地说："这笔钱，请把它花到最需要的地方去吧。"

1970 年 11 月 15 日，王进喜拿出 300 元钱交给弟弟，叮嘱道："我可能再也看不到咱妈了。她苦了一辈子，你要多替我尽尽孝道……"说完，安详地合上了眼睛，享年 47 岁。

【画外音】"宁肯少活 20 年，拼命也要拿下大油田！"

"石油工人一声吼，地球也要抖三抖；石油工人干劲大，天大困难也不怕。"

这样的诗句有气魄、有筋骨、有温度，是全国人民对"工人老大哥"由衷热爱的真实反映。

在你人生的天平上，一头是油田，一头是生命，你把价值的砝码压在油田一边，喊出了誓言："为了多打井、多出油，刀山也要上、火海也要下，只要为了党的事业，个人的生命算个啥？"你带领大家唱响了"为有牺牲多壮志，敢教日月换新天"的英雄壮歌。

你的精神是一个火炬，点亮了新中国石油大决战的茫茫夜空；

你的精神是一面旗帜，插在黑龙江北部松基三井的擎天柱上；

你的精神是一座丰碑，见证了大庆从偏僻小镇到繁荣城市的伟大变迁——

60年来，大庆为共和国开采了23.9亿吨原油，奉献了1320亿立方米天然气，上缴了2.9万亿元税费及各种资金……每个数字都是血和汗的凝结，都是"只争朝夕"拼搏的结果，都是"遍地英雄下夕烟"的生动写照。

你打的"铁人井"是大庆乃至全国影响最大、知名度最高的井，50年来有200多万人次光顾这里。航天英雄聂海胜来大庆，最想看的就是这一口井，他要从中汲取你的精神能量。

你说："宁肯少活20年，拼命也要拿下大油田！"

王启民说："宁肯把心血熬干，也要让油田稳产再高产！"

李新民说："宁肯历尽千难万险，也要为祖国献石油！"

2019年9月26日，大庆油田发现60周年，习近平总书记发来贺信指出，"大庆精神""铁人精神"已经成为中华民族伟大精神的重要组成部分。

此前一天，由中宣部等组织评选的"最美奋斗者"表彰大会在京召开，你和王启民、李新民三代"铁人"同时当选。

　　你们三代"铁人"在不同时期立下的誓言，将一代一代传下来，像滚滚雷声，从东到西，从春到秋，永远回响在中国辽阔的大地上。

第三节　袁庚："空谈误国，实干兴邦！"

【出场】敢于跳海的"冒险家"

必须脱帽致敬打开春天的人。在封闭而隐晦的乌云之后，你像一只苍鹰，逆风而上，勇敢地抛下一道道闪电，让艰难跋涉的人看清了前行的道路。

必须深情凝眸撇亮灯光的人。在沉重而焦灼的徘徊之中，你如一粒种子，破土而出，顽强地长出一片片绿芽，让身处泥沼的人看到了奋进的希望。

那是多么刻骨铭心的年代啊，封闭和因封闭造成的无知让你无地自容——

一个美国商务代表团访问蛇口工业区，接待的干部笑容可掬地问："英国人讲英语，你们美国人讲什么语？"

剑桥大学派团来访，一位领导问道："你们建（剑）桥大学，主要建造多大的桥？"

震惊，尴尬！你无地自容，满脸通红，却无法责备谁。没有人愿意成为被耻笑的对象。你听到了自己灵魂深处的尖锐呐喊："不改革，死；不开放，亡！"

1978 年底，你奉命在宝安县蛇口半岛上破冰创建蛇口工业区，你高举"空谈误国，实干兴邦"的大旗，喊出"时间就是金钱，效率就是生命"的口号。面对从全国各地赶来的青年才俊，你动情而坚定地说："对不起，我把大家'骗'来了！要是失败了，我领头，一起去跳海。不改革者不入此门！"

你破釜沉舟，用"杀出一条血路"的气魄，打响了"炸山填海"的第一炮，也打响了改革开放的"开山炮"，使蛇口工业区成为"一根注入外来经济因素，对传统经济体制进行改革的宝贵试管"，由此接通了天线，疏通了血管，建起了"中国特色的经济特区雏形"。

你勇立潮头，顺应时代，成立了全国第一家由企业创办的保险机构——蛇口社会保险公司；创办了招商银行——新中国第一家由企业创办的股份制商业银行。你以大无畏的拓荒牛精神，实行人才公开招聘、分配体制改革、住房商品化、建立社会保障体系等24项"全国第一"。这些大刀阔斧的重大举措，为中国的快速崛起和民族的伟大复兴立下了汗马功劳。

你是勤奋的耕耘者，你额头的每一道皱纹都浓缩了峥嵘岁月；

你是务实的播种者，你手上的每一处筋脉都化作了锦绣河山；

你是伟大的改革者，你经历的每一次风暴最终都变成了彩虹。

"近代招商之遗脉，当代深商之肇始"，这是你传奇人生的缩影。你始终站在波澜壮阔的最前沿，劈波斩浪，勇往直前。

你是"金紫荆勋章"和"改革先锋"崇高荣誉的获得者，是深圳经济特区的先行者，是"蛇口之父"——袁庚。

【故事】"向前走，莫回头！"

2016年1月31日晚，深圳蛇口海上世界"女娲补天"广场，人头攒动，气氛肃穆，许多人手中拿着蜡烛，自发地悼念一位老人。

左小莉从上海飞来，行李都没有放下，直接赶了过来。1985年，左小莉大学毕业，她填报毕业志愿，三个空白处全部写上"招商局蛇口工业区"。短短几年，她就成了"万元户"。如今的她，已是身家上亿的某上市公司董事。

当晚的悼念队伍中，有一个特别的家庭：年近花甲的钢琴演奏家文彬带着他的妻子和他的儿子。30年前，文彬在蛇口南海酒店为客人弹奏钢琴，在这里遇到了被叫作"打工妹"的妻子，两年后，他们有了儿子。后来虽然定居美国，但他们年年回深圳。去年儿子从哈佛大学毕业，文彬支持儿子回国创业。目前，儿子的事业开局良好，正蒸蒸日上……

左小莉和文彬夫妇以及千千万万享受改革开放成果的人，都由衷地感激这位老人：袁庚。作为深圳"小渔村传奇"的承载地，蛇口毫无争议地成为中国40年改革开放的镜子，袁庚是这面镜子里的灵魂。

袁庚，原名欧阳汝山，1917年4月23日出生于广东宝安县大鹏镇水贝村一个海员家庭，1939年3月27日，加入中国共产党，曾任东江纵队联络处处长。1950年任胡志明的情报顾问和炮兵顾问，参加过越南高平战役。3年后，任中国驻雅加达总领事馆领事。

1955年4月11日，周恩来原定乘坐"克什米尔公主号"飞机去参加万隆会议，登机前突然秘密改变行程，逃过一劫。袁庚功不可没。

1963年4月，袁庚被派往柬埔寨，为破获国民党暗杀刘少奇的"湘江案"再立奇功。

"文革"中，袁庚受到冲击，被囚禁于秦城监狱 5 年，后在周恩来等人的过问下，才被释放回家。

1978 年 6 月，61 岁的袁庚受交通部部长叶飞委派赴香港，10 月被任命为交通部所属的香港招商局常务副董事长，全面主持招商局工作，他向中央建议设立蛇口工业区。

不久，袁庚乘着一艘快艇，从香港招商局中环码头出发，在蛇口公社水产码头靠岸。这段 27 海里、用时 1 个多小时的航程，是蛇口正式登上中国改革开放历史舞台的起点。

"为什么香港这么繁华，因为它是一个自由港！"袁庚清醒地意识到，"市场经济规律是客观的，不由人说了算，不由人想象的，不听行政指令的"。

1979 年 7 月 20 日，蛇口工业区正式开工。刚开始，干多干少一个样，工程进展缓慢。袁庚急了，他指示工程处实行定额超产奖励制度，每天 55 车定额，每车奖 2 分钱，超额每车奖 4 分。顿时，工人们干劲倍增，但这种做法很快被叫停。袁庚请来新华社记者写内参，直接送到中南海。就这样，在袁庚的推动下，蛇口工业区率先打破"大锅饭"，奠定了与市场经济相适应的分配制度。

有一天，袁庚与一位香港老板谈一笔价值数千万元的生意，约好周五下午 2 时签约，然后一块吃晚饭。但香港老板签约后婉拒吃饭，他急于把钱存入银行。因为周六、周日不能存钱，这笔钱周五下午 3 时前存入银行，两天时间就会多出几万块钱。

这件事深深触动了袁庚，他因此提出了"时间就是金钱，效率就是生命"的口号，在当时引起轩然大波。事后，袁庚坦陈："提出这样的口号，我是准备'坐牢'的。"

1984 年 1 月 26 日，邓小平来到蛇口，听取袁庚汇报。考虑到邓小平年事已高，时间不宜过长，袁庚汇报一会儿后说："再谈 5 分钟就结束汇报。"

邓小平很有兴趣，摆摆手，说："讲下去，没关系。"

袁庚又汇报了 20 多分钟。最后忍不住说："我们有个口号，叫'时间就是金钱，效率就是生命'。"

这时，一旁的邓榕接话道："我们在路上看到了。"

邓小平说："对！"

至此，袁庚悬着的心才算放了下来。

接着，邓小平不顾疲劳，登上"明华轮"，亲笔题写了"海上世界"。当年国庆，载有"时间就是金钱，效率就是生命"标语的"海上世界"模型彩车，在天安门广场震撼驶过。从此，这个口号风靡全国，"海上世界"也闻名遐迩，不仅成为蛇口独特的风景线，更在国人心目中留下了难以磨灭的记忆。

几天后，邓小平发表了著名论断："深圳的发展和经验证明，我们建立经济特区的政策是正确的。"

蛇口，巨轮飞转，千帆竞发，推动古老的中国融入世界。

1984 年 4 月，袁庚在中央书记处扩大会议上做重点发言。会后，中央决定开放 14 个沿海港口城市。6 月，中央批准袁庚为谷牧同志的顾问。10 月，袁庚出任蛇口工业区党委书记……

1978 年，蛇口只是一个不足千人的小渔村。1993 年，袁庚离休，此时的蛇口，人均地区生产总值已经达到了 5000 美元，堪比"亚洲四小龙"。

袁庚一次次走在刀尖上，他说："蛇口的希望就在于，在光明中能够揭露黑暗，在前进中能够看到落后。"

"向前走，莫回头！"这是袁庚离休时，留给同事们的殷殷叮嘱。

【画外音】时代的灯塔

我知道彩虹升空的原因，知道暴雨过后天空湛蓝的原因；

我知道闪电写下的文字不因时间的流逝而落满灰尘的原因；

我知道你既不是流星也不是恒星的原因。

大雨已去，万里晴空。

你走的时候很安详，就像天注定。

2016年1月30日，你的心电图拉成了一条直线，可是深夜11时奇迹发生，心电图又恢复了波动。你似乎在等待什么，不忍错过某个时刻。直到1月31日凌晨3时58分，你才彻底释然，含笑而去，享年99岁。

如此的巧合！1984年1月31日，中央批复成立蛇口工业区。花甲之年的你临危受命，披挂出征，在激情澎湃的中国当代改革史上写下极其辉煌的一页。

"半生戎马固我江山智勇双全老战士，一心图强重塑民魂彪炳青史改革家。"这副挽联是你一生的真实写照。

你在中国改革开放的道路上一路狂奔，身上不时落下"卖国贼""拜金主义"和"挑战国家体制"的污泥。你冲锋陷阵，一次又一次引发"姓资姓社"的争论，最终促使社会形成了新的时间观念、竞争观念、市场观念、契约观念、绩效观念和职业道德观念等，成为推动中国改革开放的强大动力。

当年，你为何如此"大胆"？你"突破禁区"的精神和勇气从何而来？你掷地有声：来自人民！向往幸福的生活是人的本能！

有人说，你是"伟大的英雄"。你说，你不是英雄，只是希望国家少一点折腾，百姓多过一点好日子。

有人说，你是"一个不听话的坏孩子"。你说，你可能有些不听话，但你不是一个"坏孩子"。你所做的一切，都以人民利益为出发点，对得起天地良心。

作为世纪老人，你仍然觉得为国家做得不够。欣慰的是，你在改革开放的中国道路上留下了一串深情的印记，这些印记能给时代带来"光明"。

正如你曾经挥笔所写的那样："1878 年，爱迪生在门罗帕克实验室最初点亮的白炽灯，只带来八分钟的光明，但是这短暂的八分钟却宣告了质的飞跃，世界因而很快变得一片辉煌。"

作为美好生活的承载者，蛇口经历了天翻地覆的 40 年，演绎了无数精彩的故事。新的 40 年已经启程，"把蛇口建成最适合人类居住和工作的地方"，这是你曾经许下的宏愿，也正是蛇口扬帆远征的新的起点。

《人民日报》载文："我们今天悼念袁庚，正是捍卫一个改革者为人民利益而坚定'向前走'的探索精神。"有了这种探索精神，中国必将走向更加辉煌的未来！

第四节　徐洪刚："有一种责任我们肩扛着！"

【出场】新时代的英雄壮歌

没有谁，天生就是一个英雄，你也不例外。

即便你成了英雄，你仍然觉得自己很平凡。如果再来一次，你还会选择挺身而出，用鲜血乃至生命捍卫军人的尊严，迸发人性的光辉。

你这么做，不知道后果是什么，一切来得那么突然，你二话没说，就冲了上去。

你这么做，绝不是一时的冲动，绝不是为了当英雄，更多的是一种本能，一种善的激发，一种对邪恶的愤怒和仇恨。

"有一根弦我们紧绷着，有一种责任我们肩扛着，有一片风浪我们紧盯着，有一声号令我们等待着。"

这是你爱唱的歌，歌词的内容恰是你内心的真实写照——

闲暇时分，你紧绷着弦，因为一旦松弛下来，你就无法弹奏优美的旋律；

和平年代，你肩扛着责任，因为一旦卸下重负，人民群众的生命财产就会受到威胁；

危险时刻，你奋不顾身，因为一旦犹豫，患得患失，就会风吹麦浪，遍地狼藉，你的内心将永远不会安宁……

你不会选择漠视，更不会选择逃避，你站了出来，鲜血四溅，用勇气和正义书写了新时代的英雄壮歌。

你的壮举在全国引起强烈反响。时任党和国家领导人江泽民、李瑞环、胡锦涛、刘华清、张震等先后接见你，题词嘉勉你。总政治部、共青团中央联合发出通知，号召全军指战员和全国广大青少年向你学习。

你是全国政协委员，是"全国新长征突击手"，是作家、诗人、书法家和公益达人，是见义勇为的战士——徐洪刚。

【故事】英雄本色

"救命啊！"

一声凄厉的尖叫将徐洪刚从睡梦中惊醒。这一天是 1993 年 8 月 17 日。作为济南军区某通讯连中士班长，徐洪刚探完亲，乘车返回部队，由于累，睡着了。

当大客车行至四川筠连县巡司镇铁索桥附近时，车内 4 个流氓突然向一名妇女勒要钱物，并猥亵她。这名妇女奋起反抗，流氓们气急败坏，要把她从车窗推出去。

"住手！"徐洪刚大吼一声，站了出来。

"小兵崽子，关你什么事？"为首的歹徒回头，扫了徐洪刚一眼，他们仗着人多，气焰十分嚣张。

"光天化日之下，你们无法无天！"徐洪刚来不及把话说完，几记耳光已经打到了他的脸上，嘴角渗出了鲜血。他强忍怒火，没有马上还手。

歹徒们见状，以为徐洪刚害怕了，继续用力把那位妇女往车窗外推。

徐洪刚"呼"地一下，将一个歹徒踢翻在地，又一拳打在另一个歹徒胸口上。这时，另外两名歹徒疯狂冲过来，一个抱腿，一个卡脖子。徐洪刚一个下勾拳，将抱腿者打得趴在地上。这时，为首的歹徒猛地掏出匕首，朝徐洪刚胸口猛地刺去。紧接着，其他3个歹徒也挥刀刺向徐洪刚的胸、背、腹……鲜血染红了他的军装，也染红了车厢里的座椅和地板。

司机紧急把车刹住。歹徒趁机逃走了。

徐洪刚的肠子流出体外50多厘米，他忍着剧痛，将露出的肠子扎在皮带上，不顾一切跳下车，用力追出了50多米，一头倒在路旁，昏了过去。

醒来时，徐洪刚躺在医院。医生说，他全身重伤14处，其中，胸部被刺8刀，最靠近心脏的一刀深度达8厘米，有一刀伤及肺部，腹部刀伤裂口4厘米。"你能活下来，真是奇迹。"每天前往医院探视英雄的人络绎不绝……

4名歹徒很快被捉拿归案。

1994年春节前后，徐洪刚的事迹经媒体报道，产生巨大反响，各种荣誉纷至沓来。但徐洪刚还是那个徐洪刚，继续做着自己认为应做的事情。

【片段一】1998年长江流域发生特大洪灾，徐洪刚所在部队要去抗洪，考虑到他的身体状况，部队首长安排他做后勤工作。徐洪刚一听急了，他强烈要求去一线战斗。

8月21日晚，荆江大堤出现管涌，险情频发。徐洪刚主动请缨，担任营突击队队长。他带领80余名突击队员，扛着50公斤重的沙袋，在齐腰深的淤泥里，来回奔跑，坚持奋战 36 个小时，堵住了管涌，排除了险情，他也累倒在大堤上，一句话都说不出来。

【片段二】2008 年 5 月 12 日，汶川发生特大地震，徐洪刚立即找到团政委，动情地说："15 年前，是四川人民给了我重生的机会。现在他们有了苦难，请组织安排我参加第一梯队吧！"

次日一早，徐洪刚带着官兵们奔赴灾区，仅用 26 个小时，跋涉1200 公里，赶到了都江堰市紫坪铺水库，然后徒步向映秀镇进发。刚刚到达目的地，又接到上级指令，前往银杏乡送食品和药品。他们一刻不停，艰难行走 6 个多小时，终于给当地群众送去了救命物资。

【片段三】2011 年，河南洛阳市天元社区居民侯庆霞患病，花费 11万元。第二年，她的丈夫王社功又被查出患有白血病。到 2014 年时，他们负债累累，陷入绝境。

徐洪刚获悉后，挑选自己的书法作品举行两次义卖活动，共筹集善款近 14 万元，都交到了王社功手中。类似的例子还有许多……全国有上千人得到过徐洪刚的爱心关怀。

【链接】徐洪刚：假如雷锋还活着 [①]

假如雷锋活着——这是善良的人们经常议论的话题。这是一种赞赏，也是一种期待。看《离开雷锋的日子》，我总有一种特殊的感受，

[①] 鸣谢：徐洪刚《假如雷锋还活着》，原载于 2002 年 3 月 8 日《解放军报》。全文 1073 个字，本文进行了删节。

勾起我思绪中那个普通而严肃的话题：假如雷锋活着，他会怎样面对我们今天的生活？

乔安山救了被撞伤的老人，反被诬为肇事者；准备救助满脸是血的拦车人，却差点让车匪得逞；当自己的车陷在泥潭，却没有司机救助。他曾经为之困惑，甚至到雷锋的墓前倾诉衷肠。但我相信，一个人只要有了高尚的信念和理想，无论什么时候，遇到什么情况，都会做出正确的抉择。

假如雷锋活着，他也会鼓励乔安山说做得对，就像生前教乔安山认字、写信一样。当年我在汽车上勇斗歹徒、身负重伤以后，有人问我当时想到了什么，我坦白地说，什么都没想，就是看不下去。我从未对自己的举动后悔，如果再遇到这种情况，哪怕没有生存的侥幸，我仍然会挺身而出，因为我和乔安山一样，都是雷锋的战友。

假如雷锋活着——这个设问也是我对自己的鞭策，就像乔安山经常在雷锋墓前叩问灵魂一样。我也时常警示自己，雷锋平凡中成就伟大，而我却应该在那次不平凡的经历之后回归平凡。

乔安山在电影里说，如果雷锋活着，该57岁了。但我觉得，雷锋永远年轻，永远在时代的前列带领着我，鼓舞着我。

假如雷锋活着——我们每个人都要经常给自己设问。这是共产党人保持先进性的必修课，也是共产党人永远为之求证、为之实践的重要论题。

【画外音】以感恩之心回报社会

"社会给了我莫大的关爱，人民给了我第二次生命，我必须以一颗感恩之心、一腔赤子之情回报社会和服务人民。"

这是你写在日记扉页上的一行文字，以此警醒自己。

你热爱文学，在军内外报刊发表各类文章 600 余篇（首），出版过诗集和散文集，成为中国作家协会会员。你的文章获过全国大赛的一等奖，其中，《假如雷锋还活着》被收进军队中专《语文》教材。

你也坚持练习书法，被国内多家书画院聘为名誉院长，书法作品多次参加全军书画展，还被人民大会堂和革命军事博物馆收藏。

无论作文还是书法，你肯下功夫。因为你明白："人不是轻而易举就可以获得肯定，即便你是英雄。"

你的爱好还有很多，比方，你喜欢打乒乓球，喜欢舞双节棍，喜欢自学中医。只读过初中的你，先后进修了大学、研究生课程，孜孜不倦地学习，不断磨砺自己，提升自己。

所有这一切，证明你就是一个平凡人。你在自己的岗位上，坚守着平凡。

然而，当危险来临，你的血性和责任，让你立即站了出来：

1993 年勇斗歹徒，你站了出来；

1998 年抗洪抢险，你站了出来；

2008 年挺进汶川，你站了出来；

2014 年爱心义卖，你站了出来；

2015 年走入嵩县，你站了出来……

你站出来，不是要当英雄，而是用一系列的平凡成就不平凡。

你说："我在部队，就老老实实当兵。离开部队，就勤勤恳恳做人。"

你从没有在功劳簿上吃老本，相反，你用一个个"站了出来"，在功劳簿上增加新的元素、新的内容、新的荣光。

你站在时代的大潮中，你感恩；你站在无私的奉献中，你欢喜；你站在不懈的追求中，你充实。

你站了出来，站在自己的风景里，站在诗和远方中。

第五节 金茂芳："像爱护眼睛一样爱护拖拉机！"

【出场】人民币上的"女拖拉机手"

那个时候，新疆绝对是"大漠孤烟直，长河落日圆"。

茫茫四野，人迹罕至，最低气温达到零下 46 摄氏度。

但你们义无反顾，来了！

没有碎石车，就用钢钎和铁锤，你们在战斗；

没有挖掘机，就用推车和风钻，你们在战斗；

雪崩了，赶紧躲开，停了后，你们抄起铁锹，继续战斗；

山塌了，迅速避让，清理完，你们重新点火，继续爆破；

没地方住，挖一个地洞，铺一把野草，就是你们的地窝子，就是温暖的家；

没有吃的，没有喝的，就咬紧牙，抓一把雪，忍一忍，熬一熬。

乍起的雷电，翻滚的乌云，突然卷起的暴风雪，死去的动物，残存的皮毛；饿狼在远处偷窥，秃鹰在头顶盘旋；断枝，昏沙，残阳……这是生活的常态，没什么了不起。

为了引来天山之水，你们采石，一锤一锤敲，一块一块背，穿一块羊皮，野人般奔忙，将石灰和砖磨成粉，奋力搅拌，自制水泥，粉尘飞扬，呼出的气都含着黑灰，咳出来的痰都带着污血。

你们营养不良，患上了夜盲症，把唯一的一点蔬菜留给最年轻的那个人，只为保有一双夜行的眼睛。休工时，你们排成长队，手拉手，由看得见的那个人领回地窝子。虽然看不见，但是知道，你们一天的血汗又将浇开一片希望……

你们在战斗，没有一刻犹豫，用青春和担当，打开生命的禁区；

你们在战斗，没有一点害怕，用责任和勇气，掘出一条条沟渠；

你们在战斗，没有一丝松懈，用智慧和鲜血，筑成一条条公路。

你不是一个人在战斗，也不是一个简单的集体，而是一个兵团，一个全国唯一也是世界唯一的不拿军饷的兵团——新疆生产建设兵团，你如一滴水，光荣地融入承续南泥湾精神的苍茫大海中，背负着崇高的国家使命。

60多年过去了，从苍苍天山吹来的风，将当年的小伙子姑娘们吹成了皱纹历历的老人，许多人灯枯油尽，长眠地下。

然而，你像胡杨树一样顽强地活了下来，成为奇迹的见证者：你和八千湘女、六千鲁女和冀豫蜀等地的年轻姐妹与成千上万的上海知青，以及10万名开国将士一起，为子孙后代开出1500多万亩绿洲。昔日的拓荒大军如今扩展成300多万兵团儿女，58个边防团场，在2000多公里的边境沿线，日夜守卫着祖国边疆的安宁。

有人说，假如你不来新疆，生活一定更安宁、更幸福。

你坚定地摇头，于你而言，人生没有"假如"，只有"无悔"。

你说：无论怎么苦，都没有感觉来得不对。你的根已深深扎进这片土地，即便是冰冰的石头，也被你焐热了。

你是新疆生产建设兵团第一代进疆女兵，第一代女拖拉机手，是我国第三套人民币1元纸币中"女拖拉机手"的原型，是名副其实的"戈壁母亲"和"最美奋斗者"——金茂芳。

【故事】"要死也要死在边疆"

"一个人出身不由己，但道路可选择。"

1965 年 7 月 5 日，周恩来在接见新疆生产建设兵团劳动模范和上海知青代表时，特地对金茂芳说道。这句话，她一辈子不会忘记。

早在 20 世纪 50 年代初，彭德怀视察新疆时，对官兵们说："我们的屯垦事业要后继有人，你们都打光棍了，谁来继承我们的事业？"

王震与彭老总想到一块了，他特意去向毛泽东请示，得到同意后，王震给湖南省委书记写信，率先动员了八千湘女来疆。50 年代末，王震还给军垦官兵下了一道特殊命令：放两个月假，带上粮票和布票，回老家去找老婆，找不到的算没完成任务。

直到晚年，王震还得意地说："我平生下过的命令无数道，但我最满意的就是这一道。"

就在"敢为人先"的湘女们来到新疆后不久，一批山东年轻女子也积极报名加入援建新疆的建设大军中。金茂芳就是其中的代表。

身高近 1.7 米的金茂芳因为家庭出身不好，没法上学，也没法参加工作。她决心以劳动来改变自己的命运。1952 年 5 月，获悉新疆兵团招收女兵，她立马跑到县城报名。7 月 28 日接到入疆通知，她兴奋极了。那一年，她 19 岁。

1952 年 8 月 1 日，金茂芳生平头一回坐上火车，到达西安换乘汽车时，突然生病，负责带队的军官担心她出现意外，为她购买了返程票。

金茂芳大哭起来："不！我坚决不回去，要死也要死在边疆。"

经过千辛万苦到达目的地后，眼前的一幕，把金茂芳惊到了：荒凉得不得了，一眼望去到处都是戈壁滩，走几公里都遇不到一个人，只有野兽。她倒吸了一口冷气。蚊子嗡嗡叫，看不到房子，吃的水混浊得很，羊粪蛋、牛粪蛋、驴粪蛋，啥味儿都有。然而，茫茫戈壁和漫天黄沙没有吓倒她。"这里不讲成分，我可以堂堂正正做人，可以为自己的理想奋斗。"她鼓励自己。

分配工作时，金茂芳坚决要到农垦一线。"我要开拖拉机。就像找爱人，一见到，就动了心。"许多年后，金茂芳还这样笑着说。

1953 年 3 月，金茂芳被分到机耕队开始实习，跟着师傅学着开。当她麻着胆子发动拖拉机，在坚硬的荒野上犁出第一犁时，也"犁"出了一个全新的自己。她一遍又一遍在心里说："我一定要珍惜来之不易的劳动机会，一定要好好干，否则对不起这身军装和这台拖拉机。"

很快，金茂芳就独立工作了。当时，拖拉机 24 小时不停转，驾驶员两班倒。她干劲十足，开着拖拉机一年四季没停歇，拓荒、犁地、播种、施肥、运石、拉粮……她不知疲倦，浑身有使不完的劲儿。她曾在夏收时节有过连续三日四夜不休息的纪录。连兵团的小伙子们都感叹说，她"比爷们还硬扎"。

有一次，在零下 45 摄氏度的酷冬中，机油太稠了，拖拉机发动不了。金茂芳马上脱去手套，蹲下去，用嘴巴对着管子吸油，一口一口吸起，在嘴里暖一会又吐回去，用这种原始方式去暖化机油，弄得嘴皮粘在冰冻的油管上，她用力一扯，嘴皮脱落，嘴上和手上都是血。她没有停下来，冻得忘了痛，坚持吸下去，直到发动为止。

金茂芳由此也明白了：拖拉机不能"喝"碱水，要"喝"好水。她每次把水烧开，凉了后，放 48 个小时，再给拖拉机"喝"，不然会有杂质损坏机器。纵使自己喝碱水，也不能"苦"了拖拉机。

"我像爱护眼睛一样爱护拖拉机！"金茂芳是这样说的，也是这样做的。

从 1958 年至 1964 年，金茂芳使用拖拉机 33395 小时，完成 25.83 万个标准亩，最高纪录一天播种 120 亩地，7 年完成别人 20 年才有的工作量。而她的车子越过 6 个大修期，节约油料 52145 公斤，节省修理费 8 万多元。

金茂芳和战士王盛基结婚后没有生育，便领养了一对儿女。

38 岁那年，丈夫积劳成疾去世，金茂芳记着周总理的话，在自己选择的道路上，继续奉献在戈壁荒原，用汗水浇灌幸福，用劳动书写传奇。

【链接】大漠苍茫，英雄遍地 [①]

占国土面积六分之一的新疆，陆地边境线绵延 5600 多公里，与八国接壤。早在西汉年间，我们的祖先就开始在此屯垦戍边。

1952 年，毛泽东一声号令，"把战斗的武器保存起来，拿起生产建设的武器"，10 万驻疆战士，无论是秋收起义、南昌起义，还是黄麻起义、百色起义，抑或是三五九旅……14 个师各有各的来头和血脉。这支特殊部队雷厉风行，脱下军装，战天斗地，用近乎原始的工具，通过血与火的洗礼，涌现出一大批可歌可泣的英雄人物。

[①] 鸣谢：此节写作，参考了蒋巍《世界上独一无二的兵团：新疆生产建设兵团今昔》，载《人民日报》2012 年 5 月 28 日。

【片段一】一件铁灰色的旧军衣陈列在石河子市的军垦博物馆里，那是老兵王德明捐赠的，上面补丁叠着补丁，一共 146 块，浓缩了数十年戈壁风尘的苦难历程。

【片段二】1954 年，广西老兵陆振欧成了家，有了孩子，母亲要把祖传的背囊送来，老人不识字，陆振欧寄回一个白布片，上面写着母亲名字和目的地。母亲把白布片缝在胸前，从百色出发，横穿将近半个中国，28 天后来到新疆。看到战士们开荒太辛苦，母亲含泪不走了，帮大家烧烧水做做饭，把余生献给了新疆，直至 93 岁去世。

【片段三】47 团开荒，每人掌上起了一排血泡，挖土用的镘木柄被染得血红，每天一早去河边清洗，木柄放进小河里，河水被染得通红。

【片段四】150 团一个班的战士喝了一个星期的芒硝苦水，把十分珍贵的食用水全部浇在了 10 棵小白杨树苗上；29 团用大镐铁锹挖出长达 1200 公里的排碱渠，许多战士倒下了再也没有起来，但上千株树苗生长起来。

【片段五】和田解放后，15 团正要奉命调往别处，忽然一道命令下来：不动了！ 15 团就此长留下来。张友林排长当了水管员，班长汪传德当了兽医，战士李炳清当了水库大坝看守员。神枪手孙春茂被毒蜂子蜇了死在田里，副连长吴永兴牺牲在水渠里，文化学发烧死在卫生队里，饲养员宋常生累死在牛圈里……数十年后，炊事员郭学成患了老年痴呆症，啥事都不知道，若问他是哪个部队的，老人立即清醒，站起来敬礼，高喊："报告首长，我是 15 团 2 营 3 连战士郭学成！"

【片段六】农 6 师 104 团吴德寿等 4 名战士从青海购买 300 头牦牛，穿沙漠，过冰原，迎风雪，斗豺狼，经 3 省 12 县，野外生活 400 多天，回到场部时，战友们以为来了 4 个野人。他们出发时带上 100 颗子弹，最后只剩下 1 颗，而牦牛增至 420 头……

20 世纪 60 年代，毛主席发出"把天山搞活"的号召，再次激发一代热血青年献身昆仑山下。1974 年 4 月，中央政府决定打通天山山脉，修筑独山子至库车的独库公路。此后 10 年里，共有 13000 多名官兵在此开山劈石、日夜鏖战……

1980 年 4 月，在海拔 3000 多米的雪山之上，战士陈俊贵跟随班长郑林书和另外两名战士去通知救援被暴风雪围困的 1500 多名官兵。他们走了三天三夜，体力透支到了极限，只剩下最后 1 个馒头。班长把馒头递给最年轻的陈俊贵，饿极了的他吞下了馒头，却看到面无血色的战友们在吃雪……陈俊贵的眼泪涌了出来，他终于走出了绝境，送达了通知，而包括班长在内的三名战友却倒在了雪山深处。

1985 年，陈俊贵带着妻子和刚刚出生的儿子，来到天山脚下，为战友守墓。有多少人知道，这条雄奇险峻的独库公路，每 3 公里就有 1 名解放军战士牺牲，共有 168 名筑路英雄长眠于此？ 35 年来，陈俊贵扛着铁锹，一遍又一遍拂去墓碑上的积雪，洒一碗酒，敬一个礼，用一生的爱为战友们守墓……

2014 年，陈俊贵成为"感动中国"年度人物；2019 年，陈俊贵荣获"全国模范退役军人"称号。

正因为有金茂芳和陈俊贵等英雄的奉献与牺牲，今天的新疆才有如此绚丽的风光和灿烂的风景。

【画外音】"到祖国最需要的地方去"

"同志们辛苦了！请问你们有什么要求吗？"

"现在什么都有，没要求！"你们面带微笑，低声答道。

突然，人群中响起一个声音："报告首长，我们从进驻和田那天起，50多年了，一直没出过沙漠，没坐过火车，没见过城市……"

这是1994年国庆前的一天，兵团首长来慰问你们时听到的最辛酸的话，首长的眼泪顿时流了下来。

不久，身体尚可的17位老兵坐上火车，异常兴奋，像过年一样，穿着发白的旧军装，来到"戈壁明珠"石河子市。下车后，你们慢慢走，四处张望，好奇而不安。那么高的楼怎么砌上去的？街上的车子比拖拉机快得多，也不发出什么声音？站在电梯里，就能到达宾馆的房间？屋里咋还铺着地毯，马桶自己会抽水？淋浴喷头流出来的竟然是热水？你们感觉在做梦，许多东西叫不上名字。床单太白，你们怕弄脏，竟和衣在地毯上睡了一夜。

翌日一早，你们来到广场，看到矗立的王震将军雕像，像无声的命令，你们立即列队，挺直身子，颤巍巍地举起手，敬了一个军礼，其中一位老兵大声说："报告司令员，我们是原5师15团的战士，您交给我们的任务已经完成！"

随后，你们扯开歌喉，唱起一支军歌，苍凉嘶哑，老泪纵横。你们一生清贫，唯一的财富，就是身上的各种伤疤和沉甸甸的军功章。

幸运的是，在半个多世纪的风雨沧桑中，你们有了"兵二代""兵三代"，你们的子孙融入了湖南人的勇敢、甘肃人的坚韧、陕西人的朴实、河南人的豁达、山东人的直爽、上海人的善良……他们在你们种下的大树下纳凉，做着新时代五彩缤纷的"中国梦"。

然而，由于种种因素，有些老兵终生未娶，他们徒步穿过死亡之海、穿过塔克拉玛干大沙漠之后，就再也没有走出过大沙漠。

每每看到这些老兵，这些昔日的战友们，你就想到了那一段激情燃烧的岁月，想到了"到祖国最需要的地方去"的伟大号令，想到了长眠地下的爱人和无数默默拓荒的牺牲者。

你经历了苦难、曲折与坎坷，打开了你生命独有的风景；

你奉献了汗水、智慧和青春，垒起了你灵魂坚实的丰碑。

你和你的姐妹们、战友们在完成着自我塑造的同时，也用勇敢无畏、责任担当和璀璨的人性之光将戈壁塑造成绿洲、将荒原塑造成良田。

虽然，生活远没有想象的那样诗意浪漫，但是，你走出的一刹那已经定格了最后的永恒，伟大的时代没有抛弃你，相反，它以另一种方式让你的人生变得浑厚、深沉和丰沛，你只是改变了航道，仍然主宰着自己的命运。

你和全国各地的姐妹们，包括失去丈夫的 2650 名单身女性，她们的 281 个孩子和 344 个襁褓中的婴儿一起，改变了天山的颜色和气候、性格与命运。

你们让荒野有了阳光雨露，有了欢声笑语；

你们让兵团有了从"屯垦戍边"到"建城戍边"的历史性转变；

你们让新疆有了从地窝子、干打垒、砖瓦房再到一片片营房、一座座小镇、一个个新城的快速崛起。

"新疆有多大，兵团就有多大；哪里有生机，哪里就有兵团人。"

你骄傲，你是兵团第一代女兵；

你光荣，你是一个时代的缩影。

　　而今，你老了，你的个子越来越小了，可你脚下的土地越来越肥沃，你身后的楼房越来越高大，你眼前的城市越来越辽阔……

第六节　安文彬："主权回归，分秒必争！"

【出场】香港回归的"大功臣"

每一天，有43200个两秒钟。两秒钟能做什么？对许多人而言，两秒钟实在微不足道。每一天的浪费，何止是区区的两秒钟？

然而，对战士而言，两秒钟可以射出一发子弹；对雷霆而言，两秒钟可以抛下一道闪电。

对你而言，两秒钟，意味着国家的主权，意味着民族的尊严，意味着香港回归祖国，一刻不能等，一秒不能少！

这两秒钟用来做什么？主权回归，当然得升国旗、奏国歌，而奏国歌需要乐队指挥，指挥棒抬起来一秒钟，落下去也是一秒钟。

你要捍卫这两秒钟，不能让英国对香港的殖民统治多出两秒钟；

你要捍卫这两秒钟，不能让中华民族因此背负两秒钟的耻辱！

为了确保鲜艳的五星红旗于1997年7月1日0时0分0秒升起，英国国旗必须在前一日23时59分58秒准时降下，你不仅与英国政府先后进行了16轮谈判，而且往来奔走，煞费苦心，以确保仪式的万无一失。

英国已统治香港155年，攫取了巨大的政治、经济和文化利益，在港长期居留的英国公民有2.7万余人。因此，在归还香港主权时英国表现出十分复杂的矛盾心态，英国政府从情感上难以接受，但从法理上又无法改变。

外交世界，暗潮涌动，一向霸道的殖民者怎肯轻易妥协？一次一次角力，一次一次较劲。表面上争的是两秒钟，其实争的是国家的强大与民族的自信。

你怎不呕心沥血，殚精竭虑？为了这一刻，我们等了155年啊。

终于，香港顺利回归祖国，所有的中国人扬眉吐气，沸腾起来……

你在现场，喜极而泣，喃喃自语道："香港，你终于回来了。"

你是香港回归的"大功臣"，是祖国利益的捍卫者，是资深外交官——安文彬。

【故事】为了五星红旗准时升起

1997年6月30日，午夜。香港会展中心，五楼大会堂，装饰一新，灯火辉煌，举世瞩目的香港回归交接仪式在此隆重举行。

时钟指向23时42分，交接仪式开始。23时56分，中英双方护旗手入场，进行降旗和升旗仪式。

全体来宾起立，目光投向主席台主礼台前东西两侧的旗杆上。

23时59分，英国"米字旗"在英国国歌乐曲声中徐徐降落，宣告英国对香港统治的结束。

7月1日0点整，神圣的时刻到了：中国人民解放军军乐团奏起雄壮的《义勇军进行曲》，五星红旗和紫荆花区旗一起冉冉升起。

现场响起雷鸣般掌声。摄像机快速转动，照相机镁光闪闪，欢呼声此起彼伏，激动兴奋之情写在每个人脸上。

作为交接仪式的幕后英雄，安文彬情不自禁，流下了难忘的泪水……

1939 年，安文彬出生在湖北随县厉山镇一个普通农民家庭，1958 年，被保送到中山大学外国语言文学系，大三时被外交部选中，毕业后，先后在新闻司、翻译室当翻译。

1978 年，安文彬被派往中国驻加拿大使馆工作。9 年后，安文彬被任命为筹建中国驻洛杉矶总领事馆建馆组长。中国驻洛杉矶总领事馆于 1988 年 3 月 3 日开馆，成为第一个社会主义国家在洛杉矶设立的总领事馆。两年后，安文彬任中国驻加拿大温哥华总领事。

1995 年，安文彬回国担任外交部礼宾司司长，主持了联合国在京召开的第四次世界妇女大会，约 130 个国家派出部长级以上高级别代表团、80 多名国际政要与会，是联合国历史上空前的国际盛会。

安文彬的才华与经验得到国内外一致认可。1997 年，为了迎接香港回归，安文彬被委以重任，担任中英香港政权交接仪式筹备组组长，最重要的任务就是确保中国国旗于 7 月 1 日 0 时 0 分 0 秒准时升起。

这个任务看起来简单，做起来却困难重重。主权交接仪式，世界上没有模板，无一先例可循。英国政府本来就有十二分的不情愿，总想搞一点小动作，给交接工作带来很大的不确定性。每次磋商，前面都进行得很好，一到关键时刻，英国方面就不配合。这个关键环节，就是"2 秒钟的问题"。因为升国旗需要乐队，乐队有指挥，乐队指挥举起和落下指挥棒，都要 1 秒钟，加起来就是 2 秒钟。

安文彬跟英方强调，我们的国旗一定要在 0 时 0 分 0 秒升起来。"主权回归，分秒必争！"因此，英国的国旗一定要在前一日 23 点 59 分 58 秒降落。

英方不认同，表示他们也有主权，他们的国旗要到 0 时 0 分 0 秒降落。就是不给我们这 2 秒钟，为此，双方进行了 15 次谈判。

有一次，中英联络小组英方代表戴维斯发难，认为我方提出的要求，是一个学术命题，实际操作不可能实现。

安文彬斩钉截铁地说："中国人能！我们有四大发明，我们完全可以让我们的国旗在香港 7 月 1 日 0 时 0 分 0 秒升起。"

离交接时间越来越近，安文彬心急如焚。

最后一次谈判，戴维斯提出："我们各让 1 秒。英国国旗将在 6 月 30 日 23 点 59 分 59 秒降下来，至于中国国旗什么时候升起来，这不是我的事。"

安文彬忍无可忍，拍案而起，厉声道："戴维斯先生，香港已经被你们占领了 150 多年！中国人强忍着心头的痛。今天香港的主权终于要回归中国了，我们只要求你给我们 2 秒钟，你却这样无理纠缠，百般刁难。如果我明天召开记者招待会，向世人宣布我们 150 多年和 2 秒之争，请你想一想，贵国将如何回答世界人民对公理的要求？"

戴维斯顿时哑口无言，悻悻道："行吧，你们赢了。"

为了确保万无一失，每一个环节都用秒来计算，包括仪仗队每一步走多远，都要计算好。安文彬特地从美国买了一块相当精确的手表，按照伦敦格林尼治天文台和南京紫金山天文台调好，让两名司仪专门掌控时间，同时请军乐团安排两名副指挥，用读秒的方式掌握国歌奏响时间。

整个交接仪式，虽然只有 30 分钟，但有 25 道程序要执行，每一道程序，都要准确无误完成。正如毛泽东所说，"世界上怕就怕'认真'二字，共产党就最讲认真"，安文彬做到了。

【画外音】"我们胜利了！"

1974 年 5 月 25 日，毛泽东在北京会见英国保守党领袖、前首相希思，周恩来和邓小平等人在座。毛泽东对希思说："香港是割让的，九龙是租借的，还有 24 年。到时候怎么办，我们再商量吧。"接着指了指邓小平等人说，"是他们的事情了。"

8 年后，邓小平会见希思，已勾勒出"香港回归"的基本路径。

1982 年 4 月，阿根廷发动突袭，一举夺去英国属地马尔维纳斯群岛。时任首相撒切尔夫人力排众议，命令英国军队远涉两万多公里，经过两个多月的战斗，成功夺回了该岛。

是年 9 月 22 日，撒切尔夫人挟胜利之威来到北京。邓小平说："香港不是马尔维纳斯，中国也不是阿根廷。"他强调指出："主权问题不是一个可以讨论的问题。"他甚至暗示将使用武力作为保卫香港的最后手段。

1984 年 9 月 26 日，中英两国草签了香港问题的《中英联合声明》，邓小平提出了"一国两制"，并说这"不是一时感情冲动，也不是玩弄手法，完全是从现实出发的"。金庸认为"一国两制"是"天才的设想"，是"一言可为天下法，一语而为百世师"。84 天后，《中英联合声明》正式签字，其间每一个细枝末节都字斟句酌、锱铢必较，每一点利益的获取都是智慧和意志比拼的结果……

正是因为有毛泽东、邓小平等老一辈革命家为你指明了方向，有周南、鲁平、马振岗和董建华等人的共同努力，特别是有强大的国家和 12 亿中国人民做你的坚强后盾，你才可以理直气壮，坚决赢取升旗所需的最后的两秒钟。

每个人的一生都有着特殊的"那一天"，对你而言，1997年7月1日，是你一生中最难忘的"那一天"。

乌云散尽，你看到的天空是那么湛蓝，深邃，美好。

仪式结束后，江泽民等党和国家领导人召见工作人员庆功，他特地走到你的身边，伸出大拇指，大声道："我们胜利了！"

"那一天"，于你而言，历历在目；

"那一天"，于你而言，永不模糊。

"那一天"，正如歌词唱到的："让海风吹拂了五千年，每一滴泪珠仿佛都说出你的尊严，让海潮伴我来保佑你，请别忘记我永远不变黄色的脸。"

"那一天"，正如你说的："人这辈子，不是活过了多少日子，而是记住了多少日子。"

"那一天"，不仅仅属于你个人，也属于伟大的时代，更属于我们的国家、我们的民族，以及每一位中华儿女！

奉 第九章 献
CHAPTER 9

奉献，是一种爱，一种境界，是对追求目标的不计回报和全身心的付出。从字面上看，"奉"，即"捧"，意为"给予"；"献"，原意为"献祭"；两个字合在一起，就是"以虔诚之心，恭敬地交付，呈献"。

奉献，是一种态度，一种价值，一种情感："有一分热，发一分光""吃的是草，挤出的是奶、血""毫不利己，专门利人"，等等，讲的就是奉献。

奉献是自发的，高尚的，也是美好的。诚如习近平总书记所说："选择吃苦也就选择了收获，选择奉献也就选择了高尚。"

"春蚕到死丝方尽，蜡炬成灰泪始干"，这是蜡烛的奉献；

"随风潜入夜，润物细无声"，这是春雨的奉献；

"落红不是无情物，化作春泥更护花"，这是鲜花的奉献。

奉献是一种品质，一种追求，一种感悟。把别人的幸福当作自己的幸福，把鲜花奉献给他人，把棘刺留给自己！这是奉献者的初心。

"我没有别的东西奉献，唯有辛劳、泪水和血汗。"这是丘吉尔追求的人生。

"我们必须奉献于生命，才能获得生命。"这是泰戈尔感悟的真谛。

奉献是一种牺牲，一种精神，更是一种力量。米开朗琪罗为完成油画《创世记》，独自一人躺在 18 米高天花板下的架子上，靠一盏银灯的微弱光线，画了 1600 天，将 6000 多个形态各异的人物栩栩如生地展现出来。当他从木架上下来时，已劳累得像个老人了，由于长期仰视，头和眼长久不能低下。但他留下的艺术光芒永远也不会熄灭！

　　这种牺牲，在钱学森那里就是："没有什么困难克服不了的！"

　　这种境界，在茅以升那里就是："我是中国人，我的祖国更需要我！"

　　这种力量，在陈景润那里就是："有命不革命，要命有何用？"

　　这种追求，在袁隆平那里就是："中国人的饭碗，要牢牢端在自己手上。"

　　这种精神，在樊锦诗那里就是："只要一息尚存，就要为敦煌努力。"

　　这种价值，在黄伯云那里就是："国家的需要永远是第一选择！"

第一节　钱学森："没有什么困难克服不了的！"

【出场】中国人民的儿子

你一出场，头戴光环，闯入一个又一个"禁区"，让华夏振奋；

你一亮相，脚踩火焰，攻占一个又一个"高地"，令世界震惊。

在日复一日的紧张奋战中，你的血液带上了大漠落日的沙尘风暴，你的语言夹杂着日月星辰的盐渍味道。当音乐和诗歌悄然来到你的身边，你握着黎明的手，古老的大地布满湿漉漉的泪水。

多少次，你与死神擦肩而过，留下竹的沧桑和松的孤独。在乌云压城的上空，你抵住巨兽的压迫，抛下一道道闪电，以雷霆之势将"中国力量"推向世界舞台的最前沿，让不屈的民族挺直脊梁，让干涸的河流重新焕发出勃勃生机。

美国火箭专家克拉克说：在中国的留学归国者中，再也没有一个人像你这么重要。

合众国际社记者罗伯特·克莱伯说：正是因为有了你，中国才在1970年成功地发射第一颗人造卫星。由你负责研究的火箭，使中国同苏联、美国一样能把核弹头发射到世界上任何一个地方。

美国海军次长丹金布尔认为：无论在哪里，你都值5个师。

毛泽东直言不讳道："美国人把你当成5个师，在我看来，对我们来说你比5个师的力量大多啦。"你虽然没有当过一天的兵，却被毛泽东亲自核准为拥有中将军衔的科学家，并获得一级英雄模范勋章。

"在你心里，国为重，家为轻，科学最重，名利最轻。五年归国路，十年两弹成。你是知识的宝藏，是科学的旗帜，是中华民族知识分子的典范。"你配得上这样的赞誉。

作为祖国航天事业的开拓者、先行者、攀登者，你是新中国留学归国人员中最具代表性、最有影响力的国家建设者，是共和国历史上伟大的人民科学家。1989 年，中共中央组织部把你与雷锋、焦裕禄、王进喜、史来贺等五位英雄命名为"建国以来在群众中享有崇高威望的共产党员的优秀代表"。

你是吴越王钱镠的第 33 世孙，是闻名世界的空气动力学家，是中国载人航天奠基人、全国政协副主席，是"中国导弹之父""中国航天之父"和"中国火箭之王"，你还有一大堆没有列出的沉甸甸的桂冠，每一个都金光闪闪，但你最喜欢、最中意的还是："中国人民的儿子"——钱学森。

【故事】"我要尽快回到祖国怀抱！"

"中国人能不能搞导弹？"陈赓大将盯着钱学森，认真地问。

"为什么不能搞？外国人能搞，我们中国人就不能搞？"钱学森毫不犹豫地答道，"难道中国人比外国人矮一截吗？"

"好！"陈赓干了一杯酒，大声道，"你这么说，我就放心了！"

这是 1955 年秋末的一个晚上陈赓与钱学森在饭桌上的对话。当天，陈赓专程从北京赶到哈尔滨，这也是他第一次见到钱学森。

1911 年 12 月 11 日，钱学森出生于上海，祖籍杭州临安。1929 年考入铁道部交通大学上海学校机械工程学院，5 年后毕业于交通大学。1934 年 6 月被选为清华大学第七届庚款留美学生，成为 20 名公费留美学生之一。

1935 年 9 月，钱学森进入麻省理工学院航空系学习，一年后获硕士学位，再转入加州理工学院航空系深造，成为世界著名科学家冯·卡门的弟子。1939 年获航空、数学博士学位。

1945 年，钱学森成为世界一流的火箭专家，他发表的"时速为一万公里的火箭已成为可能"之火箭理论举世震惊。他与导师冯·卡门参与了当时美国绝密的"曼哈顿工程"——导弹核武器的研制开发工作。

1947 年，钱学森担任麻省理工学院教授。两年后，钱学森任加州理工学院喷气推进中心主任、教授。

新中国成立，钱学森兴奋异常，准备回国效力。然而，因被怀疑是共产党人，他被美国军事部门盯上。当获悉被剥夺参加机密研究的资格后，他更加气愤："我要尽快回到祖国怀抱！"

"钱想回国？妄想！"美国海军部次长听闻后，恶狠狠地道，"他知道所有美国导弹工程的核心机密。宁可毙了他，也不能放他回红色中国去！"

美国政府开始了对钱学森夫妇的迫害。先是移民局抄家，接着把他本人关在一个岛上禁闭两周。后来，加州理工学院送上 1.5 万美元的保释金，钱学森才得以回家。

钱学森立即启程回国，然而，在海关检查时，他的行李被没收，包括 800 公斤书籍和笔记本，硬说里面藏有机密材料。直到美国检察官重新审查所有材料，才证明他是无辜的。他不敢买机票或船票，因为一旦出发，不知道又会发生什么意想不到的事情。

1955 年的一天，钱学森看到一份报纸，上面刊登父亲的好友陈叔通站在天安门城楼上，身份是全国人大常委会副委员长，他写信去求助。陈叔通收到信后，立即将信件转交给周总理。

1955 年，经过周总理的不懈努力，在释放 12 名美军飞行员作为交换条件后，钱学森终于收到了美国移民局允许他回国的通知。

面对钱学森的执意，冯·卡门感叹道："美国把火箭技术领域最伟大的天才、最出色的火箭专家拱手送给了红色中国！"

离别时，冯·卡门紧紧握着钱学森的手："现在，你在学术上已经超过我，回你的祖国效力去吧，科学是不分国界的。"

1955 年 10 月 8 日清晨，钱学森一家从"克利夫兰总统号"轮船下来，回到了魂牵梦绕的祖国。

1956 年初，钱学森向中共中央、国务院提出《建立我国国防航空工业的意见书》，受命组建中国第一个火箭、导弹研究所。

关于搞不搞"两弹一星"，当时有人明确反对，认为新中国的各项工业建设都依赖苏联，导弹技术属于国际新兴项目，国内技术人员都是零基础，匆忙上马，前景难料，不如集中力量发展经济。

"您的看法呢？"聂荣臻元帅问道。

"如果不搞，没有'两弹一星'，中国有什么国际地位？"钱学森有些激动，说，"没有好的保障，想搞经济建设，也是一厢情愿！"

"您的意见很对，我赞成！"聂荣臻道。他在听取各方面意见后，向党中央提出了三条原则：一是自力更生为主，二是力争外援，三是充分利用资本主义国家已有的科学成果。

一个星期六的晚上，叶剑英元帅在家设宴，请钱学森夫妇吃饭，陈赓也在。叶帅也问起"两弹一星"的情况，钱学森谈了自己的看法。叶帅听得很认真，饭后，他提议大家一起去找周总理。谈了一会儿后，周总理交给钱学森一个任务，成立一个专门机构。

1956 年 10 月 8 日正式成立"国防部第五研究院"，周总理签署命令，任命钱学森为该院第一任院长。

1957 年夏，苏联政府表示愿意提供几种导弹的全部技术资料，并派遣专家来华协助研制工作。

然而，仅仅过了三年，赫鲁晓夫突然撕毁对中国的贸易合同，撤走援华专家，撕毁全部 257 个科技合同，包括提供原子弹、火箭、导弹样品的合同。

虽然有些措手不及，但钱学森带领科技人员，憋着一股劲，没日没夜，团结合作，努力解决各种问题。

当时国内外形势十分复杂，美国早就视钱学森为眼中钉，我们与苏联反目之后，两国关系也陷入冰点，台湾方面也动作频频。海内外特务把钱学森列为暗杀对象，险象环生。

1964 年，正当我国"两弹"研制进入关键阶段，发生特工在食物中投毒事件。毛主席闻讯后，将钱学森一家饮食安全问题批示转给周总理督办。公安部一方面提升安全等级，另一方面加强食物保护，确保钱学森一家的饮食安全。

给一名科学家配备食品化验员，在中国绝无仅有，连十大元帅也没有这个待遇。可见毛主席、周总理和聂荣臻元帅等人对钱学森的重视和爱护。

钱学森不负众望，在他领导下，1964 年 10 月 16 日，中国第一颗原子弹爆炸成功；1967 年 6 月 17 日，中国第一颗氢弹空爆试验成功；1970 年 4 月 24 日，中国第一颗人造卫星发射成功……"两弹一星"的成功，大大提升了中国的国际地位，为日后的和平崛起提供了坚实的安全保障。

直到晚年，钱学森还深有感慨地说：中国在那样一个工业、技术基础都很薄弱的情况下搞"两弹"，没有社会主义制度是不行的。有了好的制度，又有毛主席、周总理和聂帅的重视和领导，"没有什么困难克服不了的"！

2009 年 10 月 31 日，钱学森在京去世，享年 98 岁。

【画外音】"最高的奖赏！"

你为国家鞠躬尽瘁，国家也给予了你至高无上的荣耀。

你与毛泽东的友谊，见证了一代伟人对你的欣赏、敬重和挂牵。毛泽东第一次接见你是 1956 年 1 月 25 日最高国务会议上，他跟你谈了哲学问题，提出："要懂得新生的、最有生命力的东西，总是在同旧的、衰亡着的东西斗争中生长起来的。"这对你启发良多。

第二次是 1956 年 2 月 1 日，你应邀参加全国政协分组讨论会。当晚，毛泽东宴请与会委员，亲自将你的座位调到他右边。

1975 年 1 月，周恩来到长沙向毛泽东递交一份四届全国人大代表名单，此时毛泽东身体已经很虚弱，他说：名单不看了，只查查一个人在不在名单上。如果没有，就补上。他讲的这个人，就是你。

你是值得毛泽东惦念的。你的回国效力，让中国的导弹、原子弹发射至少向前推进 20 年。

1985 年，美国政府反省当年的迫害，希望授予你"国家勋章"。你明确表示，美国人给予再高的荣誉也不稀罕："如果中国人民说我为国家、为民族做了点事，那就是最高的奖赏！"

著名词作家阎肃这样评价你："大千世界、浩瀚长空，全纳入赤子心胸。惊世两弹、冲霄一星，尽凝铸中华豪情，霜鬓不坠青云志。寿至期颐回首望去，只付默默一笑中。"

在华夏大地，有一座图书馆以你的名字命名，时任国家主席江泽民同志亲自题写馆名，这是中国第一个以在世科学家名字命名的图书馆。在浩瀚的星空，有一颗国际编号为 3763 号的小行星，也是以你的名字命名的。无论在知识的海洋，还是遥远的宇宙，你发热发光，你的心跳始终跟祖国的搏动和人民的呼吸联在一起。

2009 年 11 月 6 日，你的追悼会在北京八宝山革命公墓举行。时任国家最高领导人和政治局常委悉数到场，从全国各地和海外赶来的人络绎不绝，为的是最后看你一眼，为你献上一束白花，寄托一份哀思。

你希望做一粒尘埃，沉醉于伟大的星空。在神秘无垠的广漠，你感到自己是那浩瀚世界最纯粹的部分。你与星星共舞，在风中飞翔。远方响起黄钟般的声音，那是祖国母亲对忠诚的儿子最深情的呼唤……

第二节
茅以升："我是中国人，我的祖国更需要我！"

【出场】"生命从 90 岁开始"

你是天生的架桥者，为桥而生，衔虹而去。

从无到有，你架起一座座智慧之桥、血汗之桥、生命之桥；

从此岸到彼岸，你搭起一座座拼搏之桥、现实之桥、繁荣之桥；

从浩瀚的苍穹上，你采撷日辉，嵌着月华，融着星芒，穷尽一生，为祖国的大江大河架桥，为民族的复兴与人民的福祉架桥。

作为我国桥梁建筑史上的里程碑，你设计的钱塘江大桥，生于战火前，毁于战火中，重建于战火后。你呕心沥血，实现了"炸药不放对位置都炸不掉"的誓言。在 60 多年的沧桑岁月里，这座大桥巍然屹立在滔滔江水之上，让川流不息的汽车、呼啸而过的火车和成千上万的人见证了你的骄傲和自豪。

"天堑变通途"，你将壮美的景观留在人间，这是你的专业追求；

"成为一名共产党员"，你将信仰化作彩虹，这是你的理想追求。

早在 1958 年，你就萌生了入党的想法。你明确提出"中国共产党是建设新中国的总工程师"。4 年后，你见到周总理，吐露了心愿，周总理说，你留在党外更便于工作。你明白周总理的用心，事事以一个共产党员的标准要求自己，并称自己为"党外布尔什维克"。

90 岁生日时，你写下"老骥伏枥，志在千里，生命从 90 岁开始"。也就在这一年，你给邓颖超大姐写信，再次表达心愿："我已年逾九十，能为党工作之日日短，而要求入党之殷切愿望与日俱增。"

1987 年，你的夙愿实现了。当时你患有严重目疾，几近失明，但你盯住鲜艳的党旗，庄严地举起右手，一字一句地读着入党誓词。宣誓后，你抑制不住激动，说："今天，是我一生中最光荣、最难忘的一天！"

你不仅主持设计建造了中华民族历史上第一座铁路公路大桥，此刻，你又以实际行动为自己建造了一座由爱国主义者通向共产主义战士的大桥！

你是"中国现代桥梁之父"，是最美奋斗者——茅以升。

【故事】"不复原桥不丈夫"

1896 年 1 月 9 日，茅以升诞生于江苏镇江一个殷实之家，祖父是前清举人，曾参加"公车上书"，拥护变法维新。

10 岁那年，家乡的一场龙舟比赛，桥塌了，死了不少人。这个事件对茅以升幼小的心灵造成极大的震撼，他下定决心：长大了一定要造出最结实的桥。

1916 年，茅以升以第一名成绩获公派保送资格赴美留学。仅仅一年，即获得康奈尔大学桥梁专业硕士学位，两年后，又获得工学博士学位。他的博士论文《框架结构的次应力》因理论创新，被称为"茅氏定律"。

1920 年，24 岁的茅以升回国，在大学任教，是当时国内最年轻的教授。

1933 年 3 月，茅以升受邀主持建造钱塘江大桥。浙江省建设厅厅长曾养甫对茅以升道："经费我负责，工程你负责，我们一定把桥造好！"

钱塘江地理环境复杂，江涛汹涌，一旦狂风、暴雨、大潮齐发，凶险无限。江底很深，潜流如虎，木桩一打就裂，600 吨重的沉箱沉下去，如脱缰的野马。其间，日寇飞机空袭不断。

面对困难，茅以升没有退缩。他说："钱塘江大桥的成败，不是我一个人的事，而是能不能为中华民族争气的大事！"

1935 年 4 月 6 日，大桥正式动工。头一个"拦路虎"就是给桥墩打桩。从江底岩石层到水面约 50 米，而流沙层就有 40 米，桥墩无法建在流沙层上。茅以升发明"射水法"，攻克了打桩的堡垒；创新"沉箱法"，克服了水流湍急难以施工的困难；采用"浮运法"，在桥墩上成功架设了钢梁……

1937 年 9 月 26 日清晨 4 时，一列火车从钱塘江大桥隆隆驶过。这是中国第一座自行设计和建造的铁路、公路两用桥，有力反驳了外国专家"中国人无法在钱塘江上建桥"的谬论。

然而，不到两个月，茅以升接到密令：炸桥。这一刻来得太快了！他虽然明白"造桥是爱国，炸桥也是爱国"的道理，但真要这么做，他不禁泪流满面，赋诗道："斗地风云突变色，炸桥挥泪断通途，五行缺火真来火，不复原桥不丈夫。"

1937 年 12 月 23 日下午 1 时，炸桥的命令已到，由于逃难人数太多，一直拖到下午 5 时，日寇的先头部队隐约可见，所有的引线被点燃。一声巨响，大桥被拦腰截断，跌入滚滚江中。这座桥经历了 925 个日夜施工，在通车后的第 89 天被迫炸毁……

1949 年 5 月的一天，茅以升突然读到一条新闻："上海市市长陈良委任茅以升为上海市政府秘书长。"正在疑惑中，陈良之妻李佩娣来访，劝说他接受此任。不久，陈良亲自登门，也败兴而归。茅以升托病住进了医院。

几天后，一名军官忽然出现，将茅以升带到了蒋介石面前。

"蒋某一直敬佩茅先生，现在国难当头，请先生接受任命，共度时艰。"蒋介石开门见山道。

"恐怕让您失望了。"茅以升婉拒道，"茅某有病在身，难当此大任。"

不久，中国科协负责人吴觉农来看望茅以升，说："中共地下组织传来指示，上海快要解放了，你可利用秘书长身份，为解放上海、保卫上海工业做一些工作……"

茅以升一听有道理。两天后，他以上海市政府秘书长身份，出席外国领事团会议，说服他们起草禁止破坏上海工厂的照会。同时，他还让陈良将 300 名学生"保护"起来。

1949 年 5 月 25 日，解放军进入上海，工厂未被破坏，学生无一被杀，茅以升如释重负。6 月 15 日，上海市新任市长陈毅紧紧握着他的手，说："茅先生，上海解放，您立了大功。我代表党和人民感谢您！"

新中国成立后，茅以升出席第一届全国政协会议，一进大门，周恩来就说："你是科学家，非常欢迎。"

1949 年 9 月 21 日，毛泽东接见茅以升等人，诚恳地说："你们都是科学界的知识分子，知识分子很重要，我们要建国，没有知识分子是不行的。"

1951 年秋，周恩来对茅以升说："我们打算建武汉长江大桥，请你多出力呀！"

1955 年，茅以升出任武汉长江大桥技术顾问委员会主任委员，带头解决了建桥过程中 14 个关键技术问题，保证了工程质量。

在那个一穷二白的年代，武汉长江大桥仅用两年多时间就建成了，创造了桥梁史上的又一个奇迹。毛泽东以"一桥飞架南北，天堑变通途"的名句，给予了高度评价。

1958 年冬，北京兴建十大建筑，第一位是大会堂，要求可容纳万余人，拱形的穹隆无一根立柱支撑。周恩来邀请建筑专家 37 人、结构专家 18 人来京审查鉴定设计，茅以升为结构组组长。经过 10 个月奋战，大会堂建成了，毛泽东将其命名为人民大会堂。

1989 年 11 月 12 日，茅以升在京逝世，享年 94 岁。

一颗巨星陨落，留下一道彩虹。

【画外音】人生的桥梁叫"奋斗"

"纵然科学没有祖国，科学家是有祖国的。我是中国人，我的祖国更需要我！"

1919 年 11 月，你顺利通过答辩，成为卡内基·梅隆大学第一个工科博士，获得"斐蒂士"金质奖章，该奖章全校每年只发一枚，奖给学生中最优秀者。当多所著名大学和桥梁公司开出优厚条件请你加盟时，你掷地有声做了上述回复。

2006 年，卡内基·梅隆大学为你塑了一尊雕像，这是该校建校百余年历史上第一人享此殊荣。

你说："一千多年前造的中国石拱桥至今蜚声全球，可是到了铁路运输产生后却远远落后了。国内仅有的几座像点样的铁路大桥都是外国人修的，这是我们学工程的人的最大耻辱。"

我们因此有了钱塘江大桥和武汉长江大桥，这是你书生报国之"桥魂"精神的伟大见证。

不仅如此，你还十分重视科普工作，坚持认为"科学绝不仅仅是科学家的事。只有让广大群众懂得科学，才能提高整个国家的科学水平"，而科普工作"是祖国通向现代化的桥梁"。为此，你创作许多寓意深刻、生动感人的科普作品。《五桥颂》《中国的古桥和新桥》成为中国近现代桥梁史上的开山之作；你主编的《中国古桥技术史》填补了中国桥梁史的空白；你写的《中国的石拱桥》被收入中学课本；你的作品还在《人民日报》上连载，并被翻译成英文、法文、德文等多种文字在国外出版。

你设计封面、亲手装订的一套厚有 1 米多、共 9 册的巨著《桥话》，是你架起的又一座智慧之桥、文学之桥、科普之桥。毛泽东竖起大拇指对你说："你写的《桥话》我都看过了，写得很好，你不但是科学家，还是文学家呢！"

直到晚年，你仍然笔耕不辍，由于视力太差，家人为你用纸板做成条框，罩在稿纸上，以免写得串行。你说："人生之路崎岖多于平坦，忽似深谷，忽似洪涛，好在有桥梁可以渡过，桥梁的名字叫什么呢？叫'奋斗'！"

这，正是你一生的光辉写照。

1987 年，91 岁的你最后一次登上钱塘江大桥，戴着 1500 度近视眼镜的你，连人的眉毛鼻子都看不清。但你坚持自己走，颤巍巍地摸着桥的栏杆。其时，夕阳西下，白鹭纷飞，桥上车流如水，桥下千帆竞发，你的眼睛蓄满了泪水……

第三节　陈景润："有命不革命，要命有何用？"

【出场】"数学界的百米飞人博尔特"

你说，时间是个常数，花掉一天等于浪费 24 小时。你对时间的珍惜到了吝啬的地步。即便极其恶劣的环境，你也遨游在数学王国里，乐此不疲。

不管别人说什么，也不管失败多少回，你坚持住，咬紧牙关，走自己的路。

你说，攀登科学高峰，就像登山运动员攀登珠穆朗玛峰一样，要克服无数艰难险阻，懦夫和懒汉是不可能享受到胜利的喜悦和幸福的。

1973 年，你在《中国科学》发表了"1+2"详细证明，引起世界轰动，被公认是对哥德巴赫猜想研究的重大突破，是筛法理论的光辉顶点。国际数学界以你的名字将这项成果命名为一种定理，近半个世纪来，你依旧站在世界之巅。中国科学院林群院士打了个生动的比喻，说你是"数学界的百米飞人博尔特"。

许多人把你看成"怪人"和"书呆子"，而诗人徐迟透过表象，看到了你身上散发出来的惊人的耐力、科学的魅力和人性的光芒。

1978 年 1 月，《人民文学》在头条位置推出了徐迟撰写的关于你的报告文学《哥德巴赫猜想》，一石击起千层浪。当年 2 月 17 日，《人民日报》《光明日报》破天荒地用三大版的篇幅进行全文转载。

新中国成立后，你是第一个被当作正面主角和英雄人物描写的知识分子。你在板结已久的中华大地刮起了一阵飓风，甚至成了科学的代名词，让科学家从"臭老九"一夜之间成了最受尊重的人。你成为知识分子的光荣代表和无数青少年的励志偶像。"学好数理化，走遍天下都不怕"，成了当时最时髦的口号。

从此，知识分子作为国家建设大军的重要组成部分，在中国新时期文学的人物长廊里占据了应有的一席之地。

你坚信"一个国家、一个民族，要想强大，自然科学不发达是万万不行的，而数学又是自然科学的基础"。

邓小平高瞻远瞩，高度评价你，说你"是在挑战解析数论领域250年来全世界智力极限的总和"，中国要是有一千个你就"了不得"。

法国数学大师安德烈·韦伊说，你"做的每一项工作，都好像是在喜马拉雅山山巅上行走，危险，但是一旦成功，必定影响世人"。

你说人生的目的"是奉献，而不是索取"。临终之际，你留下遗嘱："捐赠遗体供医院解剖。"你把一切都献给了这个国家——这是你最后的奉献。

2018年12月18日，党中央、国务院授予你"改革先锋"光荣称号。

你是新中国成立以来感动中国人物，是激励青年勇攀科学高峰的典范，是数学家——陈景润。

【故事】世界数学界升起的卫星

"陈景润还住在单位的小茶房。"胡耀邦异常愤怒道，"一些人麻木不仁，于心何忍啊！"

1975 年 9 月 26 日，重新"出山"的邓小平主持中央政治局会议，听取胡耀邦提交的整顿科学院的"汇报提纲"。

"什么理由不予解决？"邓小平压抑着怒火，问道。

"哼，可笑的理由！说陈景润是'白专典型'！"胡耀邦说。

"什么'白专典型'，我看完全是'莫须有'！"邓小平一听就火了，他对陈景润给予极高的评价。

陈景润是福建省闽侯人，1933 年 5 月 22 日出生。他的母亲一共生了 12 个孩子，活下来 6 人，陈景润排行老三。他记事的时候，日本鬼子侵入福建。13 岁时，母亲因肺结核去世。

1948 年 2 月陈景润考入福州英华高一上春季班，两年后考入厦门大学数理系。直到读大二，该校才有了一个数学组，四个学生。到三年级时，国家急需人才，陈景润提前毕业，被分配到北京一所中学当数学老师。

这一年内，他住院六次，做了三次手术，患有肺结核和急腹症，被这所中学退了回去。

时任厦门大学校长王亚南非常吃惊，他认为这是分配不当，安排陈景润在厦大图书馆当管理员。陈景润很感激，他一心一意搞数学，有一次，撞在树上，还问是谁撞了他。他两眼内陷，面黄肌瘦，咳嗽不停。别人劝他休息，他半天不吱声，脑子里全是数字、符号与算式……

一次偶然的机缘，陈景润的才华被华罗庚发现。1957 年，华罗庚排除万难，将他调到中国科学院数学研究所工作。

然而，几年后，陈景润成了"白专典型"。他住在窄小的茶水房，买了一盏煤油灯，担心煤油灯光外露，就在窗上糊了报纸。他小心而又顽强地挣扎。没有人知道他在做一件惊天动地的事情。

1965 年，32 岁的陈景润终于写出了长篇论文《表大偶数为一个素数及一个不超过两个素数的乘积之和》，用 200 多页的篇幅，详细缜密地论证了（1+2）。

从牛津大学回国的闵嗣鹤认真阅读了论文原稿，异常震惊地说："人家证明（1+3）是用了大型高速电子计算机。而你证明（1+2）却完全靠你自己运算。太不可思议了！"

陈景润自嘲道："革命加拼命，拼命干革命。有命不革命，要命有何用？"

1966 年 5 月，陈景润在中国科学院的刊物《科学通报》第 17 期上宣布他已经证明了（1+2）。这是一个困扰数学界 200 多年的大难题，国际数学界都知道了陈景润宣布的这个消息，大家不敢相信是真的。

直到 1972 年，陈景润在闵嗣鹤的建议下，拿出了经过简化与改进的论文，这次只有 20 多页。中科院数学所数论组负责人王元等专家审核后，认定这是一项超越前人的独创性成果。

1973 年，陈景润的这篇论文在《中国科学》英文版 16 卷第 2 期上发表了，世界数学界升起了一颗耀眼的卫星。

新华社记者顾迈南为此写了两篇内参，送到国务院科教领导小组。

1973 年 4 月 25 日凌晨，顾迈南接到通知，与领导一起去看望陈景润。走进潮湿发霉的宿舍，顾迈南流泪了：这是一间约 6 平方米的小屋，放着一张单人床，到处是书籍、资料；地上放着破饭碗和药瓶子，碗里还有干了的酱油；连一只矮凳子也没有；没有电灯，只有一盏煤油灯。为了节约生活费，陈景润一般不吃菜，只用酱油泡水喝……

终于，历史翻开了崭新的一页，陈景润也迎来了自己的春天。

"灯装上了，开关线也接上了，一拉，灯亮了。陈景润已经俯伏在一张桌子之上，写起来了。光明回到陈景润的心房。"徐迟在《哥德巴赫猜想》中充满诗意地写道。

1978年3月，全国科学大会在京开幕。陈景润成为5500名代表中的一员，与他的恩师华罗庚一起坐上了会议主席台。

会议期间，邓小平特地抽空会见了陈景润，这是他们第一次也是唯一的一次会面。陈景润深受感动和鼓舞。

1981年邓小平亲自批示：为陈景润配一秘书，"以分其劳"。

1984年4月27日，陈景润过马路时被一辆自行车撞倒，后脑着地，这将原本身体不好的他推入了更加痛苦的境地。

不久，陈景润患上了帕金森综合征。

直到晚年，陈景润还喃喃地说："我不能骑着自行车上月球啊。"当有人告诉他英国一名数学家解决了费马大定理时，他闭合的眼皮突然翻开，挣扎着，让人扶起，他含混不清地喘息道："快把……把资料拿来，我……我要看……"

陈景润多想摘下"1+1"这颗数学王国里的明珠啊，然而，病魔的手冷酷地伸了过来，他只能留下永远的遗憾。

【画外音】科学的春天

2019年3月19日上午，中国科学院基础科学园区外，一名系着白色围巾的青年，手捧你的传记，声情并茂，高声朗读。面对越来越多的围观者，这名青年动情地说，今天是你逝世的第23个年头，他从小崇敬你，想以这种方式纪念你。

是的，你只是长眠地下，你的精神依旧闪烁着动人的光芒。人们在怀念你的同时，也会怀念从泥土里发现金子的数学家华罗庚和诗人徐迟。

1955 年，你发现华罗庚名著《堆垒素数论》有一处不易察觉的错误，遂将它写成论文，并给心目中的大师写信说："明珠上落下的灰尘，我愿帮您拭去。"

华罗庚认真读完你的论文，惊叹道："太好了！"

《堆垒素数论》发表 40 余年来享誉世界，先后被译为俄、匈、日、德、英文出版，是 20 世纪经典数论著作之一，从未有人提出异议。现在居然有位 20 岁出头的中国青年提出独到的见解，华罗庚喜出望外。

1956 年，中国科学院数学研究所召开第一次全国数学研讨会，华罗庚走上讲台，没有宣读论文，也没有做主旨讲话，而是庄重地讲述你对《堆垒素数论》的独到见解。

随后，华罗庚力排众议，把你调到他身边工作。

你没有辜负"伯乐"的期望。10 年后，你完成（1+2）的证明，登上了数学王国的顶峰。面对成绩，你总是念念不忘："我是华先生第一个也是最后一个'走后门'调来的年轻人！"

1984 年，得知你患帕金森综合征，华罗庚很难过。翌年出访日本前，华罗庚曾专程到医院探望，安慰你说："我也可能患有帕金森氏征，等我回国后，咱们都在这儿住院。"谁知访问期间，华罗庚心脏病突发，不幸逝世。

消息传来，你泣不成声。华罗庚骨灰安放仪式那天，你不能自主行走，也不能站立，但你坚持要见恩师最后一面，并一定要和大家一样站在礼堂。只好由三个人一左一右架着胳膊，后面一人支撑，你硬撑了40 分钟，不停地抽泣。

11 年后，你与世长辞。

8 个月后，诗人徐迟以独特的方式随你而去。他曾留下一诗："我所攀登的山脉／在雨雪云雾笼罩下／……它吸引你走近它／像磁场导引指南针／……除非你是一个勘探队员／你不会知道这山脉的价值。"

蓦然回首，1978 年，是那样的与众不同。

邓小平在科学大会上疾呼："大量的历史事实已经说明：理论研究一旦获得重大突破，迟早会给生产和技术带来极其巨大的进步！"

郭沫若大胆预言：科学的春天来了！并声称："这是革命的春天，这是人民的春天，这是科学的春天！"

"春色满园关不住，一枝红杏出墙来。"当"神七"升空，嫦娥奔月，蛟龙潜海，航母下水，高铁疾驰，北斗导航……中国的崛起令世界震惊。

那一年春天，你的"山脉的价值"，借着诗人的想象，像韧劲十足的红杏，闯开了中国科学的大门，但见奇花异草，生机勃勃，莺歌燕舞，万紫千红……

第四节
袁隆平：“中国人的饭碗，要牢牢端在自己手上”

【出场】“最伟大的农民”

你的头型像一棵稻穗，你的额头有着谷粒的饱满，你的脸孔被太阳晒得泥土般黝黑。你站在那里，活生生就像一尊水稻"守护神"。

你每天到田边"打卡"，像关心孩子一样关心超级稻，一刻不见就会失落。晚上睡觉还在想，长得怎样了？有没有病虫害？气候是不是干旱？开了多少花？能结多少穗？会收多少籽？每亩田有千万谷粒，你数啊算啊，不觉就做起了梦。

你梦见超级稻的茎秆像高粱一样高，穗子像扫帚一样大，稻谷像葡萄一样结得一串串，你和农民们在稻田边散步，在禾荫下乘凉。你想着让天下人都吃饱、吃好……想着、想着，你就笑了；笑着、笑着，你就醒了。

"喜看稻菽千重浪，遍地英雄下夕烟。"这是一代伟人毛泽东的名句，你非常喜欢，数十年来，带着一种暗示，一种力量，鞭策着你，激励着你。

你培育的水稻，被西方专家称为"东方魔稻"，解决了14亿中国人吃饭的问题。诺贝尔化学奖得主、美国国家科学院院长西瑟罗纳认为你为世界粮食安全做出了杰出贡献，每年增产的粮食可为世界解决

7000 万人的吃饭问题。

目前国外杂交稻有 700 万公顷，全世界有 1.6 亿万公顷稻田，如果一半种上杂交稻，每年增产的粮食可以多养活地球上 5 亿人口。

国际水稻研究所所长、印度农业部前部长斯瓦米纳森动情地说：你是"杂交水稻之父"，你的成就给人类带来了福音，不仅是中国的骄傲，也是世界的骄傲。

你的成就也是对美国经济学家布朗提出的"未来谁来养活中国"最有说服力的回答。

1981 年，你获得我国第一个"国家特等发明奖"；1999 年，中国以你的名字命名发现的小行星；2000 年，你获得国家最高科学技术奖；2018 年，你获得未来科学大奖和"改革先锋"光荣称号。

2019 年 9 月 17 日，国家主席习近平签署主席令，授予你等 8 人"共和国勋章"国家最高荣誉。

消息传来，你在距北京 1600 多公里的湘南一片双季晚稻试验田里，拿着一株水稻，笑容满面地说："花开得旺，我有信心突破亩产 1000 公斤大关。"

面对获奖，你很淡定："荣誉是对我们成绩的肯定，但我们不能躺在功劳簿上，还得继续干活。只要能解决老百姓的吃饭问题，个人的荣辱得失又算得了什么？搞科研的人要有使命感，有胸襟！"

你是"泥腿子专家"，是"泥腿子院士"，也是美国国家科学院外籍院士。

你被誉为全球最牛的农民，也是跨世纪的"最伟大的农民"——袁隆平。

【故事】追着太阳的候鸟

"我给李总理打了一个报告，希望支持。他批了'非常同意'，要特事特办，成立国家耐盐碱水稻技术创新中心。"袁隆平兴奋地说，"全国有十几亿亩盐碱地是不毛之地，其中将近两亿亩可以种水稻。十年之内发展耐盐碱水稻一亿亩。这是什么概念？增收 300 亿公斤水稻，可以多养活 1 亿人口啊。"

海水稻全世界都在研究，但进展都不大。"我为什么敢担当这个任务？我们有杂交水稻的优势。"袁隆平信心十足，完全看不出耄耋之态。

袁隆平 1930 年 9 月 7 日生于北平，从小喜欢游泳，10 岁时，敢横渡长江。

1942 年，袁隆平进入重庆复兴中学。1949 年，考入重庆相辉学院农学系，主修遗传育种学。

大学期间，袁隆平有两次改变命运的机会。一次是西南赛区进行游泳选拔赛，前三名将被选入国家游泳队。袁隆平第四名。另一次是大学毕业那年，部队招飞行员，袁隆平进入录取的 8 人名单。当时国家制订第一个五年计划，需要一大批知识分子。他只好对空军忍痛割爱。

1953 年 8 月，袁隆平响应"到祖国最需要的地方去"的号召，走进湖南安江农校，开始了长达 18 年的教学生涯。

1960 年，袁隆平看着众多营养不良的病人，十分心痛。他决心投入农业科研中，选择杂交水稻做突破口，希望为粮食生产做贡献。

但杂交水稻是世界性难题。水稻自花授粉，很难进行杂交，需要雄花不育的稻株，才能杂交。雄性不育的原始亲本，会不会天然存在？

"外国专家没有搞成功，中国人未必就不能成功。"袁隆平不信邪，默默去做。他搞了一块试验田，有四分地，禾苗长得特别好。但收割时，稻谷产量比常规的减产几十斤，稻草却增加了70%。有人讲风凉话："可惜人不吃草，人要是吃草，你这个杂交稻就有发展前途。"

袁隆平没有理会。他像"追着太阳的候鸟"一样，到处寻找雄性不育的原始亲本。1960年7月的一天，袁隆平意外发现一株特殊的水稻，这株水稻与众不同，秆粗高，穗头大，籽粒饱满，用手摸，感觉特沉。袁隆平小心翼翼收回来。翌年开春种下去，但没有达到预期结果。

袁隆平继续寻找，头顶烈日，脚踩烂泥，一垄一垄地找，一穗一穗地辨。1964年7月5日，他发现了一株雄花花药不开裂、性状奇特的植株。他用这株"天然雄性不育稻"人工授粉，结出数百粒第一代雄性不育株种子。1965年7月，他又在14000多个稻穗中检出6株不育株，通过两年播种，共有4株成功繁殖了1—2代，他推翻了传统经典理论——米丘林、李森科的"无性杂交"学说。

1966年，袁隆平将该成果以《水稻的雄性不孕性》为题，发表在中国科学院的《科学通报》上，一鸣惊人。

1971年11月23日，袁隆平团队在海南南红农场沼泽中发现1株花粉败育的雄性不育野生稻，袁隆平将它命名为"野稗"。第二年，杂交稻被列为中国重点科研项目，30多个科研单位、上千个品种与该株野生稻进行上万次测交和回交转育试验，并在长江流域、华南、东南亚、非洲、美洲、欧洲等地精选上千个品种，进行测交筛选，找到了100多粒具有恢复能力的水稻，首次育成三系杂交水稻，水稻产量从亩产300公斤提高到500公斤以上。

1973年10月，袁隆平发表《利用"野稗"选育三系的进展》论文，正式宣告中国籼型杂交水稻"三系"配套成功。1974 年，他成功选育了第一个强优高产杂交水稻组合——南优 2 号，比普通水稻增产 20% 以上。

1976 年，国务院决定扩大试种和大量推广杂交水稻，首先示范 208 万亩，到 1988 年全国杂交水稻面积达 1.94 亿亩，占水稻面积的 39.6%。

1987 年，袁隆平提出"杂交水稻育种的战略设想"，这是杂交水稻理论发展的新高峰。是年 7 月 16 日，袁隆平团队在安江农校籼稻三系育种试验田，找到一株光敏不育水稻。历经两年三代异地繁殖和观察，实现不育株率和不育度 100%，不育期稳定在 50 天以上。

2000 年，超级杂交稻实现百亩示范片亩产达到 700 公斤。4 年后，实现亩产 800 公斤。2013 年，亩产达到 988.1 公斤，创世界纪录。

杂交水稻在东南亚、中亚、北美、南美试验试种和运用，为解决世界粮食短缺做出了巨大贡献。

目前，袁隆平带领团队，向"海水稻"发起挑战，已在浙江、新疆、山东、陕西、黑龙江等全国五大类型盐碱地区域开展测试。

袁隆平透露："我希望在我百岁之前，实现每公顷 20 吨的目标。我有信心完成这个任务。"

【画外音】"爱国就是让粮食增产"

粮食，既是一日三餐的必需品，又是国计民生最重要的战略物资。

你说："中国人的饭碗，要牢牢端在自己手上。"你的一生，都维系在这份至关重要的事业中。

对你而言，"爱国就是让粮食增产，用有限的土地养活更多的人"。

据 2019 年 10 月 14 日公布的《中国的粮食安全》白皮书：我国人均粮食占有量约为 470 公斤，比 70 年前增长了 126%，高于世界平均水平。你厥功至伟。

因为你，长沙马坡岭国家杂交水稻中心成为各国水稻科研工作者心目中的"麦加"圣地。

你家门前不远处有一块试验田，站在窗户边就能看到，你每天要去田边四五回，看看那里的"孩子们"。

不管天晴下雨，你起床后第一件事，不是洗脸刷牙吃早饭，而是下田，摸摸"孩子们"是否长高长胖。正午热浪冲天，你去第二次"问候"。第三、四次下田，则在晚饭前和晚饭后。有时半夜里，月光照下来，你还要去看看。这些"孩子们"不仅进入你的梦里，更渗入你的血液中。

别人说你"霸得蛮""拼得命"。你幽默道，"我是'90 后'，不拼不行啊。我喜欢晒太阳，脱了一层又一层老皮，我活得健旺，拼得快乐啊"。

2000 年，隆平高科上市，用你的名字，你没同意。领导说，公司上市后，杂交水稻研究不再需要外国人投资。你一听，同意了。

你的品牌价值为 1000 多亿元。你每月工资几千元。你说，这钱够花了。

后来有人劝你，卖掉股份就能轻松拿到上亿元。你说："我一分钱都不卖，一分钱也不拿，我就是个'过路财神'。"

你的金钱观是：一、钱是重要的，但来路要正；二、钱是拿来用的，但莫奢侈浪费；三、钱不是衡量地位身价的标尺。

80 岁前，你一天抽一包烟，现在全戒了。你说："保养身体，为了下田。"一次上街，看到路边的衬衫打折，10 元一件，你一口气买了 10 件，喜滋滋的："这样的衬衣好啊，下田穿起来方便，不用担心弄脏。"

你像水稻一样实诚，开出的花不香，却能结出沉甸甸的谷穗。

你说："我不是科学家，也不是什么农民科学家，我是科技工作者，顶多就是农学家，科学家谈不上。"

当别人夸你成功时，你列出一个公式："知识＋汗水＋灵感＋机遇＝成功"。当鲜花和掌声送给你时，却发现你还在稻田里劳作。

你的事迹编入最新高中语文教材，年轻人"追星"，不应追光怪陆离的"流星"，而应追你这样质朴本真的"恒星"。

岁月是一把剪刀，剪出一堆皱纹，你密密麻麻的脸上，每一道皱纹，都充满泥味、汗味和水稻味……

第五节
樊锦诗："只要一息尚存，就要为敦煌努力"

【出场】"敦煌的女儿"

那是一座不朽的文化遗存，带着人类久远的秘密，如坟茔般寂静、孤傲地睡在时间的边缘。你进来的时候，消瘦的身影伴随着泥沙、风声和好奇。你边走边看，仿佛做了一场梦，58年就这么过去了，你的呼吸、思考、焦虑和欢喜都浸润在漫漫黄沙和茫茫戈壁的每一个缝隙里。

你无法忘记倚崖而建的高楼，叫"九层楼"。你觉得叫"九重天"更恰当，鬼斧神工，静静地卧在那里，接收着天上的星光、地面的孤独。每次走过，你都会回望一眼，似乎要把星光摘下，将白云寄走。

你无法忘记"九层楼"上的檐角都挂着铃铎，取名"铁马"，为什么叫这个名字，是骑马的人不在了，还是等待骑马的人再来？你不知道原因，但你知道，纵然是真正的"铁马"，也早已被风沙刮走，被暴雪融化。白天黑夜，总有一种声音在你的胸口摇曳作响，夜半时分，你还被"铁马"不经意地叫醒。你看着窗外遍地的白，比洒下的月光更孤独。

你无法忘记你的前辈常书鸿说过的话："到敦煌来，只有抱定'舍身饲虎'的决心，才能干出一番事业。"他言于此，行于此，你亦如此。

你无法忘记河西走廊的莫高窟，作为"沙漠中的大画廊"，承载着中国 1500 多年历史变迁和艺术积淀，记录了四大文明汇流交融的高光时刻，也是辉煌的中华文明最具标志性符号之一。那里有 735 座洞窟、2000 多尊彩塑、4.5 万平方米的壁画，是世界上现存规模最大的佛教文化遗址，也是中国现存规模最大、内容最丰富的古典文化艺术宝库。

日本在此拍了一部纪录片，名字就叫《美的全貌》。

你无法忘记来到这里的使命。敦煌的珍贵和稀有，使之成为世界文化遗产的明珠。然而，美是易碎的，越是美的东西，越容易破碎。

敦煌的今天是一个奇迹。你和你的前辈、同人，就是奇迹的创造者。

没有你们的执着和坚守，敦煌早已残垣断壁；

没有你们的担当和牺牲，敦煌早已面目全非。

你是出生在大上海的弱女子，是备受宠爱的大家闺秀，是才华横溢的北大高才生。你来到这里，以为只是惊鸿一瞥，匆匆而过，没想到，你竟缘定终生，度过了一辈子的光阴，奉献了一辈子的汗水与智慧。

你坦承，你也想过离开。然而，每到关键时刻，你就动摇了，动摇后不是离开，而是继续留下。

爱之深，你就有了守护的冲劲；

情之切，你就有了坚持的理由；

志之坚，你就忘了生活的艰辛。

国学大师季羡林说，你功德无量。你为民族瑰宝的殉道精神，令青山不忍老去。你奉献的不仅仅是青春与才情，你谱写的也不仅仅是平凡与伟大，你的隐忍，你的赤诚，你"舍我其谁"的勇气，都配得上"改革先锋""感动中国人物"和"文物保护杰出贡献者"等一系列荣誉称号。

所有的付出与努力，都是值得的。因为，你是"敦煌的女儿"——樊锦诗。

【故事】"国家的需要就是我们的选择"

2016年5月1日，"数字敦煌"正式上线。全球网友只要轻轻点击鼠标，就能看到莫高窟30个经典洞窟的高清全貌，就像亲临现场，甚至比现场看到的更加清晰和逼真。

樊锦诗从提出这个构想到建立"数字敦煌"，经过了18年；从最初来敦煌工作到今天退而不休，已经过了58年。

樊锦诗1938年出生在北平，成长于上海。1958年考入北京大学考古系。

1962年，樊锦诗到敦煌实习。第一次来，樊锦诗看到形形色色的雕塑和"天衣飞扬，满壁风动"的壁画，被震住了。

然而，莫高窟气候干燥，环境恶劣，黄沙漫天，连水都是苦的，实习期没结束，樊锦诗因病提前返校。

1963年7月，毕业分配工作时，樊锦诗被敦煌大漠"选中"。父亲担心女儿身体吃不消，特地给学校写信，请求重新分配。但这封信被樊锦诗"扣"了下来："国家的需要就是我们的选择。我不能说一套做一套。"

当时的生活非常清苦、艰难，风沙漫天，张口说话，嘴里都是沙子。住的是土炕，坐的是土凳，吃饭用的是土桌子，一切都在"土里"。没有商店，收音机没有讯号。敦煌保护研究所只有一部"摇把子"电话,还经常打不出去。没有电,晚上只能点蜡烛,上趟厕所拿着手电筒,要跑老远的路。每天进洞做研究,要爬"蜈蚣梯",梯子在悬崖上,由绳子吊着,每次爬,心惊胆战。

有天夜里,樊锦诗想上厕所,刚出门,陡然看见两只绿溜溜的眼睛瞪着她,以为遇见"狼",赶紧关上房门。天亮才发现,原来是头驴。

樊锦诗的丈夫叫彭金章,是她的大学同学。彭金章被分配到武汉大学任教。当时他俩约定,樊锦诗在敦煌守 3 年,然后申请到武汉。可 4 年之后,樊锦诗还没有调动。

1967 年,樊锦诗和彭金章举行了婚礼,开始了长达 19 年的分居生活。

1986 年,彭金章做出艰难决定,来到敦煌,从头开始。在他的努力下,莫高窟的洞窟编号从 492 个增加到 735 个,他还挖出了回鹘文木活字、景教十字架、波斯银币等,为敦煌事业添砖加瓦。

两人誓言:"相识未名湖,相爱珞珈山,相守莫高窟。"

2017 年 7 月 29 日,"敦煌的女婿"去世了。樊锦诗感叹道:"我家先生是打着灯笼都找不到的好人,遇到这样的好人,是我一生的幸运。"

1998 年,樊锦诗从段文杰手中接过重担,成为敦煌研究院第三任院长。上任伊始,就碰到一件棘手的事:有关部门要将莫高窟捆绑上市。

"不是什么都可以拿来做交易的。"樊锦诗坚决反对,觉得自己有责任保护好祖先的遗产,"如果莫高窟被破坏了,我就是历史的罪人。"

樊锦诗知道,莫高窟会慢慢衰老甚至消失,这是自然规律,要设法延缓它的衰老,延长它的寿命。她积极谋求国际合作,先后与日本东京国立文化财机构、美国盖蒂保护研究所和梅隆基金会等机构进行合作,开创了中国文物保护国际化先河，将石窟保护从单一抢救性修复，转化为系统科学保护性修复，最大限度地阻止和延缓壁画和彩塑病害的发生和退化。

既要保护，又要利用，如何化解这一对矛盾，如何让存留千年的艺术瑰宝"活"得更久？樊锦诗想到了数字技术，建立"数字敦煌"，让每一个洞窟、每一幅壁画、每一尊彩塑"容颜永驻"。

2008 年底，莫高窟除崖体加固、风沙治理外，还完成 149 个 A 级洞窟的文物影像拍摄、加工处理和数据库建设，建设敦煌莫高窟游客中心。

2014 年 8 月，该中心开始运行，"总量控制、在线预约、网络支付、前端观影、后端看窟"的旅游开放新模式全面实施。2017 年 9 月 20 日，"数字敦煌资源库"英文版上线运行。截至目前，"数字敦煌"全球访问量超过 700 万人次……

樊锦诗说："只要一息尚存，就要为敦煌努力。"她说得很轻，却让人感到雷霆般的力量。

【画外音】"我要为你献出我的一切！"

2020 年 1 月 17 日，中宣部授予敦煌研究院文物保护利用群体"时代楷模"称号。当晚央视《新闻联播》为你和你的前辈、同人点赞。

1935 年，正在巴黎留学的常书鸿，偶然看到一本《敦煌图录》画册，十分震惊，决意回国。随后的数十年，他把自己献给了敦煌，一度靠画人像、变卖自己的画作为之筹钱。妻离子散，在所不辞。常书鸿反复默念："祖国啊，在苦难中拥有稀世之珍的敦煌石窟艺术的祖国啊，我要为你献出我的一切！"

1944年，国立艺专毕业生段文杰在张大千临摹的敦煌壁画前，屏住了呼吸。后来到莫高窟，一次次试验临摹技艺，终其一生，共临摹洞窟壁画340幅，是莫高窟个人临摹史上的第一人。

1962年，李云鹤第一次打开161号敦煌洞窟的大门，壁画表层全是鱼鳞状的甲片，风一吹，碎屑雪片般滑落。他用手术般的技艺精细修复它们，与时间赛跑。这场马拉松赛比的是速度，更是耐力和意志。而今，87岁的他依然坚持在文物修复一线，每天在脚手架上一站就是数小时……

你们是个体，又是集体。一个人，一座城，一件事，一辈子，一颗心。这五个"一"是你们的真实写照。

你们讲述敦煌故事，敦煌故事也讲述着你们。你们从时光中走来，又被后人推进到时光中去。你们穿过黄沙，在回答"我在"时，敦煌的心也为之跳动。

人生本可以有无数条路，你为何选择了最艰难的一条：在大漠深处，钻进那黑黢黢的洞窟，一待就是一辈子？

你说，这是缘，也是命，更是国家的需要。

与其说，你选择了敦煌，不如说，敦煌选择了你。

所谓"永远的敦煌"，因为你，我们才真正看见"永远"二字的荣光；

所谓"永远的莫高窟"，因为你，我们才真正看清"永远"背后的珍贵的记忆与高贵的灵魂。

敦煌的每一个角落都烙上了你的目光和气息，莫高窟的每一座洞窟都留下了你的触摸和温度。

你感觉自己是长在敦煌大树上的枝条，你离不开敦煌，敦煌也离不开你。

外面的繁华与喧哗不属于你。只有在敦煌，心才能安宁。你躺下是敦煌，醒来还是敦煌。

听，莫高窟的风，轻轻吹过，夹杂着沙子，掀动着你的白发。

"谢谢你赠我空欢喜，我才如此宠辱不惊。"

如果死了以后，要留一句话，你想留的是："我为敦煌尽力了。此生命定，我就是做一个莫高窟的守护人。"

第六节 黄伯云:"国家的需要永远是第一选择!"

【出场】"要干就干国家需要的大事"

吾道南来,原是濂溪一脉;大江东去,无非湘水余波。

你从湘江走来,带着岳麓书院"惟楚有材,于斯为盛"的自信,高举"经世致用,敢为人先"的大旗,在攻克科学堡垒的"雄关漫道"上,你吃得苦,耐得烦,霸得蛮,终于闯出了一条康庄大道。

你是我国改革开放后第一个在美国完成硕士、博士、博士后学习的留学归国人员,回国后,面对各种困难,你无怨无悔。

你坚信:"国家的需要永远是第一选择。"

"没有天空,再好的鸟儿也无法飞翔。"你充满感激地说,"国家在经济极其困难的情况下送我们出去,是去留学的,而不是'学留'的,我们应该回国参与国家建设。祖国的天空任我翔翔!"

每个人都有自己的兴趣和爱好。你的兴趣就是科研,你的爱好就是实验。整天坐在充满各种气味的实验室,面对成排成堆的仪器、仪表和密密麻麻的神秘数字,你不断地测试、替换、琢磨、思考、修改、计算,乐此不疲。

每当攻克一个难题,你会有一种化蛹为蝶的飞翔感和自豪感:"想想就兴奋,这碳原子,原本是杂乱无章的,通过研究它,破解它,让它们在我的指挥下整齐排列,那是莫大的幸福啊。"说起这个过程,你脸上露出大男孩般的羞涩的微笑。

你孜孜以求于"炭盘"的突破，对于飞机，减轻 1 克都需要付出卓越的努力，而"炭盘"的重量只有金属盘的四分之一，你把它视为"一个不能放弃的任务"，因为"这是国家的重大需求，我们不能绕着走。科研人员不能光挑芝麻担子，要挑就挑大担子，要干就干国家需要的大事"。

从"学步"到"跟跑"，你坚持，不彷徨，风雨兼程；

从"跟跑"到"并跑"，你执着，不盲从，全力以赴；

从"并跑"到"领跑"，你清醒，不自满，继续攀登。

你相信中国人的聪明才智，相信团队的刻苦与韧劲，相信"天道酬勤"的古训，在这片古老的土地上，你只要努力，并持之以恒地做下去，就一定能够干出一番事业，就一定能够走到光辉的顶点。

2005 年 3 月 28 日，你从国家主席胡锦涛手中接过国家技术发明一等奖，结束了该奖项连续 6 年空缺的历史。虽然走上领奖台只需短短的一分多钟，但你和你的团队走到这一刻却用了 17 年的时间。

"和世界上最硬材料打交道的人，有着温润如玉的性格，渊博宽厚，抱定赤子之心；静能寒窗苦守，动能点石成金。他是个值得尊敬的长者，艰难困苦，玉汝以成，三万里回国路，二十年砺剑心。"这是 2005 年央视"感动中国人物"颁奖词，是对你的高度概括。

你是教育家，是院士，是全国劳动模范，是共和国"最美奋斗者"——黄伯云。

【故事】"卖 8 亿件衬衫，才能换回一架飞机"

《黄伯云留美 8 年成就显著，博士后回国立业大显身手》。这是 1988 年 9 月 3 日，新华社播发的一条电讯稿。当时，"出国热"席卷中国，黄伯云"逆行回国"，很多人骂他"傻"。但他说："我的根在中国，为自己的祖国和人民服务，这种选择才真正有价值。"

黄伯云是土生土长的乡里伢子。1945 年 11 月，他出生在湖南益阳南县的一个农民家庭。"那些架大桥、修公路、建大房子的人都是科学家……我要立志成才，当一名科学家。"黄伯云在少年时代的一篇作文中这样写道。

1964 年，黄伯云以优异成绩考入中南矿冶学院（现中南大学）特种冶金系。1969 年毕业，留校从事科研与教学工作。他把目光锁定在"稀土磁性材料"上，研制出稀土–钴汞磁材料，不久在我国发射的第一颗同步卫星上得到应用。他和课题组也因此受到中央的表彰和全国科学大会的奖励。

1978 年，黄伯云参加了全国首批公派留学人员统一考试，以优异成绩考取了留学资格。2 年后，他在爱荷华州立大学开启了 8 年留美的学习和研究工作。

不久，导师米格教授交给黄伯云一个难题，告诉他，几位研究生做了多年没成功，让他试试。黄伯云全身心投入其中。圣诞夜，黄伯云仍在实验室忙碌。米格因事来到实验室，为他的钻研精神所打动。三个月后，黄伯云有了重大突破，米格看到实验结果后十分惊喜，对他刮目相看，希望他攻读博士。

黄伯云当时是"访问学者"身份，攻读博士须经中国教育部批准，米格立即给中国教育部写了推荐信，承诺给黄伯云全额奖学金攻读博士。教育部很快批复同意。黄伯云用 5 年时间拿到了学位，随后又到田纳西大学做了两年博士后研究。其间，他相继在国际著名期刊《冶金学报》发表 10 余篇有重大影响的学术论文，并出版了英文专著《钛铝化合物的晶体生长》等。他采用无坩埚生长技术研制出当时世界上最大的钛铝合金单晶。美国不少单位向他伸出了橄榄枝，纷纷开出诱人条件，包括帮助拿到美国"绿卡"等。

黄伯云不为所动。1988 年，他携全家回到中南工业大学。

回国后，落差很大。美国的两辆汽车变成了回国后的两辆单车。全家需要重新办理户口，由于暂时无户口证件，只能买高价米吃。在美国快念中学的女儿，必须从中文语法开始学习，以重新适应国内的教育。

最痛苦的还是当时国内观念落后。一次，他到国家某部门申请课题，自我介绍说在美国读完博士后回来的，希望得到资助。对方不知道博士后是什么，回答说："你是博士后，那就等在博士后面吧。"

1994 年，黄伯云主持筹建的粉末冶金国家工程研究中心获得立项，他把目光投向国家重大需求上："作为粉末冶金、新材料的'国家队'，就是要打大战役，解决国家大问题，解决民族大问题。"而"高性能炭／炭航空制动材料的制备技术"就是这样一项事关国家重大需要的技术。这种被称为"黑色金子"的材料，制造技术长期被美、英、法垄断。

为加快研究进度，1995 年，黄伯云出国访问，外国公司说："很抱歉，你们不能参观生产车间。"他只好买回一个样品。没想到这家公司卖的竟然是个劣品。黄伯云的心在滴血。经过无数次试验后，1996 年他们终于完成了炭／炭材料的实验室基础研究。

这时，黄伯云敏锐地意识到，飞机刹车片是国家急需的新材料，年年换新。每架飞机的刹车片 140 万元，如果以 1000 架飞机计算，产值高达 14 亿元。掌握这项技术的国家对此高度保密。

黄伯云承受巨大的压力，决定攻克这个堡垒。1997 年，国家计委和中国民航总局准备正式为炭／炭复合刹车材料工业化项目立项。在专家论证会的前一天，黄伯云正在住院。他不顾医生劝阻，拔掉输液管赶往机场。

项目立项后，黄伯云及其团队没日没夜地投入研究。夏天的长沙是"火炉城市"。他们的实验炉，内部温度超过 1000℃，实验室温度在 45℃以上。他们冒着酷暑，不断设计、推倒，不断地添加新材料，不断改进工艺，终于做出样品，拿到试验基地进行刹车试验，失败了。

2000 年 9 月，黄伯云再次做出样品，测试飞机模拟正常着陆、超载、中止飞行三种状况的刹车盘性能，最后一项没有通过。此时立项经费快用完了，黄伯云吃不下饭，睡不好觉，安眠药也不管用。有一次加班，痔疮破裂，血从裤管里流出来，染红了他的双腿，同事要将他送进医院，但他坚持做完最后一组数据。

黄伯云终于掌握原子有序排列的微气流控制和制动过程摩擦原理，首创定向流热梯度式碳原子沉积技术，走出一条与国外完全不同的技术路线。

2001 年，他们将改进后的刹车片再做试飞试验，成功了！"高性能炭／炭复合材料"终于印上了"中国"二字，确保了国家航空战略安全。

2003 年 12 月 26 日，中南大学获得中国民航总局颁发的"大型飞机炭／炭刹车副零部件制造人批准书"。黄伯云团队获得 11 项国家发明专利。中国飞机结束了依赖进口刹车片的历史，成为继英、法、美之后第4个拥有自主生产高性能炭/炭航空制动材料的国家。当年把劣质样品卖给他们的外国公司，现在成为该产品的最大买家。

目前，黄伯云团队的技术产品取得了波音757、空客320系列等零部件制造人批准书，多个新型号航天产品作为国防"杀手锏"武器也得到批量应用。

2017年6月，黄伯云团队研发出新型耐3000℃烧蚀的陶瓷涂层及其复合材料，将此材料运用到导弹上，飞行器的速度可以达到5马赫。

"卖8亿件衬衫，才能换回一架飞机。这就是现实。"黄伯云说，"科技强国，是逼出来的，更是干出来的。我们的路还很长啊。"

【画外音】努力做一个"强大的我"

"让中国大飞机翱翔蓝天。"这是你和你团队的誓言，它醒目地挂在中南大学"大飞机机轮刹车系统工作室"的墙壁上。

2017年5月5日，你受邀参加C919首飞仪式。C919承载着几代中国人的航空梦一飞冲天，你异常激动！你和你的团队呕心沥血研制出的产品属于A类关键部件，在整个大飞机中占有极其重要的地位。

你说："把梦想照进现实，是最幸福的事。"

作为顶级科学家，你明白新材料是科技发展的硬道理。2018年中美之间爆发的贸易战，随后出现的一系列制裁以及沸沸扬扬的"华为事件"，说到底，都是核心技术问题，其中的关键因素如芯片等，其实就是材料问题。

你说，技术就像一堆干柴，没有"资本"持续发力，点火成功，也会熄灭；即便燃烧，也不能产生熊熊大火，最后成为没用的"垃圾"。中国新材料要实现"资本"和技术的高度结合，才能斩断"卡脖子"的手，推动科技向前发展。

在外人看来，你1988年回国，17年间完成几次飞跃：两年后当上中南大学教授和粉末冶金所所长，5年后当上副校长，10年后当上校长，11年后当上院士，17年后率队"问鼎"国家科技发明奖一等奖……可有多少人知道，你背后的付出与煎熬，你一路走来的辛苦与不易，你"打掉牙齿和血吞"的倔强与坚持？

"我选定的目标，即便将老命搭进去，也在所不惜。"这是你的狠劲。

"所谓失败，就是做事过程中的一种状态。我们做事，就要遇山打洞，逢水架桥，死马也要当活马医，不要轻言放弃。"这是你的拼劲。

正是这种狠劲和拼劲，让你的事业如虎添翼。75岁的你虽然退休，但依然在忙碌。

岳麓山下苍劲的老树、古朴的旧楼让你学会了沉静。只有心灵沉静，你的根才会深深扎进泥土。而根扎得越深，向上的枝丫才越有靠近天空的实力。你希望年轻的一代要努力做一个"强大的我""有竞争力的我"，唯其如此，才不负春光，不负这个伟大的时代。

荣 **第十章** 光
CHAPTER 10

荣光，不是花冠的光泽，而是太阳的光、荒野的火、风暴的闪电，是一个人心中的执念，像信念一样真实，像生命一样高贵。

荣光，往往跟国家、民族连在一起。国之光，可"与日月兮齐光"。

无论身在何方，祖国始终是你心心念念的地方，是九死而无悔的地方。

祖国就像父亲的土地，你不会因父亲的贫穷而鄙视；

祖国就像母亲的容颜，你不会因母亲的蒙尘而嫌弃。

对于自己的祖国，人们的情感像天鹅眷恋着湖水，像樱花热爱着春天。

为了祖国的强大，有人甘愿做铺路石，使祖国的大厦更加巍峨；

为了祖国的繁荣，有人甘愿做磨刀石，使祖国的钢刀更加锋利。

肖邦深情地说："祖国，我永远忠于你，为你献身，用我的琴声永远为你歌唱和战斗。"这是肖邦一生的奋斗。

拿破仑强调："人类最高的道德是什么？那就是爱国之心。"这是拿破仑一生的追求。

大仲马感叹："为祖国而死，那是最美的命运啊！"这是大仲马一生的荣光。

无论是曹植"捐躯赴国难，视死忽如归"，司马迁"常思奋不顾身，以徇国家之急"，还是陆游"夜视太白收光芒，报国欲死无战场"，都是爱国的荣光。

风云变幻，沧海桑田。爱国、报国，依然是每个生命追求的无上荣光——

"为了祖国的安全，我愿意为国家和民族的事业贡献自己的一切"，这是于敏的荣光；

"决不辜负祖国和人民的期望"，这是杨利伟的荣光；

"报国强军，不辱使命"，这是罗阳的荣光；

"对国家的忠，就是对父母最大的孝"，这是黄旭华的荣光；

"危急时刻，想的全是祖国"，这是叶聪的荣光；

"每天盼着太阳升起，那是祖国的方向"，这是申亮亮的荣光。

第一节 于敏："为了祖国的安全"

【出场】"中国国产一号专家"

你来的时候，月黑风急，在西部戈壁，岁月染白了你的青丝；

你去的时候，天高云淡，在大漠深处，风霜摧折了你的容颜。

在你身上，我看到了忧国忘家、舍生取义的文化传统，看到了你和你的同仁流淌着尽忠报国的爱国热血。

你和所有的英雄一样，有着同样的基因，同样的情怀，同样的忠诚，不一样的只是时间、地点和方式。

有人选择奔赴战场，浴血奋战；

有人选择以笔为剑，电闪雷鸣；

而你选择"隐姓埋名"，将光芒藏进美妙的春天。

少年时代的屈辱让你一再吟起岳飞的名句："兵安在？膏锋锷。民安在？填沟壑。"你希望自己像岳飞一样：荡寇平虏，振我山河，为国戍边，为民谋福。

你做到了。从原子弹到氢弹，美国用了8年7个月，英国用了4年7个月，法国用了8年6个月，苏联用了3年多。

而中国，只用了2年8个月——因为有你！

你说："为了祖国的安全，我愿意为国家和民族的事业贡献自己的一切。"

20 世纪 50 年代，你在原子核物理方面的研究成果就受到国际学界的瞩目。

1957 年，日本原子核物理和场论方面的专家团来中国访问，后来获得诺贝尔物理学奖的朝永振一郎为你的才华所折服，称你是"中国国产一号专家"；

20 世纪 60 年代，著名物理学家、后来的诺贝尔物理学奖获得者阿格·玻尔访华，在短暂的接触中发现你是出类拔萃的人，对你肃然起敬。

你说："一个人的名字，早晚是要消失的，留取丹心照汗青，能把自己微薄的力量融进强国的事业之中，也就足以欣慰了。"

你的努力没有白费。当今世界只有两种氢弹构型，一种叫 T-U 构型，另一种就是以你的名字命名的构型，而在小型化方面，你的构型更具优势。

当时中国，仅有一台每秒万次的电子管计算机，且 95% 的时间用在原子弹的计算上，只有 5% 的时间留给你负责的氢弹设计。

"计利当计天下利，求名应求万世名。"这是对你的最好概括。你先后于 1985、1987 和 1988 年三次获得国家科学技术进步奖特等奖。但你不居功，不自傲，一生谦逊，两袖清风。

我要献上深深的感激。我们并非生活在和平的时代，只是生活在和平的国家。因为有你这样的"镇国之宝"，我们才有今天的自信。

你是"两弹一星"功勋英模，是"改革先锋"，是中国的骄傲——于敏。

【故事】"我不能有另一种选择"

"原子弹要有，氢弹也要快。"

1965年1月，毛泽东在听取有关方面汇报时发出号令。

早在一年前，第一颗原子弹设计完成后，遵照聂荣臻元帅指示，由邓稼先负责，组织专家转向氢弹设计的理论攻关，代号叫作639。为了落实毛泽东号召，二机部决定将原子能研究所的黄祖洽、于敏等31人调到核武器研究所。

1926年8月16日，于敏出生于河北省宁河县芦台镇。12岁那年，一辆日本人开的吉普车故意冲向于敏，差点将他碾压，车上的鬼子哈哈大笑。屈辱与愤怒涌上心头，他一辈子不会忘记。

1941年，于敏被推荐至耀华中学读高中。3年后以各科第一的成绩考上北京大学工学院电机系。

1945年8月6日，原子弹轰炸广岛，7万多名平民失去了生命，全世界第一次见识了核武器的威力。于敏十分震惊：祖国羸弱，未来何去何从？

1946年，于敏转系到物理学院，将专业方向定为理论物理。他的才华很快显露出来。著名物理学家、剑桥大学博士、北大理学院院长张宗燧感叹："我教学一辈子从未见过于敏这么好的学生！"

1949年，于敏考取研究生，以"量子场论"作为专业方向，师从张宗燧、胡宁两位大家。两年后，于敏发表毕业论文《核子非正常磁矩》，被我国原子能先驱钱三强看到，惊呼："我为祖国找到了一棵好苗子！"

很快，于敏成了新中国第一个核科学技术研究基地的成员，同事中有邓稼先、黄祖洽、金兴南等 8 位科学家，副所长是我国核科学事业的奠基人彭桓武，所长则是钱三强。

当时，我国的核物理研究基础薄弱，于敏脱颖而出，短短数年间发表了多篇具有国际领先水平的论文，他与杨立铭合著的《原子核理论》，填补了我国原子核理论的空白。

1961 年冬日的一个上午，大雪纷飞。钱三强把于敏叫到办公室，说："经院里研究决定，请你参加氢弹理论的预先研究，你看怎么样？"

原子弹和氢弹，一个是重核裂变，一个是轻核聚变，前者研究了 10 年，成就有目共睹；后者是未知的巨大挑战。于敏看着钱三强，说了一句："爱国主义压过兴趣，我不能有另一种选择。"

"好！"钱三强说，"咱们一定要赶在法国之前，把氢弹研制出来！"

大戈壁的生活条件异常艰苦，吃的是沙子馒头，喝的是苦碱水，飞沙走石，大风如刀，冬天气温在零下 30℃以下，道路冻得像搓衣板……比起这些生活条件，最大的困难还是科研条件的简陋，实验室连计算机都没有。

于敏的脑袋就是一台高精度的计算机，他带领研究团队废寝忘食地计算，不断地演练、推算，昼伏夜出。4 年中，共提出研究成果报告 69 篇，对氢弹的基本规律有了深刻的认识。

1965 年 9 月，一场创造历史的"百日会战"在上海打响。于敏带领研究团队找到了实现氢弹自持热核燃烧的关键。他们将加强弹的全过程分为原子阶段、热核爆震阶段和尾燃阶段，利用原子能作为驱动力，进行内爆压缩，同时思考如何合理利用原子能压缩热核装置，氢弹构型越来越清晰。

于敏用暗语报告给邓稼先："我们牵住了牛鼻子！"

正在青海的邓稼先闻讯赶到上海，听完于敏的汇报，十分兴奋，破例请大家吃了一顿螃蟹……

1967年6月17日，中国向世界庄严宣告：中国第一颗氢弹试验圆满成功！中国成为世界上第四个拥有氢弹的国家！

氢弹的引爆，成功赶在了法国的前面。

美国不再小觑中国。

1971年，中国在联合国的席位顺利得到恢复。

1986年初，于敏与邓稼先从战略高度，提出"加快核试验进程"建议，为中国提升核武器水平发挥了重要的前瞻作用。

两年后，他与王淦昌、王大珩院士一起上书邓小平，建议加速发展惯性约束聚变研究，使该项研究进入新的历史阶段。

2015年1月9日，习近平总书记在人民大会堂为于敏亲自颁发国家最高科学技术奖，感谢他不忘初心，不计名利，为国家做出了重大贡献。

2019年1月16日，于敏去世，享年93岁。

【链接】致敬！"两弹一星"英雄集体

1968年12月5日，一架飞机坠毁的消息传到国务院，当周恩来看到牺牲人员名单上的"郭永怀"时，顿时呆住了，泪水慢慢溢出了眼眶。郭永怀是钱学森的师弟，是研究核弹、导弹、人造卫星的顶尖人才。人们从飞机的残骸中发现郭永怀与警卫员紧抱在一起，中间夹着一个装有数据的公文包……22天后，中国第一颗热核导弹发射成功，郭永怀成为"两弹一星"英雄集体中唯一的烈士。

程开甲，被誉为"中国核司令"，他举家迁往罗布泊，在荒山野岭生活 25 年，他说："有了原子弹，中国人才真正挺直了脊梁。我们为核武器事业而献身，为的就是让我们的祖国能硬邦邦地站立于世界。我们做到了……"

1958 年，邓稼先在钱三强的推荐下前往罗布泊，临行前，他对妻子说："我的生命就献给未来的工作了。做好了这件事，我这一生就过得很有意义，就是为了它，死了也值得！"1986 年，邓稼先被癌症夺去生命，直到此时，他的事迹才得以披露。

1961 年 4 月，王淦昌接受了研制核武器的任务，他说："我认为国家的强盛才是我真正的追求，那正是我报效国家的时候。"

林俊德，从中国第一颗原子弹爆炸，到最后一次地下核试验，都有他的身影。2012 年，他患癌晚期，拒绝手术，身上插着各种管子，输着液，吸着氧，坚持做完最后一份工作。医生劝他休息一下，他说，一旦躺下，就再也坐不起来了。

王承书，从美国回来后，与丈夫张文裕一起，隐姓埋名 30 年，她是死后既有资格见马克思，又有资格见爱因斯坦的人。她说："自己从来没有'牺牲'的想法。为祖国工作，自己怎样也不应认为是'牺牲'。"

一位工程师接到秘密调令，她借口出差，瞒着丈夫，来到罗布泊工作。半年后，在孔雀河边的一棵树下，她与丈夫意外相逢，怔怔地站在路边。原来，她的丈夫也接到密令来到同一个地方。张爱萍将军听到这个故事，特地来到那棵树下，动情地说："就叫它夫妻树吧，它是一座纪念碑！"……

1985 年，"氢弹突破及武器化"成果获国家科技进步特等奖，署名第一位的彭桓武把奖牌送给研究所，郑重地写下这句话："集体集集体，日新日日新。"

致敬，有名或无名的英雄；

致敬，"两弹一星"的光荣集体！

请记住这个伟大的集体，请记住这些光荣的名字，他们是：

于敏、王大珩、王希季、王淦昌、邓稼先、朱光亚、任新民、孙家栋、杨嘉墀、吴自良、陈芳允、陈能宽、周光召、赵九章、姚桐斌、钱三强、钱骥、钱学森、郭永怀、黄纬禄、屠守锷、彭桓武、程开甲……

还有许许多多至今不肯披露姓名的人，连同一个个坚强的灵、含香的魂相聚一起，成为民族的脊柱，国家的栋梁，成为中国和平崛起的重要保障。

【画外音】壮哉，国之脊梁！

爱因斯坦说过："第三次世界大战用什么武器我不知道，但第四次世界大战一定是用石头。"

核武器毁灭性的威力，令人恐惧。但作为一个大国，发展核武器，不是为了用它，而是有了它，就有了话语权，就不会受到别国的欺压和霸凌。

1964 年，我国第一颗原子弹爆炸成功，人们记住了钱学森和钱三强的名字；1967 年，我国氢弹试验获得成功，不知道谁是总设计师，直到 28 年之后，人们才知道，中国"氢弹之父"，竟是"默默无闻"

的你。

1984 年，你再次来到罗布泊核试验场，这也是你最后一次来到现场。你和邓稼先一起，站在指挥车上，像置身于烽火的将军，目光炯炯，面色严峻。

每一次重大试验，你都亲临场区，来到第一线，见证发射的瞬间，等待试验的结果。每一次，你的心都提到嗓子眼：会不会成功？有没有意外？

无论前面想得多么周全，无论算得多么详尽，无论检查得多么细致，没有试验，就没有答案。

更为重要的是，这是价值千万倍于黄金的试验，是许多知识精英将生命和荣辱都系于一身的试验，是无数的人信任和期待的试验，是对地区和平和国际局势都有深刻影响的试验，能不担心吗？

每一次试验，你都感到整个国家的重担压到了肩上，所以，你紧张、不安、难受，生怕心脏受不了，会突然死在那儿。

你说，真死了，不会瞑目，因为，你想知道结果。尽管每一次都有惊无险，但每一次都是最初的心情。

有人劝你别来现场，听新闻就知道了，你不同意。明知难受至极，还要坚持与大家在一起，经历这个"阵痛"，承受这种煎熬。

试验成功，你也不会跳起来，只觉得五脏六腑、三万六千个毛孔全都舒服极了。这是一种说不清的体验，只有泪水知道……

说什么欢乐祥和，只不过有你这样的勇士在悄悄地为国家大业忍受痛苦；

说什么海晏河清，只不过有你这样的豪杰在暗暗地为华夏复兴抵挡风雨；

说什么岁月静好，只不过有你这样的英雄在默默地为人民福祉负重前行。

总有一天，核威胁将会从地球上永远消失，但你和你的同人舍生忘死的献身精神必将为子孙后代所铭记。你和你的同人对祖国的爱，对人民的忠诚，对事业九死不悔的执着，是一种比原子弹、氢弹更强大的力量，必将闪亮在历史的长河中，成为中华民族永不衰竭的强大动力。

壮哉，侠之剑锋，国之脊梁！

受命之日，你寝不安席。一句嘱托，你许下了一生。

当你驾鹤西去的时候，你还认得来时的路吗？那时满目疮痍，而今山河锦绣。

看吧，每一条康庄的大道，都因你的背影而生动；

看吧，每一个繁华的渡口，都因你的挥手而辽阔。

第二节　杨利伟："决不辜负祖国和人民的期望"

【出场】生命中最伟大的一天

每一次远行，都有无数含泪的眼睛紧紧地盯着你；

每一次远行，都有无数绷紧的神经牢牢地缠住你；

每一次远行，都有无数的手森林般举起，希望用自己的绵薄之力，送你抵达人类极限经验的边界。

你只是大海中的一滴水，为什么这滴水能够折射出太阳的光芒？

你只是沙漠里的一粒沙，为什么这粒沙能够闪耀出钻石的风景？

十四亿人中，你成为最忠诚、最冷静、最机敏的人，成为最能应付突发事情和综合能力最强的人，凭什么，你就成了历史选择的人？

单飞，是飞行员一生中最重要的时刻。第一次操练，教练问："你到底敢不敢？"你说："有什么不敢的？"随即启动，一飞冲天。

1992 年，你驾驶战机超低空飞行，突然听到一声巨响，发动机转速急剧下降，出现最危险的"空中停车"，可以跳伞，危急关头，你沉稳操作，战机一点点爬升，快要接近机场跑道时，意外再次发生，你当机立断，将失去动力的战机安全降落到跑道上，与死神擦肩而过。

你当飞行员，在空中安全飞行达到 1350 小时之久。

成为航天员后，你坐在离心机上，飞速的旋转让你的脊柱承受巨大的推力，你的血液涌向后背，身体供血严重不足，眼睛处于"黑视"状态。这样的训练每天发生，对你产生无法估量的冲击和伤害。你的手中有一个按钮，在实在承受不住时按一下，就会立即停止。但你紧咬着牙，从未动过那个按钮。

"神舟五号"飞船发射前的晚上，你接到上级通知，确定由你执行任务，你告诉自己："这只是一次工作。"当晚睡得很香。

进入太空舱前，负责关舱门的工程师故意问："你知道当年给苏联航天员加加林关舱门的人现在干什么吗？"你摇头。工程师说："现在是俄罗斯航天博物馆的馆长。"你微微一笑："那好，馆长，咱们明天见。"

从 6 时 15 分进舱到 9 时发射的近三个小时里，你的心跳始终维持在每分钟 76 次，有着令人惊叹的冷静。

倒计时开始，你情不自禁地举起手，敬了一个军礼。

2003 年 10 月 15 日北京时间 9 时，历史定格在这一刻：伴随山崩地裂般的腾飞声，火箭徐徐离开地面，加速上升时，突然产生与人体内脏频率相近的共振，你感觉五脏六腑都要碎了。

你盯着计时器，算着时间，"纵使牺牲，也要记录下这个过程，供科研人员今后改进"。

26 秒共振之后，飞船飞出大气层，整流罩打开。

阳光照射进来，你眨了一下眼睛。

地面指挥大厅有人大叫一声："看，他还活着！他的眼睛在动！"顿时掌声雷动。

你说："当一件事情坚持到快要坚持不下去的时候，实际上就是接近成功了。"

2003 年 10 月 16 日 6 时 23 分，正好是天安门升国旗的庄严时刻。

你响亮地报告："我是'神舟五号'，我已安全着陆！"

出舱时，你动情地说："这是祖国历史上辉煌的一页，也是我生命中最伟大的一天。"

你是中国培养的第一代航天员，中国进入太空第一人，航天英雄——杨利伟。

【故事】为了神圣的使命

"我自愿从事载人航天事业，成为航天员是我无上的光荣，为了负起航天员的神圣使命，我宣誓：热爱中国……不怕牺牲，甘愿为载人航天事业奋斗终身。"

1998年1月5日，杨利伟和11名战友，面对五星红旗庄严宣誓，并签上自己的名字，儿时的梦想终于实现了。

1965年6月21日，杨利伟出生在辽宁绥中县绥中镇，儿时的梦想就是，希望有朝一日，向着蓝天飞去。

1983年6月，空军在当地选拔应届高中毕业生做飞行员，其中一项要求选手坐在旋转的椅子上，旋转几分钟后突然停下，选手立即自然走下来。杨利伟毫无问题，经过严格的选拔，正式成为空军飞行学院的一名学生。

20世纪90年代中期，我国开始选拔航天员。在3000多名飞行员中，经过严酷的挑选，杨利伟等12人最终被录取为预备航天员。随后，这批学员在5年时间里学完航天医学、地理气象学、救生与生存等八大类上百个训练科目。1997年底，杨利伟等12名飞行员来到北京，与2

名"国际航天员"证书拥有者吴杰、李庆龙一起，成为中国航天事业中第一代航天员。

2003年7月，"神舟五号"发射之前，14名航天员集体参加考核。7月3日，结果揭晓：14名航天员全部具备了独立执行航天飞行任务的能力，获得三级航天员资格。

接下来，全体航天员反复攻关，一次又一次挑战生理和心理的极限，最痛苦的一关是离心机训练，通过机械臂高速旋转，航天员要承受相当于自身体重8倍的力量。脸孔拉得变形，口水咽不下，呼吸不畅通，航天员还要判断信号，回答提问。每次训练都是体能与意志的考验。

对此，杨利伟习以为常，他说："与战士站岗、炊事员做饭一样，航天员是一种职业，这就是我们的工作。"

2003年10月14日下午4时30分，杨利伟得知担任首飞。他表示："实现中华民族千年飞天梦想，是一个神圣的使命……无论是谁去执行这次任务，都代表着我们的祖国和人民去实现这一理想。"

第二天，对于执行"神舟五号"发射任务的工作人员来说，这一天是从凌晨1时开始的。杨利伟起床时间是凌晨2时。那晚，他睡得挺香。

凌晨2时30分，是早餐时间。翟志刚提议喝点酒，他与聂海胜各倒上一杯红酒，杨利伟倒的是矿泉水，他往杯子里滴了两滴红酒，一起干杯！

5时20分，胡锦涛等中央领导来壮行，他满含深情地说："作为我国第一个探索太空的勇士……相信你一定会……圆满完成这一光荣而神圣的使命。我们等待着你胜利归来。"

杨利伟庄严回答："我要聚精会神地做好每一个动作，决不辜负祖国和人民的期望。"

向首长们挥手道别后，杨利伟走到门边，忍不住回头望了一眼，忽然发现胡锦涛主席的眼里有泪光闪烁，他震撼，又感动。2003年非典肆虐，世界航天界很不太平：2月1日美国"哥伦比亚号"航天飞机爆炸解体，5月4日俄罗斯"联盟TMA1"飞船返回时落点偏差达400多公里，8月22日巴西运载火箭在发射场爆炸……这样的国际背景，令"神舟五号"的发射充满悲壮之情。

5时50分，车队驶到了发射塔架下的南场坪，此时，火箭已经加注了足足430吨燃料，相当于一个巨型炸弹！20分钟后，杨利伟进入"神舟五号"飞船。

火箭发射后，上升到三四十公里高度时，突然与飞船产生强烈共振，杨利伟顿时感到五脏六腑要震碎了，这是地面训练从未有过的。26秒后，痛苦才慢慢减轻。然后，一、二级火箭分离，整流罩分离……

舷窗外，阳光把飞船太阳能帆板照得格外明亮，长长的海岸线在大陆和海洋间清晰可辨。飞船绕着地球飞行，90分钟一圈，神奇至极。杨利伟拿起太空笔，写道："为了人类的和平与进步，中国人来到太空了。"并向祖国和世界人民展示。

中国人第一次进入太空，生存环境十分艰苦。工程人员安排了两次休息，每次3小时。但杨利伟只睡了半个多小时，一直工作，尽可能为战友们日后飞行积累经验，也为飞船研制提供尽可能多的数据。

17时02分，杨利伟向地面传回了他所拍摄的太空图景。这是中国人第一次在此回望自己的家园；

第7圈，杨利伟在太空中展开了中国国旗和联合国旗；

第8圈，指挥部专门安排杨利伟和家人进行天地通话；

10 月 16 日 4 时 19 分，"神舟五号"飞船进入最后一圈飞行。

整个飞行过程，返回是最关键也是最危险的一环。飞船进入大气层时，惊险的一幕出现了：飞船变成了一团大火球。

飞船落地时，杨利伟感到嘴角一麻，血流下来了。但他顾不上这些，立即向指挥部报告："我是'神舟五号'，我已安全着陆！"说话时，嘴里有着血的咸味。

面对四面八方赶来的欢乐的人群，杨利伟再也抑制不住内心的激动，泪水奔涌而出……

【画外音】"哪怕回不去，也要让五星红旗在太空高高飘扬"

培养一个飞行员，需要花费与其体重相当的黄金；

培养一个宇航员，需要花费与其体重相当的钻石。

"可上九天揽月"，展示的不仅仅是一个飞行员、宇航员的精神风貌，更是一个国家的整体实力。没有强大的经济，就不会有强大的国防，就不会创造一个个奇迹。

在初选的 886 名顶尖飞行员中，再通过极其严苛的筛选，凭借出色的本领，过硬的素质，你和其他 11 名飞行员组成了中国第一代航天员队伍。

这是历史的选择，也是时代的机缘，更是国家的成全！

正因为此，你明白肩上的担子比任何时候都更加沉重，你飞天报国的愿望比任何时候都更加强烈。

2003 年，你乘"神舟五号"飞船首次进入太空，在轨道运行了 1

天时间，标志着中国成为第三个有能力独自将人送上太空的国家，在世界太空事业发展的征途上筑起了一座伟大的丰碑。

从"神舟五号"首飞成功到"神舟十一号"问鼎苍穹，短短13年，你和你的战友克服一切困难，写下了新时代的英雄赞歌。

"神舟六号"发射前，聂海胜母亲突发脑出血，回家探望时，他的母亲已经不能说话，他弟弟说："哥，你就放心地去执行任务吧，咱们兄弟两个，一个尽忠、一个尽孝！"

"神舟七号"发射中，翟志刚、刘伯明无法出舱，轨道舱又突发火灾报警，他们以"哪怕回不去，也要让五星红旗在太空高高飘扬"的决心，最终把中国人的脚步首次留在了太空。

刘洋，中国首位女航天员，从一片树叶就能够感受到春天的湿润与柔软；

景海鹏，中国航天两度飞天"第一人"，刚毅的脸上总是写满灿烂的笑容；

还有费俊龙、刘旺、张晓光，还有王亚平、陈冬，还有一大批默默奋斗的航天英雄。在发射现场，你们心中的音乐缓缓响起，你们胸前的国旗闪闪发光，那是永恒的发动机，是煤，是铀，是酒，是随时爆破的无穷的核能。①

你们一飞冲天，背后是一个强大国家的奋力托举。

从此，每当我们仰望星空，总会感觉到你深情注视地球的目光，这也是几代中国航天人的梦想，那无限的美丽，只有你看得最清：蔚

---

① 2018年1月25日，杨利伟、聂海胜、费俊龙、景海鹏、翟志刚、刘伯明、陈冬、邓清明、张晓光、刘旺、刘洋、王亚平等12名航天员被中央宣传部授予航天员群体"时代楷模"荣誉称号。

蓝色的地球披着淡淡的云层，地球边缘仿佛镶了一道漂亮的金边，十分迷人。

在广袤无垠的深蓝中，你的深情必将激励一代又一代航天人，把目光投向空间站，投向月球，投向宇宙，投向更高更远的地方，不断起航！

第三节 罗阳："报国强军，不辱使命！"

【出场】"中国舰载机之父"

三十年弹指一挥，国之重器，你以命铸之，用青春与热血，诠释了"空天报国，舍我其谁"的使命担当；

五十载韶华遽逝，剑之锋刃，你以血淬之，用理想与汗水，践行了"敢为人先，只争朝夕"的拼搏斗志。

还记得 8 年前那一夜爆红的航母 style 吗？

在我国首艘航母"辽宁舰"上，两名身穿彩虹服的地勤人员，戴着耳机，右膝跪地，握拳、挥手，凌空一指，那一气呵成、帅气无比的"走你"姿势，像电光石火，点燃了亿万中国人的豪情。

航母 style 是你和国防科技工作者日复一日的汗水结晶；

航母 style 是你和国防科技工作者月复一月的心血凝聚；

航母 style 是你和国防科技工作者年复一年的智慧呈现；

航母 style 是你和国防科技工作者"白＋黑""5+2"的集中展示；

航母 style 破蛹成蝶，定格我国首次成功起降歼－15 舰载机之壮美；

航母 style 铿锵有力，标志我国海军从近海走向远海的辉煌明天。

你不仅见证了这个具有里程碑意义的重要时刻，而且作为研制现场的总指挥，承受前所未有的紧张与压力，当歼－15 舰载机完美着舰，你疲惫之极，紧绷的弦突然断了。

你把宝贵的生命献给了祖国的航空事业，将最后的身影与气息留在了"辽宁舰"上，将未竟的事业留给了碧海蓝天。

你去世前的 2 个月，工作总量达 1220 小时，平均每天超 20 小时，一天休息不到 4 小时，即便休息，也未必入睡，大脑急速转动，连吃饭的时间都没有。你日夜追赶，毫不间断的超强度工作耗尽了你的生命之灯。

你说："我们最大的追求就是通过我们的努力，使我国的先进战机能够早日装备部队，使我国的国防工业能够尽快缩小与发达国家的差距。"

对国家，你把毕生的时间最大限度地奉献出来；

对自己，你连抢救生命的几分钟都来不及留下。

在离医院不到 100 米时，你的心脏停止了跳动。

多么希望你只是小憩啊；

多想再看一眼你吟唱"醉里挑灯看剑，梦回吹角连营"的神态啊；

多么盼望你一觉醒来，跃马扬鞭，再次出征啊……

胡锦涛、李克强等党和国家领导人惊闻你的不幸，深表哀悼，送上花圈，并向你的家属进行慰问。

习近平总书记为你英年早逝扼腕痛心，认为你"身上所具有的信念的能量、大爱的胸怀、忘我的精神、进取的锐气，正是我们民族精神的最好写照"。

你是国家英才，民族脊梁，是"中国舰载机之父"，是共和国英雄——罗阳。

【故事】"别人能做的，我们可以做得更好！"

"当一架飞机首飞的时候，我们会流泪；当一批飞机定型装配部队的时候，我们会欢呼；当一架架战鹰经过天安门广场的时候，我们会跳跃激动。"

这是 2020 年清明节，罗阳的战友们在网上悼念他时写下的深情文字。

罗阳出生于军人家庭，1975 年，他从重庆市第 70 中学转到武汉第 43 中学，1978 年以优异成绩考入北京航空学院。

沈阳飞机设计研究所，成立于 1961 年，是中国组建最早的飞机设计研究所，被誉为中国"战斗机设计研究的基地，航空英才的摇篮"。1982 年，罗阳大学毕业分配到这里，成为一名专业设计员。当时，我国自行研制生产的二代战机——歼—8 Ⅱ 型飞机正处于设计攻关阶段，罗阳积极参与其中。

1985 年前后，军工企业很不景气，被迫转做民用产品，从洗衣机、汽车到蒸锅、铝合金门窗等，市场要什么就做什么。一大批专业科研人员或转行或离职。但罗阳一直坚守着，即便最困难的时候，他也在努力探索飞机的设计方案，很快成为所里最年轻的研究者。

强大的国家离不开强大的海军，而强大的海军离不开强大的航母，强大的航母离不开强大的舰载机。

机会是留给有准备的人的。20 世纪 90 年代，伴随着经济的腾飞，中国国防工业开始腾飞，罗阳从设计员走上领导岗位，1999 年底，任沈阳飞机设计研究所党委书记，两年后，出任沈阳飞机工业（集团）有限公司党委书记、副董事长，2007 年 11 月，任该公司董事长、总经理、党委副书记。

"辽宁号"航母服役后，西方国家嘲讽声不绝于耳："那是个空壳""一堆废铁""没有舰载机就无法作战"，等等，更有外媒预测："中国舰载机成功应用至少要 1 年半时间！"

作为总指挥，罗阳不信邪，率团队打响了歼–15 舰载机的攻坚战："我们正在从事的重点型号，背后是沉甸甸的政治责任，涉及中华民族的尊严。"在动员大会上，罗阳举起拳头宣誓："别人能做的，我们可以做得更好！"

按照攻关协作，先由中航工业沈阳所完成三维图设计，再交罗阳所在的公司生产。当时信息化不够，三维图设计后无法直接进行生产，他立即找到歼–15 舰载机总设计师孙聪，提出设计与制造数字技术一体化的大胆构想，双方想到了一块儿。

在陆地上，战机起降有效长度约为 300 米。在航母上，拦阻索的区间面积只有 36 米 ×6 米。罗阳采用"720"的工作模式，即每周工作 7天，每天工作 20 个小时。罗阳用生命与战机赛跑。除了歼–15 战机，他还担任多个重点型号战机的研制总指挥，压力之大，可想而知。

海战的关键点在于制空权、制海权的较量，舰载机是航空母舰的双翼和利剑。没有舰载机起降的航母，是没有意义的。"飞鲨"歼–15 的性能可与世界主力舰载战斗机相媲美，罗阳团队创造了提前 18 天总装下线、从设计到首飞仅用 10 个半月时间的奇迹。

歼–15 舰载机的成功，追回了与西方海空强国近半个世纪的差距。

为了做好舰载机的起降试验，2012 年 11 月 18 日，罗阳提前一周登上辽宁舰。"030207"，这是他宿舍的门牌号码。这里的每一间宿舍都没有窗，只有五六平方米大小。罗阳顾不上这些，他放下行李，挨个走进驾驶室、机库、武器库、塔台、锅炉房，询问、观察、记录，随身携带的笔记本写得密密麻麻。

此后几天，歼－15 接受例行检查，飞行人员进行流程演练，作为总指挥，他想知道每一个细节。

11 月 23 日上午 9 时许，最激动人心，也是最让罗阳紧张的时刻到了：一架编号"552"的淡黄色歼－15 战机飞鸟般来到辽宁舰的上空。

罗阳仰头紧盯战机，屏住气，眼睛一眨不眨。500 米，300 米，100 米……歼－15 瞄准航母，以每小时 260 千米的速度俯冲下来，雷鸣般的轰鸣声和巨大的冲击波，强烈地撞击着每一个人。

"嘭"的一声，仿佛一道闪电，战机尾钩精确咬住了第二道拦阻索，第一道着陆胎痕深深刻在了航母的甲板上。战机稳稳地停住，从狂暴的老虎到乖巧的孩子，仅仅用了 2 秒钟。

罗阳的精神继续紧绷着。50 分钟后，第二架歼－15 呼啸着而下，又是一次完美着舰。紧张、兴奋和不安，像掀起的气浪，一次次猛烈地撞击他的心脏……

呐喊，轰鸣，雀跃。辽宁舰上的人全都陷入巨大的亢奋中。

"成功了！没人再敢说辽宁舰是'纸老虎'了！"

在无可抑制的噪声与震颤中，罗阳进入到"无我"状态，他忽略了胸闷与疼痛，忽略了过快的心跳与呼吸的困难，他离轰鸣的歼－15 战机最近，只有短短的十几米，这是导致他后来心源性猝死的重要诱因。

当天下午 4 时许，罗阳疲惫地返回舱室，给妻子打了个简短的电话，报告了试验成功的喜讯。

11 月 25 日，返航时，罗阳最后一个走下来。他全身无力，脸色苍白，连拥抱前来迎接的同事的力气都没有了。

中午 12 时 48 分，罗阳卸下重负，匆匆离去了。

2012 年，歼 -15 成功着舰，多个型号实现首飞，这是罗阳执掌沈飞以来成果最丰硕的一年！

正当我们与西方海洋强国同台竞技、渐入佳境的时候，罗阳以悲壮的方式悄然而去，他才 51 岁，国失肱股，天妒英才啊。

【画外音】尽忠报国的 style

那一天，鲜花蘸着泪水，你心底无私，将疲惫的背影留给了蓝天；

那一天，掌声和着哭泣，你大爱无疆，将深情的目光留给了大海；

那一天，荣光含着呜咽，你鞠躬尽瘁，将不舍的微笑留在了人间。

"当我叫你英雄的时候，你是否听见，这一去请不要走得太遥远；当我叫你英雄的时候，我泪流满面，双手化翼，梦想翱翔蓝天。转身瞬间，你的身影，海天间，我懂了什么是再见，你在眷恋，我在想你的海边，我懂了什么是永远……"

这首旋律优美的歌曲，叫《我的英雄》，就是专门献给你的。

那一天，你来不及与亲人道别，来不及拥抱凯旋的战友，来不及看一眼机库里整装待发的战机，你疲惫而又高贵的灵魂随着辽宁舰鸣响的汽笛，猛地跌入波涛汹涌的大海。

你离开的日子，距中国首批舰载机成功着舰起飞仅仅十多个小时，距中国第一艘航空母舰入列整整两个月，距今天则一晃 9 年……

但你的笑容，你的姿势，你的精神，穿越时空，历久弥新。

在航空工业沈飞厂区内，矗立着你的塑像，你身着棉服，这是你在登上辽宁舰时的着装，也是你最后的形象。在你的身侧，一架架战鹰从这里诞生，冲向无垠的苍穹。

你说："研制战机，要么是零分，要么是一百分，没有中间分！"

你说："不负重托，就是全心全意履行好党和国家赋予我们的神圣职责，报国强军，不辱使命！"

同事们紧握拳头，挥泪告别："我们还没有长大，但我们会快快成长。"

航母 style，就是你生命的 style，就是中国知识分子尽忠报国的 style。

你短暂的一生，像燃烧的火炬，燃烧自己，照亮国家的天空，民族的前途。

你的追悼会在回龙岗革命公墓举行，一墙之隔，就是沈阳抗美援朝烈士陵园。

当年，中国人民志愿军空军迎着炮火，第一次亮剑在朝鲜战场。孟进、孙生禄等志愿军飞行员血染长空。

冥冥之中的选择，仿佛是一种命定，意义如此生动，如此真实而丰富。

不同的年代，却有着同样的慷慨悲壮；

不同的身份，却有着同样的义薄云天；

不同的时空，却有着同样的气贯长虹。

才见虹霓君已去，祖国终将选择那些忠诚于祖国的人；

英雄谢幕海天间，历史终将记住那些无愧于历史的人！

第四节
黄旭华："对国家的忠，就是对父母最大的孝"

【出场】"誓干惊天动地事，甘做隐姓埋名人"

地球上 70% 以上的面积是海洋。

一部中国近代史就是一部烽火连天、不堪回首的历史，就是一部闭关锁国、频频流血的历史，就是一部列强从海上入侵、弱肉强食的屈辱的历史。

一遍遍醉酒挑灯，拔剑四顾；一次次有心无力，忍气吞声。

民族复兴！中国，在陆地站稳之后，急切地需要海洋，奔向海洋；

大国崛起！中国，在奔向海洋的过程中，需要一份自信，一种刚强。

核潜艇，就是这样的一种定力，或一份保障。

惊涛骇浪中，你埋下头，在暗流汹涌的区域，做沉默的砥柱；

危机四伏时，你沉住气，在祖国心跳的地方，做护旗的桅杆。

如果问你，什么样的几何形状最完美？你会说："水滴！"水滴，就是小小的一滴水，融入大海，浑然不觉。水滴，大海的一分子，能与大海融为一体，毫无间隙。水滴型核潜艇，摩擦阻力小，水下机动性和稳定性最好。为实现这个"美丽的遐想"，美国先把核动力装在常规线型潜艇上，再建造水滴型常规动力潜艇，最后结合成核动力水滴线型试验艇。

苏联更是将这个过程分解成五级、六级，一步一步跃进。

而中国的核潜艇，你竟然一步到位，把核动力直接装进水滴型艇身内试航，且一举成功。

一次次深入海底，一次次冲出海面。你的自信正源于这千百次的试验，支撑你一步到位的理由是："我们已经知道了核动力水滴型是可行的，这就像部队行军，已经有侦察兵探出一条准确道路，再没有必要去走弯路。"

这就是你的智慧，你的胆略，你的创新。

"敢教日月换新天"，要的就是"不走弯路"的冲劲和魄力！

美国人搞核潜艇，搞了10年多，成了世界霸主。以你为代表的中国人勒紧裤带，在一穷二白的年代搞核潜艇，只用了8年多时间。

中国核潜艇潜在水下的时间创了世界纪录。你的大胆设想，让中国核潜艇下水时间至少提前了10年。

壮哉！伟大的祖国，"可下五洋捉鳖，谈笑凯歌还"变成了现实。

你的人生，恰如深海中的潜艇，无声，无息，但有着无穷的力量。你让中国人挺起胸膛，扬眉吐气。

"誓干惊天动地事，甘做隐姓埋名人。"这是你的座右铭。

你说：核潜艇作为国防事业发展的缩影，你从事的这份工作，见证了我国从站起来、富起来到强起来的飞跃，这个飞跃非常动人。你身处其中，无限荣光。

你是院士，是感动中国人物，是"共和国勋章"和"影响世界华人盛典"终身成就奖获得者，你是"中国核潜艇之父"——黄旭华。

【故事】"核潜艇，一万年也要造出来！"

2020 年 1 月 10 日上午，2019 年度国家科学技术奖励大会在北京人民大会堂举行，习近平总书记为著名核潜艇专家黄旭华颁发了国家最高科学技术奖。

3 年前，中国首艘核潜艇游弋深海 40 多年后退役，而它的总设计师虽然 90 多岁了，但仍在"服役"，他在做完白内障切除手术后，眼前一亮，兴奋地说："太好了，再也不用放大镜了。我还要为国家再工作 20 年！"

1924 年 2 月 24 日，黄旭华出生在广东省海丰县田墘镇。父亲黄树谷，系抗日义士，母亲曾慎其行医，开有一间药房，兼营农商。

1938 年春，黄旭华辞别双亲弟妹，进入百年名校聿怀中学。

1941 年夏，在躲过一次几乎饿毙之后，黄旭华经过两个月的颠沛流离，终于抵达桂林，进入桂林中学。

1944 年 6 月，日寇逼近桂林，黄旭华于 8 月底抵达重庆，一年后，以优异成绩被交通大学录取。这里深厚的文化底蕴和严谨的学术精神让黄旭华夯实了坚固的技术根基和创新思维。"吾辈生于积弱不振之中国，安忍坐视而不一救耶？"他发愤学习，并加入了共产党，聆听了陈毅、谭震林等人的讲话，为党和国家事业奋斗的志愿更加坚定。

1949 年 10 月，黄旭华从学校出来，先在华东军管会船舶建造处干了一年，接着出任招商轮船局局长的秘书，随后又被组织调往港务局担任团委书记。

1953 年春，黄旭华被调到上海船舶工业管理局从事专业技术工作。

1958 年，国际政治波诡云谲，面对美苏的恫吓与利诱，毛泽东高瞻远瞩，坚定地说："核潜艇，一万年也要造出来！"

在此背景下，我国研制核潜艇的"09"工程诞生了，黄旭华因其优秀的专业能力被秘密召集至北京，开始了我国第一代核潜艇的论证与设计工作。

1965 年春，"09"工程迎来曙光，"中国核潜艇总体研究设计所"在渤海湾上的一个荒岛成立，标志着我国核潜艇研制工作正式启动。

黄旭华也随即开始了他的荒岛人生。那里杂草丛生、荒芜凄凉，黄旭华排除干扰，白天养猪，晚上设计。他带领设计人员克服难以想象的困难，将核潜艇研制需要攻克的堡垒分成动力、线型、结构、水声、武备、通信、生命保障等 7 个核心技术，一个个加以攻克。没有特厚钢材的加工设备，没有计算机，5 万多件设备仪表，几十公里长的管道电缆，还有成千吨的材料，要把它们的重心重量算出来，就靠着一把普通的计算尺，一个拨起来噼啪作响的算盘，甚至用磅秤称量的笨办法来控制各种设备及艇体重心与重量，黄旭华带着大家，一步一步解决了核潜艇研发的问题。

之后，黄旭华创造性地提出并运用"毒蛇"理论、"尖端与常规"创新思想，积极协同弹道导弹的设计与试验，在实验室一待就是一个月甚至半年。他始终尊重科学，不轻信，不盲从。当时国外权威文章披露，美国的核潜艇装了一个 65 吨重的大陀螺，发射导弹时能把艇体平稳下来。有人表示，中国应该学习它。

黄旭华坚持己见：为什么非得跟着美国走不可？他经过分析和试验，大胆取消了这种设计，实现了跳跃。他带领大家围绕新式潜艇的 15 个难题展开攻坚战，其中一些成果达到当时国际先进水平。

1970 年 12 月 26 日，中国"蓝色巨鲸"试航成功，使中国成为继美国、苏联、英国、法国之后世界上第五个拥有核潜艇的国家。

1974 年 8 月 1 日，中央军委发布命令，将我国第一艘核潜艇命名为"长征一号"，正式编入海军战斗序列。

1981 年 4 月 30 日，我国首艘弹道导弹核潜艇成功下水，各项性能均超过美国的第一艘核潜艇，为保卫世界和平释放巨大的震撼力。

1988 年初，"404 艇"来到南海，向"极限深潜"目标冲刺。这是一次重要试验，也是极其危险的试验。世界上有 10 多艘核潜艇在进行试验或航行时沉没。

动员会上，黄旭华说："我对核潜艇就像父亲对孩子一样，不仅疼爱，而且相信它的质量是过硬的。我要跟你们一起下去深潜。"

总设计师亲自参与深潜试验，世界上没有先例。

面对领导的担心和规劝，黄旭华坚定地说："放心，我很有信心。万一哪个环节疏漏，我也可以及时判断和处置。"

这次深潜试验取得了成功，使我国成为世界上第五个拥有核潜艇水下发射运载火箭能力的国家……

目前，作为中船重工第 719 研究所名誉所长，黄旭华每天仍然来到他的办公室。虽然已经退出一线，但责任没有完。他说："落后就要挨打。我今年 96 岁了，我现在的责任是给新的一代当啦啦队长，给他们加加油，鼓鼓劲儿！"

【画外音】"只要活着，我的心就不会变冷"

上学的时候，你总是要问三个问题——

为什么日本鬼子如此猖狂，想轰炸就轰炸，想屠杀就屠杀？为什么我们不能安守家园，而是家破人亡？为什么天地这么大，我们连一张课桌都放不下？

不同的老师，却有着相似的回答："贫穷遭人欺凌，落后受人宰割。"

望着老师眼眶里的泪水，你发誓要"赴汤蹈火，科学救国"。

34 岁那年，作为国家最高机密的中国核潜艇工程正式立项，你被任命为项目副总工程师，成为我国最早研制核潜艇的 29 人之一。

你选择了这份事业，也就选择了隐姓埋名。30 年，家人都不知道你在做什么，你也没有回过一次老家，连父亲去世，你也未能见上最后一面。

直到 1986 年底，两鬓斑白的你回到老家，见到 90 岁的老母。

你说："对国家的忠，就是对父母最大的孝。"

核潜艇战斗力的关键在于深潜。62 岁的你，坚持亲自上艇参与试验。在极限深度，100 多米长的艇体，任何一块钢板不合格、一条焊缝有问题、一个阀门封闭不足，都能导致艇毁人亡。

每一分都是生死考验；

每一秒都是惊心动魄。

在四个小时的试验中，你比谁都紧张，但你比谁都淡定。时间一分一秒地过去了。新纪录诞生了，全艇沸腾了！

你老泪纵横，当即赋诗："花甲痴翁，志探龙宫。惊涛骇浪，乐在其中！"

你十分感谢你的爱人，她总是无条件支持你。此次试验出发前，她冷静地说："如果你不下去，这个队伍以后你就带不动了。如果没有风险，你下去干什么，正因为有风险，你要将大家安全地带回来。"

你兴趣广泛，才华横溢，擅长扬琴、口琴演奏，能拉小提琴，能引吭高歌，喜欢歌剧表演，还能潜心诗词创作，单位每年文艺晚会的压轴戏是大合唱《歌唱祖国》，从82岁到87岁，你连续5年担任总指挥。

你乐观，务实，心中有爱。母亲去世后，你把她的旧围巾拿来，每年冬天，戴着它。有了这条围巾，你感觉母亲就在身边。

2014年"感动中国人物"颁奖后，主持人白岩松问：你说为了国家，愿意自己的血"一滴一滴地流"。为什么流了这么多年，直到今天，你的血还是热的？

"我是共产党员，只要活着，我的血就没有流完，我的心就不会变冷。"

你的回答，像一股暖流，流进每一位观众的血管里；

你的回答，似一道阳光，印在一代两型核潜艇每一个零件每一条管线上；

你的回答，如一根钢缆，一头铆住"科学报国"的凌云之志，一头扎进浩瀚无际的深海中……

第五节　叶聪："危急时刻，想的全是祖国"

【出场】勇敢的"驭龙者"

21 世纪是海洋的世纪，也是陆海空全面竞争的世纪。

海水约占地球水资源总量的 97%，海底蕴藏丰富的资源，矿物和能源储量都超过陆地。对于茫茫大海，人类的探索还远远不够。

认识海洋，利用海洋，保护海洋，都离不开"深潜"，都需要"蛟龙号"这类高技术装备和勇敢的"驭龙者"来打开海底世界的"藏宝图"。

我们上天入海，不仅有"中国速度"，也有"中国高度"（神舟飞船）、"中国广度"（"雪龙号"南极科考船），还有"中国深度"。

"蛟龙号"载人深潜，是"中国深度"的具体表现，是建设海洋强国的重要保证。

海底世界并没有想象中浪漫，海平面以下 200 米一片黑暗，到达3000 米的深海时，只有零星的生物，偶尔出现海葵和鱼。海试中，有人呕吐虚脱，最极端的时候，宠物猫受不了，跳海自尽。

每次下潜，你都将个人安危置之度外；

每次下潜，"蛟龙号"都获得一次新的成长；

每次下潜，你对深海有更多的了解，包括它的秉性、脾气、呼吸和血管……

中国载人深潜事业从零起步，每一次下潜，你不仅挑战中国载人深潜的纪录，也一次次完成对自我的全面超越。

从太平洋底的海山深沟，到印度洋底的大洋中脊，你驾驶"蛟龙号"一次次深潜，一次次引起世界震惊。

《泰坦尼克号》《阿凡达》的导演詹姆斯·卡梅隆，是你在大洋彼岸的"超级粉丝"，当"蛟龙号"一次次创造奇迹时，这位世界级大导演总是向你竖起拇指，说"蛟龙号"比他拍摄的大片更精彩。

你到达的地方，是中国声音抵达的地方；

你走得越远，中国的空间就越辽阔；

你探得越深，中国的力量就越强壮；

你发出的热越多，中国的天空就越明亮。

作为中国崛起的标志性成就，在庆祝新中国成立70周年大会的观礼现场，熟悉的"蛟龙号"两次从你身边走过，你倍感骄傲和振奋。

习近平总书记握着你的手，鼓励你和你的队友团结拼搏、开拓奋进，推动我国海洋事业不断取得新突破，为建设海洋强国做出更大成绩。[1]

你是"蛟龙号"载人潜水器首席潜航员，全海深载人潜水器总设计师，"载人深潜第一人"，你是"改革先锋"和"最美奋斗者"——叶聪。

---

[1] 2013年5月17日，习近平、李克强等党和国家领导人集体会见载人深潜先进单位和先进工作者代表。叶聪和付文韬、唐嘉陵、崔维成、杨波、刘开周、张东升获得"载人深潜英雄"称号。2019年9月25日又获"最美奋斗者"英雄集体。

【故事】用万米载人深潜，向建党 100 周年献礼

武汉黄陂区是花木兰的故里。1979 年，叶聪出生于此。2001 年，他从哈尔滨工程大学毕业，来到中国船舶重工集团公司第七○二研究所工作。

第二年，科技部将 7000 米载人潜水器研制列为 863 计划重大专项。2003 年，年仅 24 岁的叶聪被任命为总布置主任设计师，成为该项目最年轻的主任设计师。他思维敏锐，反复观看先进国家深潜器的图片，编写、绘制大量的设计报告和图纸。从最初的草图到定稿，叶聪修改了数百遍。

2005 年，叶聪获得一次宝贵机会，参加中美两国首次联合开展的深潜科考，他成为美国"Alvin（阿尔文）号"载人潜水器下潜的第一位中国工程师，完成两次 2200 米深度的下潜任务，受益匪浅。

"蛟龙号"总装联调时，叶聪报名潜航员。他对潜水器的工作流程、空间布局、应急处理有总体把握，通过深潜，为将来系列化深海装备研发打好基础。

2009 年 8 月，叶聪成为"蛟龙号"主驾人。首次试验就遇到险情，他第一次把缆绳解开，考察通信能力，结果一入水，对讲机就熄火了。叶聪顿时"两眼瞎"，不知道方位，也不知道出了啥情况，好在心理素质强，经过一个多小时的顽强摸索，终于上了岸。

往后，叶聪每次下潜一个多小时，在海底作业四五个小时。每隔 20 分钟，他就和水面母船进行通话，不时向母船发送相应数据。有一次突遭 6 级海况，巨浪滔天。叶聪晕头转向，吐得眼冒金花，但他咬牙坚持下来。又有一次，返回时，电池发热，将"蛟龙号"外壳损坏了，

他当机立断，进行了处理。

2010 年，叶聪驾驶"蛟龙号"进行深潜测试，当时海区接近赤道，暗涌很大，潜水器升沉强烈，海水剧烈地拍击。舱外光线很暗，偶尔看见一些浮游生物。"蛟龙号"以每分钟 37 米的速度下潜。

叶聪不断观察海洋情况，显示屏上的数字显示下潜深度。这次目标深度是 3700 米左右，主要是对均衡试验、水声调试和潜水器性能进行复核。1 小时 40 分钟时，潜水器达到 3682 米，突破世界海洋平均深度，随后继续下潜到 3757 米，已经坐底。10 分钟后，"蛟龙号"传回第一张海底图片：蓝灰色的海底，平静而美丽，不远处有个海葵似的水生物鲜花般一样开放。

这时，叶聪从观察窗看到机械手将一面五星红旗插入海底，同时将一个深潜成功的龙宫标志物安放在海底……

不久，叶聪意识到，潜水器作为运载作业平台，要充分发挥它深海布放、打捞以及搜索、探测、科考等功能使命，只有"蛟龙号"还不够，必须要有新的更大的平台。于是，4500 米级的"深海勇士号"载人潜水器应运而生，该潜水器突破了一系列关键技术，包括定位和悬停功能以及先进的水声通信系统，同时以钛合金载人舱耐压球壳为突破口，实现载人舱耐压球壳的自主研制。

2011 年 7 月 25 日，叶聪驾驶潜水器，第一次向 5000 米的海底发起挑战；

2012 年 6 月 15 日，叶聪作为主驾驶，与两名潜航员第一次向 7000 米级海底发起挑战。此次海试共安排了 6 次下潜，成功冲击到 7000 米。

2012 年 6 月 24 日凌晨 5 时，"蛟龙号"第 49 次下潜开始。滂沱大雨中，叶聪和队友钻入潜水器，在吊车牵引下，缓缓离开母船，以每分钟 41 米的速度向深海进发。

此次下潜，"蛟龙号"成功抵达马里亚纳海沟 7020 米深度，历时 695 分钟，取回 3 个海水样品、2 个沉积物样品和 1 个生物样品，并进行标志物布放、测深测扫等作业。至此，中国成为继美、法、俄、日之后第五个掌握大深度载人深潜技术的国家，大大提升了我国在深海技术方面的国际影响力。

2016 年 7 月，国家重点研发计划"全海深载人潜水器总体设计、集成与海试"项目正式立项。37 岁的叶聪出任总设计师。其最大难点是潜水器的承压。"蛟龙号"深潜 7000 米时，2.1 米直径的载人舱承受的压力相当于 14 座巴黎埃菲尔铁塔的重量。万米级载人潜水器还要潜下去 4000 余米，这么大的压力对潜水器的结构设计、材料等，都是巨大的挑战。

可喜的是，全海深载人潜水器成功研制一种钛合金，通过了压力试验，为万米级载人潜水器的顺利完成奠定了基础。

2020 年 11 月 10 日，中国万米载人深潜器"奋斗者"号在西太平洋马里亚纳海沟创造了 10909 米的中国载人深潜新纪录。

【画外音】"这个舞台就是你的"

再也没有比宇航员与潜航员上演的"海天对话"更激动人心的时刻了！

2012 年 6 月 24 日，你与队友刘开周、杨波在马里亚纳海沟下潜至 7020 米，创造了中国载人深潜新纪录和世界同类型载人潜水器的最大下潜深度。

与此同时，宇航员景海鹏与刘旺、刘洋正好驾驶"神舟九号"与天宫一号实现刚性连接，中国首次手控空间交会对接成功。

你们刚在海底"蛟龙号"送上对"神九"的祝福，回到甲板后，就收到了来自"神九"对你们的祝贺。

多么荡气回肠！谁能"计算"得如此天衣无缝？

多么波澜壮阔！谁能"导演"得如此精妙绝伦？

"我最深刻的感受，就是科技的腾飞，国家的强大。这是我人生中最幸福的时刻。"自比"硬汉"的你，忍不住流下了滚烫的泪水。

全世界近500人进入太空，12人登临月球。而潜入7000米以下深海的人，只有11个，其中8人全部来自中国，来自你和你的队友。

探索未知的海底世界，需要智慧，更需要勇气。"危急时刻，不会顾及自己安危，只想如何完成任务，想到的全是祖国。"这是你的肺腑之言。

第一次下潜，挑战深度只有50米，担心、紧张和恐惧，像海浪一样翻滚。

关键时刻，你站了出来。你熟悉"蛟龙号"的每一个零件，相信"中国制造"。当你潜入黑暗深处，呼喊无济于事，惊慌等于向黑暗投降。你冷静，再冷静。你坚信，只要人在呼吸，就能化险为夷。

你告诉自己：这个舞台就是你的。如果你无法完成，别人来，未必更好。

下潜50米，你进行了21次试验；

下潜1000米，你进行了20次试验……

就这么坚持，"驭龙"技术越来越娴熟，你一次次完成挑战。在漆黑的深海，你和两名队员蜷缩在内径只有 2.1 米的密闭球舱内，每次连续工作十多个小时。

7000 米的路程，如果步行约需一个半小时，汽车行驶约需 10 分钟。但对于你和中国载人深潜的科研人员来说，却奋斗了整整 20 年。

从 23 岁参与设计"蛟龙号"，到作为全海深载人潜水器总设计师，蓄势冲击地球负极，你见证了中国载人深潜器从无到有、从有到强的全过程。

目前，"蛟龙号"累计完成 158 次下潜，足迹遍及南海、东太平洋、西南印度洋、马里亚纳海沟等七大海区，成为中国名片，成为崛起大国的新坐标。

每当国歌响起，你和队友们望着徐徐升起的国旗，你们知道，新的征程开始了。你们用 20 年创造了中国载人深潜领先世界的奇迹，未来 20 年，你们必将征服更广的海域，探寻更深的海底，创造更多的奇迹。

第六节
申亮亮："每天盼着太阳升起，那是祖国的方向"

【出场】万里赴戎机，关山度若飞

维和部队是联合国维和行动的使者，是遏制地区冲突、开展人道救援的重要力量。中国作为联合国安理会常任理事国，在化解地区矛盾、保障人权和维护世界和平等方面，发挥着至关重要的作用。

你是维和部队中的一员。你的上衣印有联合国的英文缩写"UN"，你的臂章缀有"地球与橄榄枝"的图案，那是人类命运共同体的象征。

万里赴戎机，你和你的战友雷厉风行，英姿飒爽，展示中国的道义与责任；

关山度若飞，你和你的战友前赴后继，铁胆军魂，捍卫世界的正义与和平。走出国门的那一刻，你的生命与世界的命运连在一起，你的一举一动向世界输入的是中国力量，中国气派。

你多么希望好好活着，孝顺父母，成家立业，享受日常生活的和风细雨。

你多么想去看看长城、黄河，看看祖国的大好河山，看看世界的五彩缤纷。

你说，离开祖国的日子，你每天盼着太阳升起，因为那是祖国的方向。

战乱，贫瘠，炙烤，疾病，以及各类突发事件时刻考验着你和你的战友。

你们以沙洗面，驭风而行，坚强以对。

你说，身在异国他乡，每天唱国歌、升国旗，是最激动的时刻，你深刻感受祖国的强大和人民的幸福。在发个微信都要延迟的国度，你和你的战友深深地爱着祖国和亲人，强烈地、跨越时空地爱着！

让世界了解中国——你戴上贝雷帽，仰望苍穹，在你身边，没有浪漫，只有危险；

让中国走向世界——你穿着迷彩服，放眼寰球，在你脑海，没有诗意，只有使命。

那是个平常天，死神突然降临，你本可以选择离开，但你用最后的37秒，定格了一生的荣光，保证了他人的平安。

因为你是军人，是中国军人，是新时代最可爱的人。

你倒在了马里加奥炽热的营地，年轻，帅气，一如黄金。

你倒下去，像太阳的叹息，再也不会回来。

在父母心中，你是孩子："维和回来后，就和女朋友订婚。"这是你对父母的承诺。

在祖国心中，你是战士："位卑未敢忘忧国。"这是你喜欢的陆游的诗句。

在同龄人心中，你是英雄："血染沙场气化红。"这是你留在世上的最后形象。

凛然英雄气，一名勇敢的战士做出了选择。你倒下，你的前方，矗立的是一支顽强的、打不倒的军队。

激荡天地间，一名年轻的战士流尽了鲜血。你倒下，你的身后，崛起的是一个充满自信、负责任的大国。

你是"人民英雄"，是共和国烈士，是"最美奋斗者"——申亮亮。

【故事】"使命在召唤"

大地肃穆，青山悲泣。2016 年 6 月 10 日上午 8 时，申亮亮烈士追悼会在吉林市殡仪馆举行，29 名礼兵整齐划一，鸣枪向英雄致敬。

此前一天，经过 20 多个小时的飞行，烈士的遗体从马里运回中国。伴随着舒缓低沉的《思念曲》，8 名礼兵缓缓抬下覆盖着国旗的灵柩。

"中华痛失军中骄子，太行永记维和英雄。"6 月 13 日上午，烈士的故乡河南温县近万名群众走上街头，挥泪送别英雄。

当天，申亮亮的骨灰安葬在温县烈士陵园……

1987 年 8 月 4 日，申亮亮出生在一个农民家庭。父亲申天国、母亲杨秋花本分老实，家里有 3 个孩子，申亮亮最小，初中毕业后，他曾到广东打工。

2005 年 11 月，申亮亮参军入伍，成为陆军第 16 集团军的一名战士。

2012 年 3 月，马里发生军事政变。随后，联合国安理会通过决议，设立马里稳定团。2013 年 7 月底，我国首批赴马里维和部队部署至加奥市，主要任务是抢修道路桥梁、机场跑道和营房设施以及伤病员救治。2015 年 6 月，虽然马里政府与北部地区部分武装组织最终签署了《和平与和解协议》，然而冲突不断，局势持续恶化，恐怖袭击呈高发频发态势，形势十分严峻。

成为维和战士，是申亮亮盼望已久的事。他连续三年向连、营、团三级写下请战书："当得知团里要组建第四批赴马里工程兵大队时，我兴奋得一夜没睡。我再次向组织申请加入维和大队，这是使命在召唤我。"

由于严重的腰椎间盘突出，申亮亮担心过不了体检。为此，他偷偷穿上15公斤的负重衣，裹上两层厚厚的护具，每天下来，身上全是汗。刻苦训练了7个多月，他终于顺利过关。

马里维和任务区是联合国前秘书长潘基文认定的最危险任务区，恐袭频发，高温多雨，传染病肆虐。申亮亮知道很艰苦，有危险，他一再嘱咐姐姐，不要告诉爸妈他去马里的事。

到达马里营地后，正赶上加奥地区干旱少雨，联马团战区和当地民事部门请求中国维和分队，为当地居民紧急送水。

申亮亮来不及倒时差，立即投入战斗中，穿行在营地和居民之间。不论白天黑夜，他的对讲机从不离身，连洗澡都带在身边。

马里时间2016年5月31日20时50分，在马里维和部队驻地，申亮亮和司崇昶正在站岗，突然发现一辆皮卡车加速冲了进来。

"我来阻止，你快离开！"申亮亮迅速向营地发出警报，一把推开了司崇昶。

司崇昶大喊："要撤，咱俩一块撤！"

申亮亮急了，大吼一声："我是主哨！"再次用力将他推出。

随后一声巨响。

中队长卞龙收到警报后，第一个冲向了哨位。在距离哨位不到30米的地方，爆炸产生的冲击波、气浪和沙砾将他掀翻在地。醒来时，营区漫天烟尘。他的双侧鼓膜穿孔，一脸是血，但他强忍伤痛，跑向岗亭，发现申亮亮的身体被厚厚的沙石埋下。他奋力将沙石挖开，申亮亮已经牺牲，遗体下面压着他烧焦了的九五式自动步枪的枪管。卞龙的泪水夺眶而出。

这是申亮亮到达马里维和的第11天，也是他29岁生命的最后一天。一辆相当于600公斤TNT当量的汽车炸弹袭击营门，将地面炸出2米多深的坑。由于果断处置，自杀性汽车炸弹在营门外爆炸了。

当时，官兵正在洗漱，大家穿着短袖短裤在淋浴间、卫生间、宿舍。如果汽车炸弹冲入官兵居住区，后果不堪设想。

从申亮亮发出预警到爆炸发生，一共37秒。他完全来得及撤离现场，但他用个人的生命换取了战友们的平安……

中央军委首次派出空军专机，跨越11个国家，连续飞行27000多公里，于2016年6月9日下午，将英雄的遗体接回祖国。

申亮亮所在集团军首长紧紧握住申亮亮父亲申天国的手，大声说："我们集团军党委正式确定，申亮亮为革命烈士。你们有什么要求，尽管提。"

申天国强忍悲痛，回答道："我们没什么要求！一点要求都没有！"

母亲杨秋花也一边流泪一边说："亮亮为国牺牲，给俺增了光。"

集团军首长哽咽道："谢谢你们为国家培养了一名好战士！……"

【画外音】以羽毛的方式承载和平的心愿

每个时代都需要先锋，每段历史都需要英雄。

迎着枪林弹雨，抛头颅，洒热血，那是战争年代的英雄。

和平年代同样需要英雄。因为，没有人敢说，这个世界没有危险；

或者说，危险来了，与我无关。

即便周围一派祥和，是否世界的每个角落都是如此？

你的回答是："祖国很安宁，世界不太平。"

2019 年 5 月 12 日，是中国第七批赴马里维和部队从营区启程、奔赴西非马里的日子。连日来，你的战友卞龙格外忙碌。两天前，他特意在胸前戴上两块"和平勋章"，专程前往驻地烈士陵园，向你的雕像敬上庄严的军礼。

"每一次来，都有不一样的感受。"这已经是卞龙第三次申请到维和一线去，他要重返洒满你热血的土地，去感受你的气息，你的存在。

马里驻地环境恶劣，气温可到 50℃以上，纷争不断，许多地方长期处于无政府机构状态，恐袭频发。

为了当地人民的福祉，你的战友踏着你的血迹，负重前行。

清晨，当地居民还在睡梦之中，战友们已经开始工作。炎炎烈日下，迷彩服湿了又干，干了又湿，上面印着一层厚厚的"盐碱"。当地人看到战友们臂膀上的五星红旗，总是情不自禁地竖起大拇指："中国，真伟大，我爱你们！……"

这些熟悉的场景和细节，你在天国都看见了，并以此自豪吧？

20 年来，中国共派出维和人员 3.9 万余人次，修筑道路 1.3 万余公里、桥梁 200 多座，运输总里程 1300 万公里，接诊病人 17 万多人次，运输人员、物资累计行程 348 万多公里，海军医院船已访问 43 国，惠及当地民众 23 万余人次，排除地雷等各种不明爆炸物 7500 多枚……

"于历史长河，我也许只是一滴水珠，但我也要以水珠的执着，追寻生命的浪花；于苍穹社会，我也许只是一棵小草，但我也要以小草的方式，向春天展现生命的绿色；于大千世界，我也许只是一根羽毛，但我也要以羽毛的方式，承载和平的心愿。"

这是你的战友和志虹追求的生命价值。

2015 年，在联合国维和峰会上，习近平主席充满感情地讲述了和志虹在海地执行维和任务时不幸殉职，留下 4 岁的幼子和年逾花甲的父母，赞扬她"以羽毛的方式，承载和平的心愿"的国际主义精神。

发言结束，时任美国总统奥巴马起身与习近平主席长时间握手致意。

时任英国首相卡梅伦也特别感谢中国政府在维和行动中的牺牲与奉献。

就在这次峰会后的第二年，你将最后一滴血留在了马里的土地上。

你与和志虹等 19 名英雄[①]，用生命的壮美展示一个崛起的大国的责任担当，以及对世界和平的庄严承诺。

屋因梁而固，你和你的战友给灾难中的世界带来和平与安宁；

山因脊而雄，你和你的战友给黑暗中的人民带来阳光和福音。

---

① 请记住这 19 名维和英雄的名字，他们是：刘鸣放、陈知国、余仕利、雷润民、郁建兴、付清礼、张明、杜照宇、朱晓平、郭宝山、王树林、李晓明、赵化宇、李钦、钟荐勤、和志虹、申亮亮、李磊、杨树朋。

终　曲

雷锋的心

一个唱着山歌打靶归来的人，是你；

一个每天将被子叠成自己心愿的人，也是你。

你在异乡开车，却把异乡当成故乡。车轮压碎你的生命，也压痛了战友的安宁。你倒下的地方，是一排排迎着阳光开放的向日葵。

你的家乡没有海，但有一条江叫湘江。家乡留给你的记忆，就浓缩在这条朦胧的湘江里。

许多人忘记了你的原名，雷正兴。你是"上无片瓦、下无插针之地"的农家子弟，是长沙市望城县安庆乡简家塘村的孤儿，是平凡和单纯得像雷公草一样的"乡里伢子"啊。

你踏上一条小路，那里野草丛生。黑暗中，有人握住了你的手。

因为这双手，你看清了夜行的路，跟着灯的方向，走到黎明，见到太阳。你短暂的生命有如蜡烛。你燃烧青春，把人类动人的语言翻译成和风细雨，留给寒冬过后的大地的春天。

你没有悲壮的细节，就像每天的衣食住行，就像日常渗入的水滴，润物无声。虽然平淡，却那么饱满，让黎明睫毛上的露珠更加透明，开花，滚落，滋润大路边每一棵向上生长的小草。你的生命因为奉献而丰满。

你前行的姿势从来没有改变。你身上的每一个细胞，都渗透了党的血液。你誓做永不生锈的螺丝钉。

你的初心印在两套纪念邮票上[①]，你的精神为党和国家领导人所称颂。[②]

你的火红的心、你的故事连同你的精神被谱成了歌曲，制成了电影、电视剧，而讴歌你的诗行更是汇成了奔腾的海洋。[③]

在时间的陌塬上，你是时间的轴；

在河流的脊背里，你是河流的根。

你指着夜空说事，让人看见曙色；

你指着善意说事，让人看见美好；

你指着露珠说事，让人看见天涯。

因为你，三月的雨从不缺席对大地的义举。

你站在屋子前，你就成为田园的一部分；

你站在黑夜前，你就成为光明的一部分；

你站在季节前，你就成为秋天的一部分；

你站在痛苦前，你就成为快乐的一部分；

[①] 1978 年 3 月 5 日我国发行《向雷锋同志学习》纪念邮票一套三枚。2013 年 3 月 5 日我国发行《毛泽东"向雷锋同志学习"题词发表五十周年》纪念邮票一套四枚，分别是：向雷锋同志学习、学习钻研、爱岗敬业、助人为乐。

[②] 毛泽东题词："向雷锋同志学习。"刘少奇题词："学习雷锋同志平凡而伟大的共产主义精神。"邓小平题词："谁愿当一个真正的共产主义者，就应该向雷锋同志的品德和风格学习。"2018 年 9 月 28 日习近平在参观抚顺雷锋纪念馆时指出：雷锋是时代的楷模，雷锋精神是永恒的。

[③] 有关雷锋的歌曲有《学习雷锋好榜样》和《接过雷锋的枪》，电影有《雷锋》《离开雷锋的日子》《青春雷锋》《雷锋的微笑》《雷锋在 1959》，电视剧有《雷锋》，诗歌则以贺敬之的《雷锋之歌》为代表。

你站在暴雨前，你就成为闪电的一部分。

你站在哪里，哪里就有最好的时间；

你站在哪里，哪里就有最美的风景。

余 音

赞美诗：英雄在哪里

一

英雄啊，你们在哪里？

你们在风暴的中心，在火焰的中心，在号角的中心，在时间的中心，在大地的中心，在茫无涯际的感觉不到尽头的中心。

英雄啊，你们在哪里？

你们在历史的硝烟中，在时代的风口，在地震一线，在火灾现场，在抗洪和抗震的战场，在实验室里，在无人的沙漠，在发射台前，在非典和新冠肺炎疫情的毒浪里，在生死之间，在瓦砾、冰雪和各种灾难的急救途中。

英雄啊，你们在哪里？

你们在校园，在军营，在工厂，在乡村，在大江大河，在汗水、泪水浸泡的疲惫的皱褶里，在智慧、青春、生命和荣誉交织的背后，在平凡生活的每一个细节，在人类的触须能够伸展到的每一个地方。

英雄啊，你们在哪里？

你们在父母心中，在儿女心中，在亲朋好友心中，在祖国心中，在人民心中。

二

英雄啊，你们在哪里？

梦想在哪里，你们就在哪里；

求索在哪里，你们就在哪里；

执着在哪里，你们就在哪里；

初心在哪里，你们就在哪里；

热血在哪里，你们就在哪里。

英雄啊，你们在哪里？

信念在哪里，你们就在哪里；

大爱在哪里，你们就在哪里；

担当在哪里，你们就在哪里；

奉献在哪里，你们就在哪里；

荣光在哪里，你们就在哪里。

三

英雄啊，你们在哪里？

我不知道在哪里，但我知道——

哪里有需要，英雄的呐喊就在哪里！

英雄啊，你们在哪里？

我不知道在哪里，但我知道——

哪里有需要，英雄的热血就在哪里！

英雄啊，你们在哪里？

我不知道在哪里，但我知道——

哪里有需要，英雄的壮美就在哪里！

英雄啊，你们在哪里？

我不知道在哪里，但我知道——

你们在哪里，英雄的精神就在哪里！

四

英雄啊，我要高声赞美。

你们在哪里，哪里就有磅礴奋进的力量！

英雄啊，我要高声赞美。

你们在哪里，哪里就有屹立不倒的长城！

后 记

英雄是民族最闪亮的坐标

任何一个民族都会产生一大批先锋，任何一个国家都会拥有一大批英雄。他们是时代的引领者，是历史长河中的火炬手，也是推动历史发展的强大动力。

没有这些先锋为民族的独立付出的艰辛，没有这些英雄为国家的强盛做出的牺牲，我们的历史将会增添更多的曲折，我们的人民将会走过更多的弯路、承受更多的磨难，我们的社会也必将在黑暗的摸索里停留更长的时间，在泥泞的前行中付出更大的代价。

要了解一个民族，首先就要了解这个民族涌现出怎样的一批英雄；

要了解一个国家，首先就要了解这个国家是如何对待他们的英雄。

英雄是一个民族和一个国家的杰出代表。英雄可以是个体的，也可以是集体的；英雄可以是奇迹英雄、超级英雄，也可以是平民英雄。而基于英雄的言行和思想凝练出的英雄精神，既是一种坚定的人生信仰，一种奋发的前进力量，更是一份巨大的教育财富，一份丰厚的文化遗产。

说到底，英雄是民族最闪亮的坐标。英雄精神就是我们的民族气节、国家精神，是激励我们实现中华民族伟大复兴的磅礴力量。

习近平总书记指出："一个有希望的民族，不能没有英雄；一个有前途的国家，不能没有先锋。"他强调："中华民族是崇尚英雄、成就英雄、英雄辈出的民族，和平年代同样需要英雄情怀。"

一个民族的复兴不是偶然的。很难想象，一个没有英雄的民族，如何屹立于世界之林？

一个国家不是靠运气就能强大的。很难想象，一个没有英雄的国家，如何在跌宕起伏的全球风云变幻中立于不败之地？

然而，一段时间以来，我们一些耳熟能详的英雄竟遭到网络的肆意调侃、诋毁与质疑。军旅作家王树增曾讲了一个这样的故事：一个日本记者去北京大学采访，学生们说："我才不学傻帽的董存瑞！"而"中国氢弹之父"于敏去世时，有人竟留言说："谁是于敏？"还有人留言："同问，是位老戏骨吗？"多么荒唐、寒心和令人愤怒啊！

作为一个教育工作者和文学工作者，我觉得有一份强烈的责任要为呼唤英雄、重塑英雄、讴歌英雄做点儿什么。特别是今天的融媒体时代，一些英雄人物，如果图片、文字、演绎、朗诵、音频、视频等进行二次和多次传播，是能够让英雄人物真正深入人心的，也是能够让英雄精神成为大家克服困难、奋发向上的强大动力的。

这就是创作《大地上的英雄》的由来。全书所选人物分别来自2009年中宣部等多部门评选出的"100位为新中国成立作出突出贡献的英雄模范人物和100位新中国成立以来感动中国人物"，2014年民政部公布"第一批著名抗日英烈和英雄群体"，2018年改革开放40周年"100名改革先锋"，2019年"最美奋斗者"和2020年"共和国勋章"获得者，以及历年来央视"感动中国"年度人物和全国劳动模范，等等。选择的标准主要从社会广泛的影响力、巨大的知名度、持久的美誉度、公认的楷模与榜样等方面综合考虑，同时兼顾个体、集体、行业以及人民群众的审美认同和英雄事迹的感人程度等。表面上看，全书写了55人，实际上是60余人，因为周文雍中有陈铁军，陈觉中有赵云霄，毛泽建中有陈芬，缪伯英中有何孟雄，金茂芳中有陈俊贵等人。如果算上集体英雄，如以于敏为代表的"两弹一星"英雄集体、以杨利伟为代表的航天英雄集体、以申亮亮为代表的维和部队英雄集体和以钟南山等为代表的抗疫英雄集体等等，所涉及英雄名字上百人，真正涵盖了从中国共产党成立以来各个阶段的英雄人物，是中国共产党100年光辉历程的见证，是中国革命、中国建设和改革开放40多年各个重要时期和重要时间节点所涌现出来的英雄人物的缩影。

我越来越真切地感知到，与英雄相遇，写作就是一种拯救，一种像希望一样的力量弥漫周身。在日复一日的写作中，有一个指向永远不会发生改变，那就是英雄和英雄精神所带来的力量。我接近这些英雄，受他们的精神所引领，每天与他们对话。这些平凡而不平凡的人，他们的人格与思想，已经成为共和国丰碑坚实的底座。

法国文学家托马斯·布朗认为："你无法延长生命的长度，却可以把握它的宽度；无法预知生命的外延，却可以丰富它的内涵；无法把握生命的量，却可以提升它的质。"对英雄而言，尤其如此。面对英雄，我有一种充满仪式感的冲动，很希望自己的创作能够达到庄重、肃穆、诗意和优雅的一致性。

"英雄是一种信仰，是一个民族的良心。"在董存瑞烈士陵园守护了一辈子的吕小山老人饱含深情地说，"捍卫英雄，捍卫的不仅仅是历史，还有未来啊。"

时间无声，英雄有情。眼下正是全球新冠肺炎疫情泛滥、中华民族最接近伟大复兴的关键时期，呼唤英雄，走近英雄，致敬英雄，我所有的付出和努力都是值得的。